कादंबरी-दो

कादंबरी-दो

विजय तेंडुलकर

अनुवाद
डॉ. पद्मजा घोरपड़े

वाणी प्रकाशन

वाणी प्रकाशन का 'लोगो'
विख्यात चित्रकार मक़बूल फ़िदा हुसेन की
कूची से

ISBN : 978-81-8143-878-2

वाणी प्रकाशन
21-ए, दरियागंज, नयी दिल्ली-110002
द्वारा प्रकाशित

फोन : 0091#11#23273167, 23275710
फैक्स : 0091#11#23275710
ई-मेल : vaniprakashan@gmail.com
vani_prakashan@yahoo.com
वेबसाइट : www.vaniprakashan.com

प्रथम संस्करण : 2008

मूल्य : 350.00
आवरण सज्जा : वाणी प्रकाशन
शिव शक्ति प्रिंटर्स, शाहदरा, दिल्ली-110032
द्वारा मुद्रित

KADAMBARI-2
by : Vijay Tendulkar
Translated by Dr. Padmaja Ghorpade

समूची जीव-सृष्टि में मनुष्य-प्राणी श्रेष्ठ है!
इसे सिद्ध करने के लिए मात्र इतना प्रमाण
पर्याप्त है कि—
डंके की चोट पर कही गई
मनुष्य की इस उक्ति का खंडन आज तक
किसी भी पशु-पंछी ने नहीं किया है।

—जी.सी. लिश्टेनबर्ग

एक

बचपन से हम सब सपनों के किसी शहर की कहानियाँ सुनते आए हैं। यह कहानी भी ऐसे ही एक अजीबो-गरीब शहर की कहानी है।

उन तमाम कहानियों में पाए जाने वाले उस शहर जैसा ही यह भी एक शहर है—किसी भी मानचित्र में न पाया जाने वाला शहर! फिर भी अपने आप में समूचा-संपूर्ण अस्तित्व धारण किए हुए अन्य किसी भी शहर जैसा ठोस! इस शहर की भी अपनी एक नागर-सभा है। कर्मचारी हैं। कायदे-कानून हैं। सेना है। पुलिस-दल हैं। सब कुछ बिल्कुल वैसा ही जैसा कि किसी भी शहर में होता है।

हाँ, एक बात को लेकर यह शहर पुरानी कहानियों के उस शहर से बिल्कुल अलग है।

वह यह कि इस शहर में बड़े-बड़े मुस्तंडे चूहे हैं और लोग बेचारे चूहे-से डरपोक!

इस एक वाक्य से कोई वहाँ की अजीबो-गरीब स्थितियों की कल्पना शायद नहीं कर पाएगा। वाकई पागल करा देनेवाली हैं वहाँ की परिस्थितियाँ।

एक यात्री पहली बार इस शहर में आया था। वह बस से उतर ही रहा था कि वहाँ से गुजरने वाले किसी चूहे ने उसे धक्का मारा। ऐसा धक्का कि उस बेचारे का कंधा ही उखड़ गया। वहाँ खड़े तमाशबीनों ने 'अरे रे! बुरा हुआ' ऐसे कुछ शब्द बुदबुदाए लेकिन किसी ने भी उस चूहे को डाँटा नहीं। सभी लोग दूर से सिर्फ देखते रह गए। कुछ देर बाद वह चूहा हाथी की तरह झूमते-झूमते वहाँ से चला गया। तब जाकर लोग भी अपना-अपना रास्ता नापने लगे। रेंगते हुए चलते बने। हाँ, इस शहर के लोग ऐसे ही चलते हैं—रेंगते हुए। उस डरे-से, सहमे-से अजनबी को ना किसी ने पानी पिलाया और ना ही सहारा देकर खड़ा किया। उसकी पूछताछ करना तो दूर की बात।

ऐसा नहीं कि कोई यह सब करना नहीं चाहता था। आखिर थे तो वे भी सभी

मनुष्य। अपने जैसे किसी मनुष्य के बारे में उन्हें कुछ न लगे यह कैसे हो सकता है? उनमें से एकाध-दूसरे का मन उस आदमी की मदद करने को हुआ भी होगा लेकिन ऐसा करने में बहुत बड़ा ख़तरा था। उन चूहों से यूँ ही दुश्मनी मोल लेने का ख़तरा। और इस शहर के हालात देखते हुए बाल-बच्चों वाले लोगों के लिए ऐसा ख़तरा मोल लेना अक्लमंदी की बात न थी।

सामने वाले पुलिस थाने में वह अजनबी शिकायत दर्ज करने गया। उसके मुँह से 'चूहा' शब्द सुनते ही थाने में जितनी भी पुलिस थी, सब के मन में बचे-खुचे सहानुभूति के सभी स्रोत पल में सूख गए। इतने कि उन्होंने शिकायत दर्ज करा लेने से भी इनकार किया। उस नवागत को—मरहम-पट्टी तो दूर—उसे अस्पताल पहुँचाने से भी मना कर दिया।

इस शहर के चूहे जब बस्ती में से घूमते हैं तो बिल्कुल बेखौफ, मस्तमौला, मुस्तैद बन आवारागर्दी करते हुए इधर-उधर टहलते हैं और तब लोगों में ऐसी घबराहट फैल जाती है कि हर कोई सिर पर पाँव रखकर भागता हुआ-सा दिखता है। बाज़ार में सन्नाटा छा जाता है। 'चूहा आया है' की खबर आग की लपटों की तरह फैल जाती है। दुकानदार धड़ाम से शटर गिराने लगते हैं। माँएँ बच्चों को लिये घरों में दुबक कर बैठ जाती हैं। तश्तरियाँ बजाकर लोगों को 'होशियार'. करने की तरकीब पुलिस ने ढूँढ़ निकाली है लेकिन डर के मारे तश्तरियाँ बजाने वालों के हाथ भी ठीक से नहीं चलते। इन चूहों की बस्ती शहर के बाहर है। वहाँ कोई भी कभी गलती से भी नहीं जाता। कभी कोई पागल अपनी धुन में उधर गया था लेकिन फिर कभी लौटा नहीं। कहते हैं कि उसे मार डाला गया था।

ये चूहे डरा-धमकाकर व्यापारी, दुकानदार आदि से 'माल' वसूल करते हैं। बिल्कुल नियम से, तयशुदा वक़्त पर। 'माल' देने से इनकार करने वालों के हाथ-पैर कटवाए जाते हैं या फिर नाक, कान, जिह्वा भी। सजा का ऐसा आतंक छाया हुआ है कि अब तो डराने-धमकाने की भी नौबत नहीं आती। 'माल' चुपचाप मुस्तंडे ठेकेदारों के पास पहुँच जाता है। एकाध बार किसी व्यापारी ने साहस दिखाकर पुलिस में शिकायत दर्ज की थी लेकिन हुआ यह कि दिन दहाड़े उस व्यापारी के इकलौते बेटे का अपहरण किया गया। तीन दिनों बाद शहर के सुनसान इलाके में उस बेटे का मृत शरीर पाया गया। उसका सारा शरीर अमानुष निशानों-ज़ख़्मों से भरा था। पुलिस की सलाह मानकर उस व्यापारी ने शिकायत वापस ली। कुछ दिनों पहले एक और राज़ खुल गया। पता चला कि यह 'मालवसूली' सिर्फ व्यापारियों से नहीं की जाती। एक नामी गिरामी मशहूर डॉक्टर को भी फोन पर 'मालवसूली' की धमकी

मिली थी। वह डॉक्टर रातोंरात अपने बीवी-बच्चों को लेकर शहर छोड़कर कहीं चला गया। इस वारदात के कारण शहर के तमाम व्यावसायिक लोग डरे-सहमे-से दिखते हैं। इनमें से कुछ लोगों ने अपने लिए 'प्राइवेट सुरक्षा व्यवस्था' का प्रबंध किया है।

अनुमान यह है कि इनमें से कुछ चूहे नरभक्षक भी हैं। खेतों में पाए जाने वाले बड़े-बड़े घूस-छछुंदरों से भी बड़े चूहे याने आदमकद चूहों के होने की संभावना भी है। बस से उतरने वाले उस अजनबी यात्री को धक्का देने वाला चूहा, हो सकता है ऐसा ही आदमकद या उससे भी बड़ा हो।

यहाँ के ये चूहे आदमी की तरह आगे के दो पैर ऊपर उठाकर, सीना तानकर चलते हैं। और आदमी उनके सामने झुककर चलते हुए नज़र आते हैं। कुछ लोग तो इतने झुककर चलते हैं कि लगता है अब वे आराम से चार पैरों पर चल सकते हैं।

इन चूहों की आँखें उग्र, आक्रामक लाल हैं और आदमियों की आँखें झुकी हुईं, टिमटिमाती, चौकन्नी या भयाकुल नजर आती हैं।

बाज़ार में या रास्तों पर जब कोई चूहा आदमी की तरह ढीठ, दो पैरों पर तनकर चलता हुआ जाता है तो लोग उससे सुरक्षित अंतर रखकर, बदन सिकोड़कर, रेंगते हुए-से वहाँ से खिसकने की ताक में आगे बढ़ते हैं। किसी अजनबी ने यदि यह नज़ारा देखा तो उसे यह सब स्वप्नवत् नज़र आ सकता है।

रात-बेरात जब सन्नाटे को चीरता हुआ किसी का आक्रोश या शोर सुनाई देता है तब लोग अपने-अपने घरों में बिस्तर पर लेटे-लेटे अंदाज़ा लगाने की कोशिश करते रहते हैं कि किस की हत्या हुई होगी? या किस पर अत्याचार हुआ होगा? उसाँस लेते हुए वे करवट बदल लेते हैं और सो जाते हैं...

इसका यह मतलब नहीं कि उन्हें दुख ही नहीं होता! होता है! आख़िर वे हैं तो मनुष्य ही।

रात की चीख-पुकार का कोई निशान सुबह रास्ते पर या कहीं नजर नहीं आता। जो हुआ उसके नामोनिशान झट् से मिटाने की कला शहर की पुलिस ने बखूबी हासिल की है।

ऐसी कोई वारदात होने पर पुलिस ऐसी इस कदर फुर्ती से वहाँ पहुँच जाती है और ऐसी सक्रियता से वह सब मिटा देती है कि अचरज लगता है।

मान लिया जाता है कि ऐसा सारा काम उन नरभक्षी चूहों का ही किया-किराया होगा। सो ये केसेस भी उसी तेजी से खारिज किए जाते हैं।

यही कारण है कि हर साल स्वतंत्रता दिवस पर 'सफाई-टीपटाप' का पुरस्कार

पुलिस ही प्राप्त करती है। बीच में किसी वर्ष यह पुरस्कार दमकल विभाग को मिला था। उस वर्ष एक दिन शहर के मालरोड पर अचानक आग भभक उठी थी। आग भभक उठने का कारण आज भी ठीक-ठीक कोई नहीं जानता। सिर्फ अटकलें लगायी जाती हैं। कोई कहता है वह आग चूहों की ही एक टोली की लगायी हुई थी। देखने वालों का कहना है कि किसी ने ऐसी आग न तो कभी देखी होगी न कभी देखी जाएगी। उस आग में सत्रह लोग जलकर ख़ाक हुए थे। उनमें तीन बच्चे थे। आग जब पूरी तरह भभक उठी थी तब दमकल दस्ता बिना समय गवाए वहाँ पहुँच गया था। और उसने जलकर ख़ाक हुई सभी लाशें सुरक्षित रूप से बाहर निकाली थीं। और तो और उन लाशों को तत्परता से उनके रिश्तेदारों के हाथों सुपुर्द कर दिया था। कुछ ही घंटों में उस दस्ते ने वहाँ सफाई की ऐसी की कि मानो वहाँ कुछ हुआ ही न था। देखते-देखते रास्ता यातायात के लिए खुला कर दिया गया था। इस बहाने उन्हें नागरिकों से प्रशंसा भी मिली थी। इससे साफ जाहिर होता है कि उस वर्ष 'सफाई-टीपटाप' पुरस्कार पर मात्र उनका याने दमकल विभाग का ही अधिकार था। अन्यथा इस पुरस्कार पर एकाधिकार सिर्फ पुलिस का ही रहता आया है।

उसके बाद हुआ यूँ कि आगजनी की घटना के कारण ढूँढ़ने के लिए 'नगरपिता' लोगों की समिति स्थापित की गई। उस समिति की रिपोर्ट का बाद में क्या हुआ पता नहीं लेकिन सयाने लोग कहते हैं कि छह वर्ष और कुछ दिन-महीने समिति छान-बीन करती रही। समिति ने कारणों का पता लगाकर रिपोर्ट प्रस्तुत भी की थी। वह मुहरबंद 'लिफाफा' तब के कार्यरत प्रशासनिक कर्मचारियों ने खुद देखा भी था।

जी हाँ, यह कहानी उस शहर की कहानी है जहाँ के चूहे आदमकद हैं और लोग चूहों की तरह डरपोक!

दो

हाँ, तो इस शहर में चूहों को 'चूहा' नहीं कहा जाता। उन्हें 'विशिष्ट जमात' कहकर संबोधित किया जाता है। अक्सर इस शब्द को भी उच्चारित करने का कष्ट कोई नहीं उठाता। संकेत तय किया गया है जैसे 'विशिष्ट जमात' कहने के बजाय दाएँ पंजे की अंतिम दो उँगलियाँ सीधी रखकर, बीच वाली उँगली मोड़ कर, अँगूठे पर लायी जाती है। इस मुद्रा का अपेक्षित अर्थ सबकी समझ में आता है। यह हाव-भाव इतना सहज होता है कि अजनबी व्यक्ति को 'कुछ खास' होने की भनक तक नहीं मिलती।

समाचार-पत्रों में यदि इन वारदातों को 'खून, बलात्कार, अपहरण' आदि शब्दों से अधोरेखित किया जाए तो जनमानस में प्रक्षोभ उमड़ने की संभावना रहती है। इसलिए स्थानीय प्रशासन ने यह नियम बना दिया है कि समाचार-पत्रों में ऐसे विशिष्ट शब्दों का प्रयोग न किया जाए। यहाँ के स्थानीय समाचार-पत्र इस नियम का कड़ाई से पालन करते नज़र आते हैं।

इससे साफ़ ज़ाहिर होता है कि शहर में 'विशिष्ट जमात' का रोब काफ़ी बढ़ गया है। यह सुनकर कोई पूछ सकता है कि नगर प्रशासन इस 'जमात' को काबू में रखने के लिए कुछ करता क्यों नहीं? इस तरह उसे नज़रअंदाज़ कर गुनहगारी कम होगी क्या?

हाँ, प्रशासन इस मुद्दे को लेकर भी काफ़ी सजग है।

अविवेक से, जल्दबाजी में, भावावेग में उठाया गया कोई भी कदम परिस्थितियों को और भी उलझा देगा यह सोचकर प्रशासन ने यह नीति अपनायी है कि जो कुछ करना है वह सबुरी और सावधानी बरतकर ही करना है। अतः वारदात कितनी भी प्रक्षोभक हो प्रशासनिक कार्रवाई का रवैया बिल्कुल नहीं बदलता।

इतना होने पर भी 'प्रशासन कुछ नहीं करता' यह इल्ज़ाम भी साबित नहीं होता। आगे आने वाले विवेचन से इस बात की पुष्टि हो जाएगी।

नगर में रात के समय गश्त में कमाल की चुस्ती दिखाई जाती है। वारदात के बाद गश्त में और बढ़ौती की जाती है।

'बड़े लोगों' को खास सुरक्षा प्रदान की गई है। ऐसे लगभग छः हजार से भी अधिक लोग हैं कि जब वे बाहर निकलते हैं तब वे दिखते ही नहीं। दिखाई देती है—शस्त्रधारी पुलिस फौज-बूटों की आवाज करती हुई आगे बढ़ती जाती हथियारों से लैस पुलिस! (इस विशिष्ट फेहरिस्त में नगरपालक, प्रशासनिक अधिकारी, सदस्य और नगरपिता प्रथम क्रमांक पर हैं।)

'खास गुनाह' रोकने के लिए 'खास' प्रशिक्षित पुलिस दल तैनात किया गया है। इस पुलिस दल की सहायता के लिए प्रशिक्षित 'बिल्ली-दल' उर्फ 'मार्जार दल' भी तैनात कर दिया गया है।

इन बिल्लियों को विशेष भोजन दिया जाता है। मतलब यह कि उन्हें अध-पेट रखा जाता है ताकि वे ज्यादा लड़ाकू और आक्रामक बन जाएँ।

उन बिल्लियों के प्राकृतिक नाखून और दाँतों की जगह कृत्रिम नाखून और दाँत फिट कर दिए गए हैं और वे ज्यादा नुकीले हैं। इससे उनकी संहारक सामर्थ्य बढ़ गयी है।

दल की पुलिस का बीमा कराया गया है। इससे वे अधिक वीर हो गए हैं और वक़्त आने पर जान की बाजी भी लगाते हैं।

इतना होने पर भी यह बात ध्यान देने योग्य है कि नगर में घटित गुनाह—'विशिष्ट जमात' के कारण होने वाले गुनाह—दिन-ब-दिन बढ़ते ही जा रहे हैं। पिछले तीन महीनों में शहर में चार बलात्कार, सात खून, तीन अपहरण, तीन डाके इतना कुछ दर्ज किया गया। इसमें छह वसूली प्रकरण भी थे। इसके अलावा कई वारदातें हो सकती हैं कि जो दर्ज करायी नहीं गईं। ये सरकार की रिपोर्ट है। प्रत्यक्ष यह संख्या कई गुना अधिक हो सकती है। हाँ, सरकारी आँकड़ों की तुलना में अंदाज़ कर जोड़े गए आँकड़े भले ही अधिक लगें लेकिन सच्चाई यह है कि तब भी ये आँकड़े प्रत्यक्ष की तुलना में कम ही हैं।

निष्कर्ष यह कि कोई यह नहीं कह सकता कि नगर प्रशासन लापरवाह या आँखें मूँदे हुए है।

तीन

आइए, जरा देखते हैं कि इस नगर में यह बला कैसे आ टपकी। जब हम यह किस्सा जान लेंगे तब अपने आप हमें पता चलेगा कि नगर प्रशासन इस सब के लिए कतई जिम्मेदार नहीं है।

यह 'विशिष्ट जमात' बड़े-बूढ़ों की याददाश्त में भी है। याने काफी अर्से से है।

शायद नगर बस जाने के पहले से ही हो।

हाँ, लेकिन तब इस 'विशिष्ट जमात' का आकार इतना छोटा था कि किसी को इसकी ओर ख़ास ध्यान देने की जरूरत नहीं हुई थी। अन्यत्र पायी जाने वाली 'विशिष्ट जमात' की तरह इस नगर की भी यह 'विशिष्ट जमात' अल्पसंख्यक थी। 'फुर्ती!' बस इतना ही इस जमात की विशेषता थी। फुर्ती के अलावा अन्य कोई भी शारीरिक विशेषता इसके पास न थी। मनुष्य-जाति के लिए इस जमात से कोई ख़ास ख़तरा भी न था। यह दलबल वैसे देखा जाए तो मनुष्य-जाति से पर्याप्त दूरी पर ही रहता था और मनुष्य जमात की जूठन खाकर अपना पेट पालता था। रात के अँधेरे में काठ-कबाड़खाने में या खँडहर में इनकी चहल-पहल रहती थी। बिल्लियों का ख़ौफ तब उनके सिर पर मँडराता रहता था और बड़े आराम से वे जाल में फँस जाते थे। उनमें जो मुस्तैद थे वे रातोंरात खेतों में से फसलें गायब कर देते थे। तब ये मनुष्य प्राणी को यदा-कदा ही काटते या डसते थे। हाँ, लेकिन जब डसते थे तो वेदनाओं का अंतहीन सिलसिला चल पड़ता था। उन्हें मारने के लिए बाज़ार में जहरीली दवाइयाँ उपलब्ध थीं और वे दवाइयाँ खाकर वे मरते भी थे। पक्के मरते थे। एक बार इनके कारण प्लेग जैसा संक्रामक रोग यहाँ फैला था। इस दौरान काफ़ी लोग मर गए थे। लेकिन तब किसी ने नहीं सोचा था कि इन प्राणियों के कारण भविष्य में कोई भयानक ख़तरा पैदा होगा। कम से कम ऐसे किसी शक का रिकॉर्ड तो है ही नहीं। दरअसल तब इन प्राणियों को लेकर कभी कोई चर्चा छिड़ती न थी। उनकी

तुलना में साँप, बिच्छू को लेकर ख़तरे की संभावना0एँ उन दिनों के दस्तावेज़ों में कुछ ज्यादा ही दर्ज की हुई पायी जाती हैं। और बाद में हुआ उल्टा ही। आज के इस संकट के सामने वे साँप-बिच्छू भुला दिए गए हैं।

अब यहाँ की मनुष्य जमात के बारे में कुछ कहें!

इस शहर की प्रजा आरंभ से ही सुसंस्कृत, कानून की राह पर चलनेवाली, अपने काम-धंधों में व्यस्त, किसी की ज़िंदगी में ताक-झाँक न करने वाली, और जीवन के हर सुख में रस लेनेवाली थी। वे ज्ञान के साधक और शास्त्रार्थ में पारंगत थे। वे विविध कलाओं में रुचि लेने वाले तो थे ही लेकिन कलाओं को लेकर चलनेवाली सैद्धांतिक चर्चाओं में भी रुचि रखनेवाले थे। इसके अलावा बाकी सारे विषय–विशिष्ट जमात का विषय भी–उन्होंने प्रशासन कर्त्ताओं के जिम्मे सौंप दिए थे। राजनीति जैसे विषय में तो वे बस चुनावों के दिनों में ही रुचि दिखाते थे। अन्यथा नहीं। जो उम्मीदवार रोबीला, विनम्र, सुसंस्कृत और बातचीत में प्रभाव जमाने वाला होता था उसे वे अपना वोट देते थे।

आज भी इस नगर में वे नागरिक मिलते हैं जिन्होंने ऐसा स्वर्णयुग देखा था।

बाद में नगर में 'विशिष्ट जमात' की संख्या बढ़ने लगी। संख्या के साथ-साथ आकार भी बढ़ता चला गया। कुछ लोग यह मानते हैं कि यदि समय रहते ही इस 'जमात' को काबू में रखा जाता तो आज का यह संकट न आता। इस पर नगर प्रशासन की अपनी अलग से राय है।

वह राय क्या है इसका उल्लेख आगे आएगा। हाँ, इतना सच है कि पहले लकड़ियाँ या अनाज कुतर-कुतर कर खानेवाले ये प्राणी बिल्लियों पर हमला करने लगे तब भी नगर प्रशासन को ख़तरे की संभावना नज़र नहीं आई। कार्रवाई करना तो दूर रहा। इधर ख़तरा बढ़ गया था और प्रशासन था कि बिल्लियाँ पालना, जाल फैलाना, ज़हरीले पदार्थ रखना–वही घिसे-पिटे उपाय करता रहा। इन उपचारों का प्रभाव या असर इस जमात पर होने से रहा। अंततोगत्वा हुआ यह कि नगर में यह जमात मगरूर होती गई और अँधेरे से फायदा उठाकर इक्के-दुक्के नागरिक पर हमला करती रही।

उन दिनों के दस्तावेज़ों में और एक बात का उल्लेख प्राप्त होता है। वह यह कि इस जमात के सदस्यों को पकड़कर नसबंदी कराने का इलाज सुझाया गया था। यह इसलिए कि इस जमात का वंश न बढ़ सके। इस सूचना का आगे क्या हुआ? कोई नहीं जानता! इसका मतलब यह कि यह योजना कार्रवाई के पूर्व ही डिब्बाबंद हो गई थी।

परिणाम यह हुआ कि इस जमात की संख्या बढ़ती ही गई और आकार भी।

उन दिनों समाचार-पत्रों में इसको लेकर पर्याप्त लिखा गया था। पक्ष-विपक्ष में पत्राचार भी छपा था। इसका अर्थ यह कि चिंतक, प्रशासन-अधिकारी इस प्रश्न की गंभीरता से अनभिज्ञ थे ऐसा कहना व्यर्थ है। अर्थहीन है।

कुछ नागरिकों ने 'चूहे बचाओ! प्रकृति बचाओ!!' आंदोलन छेड़ा था। इन लोगों का कहना था कि प्रकृति के निरंतर-चक्र में हर जीव का विशिष्ट स्थान होता है। और उसका संतुलन खोने पर प्रकृति भी अपना संतुलन खो देती है। ऐसा होने पर सृष्टि में अनर्थ, उत्पात होंगे। समूची जीव-सृष्टि की रक्षा करनी हो तो चूहों की हत्या रोकनी होगी और उनसे बचने के लिए लोगों को चाहिए कि वे स्वयं अपने घरों को चूहेदानी बनाकर उसमें रहें। इन आंदोलन-कर्त्ताओं पर तब अन्य नागरिकों ने काफ़ी बातों की तोपें दाग़ी थीं। खास विशेषणों से इन्हें 'नवाजा' भी गया था। संपादक के नाम लिखे एक पत्र में एक नागरिक लिखता है, 'इन विद्वानों की यह बात मानकर नगर प्रशासन को चाहिए कि सबसे पहले चूहेदानी में इन्हीं विद्वानों को रख दिया जाए और चूहों का भक्ष्य बना दिया जाए।' ठीक है! आगे देखिए।

मनुष्य के एक दल ने यानी 'कमिटी फार एस्टाब्लिशमेंट एंड एनहान्समेंट आफ अ सिव्हिल सोसायटी' ने और एक मुद्दा प्रस्तुत किया था। वह था–'चूहों की कार्य पद्धति अर्थात् अभिव्यक्ति की स्वतंत्रता का मुद्दा।' इस दल के मतानुसार नगर प्रशासन का चूहों के लिए संतति प्रतिबंध या तत्सम किसी कार्रवाई की दिशा में उठता कदम यानी चूहों की कार्य पद्धति और अभिव्यक्ति स्वतंत्रता पर कुठाराघात है। बाद में कभी इस दल की आवाज सुनाई नहीं दी। यानी उस दल का भी विसर्जन हुआ होगा। एक और दस्तावेज़ में इस दल के अध्यक्ष की मृत्यु 'रहस्यमयी' पद्धति से होने का उल्लेख प्राप्त होता है।

आगे चलकर ये चूहे यानी 'विशिष्ट जमात' सुनसान जगहों पर अँधेरे की ओट में समय-बेसमय लोगों को धर-दबोचने, लूटने लगी। उन्होंने स्त्रियों पर भी हल्के-फुल्के हमले करना शुरू किए। बाद में अपहरण, बलात्कार, हत्या आदि...।

इस दौरान नागरिकों में एक प्रकार का परिवर्तन लक्षित होने लगा था। जब यह जमात और उसके सदस्य साहसी, मगरूर बन नागरिकों के लिए यमदूत बन रहे थे तब नागरिकों में इस जमात के कुछ गुणधर्म संक्रमित होने के प्रमाण मिलने लगे थे।

बस अड्डे पर जब किसी ऐसे ही मुस्तैद ने अजनबी यात्री को बस से उतरते हुए धक्का दिया था और उसे ज़मीन पर गिराया था तब दूर से यह नज़ारा देखने

वाले तमाशबीन मन में दुखी हुए थे।

कुछ देर बाद जब वे मुँह फेरकर अपनी-अपनी राह चलते बने तब देखने वाले को ज़रूर लगा होगा कि वे चल नहीं रहे हैं बल्कि रेंग रहे हैं।

कोई दो नागरिक आपस में बातें करते हैं तब भी वे झुकी-झुकी आँखों से चोरी-छुपे इधर-उधर ऐसे देखते रहते हैं और आगे-पीछे हल्की-सी आवाज़ होने पर ऐसे चौंक जाते हैं, कान लंबे कर देखते हैं कि बस! देखने वाले को उनके वे हिलते हुए कान साफ़ नज़र आते हैं।

ज़मीन पर बैठे नागरिक अपने पैर सिमटकर दुबककर बैठे रहते हैं।

जिनके मूँछें हैं ऐसे श्रेष्ठ नागरिकों के होंठ और मूँछों के बारे में क्या कहें। नगर की परिस्थिति का बयान करते हुए या सुपारी जैसा कुछ चबाते-चूसते हुए वे मूँछें ऐसे कुछ हिलती रहती हैं कि झट् से उस 'विशिष्ट जमात' की याद दिलाती हैं।

कुछ खाते समय यहाँ के नागरिक निवाला मुँह में रखने के बजाय कुतर-कुतरकर खाते हैं। ऐसे ही खाने के वे आदी बन चुके हैं।

इससे साफ जाहिर होता है कि उस 'विशिष्ट जमात' का, उसकी अदाओं का, उसकी स्टाइल का कितना गहरा प्रभाव जन-जीवन पर हुआ है।

ऐसा है यह नगर! अन्य नगरों जैसा ही! फिर भी कुछ अलग।

यह इस नगर की कहानी है।

इस कहानी में और किसी अन्य नगर की कहानी में किसी तरह की समानता दिखे तो इसे मात्र संयोग माना जाए।

बातें ऊपर से भले ही एक-सी दिखें लेकिन वे एक-सी होती नहीं हैं। अलग-अलग होती हैं। तो आइए! अब इस कहानी का आरंभ होने जा रहा है।

चार

कल रात इस नगर में एक मासूम नाबालिग बच्ची पर सामूहिक बलात्कार कर उसे जान से मार दिया गया।

बलात्कार पाशवी, विकृत स्वरूप का था। पुलिस रिपोर्ट के अनुसार मरते समय उस बच्ची को बेहद वेदनाएँ हुई होंगी।

पुलिस का कहना है कि यह सब सबके सामने, खुले आम हुआ था। उस इलाके के लोगों ने बच्ची की दिल दहलाने वाली दर्दनाक कराहें, चीखें सुनी थीं।

हत्यारे बाद में पैदल चलकर वहाँ से चले गए थे। वारदात देखनेवालों का यह कथन है।

सभी का कहना है कि उस 'विशिष्ट जमात' के अत्याचार अब इस नगर के लोगों के लिए नई बात नहीं रही है। फिर भी कल रात की अमानुष घटना ऐसी दर्दनाक, लापरवाही से युक्त बेमुरब्बत थी कि ऐसा कभी इस शहर के इतिहास में घटित हुआ न था।

'विशिष्ट जमात' के एक दल ने घटना के कुछ घंटों बाद नगरपाल के कार्यालय में फोन कर उस घटना की जिम्मेदारी स्वीकार कर ली।

कारण पूछने पर उधर से बताया गया कि कई वर्षों से मनुष्यों ने उनके समाज पर अत्याचार किया है। यह उसका बदला है। इसके बाद भी इसी तरह के कई कारनामे किए जाएँगे। यह धमकी भी फोन पर दी गई—उस अज्ञात व्यक्ति द्वारा।

इस घटना के बाद तत्पर नगर प्रशासन ने तुरंत रेड अलर्ट घोषित किया और बंदोबस्त में और बढ़ोतरी कर दी। जगह-जगह पर ख़तरों की सूचनाएँ चिपकाई गईं। महत्त्वपूर्ण जगहों पर 'मार्जार-पशकों' को तैनात कर दिया गया। नगरपाल के कार्यालय से जारी की गई सूचना में कहा गया है कि अगली सूचना मिलने तक हर रात नौ के बाद और सुबह के छह बजने तक जन जीवन ठप्प रहेगा। रातपाली के

लोगों को पुलिस सुरक्षा प्रदान की जाएगी। युद्ध स्तर पर नगर के अँधेरे या कम प्रकाशवाले इलाकों में तेज प्रकाश व्यवस्था की जा रही है। स्पष्ट शब्दों में चेतावनी दी गई है कि यदि कोई किसी आपात्‌कालीन कारण से भी रात के नौ बजे के बाद घर से बाहर निकल गया तो वह स्वयं इसके लिए उत्तरदायी होगा। यह भी हिदायत दी गई है कि समाचार-पत्र ऐसी घटना के बारे में लिखते हुए संयम बरतें और नगर में सर्वत्र शांति बनाए रखने में सहयोग दें। अशांति का माहौल बनाने में खाद-पानी देने वाले समाचार-पत्रों के विरोध में उन्हें 'नगर विरोधक कारनामे' करने वाले मान कर उन पर कानूनन कार्रवाई की जाएगी। उन्हें अदालत तक घसीटा जाएगा।

कल की वारदात शहर के किसी भी समाचार-पत्र में छापी नहीं गई है। इस समाचार पर प्रकाशन पूर्व ही सेन्सरशिप लागू कर दी गई थी। समाचार-पत्र में भले ही इस बारे में कुछ छपा न हो, उसके अलावा भले ही सब कुछ छपा हो,—मसलन हॉलीवुड की हीरोइनों की सुरस, सप्तरंगी, कामोत्तेजक तस्वीरें, कहानियाँ, आगामी वर्ल्ड कप मैच की धुआँधार चर्चा और तस्वीरें—फिर भी रात की घटना शहर में फैल गई है। सुबह से ही शहर का बदला मिजाज इस बात की पुष्टि करता हुआ नज़र आ रहा है। शहर के सारे रास्ते सुनसान पड़े हैं। वातावरण में अजीब-सा तनाव है।

वैसे देखा जाय तो इस शहर के लिए यह कोई नई बात नहीं है। इस शहर में कल रात की घटना जैसी घटनाएँ इसके पहले भी घटित हुई हैं। और तब भी ऐसी ही प्रतिबंधक उपाय योजनाएँ इसी क्रम से ही लागू कर दी गई थीं सन्नाटे भरा माहौल ऐसा भी इस शहर में एकाध दिन तक ठीक ऐसे ही रहता है।

क्या इस बार भी वैसा ही घटित होगा या कुछ अलग? आइए देखते हैं।

पाँच

सुबह के दस बजने को हैं। दिन काफी ऊपर निकल आया है। रात में जारी की गई कर्फ्यू अब भी है।

लगता है शहर पर कोई ढक्कन रखा गया है। सब कुछ जैसे डिब्बा बंद! चुप! खामोश!

सब कुछ बिल्कुल वैसा दिखाई दे रहा है जैसे नींद में दिखता है। दिन में भी आधी रात का समय ठहर गया है।

बलात्कार और खून जिसका हुआ है उस बच्ची की लाश की जाँच हो रही है—शहर के दक्षिण में स्थित कॉरोनर कोर्ट में ।

अब तक कोर्ट के बाहर सन्नाटा था। अब कुछ नगरवासी अदालत की दिशा में आगे बढ़ते हुए नज़र आ रहे हैं! उनकी चाल कर्फ्यू को भूल गई-सी लग रही है।

वे हमेशा की तरह ही रेंगते हुए चल रहे हैं लेकिन कुछ अलग लग रहा है।

चेहरे हमेशा की तरह नीचे झुके हुए हैं लेकिन भिंचे हुए होठों में कोई बात छुपी बैठी-सी लग रही है।

चेहरे नीचे झुके हुए हैं। इसलिए इस बात का पता नहीं चल रहा है कि उनकी आँखों में क्या है!

हाथ हमेशा की तरह बदन से सटे हुए हैं लेकिन बंद मुट्ठियाँ तनी हुई हैं।

कोर्ट से कुछ दूरी पर नागरिकों के छोटे-छोटे समूह इकट्ठा होते हुए दिखाई दे रहे हैं। गौर से देखने पर समझ में आ रहा है कि वहाँ के वातावरण में बुत बन चुकों से मुँहों की हलचल और आपस में की जानेवाली फुसफुसाहट भरी पड़ी है। और कोशिशें की जा रही हैं कि कोई वह फुसफुसाहट सुन न पाए।

समय जैसे-जैसे बीता जा रहा है कॉरोनर कोर्ट के अहाते में समूह बढ़ते जा रहे हैं। शायद इस बात की भनक लगने से सशस्त्र पुलिस दल भी वहाँ पहुँचा है। और समूहों के बीच चहलकदमी कर रहा है।

आजतक का रवैया यह है कि पुलिस जहाँ पहुँचती है लोग वहाँ से खिसकने लगते हैं। लेकिन आज पुलिस के आने पर भी लोग तितर-बितर होने को तैयार नहीं हैं। वे वैसे ही डटकर खड़े हैं। उनके समूहों की संख्या बढ़ती जा रही है। तभी दूसरा पुलिस दस्ता पहुँच गया। साथ में प्रशिक्षित 'मार्जार दस्ता' भी है। वैन की चीखती आवाजें! उनमें से झाँकती 'मार्जार दस्ते' की उग्र भुक्खड़ मुद्राएँ! दरअसल इन सबको देखकर हमेशा इन नगरवासियों की, सीधे भोले-भाले लोगों की हृदय की धड़कनें बंद होने की नौबत आती है। वे इधर-उधर भागते रहते हैं। लेकिन आज पुलिस वैन को रास्ता देने के लिए भी वे तैयार नहीं! वैन से नीचे उतरकर पुलिस को लोगों से कहना पड़ रहा है—रास्ता देने के लिए। और रास्ता ऐसा दिया जा रहा है जैसे कि 'कह रहे हों क्या झंझट है!' लोग थोड़े से ही दूर हो रहे हैं।

पुलिस की संख्या काफ़ी है। कॉरोनर कोर्ट का बंद गेट उन्होंने रोक रखा है। अदालत के सामने खड़े लोगों के झुंड हिलने का नाम नहीं ले रहे हैं। अब उनकी अच्छी-खासी भीड़ इकट्ठा हुई है। भीड़ बढ़ती ही जा रही है। अब भीड़ की फुसफुसाहट अच्छी-खासी आवाज बन गई है।

ग्यारह बज चुके हैं।

अब तक लाश की जाँच पूरी क्यों नहीं हुई? ऐसा क्या पाया गया है? देर क्यों हो रही है?

अत्याचार और खून हुई बच्ची के माँ-बाप, अन्य रिश्तेदार भीतर हैं।

बाहर की भीड़ में से कोई ताजा फूलों के हार और फूल ले आए हैं।

एक खुली लॉरी खड़ी हो गई है। पता नहीं किसकी भेजी हुई है। कोई पूछता भी नहीं है। पुलिस वैन को रास्ता न देनेवाली भीड़ खाली लॉरी को रास्ता दे रही है। भीड़ में से कई उसे सजाने के लिए आगे बढ़ते हैं।

पता नहीं कहाँ से लेकिन परचम, पताका आ पहुँची है।

लाल रंग में रंगे बैनर्स पहुँचे हैं।

खूनी हमले का निषेध और निषेध और निषेध!

डाउन विथ अपीजमेंट पालिसी!

मृत बच्ची की लाश पर बिछाने के लिए सफेद रेशम वस्त्र लाया गया है।

लॉरी में रखने के लिए कुर्सियाँ, शवयात्रा में सम्मिलित लोगों को पीने के लिए पानी की व्यवस्था। बड़े से पीपे...। बूढ़े, अपाहिजों के लिए लॉरी के पीछे चलने वाली गाड़ियाँ! किसी के न कहने पर भी पहुँची हुईं।

अंत में पहुँचे ध्वनि क्षेपक! उनके पीछे स्वयं सेवक! भीड़ को अनुशासित रखने

के लिए! कोई प्रमुख नहीं! सभी अपने आप, बिना आदेश के काम किए जा रहे हैं।

कुछ भी तयशुदा नहीं है। फिर भी हो रहा है। टुकड़े इकट्ठा करने के प्रयास में पहेली में का एक-एक टुकड़ा अपनी जगह जड़ जाए...ठीक ऐसा ही हो रहा है।

दरअसल शहर में कल रात से कर्फ्यू है। समूहबंदी! शोभायात्रा बंदी! इस शहर के नागरिकों की ख़ासियत है—चुपचाप कानून का पालन करने की!

हुक्म से अधिक हुक्म का पालन! फिर आज समूहबंदी के आदेश का क्या हुआ? लोग तो ऐसी भीड़ में अदालत के बाहर इकट्ठा हुए हैं जैसे कर्फ्यू उनके दिमाग में है ही नहीं! शवयात्रा की तैयारी में जुटे हुए हैं। उनके चेहरे प्रेत-से हैं। शरीर मशीन की तरह बेजान-सा हिल रहा है। उनका कोई नेता नहीं है।

पुलिस देख रही है। उनके साथ वाली खून की प्यासी प्रशिक्षित बिल्लियाँ अपने क्रूर चेहरे इधर-उधर घुमाती हुई जिह्वाएँ लपलपाए जा रही हैं।

हरदम शहर में आवारागर्दी करती हुई घूमनेवाली वह 'विशिष्ट जमात' आज कहीं दिखाई नहीं दे रही है। आज उनमें से एक भी सदस्य कहीं नजर नहीं आ रहा है।

बारह बज चुके हैं। भीड़ में बेचैनी बढ़ गई है। सूरज माथे पर चढ़ आया है।

भीड़ में पुरुषों के साथ-साथ स्त्रियाँ भी हैं। इससे और दूसरा आश्चर्य क्या हो सकता है? बच्चों को स्कूल छोड़कर माँएँ आई हुई हैं। जिन बच्चों की उम्र स्कूल जाने की नहीं है उन बच्चों को गोदी में उठाए हुए माँएँ इस भीड़ में शामिल हुई हैं। अबोध बच्चों को इस कदर गोदी में उठाए हुए इस शहर की महिलाएँ इतनी बड़ी संख्या में इसके पहले सिर्फ एक बार घर से बाहर निकली थीं। दो साल पहले पुणें के कृष्णभक्त हरिभवन परायण गोविंदाचार्य पोफलीकर कीर्तनकार महाराज के सत्संग में इस शहर के लोगों ने महिलाओं को इतनी बड़ी तादाद में देखा था। महाराज की आवाज बुलंद थी। वाणी मधुर थी। खासकर पुराणों में से शृंगार प्रसंग को लेकर महाराज जब आख्यान करते थे तब उनकी मधुर वाणी में जैसे बाढ़ आ जाया करती थी जिसमें आकंठ डूबने हेतु शहर की कुँआरी लड़कियाँ, शादीशुदा स्त्रियाँ, विधवाएँ, बूढ़ी औरतें समय के पहले ही घर के काम जैसे-तैसे निपटाकर पहुँच जाया करती थीं। घर के मर्दों की सभी जरूरतें पूरी कर कीर्तन की जगह पर अच्छी जगह पाने की मानो उनमें दौड़ लगी रहती थी। वहाँ बैठी-बैठी वे मन से राधा, यशोदा, गोपियाँ बन जाया करती थीं और महाराज के मुख से उद्गारित शृंगार वर्णनों में खो जाया करती थीं। समापन पर महाराज के पैर छूने लपकती थीं। पैर पकड़ में न आने पर महाराज के शरीर के किसी भी हिस्से को छूकर कम से कम उनके वस्त्रों का स्पर्श

करके ही रहती थीं। इस वक़्त भी उनमें होड़ लगी रहती थी। शहर के पुरुषों में महाराज की इस लोकप्रियता को लेकर चिंता उभर आई। महाराज को शहर प्रवेश नकारा गया। उस घटना के बाद इतनी बड़ी संख्या में महिला वर्ग आज घर से बाहर निकला हुआ दिखाई दे रहा है। यहाँ की औरतें घरेलू किस्म की, अपनी-अपनी गृहस्थी में रमी हुई हैं। सार्वजनिक कार्यों के प्रति उदासीन। नगर सभा में एक भी स्त्री प्रतिनिधि नहीं है। लेकिन आज का रवैया ही कुछ अजीब है। आज का दिन आम दिनों जैसा नहीं है। कुछ अनहोनी होने के आसार नज़र आ रहे हैं।

भीड़ में शामिल खुफिया पुलिस ने इस आसार की जानकारी नगर प्रशासन को दी है।

अब तक अदालत से कोई समाचार नहीं पहुँच रहा है। जाँच के लिए इतनी देर क्यों लग रही है? लोग आपस में चर्चा करने लगे हैं। आशंकित होकर अटकलें लगाए जा रहे हैं। बात करते समय आदतन उनके कान हिल रहे हैं और वे हिलते कान साफ-साफ दिखाई दे रहे हैं। अब तक न नगरपाल और न ही नगरपिता यहाँ आए हैं। उनकी प्रतीक्षा भी की जा रही है और उनके न आने पर लोग आदतन चूहे सदृश्य धीमी आवाज में मूँछें (यदि हैं या ना भी हैं तो भी) ऊपर-नीची करते हुए अपना गुस्सा जाहिर कर रहे हैं। इस शहर में गुस्सा यह चीज सिर्फ पेट में सुरक्षित रखने की मानी जाती है। लेकिन आज वह पेट से बाहर आ रहा है। अब इस गुस्से का क्या होगा? क्या वह पुनः पेट में दफनाया जाएगा? या कुछ और होगा?

'अब बहुत हुआ।...देखा जाएगा...जो होना है...हो जाने दो...' ऐसे वाक्यांश भीड़ में सुनाई पड़ने लगे हैं। इसका मतलब यह कि लोगों की कानाफूसी ने अब चर्चा का रूप धारण किया है। भीड़ नगरपाल और नगर सेवकों उर्फ नगरपिताओं के 'न आने की' चर्चा करने लगी है। कानाफूसी करने वाली आवाजें बीच में ही बुलंद होती जा रही हैं। कभी नहीं लेकिन आज शब्द इतनी स्पष्टता से उच्चारित किए जा रहे हैं कि सामने वाला उन्हें सुन सके। सालों बाद बंद रखी किसी संदूक का ढक्कन खोलने पर जैसे चीजें उछल-उछलकर बाहर आएंगी वैसे इन लोगों के साथ हुआ है। ठीक भी है कि ऐसे वक्त नगरपिता-नगरसेवकों के आने का चलन जो नहीं है। नगर सभा की बैठक में ये लोग सिर्फ दो मिनट मौन धारण कर वे अफसोस जाहिर कर देते हैं बस! समाचार-पत्रों में दुखड़ा बयान कर देते हैं! लोगों में बहस चल रही है। हमेशा कहा जाता रहा है फुसफुसाहट हो रही है—लेकिन आज बहस ही कहना चाहिए—कॉरोनर कोर्ट में 'वहाँ' से फोन आ रहे होंगे। नगरपाल की खोपड़ी में इतना भी नहीं आया कि यह समय मात्र बंगले में बैठकर फोन पर घटना जान लेने का

नहीं है! लोग ऐसे ही ताने दे रहे हैं! जो अनुपस्थित हैं उस नगरपाल से भीड़ सवाल पूछ रही है।

जैसे-जैसे कोर्ट में जाँच करने में विलंब होता जा रहा है वैसे-वैसे बढ़ती भीड़ में बेचैनी बढ़ती जा रही है। बाहर की आवाजें कोर्ट के भीतर पहुँच ही गई होंगी। आख़िर हुआ यह है कि कुछ लोगों के धीरज का बाँध टूट ही गया है। कोर्ट के लोहे के दरवाज़े की सलाखों पर चढ़-चढ़कर लोग (चूहे की तरह) भीतर झाँकने लगे हैं। यह अजीबोगरीब दृश्य था। पुलिस के आश्चर्य का कोई पारावर न रहा। वे लाठियाँ सँभालकर सजग हुईं! कुछ पलों के लिए लगा अब आग भभक उठेगी। लेकिन नागरिकों ने अपने आप पर काबू पाया। ऊपर चढ़े हुए लोग नीचे उतर गए। भीड़ कुछ पीछे खिसक गई। लेकिन पीछे हटते-हटते भी गले में फंदा कसे जानवर की तरह गुर्राती रही। पीछे हटना पड़ा इसलिए भीड़ अब नारे लगाने लगी है। अब हाथ हवा में उठने लगे हैं। कहीं-कहीं मुट्ठियाँ कसी हुई दिखने लगी है। आवाजें दबी हुईं हैं लेकिन शब्द एकदम ठोस—किसी ने मुर्दाबाद कहा और भीड़ ने उसे दोहराया।

इसमें अब कोई शक नहीं कि आज की स्थितियाँ बिल्कुल अलग हैं। अजीब-सी बू आने लगी है।

पुलिस का एक और शस्त्रधारी दल चीखती पुलिस वैनों में से आया है। उन्हें आते देख भीड़ को लगा शायद सुरक्षा दल के संरक्षण में नगरपाल पधार रहे हैं। लेकिन जल्दी ही भरम टूट गया। मुड़ी हुई गर्दनें फिर सीधी होकर बहस करने लगीं। नगरपाल का न अता न पता उसकी जगह शस्त्रधारी पुलिस दल ही पहुँच रहे हैं। आक्रामक भीड़ को रोकने के सारे इंतजाम कर दिए गए हैं। दल के हाथ में रक्षा-साधन, कमर में आँसू गैस सिलेंडर, सिर पर रक्षा-कवच! देखते-देखते पुलिस दल ने सेना का रूप धारण किया। अब रक्षा कवच के भीतर से झाँकती हुईं उनकी आँखें दगाबाज लगने लगी हैं। 'मुआयना-दल' भीड़ से होता हुआ कोर्ट के गेट तक जा रहा है। लेकिन भीड़ को बिना छेड़े हुए। भीड़ के सामने वह अब डटकर खड़ा हो गया है। तीन पुलिस दल भीड़ के तीनों ओर तैनात कर दिए गए हैं। वे भीड़ को देख रहे हैं। और भीड़ उन्हें! मानो रणभूमि में शत्रु आमने-सामने खड़े एक-दूसरे का बल आजमा रहे हैं। ऐसा नज़ारा इस शहर में पहली बार दिखाई दिया है। पहली बार ऐसा हुआ कि भीड़ निडर बन गई है। हाँ, इतना होने पर भी उनके चेहरे पर आवेग नहीं है। वे ऐसे हैं जैसे काटो तो खून नहीं।

नारे बुलंद होते जा रहे हैं। धूप कड़ी होती जा रही है। परिस्थितियाँ विस्फोटक बनती जा रही हैं।

आखिर कोर्ट के बंद गेट के पीछे से संदेश आ ही गया। जाँच पूरी हो चुकी है। लाश रिश्तेदारों को सुपुर्द की जाएगी। कोर्ट के बाहर मुखर मौन छा गया है। गेट की ओर नगरवासियों के झुंड के झुंड बढ़ते जा रहे हैं। पुलिस को अपनी जगह से हटना पड़ रहा है। और लोगों को रास्ता देना पड़ रहा है। पुलिस कोई बखेड़ा नहीं चाहती। कोर्ट के गेट पर लोगों की ऐसी भीड़ उमड़ पड़ी है कि लगता है वह भारी-भरकम गेट पत्ते के बंगले-सा टूट जाएगा। आवाजों की धूल गुब्बारे-सी उड़ी जा रही है। गेट पर तैनात रक्षा अधिकारी भीड़ का यह उमड़ना देखकर हक्का-बक्का रह गए हैं। कुछ न सूझने की स्थिति में जोर-जोर से टीन की सीटियाँ बजा रहे हैं। घूमता सुरक्षा पुलिस-दल हवा में गोलियाँ चला रहा है। लेकिन उमड़ते समंदर में चुल्लू भर पानी की तरह वे स्वयं ही भीड़ में खोए हुए हैं। पुलिस दल बिल्कुल 'पोज' लिए तैयार हैं। लेकिन उन्हें 'आडर्स' नहीं हैं। भीड़ अब और इंतजार नहीं कर सकती। उसे लाश चाहिए।

परिस्थितियों की नज़ाकत देखते हुए न्यायाधीशों ने मृत बच्ची के माँ-बाप को आगे खड़ा कर दिया है। वे दोनों कोर्ट की मुख्य इमारत से निकलकर प्रांगण में पहुँच चुके हैं। उन्हें देखते ही अपेक्षानुसार भीड़ का आगे वाला हिस्सा शांत हुआ। वे पीछेवालों को भी शांत हो जाने के लिए इशारे कर रहे हैं। गेट पर आकर मृत बच्ची के माँ-बाप हाथ जोड़कर भीड़ से विनती कर रहे हैं कि 'सबर रखिए'। ल़ाश मिल रही है। समय की नज़ाकत को पहचानिए।

उन दोनों के झुलसे चेहरों को या तो प्रत्यक्ष या कल्पना में देख-देखकर भीड़ के नेत्र नम हुए हैं। आगे वाले पीछे के लोगों को और पीछे वाले अपने पीछे के लोगों को समझा रहे हैं कि सबूरी से पेश आना चाहिए। शांति से, अनुशासन से स्थिति को सँभालना चाहिए। जो भीड़ अब तक बौखलायी हुई थी वह पल में शांत हो गई है। कतार में खड़ी हो गई। भीड़ ने मृत बच्ची के माँ-बाप को रास्ता बना दिया है ताकि वे बच्ची की लाश आराम से बाहर ले आ सकें। बाल़ कृष्ण को जमुना पार ले जाते हुए जमुना नदी ने जैसे राह बना दी थी ठीक वैसे भीड़ ने रास्ता बना दिया है। लोग निःशब्द होकर देख रहे हैं। और कोर्ट की इमारत से बाहर निकल रहे हैं। माँ-बाप के हाथों के झूले में बच्ची की लाश है।

कितनी कम उम्र की बच्ची! हाथों में ऐसी समायी हुई थी कि मुश्किल से दिख रही थी। उसका सामूहिक बलात्कार हुआ था। मासूम, फूल-सी कोमल बच्ची। अभी उसकी ज़िंदगी शुरू भी नहीं हुई थी। अभी तो उसने स्कूल जाना शुरू किया था। उफ्! कैसी ख़तरनाक मौत मिली थी उसे! क़फ़न में लिपटी उसकी लाश देखकर भीड़

की नज़रें यही सोच रही हैं। कैसे बर्दाश्त किया होगा उसने! वे अंतिम क्षण। कैसा आक्रोश था वह! तमाशबीनों की तब भी कमी नहीं थी जब बच्ची पर वह सब गुज़रा था। लेकिन हम उन राक्षसों को रोकने का साहस नहीं कर पाए। हम कमजोर थे। हम हिम्मत जुटा नहीं पाए। नपुंसक निकले हम सब के सब। भीड़ के चेहरे पर यही अपराध-बोध छा गया था।

भीड़ में किसी के मन में भावावेग इतना बढ़ गया कि उसने कोर्ट के गेट के दरवाज़े पर ही अपना सिर पटकना शुरू किया। उसके ललाट से खून निकलने लगा। उसकी कमीज़ खून से सराबोर हो गयी। लोगों ने जैसे-तैसे उसे सँभाला है।

ध्यान देने योग्य बात यह है कि उस 'विशिष्ट जमात' के लोगों द्वारा अत्याचार ग्रस्त हुई यह बालिका कोई पहली बलि नहीं थी। ऐसी घटनाएँ इसके पूर्व कई हुई हैं।

अब भी नगरपाल आया नहीं था और न ही नगर पिताओं में से कोई! भीड़ की नाराजगी अब क्रोध में तब्दील हो रही थी।

इन लोगों के पास फालतू समारोहों के लिए समय रहता है। चुनाव पोषित होते ही ये भिखारियों की तरह दरवाज़े-दरवाज़े तक जाते हैं। और आज यहाँ आने के लिए इनके पास समय नहीं है?

यदि अब चुनाव घोषित होंगे तो ये सबके सब मटियामेट किए जाएँगे। माहौल देखकर ऐसे ही लग रहा था। मानो ये सारे लोग अबकी बार इन लोगों को ऐसे पस्त कर देंगे कि जिसका कोई जवाब नहीं होगा। भले ही आज तक अंधे बनकर लोगों ने इन्हें अपने वोट दिए हों पर अब की बार ऐसा नहीं होगा।

भीड़ में से तीन-चार लोग आगे बढ़े। प्रहरियों की परवाह किए बगैर गेट खोलकर वे कोर्ट के अहाते में गए। प्रहरी या पुलिस अब लोगों को रोक नहीं सकती क्योंकि लोगों के हाथ में लाश पर अर्पित करने के लिए फूल और मालाओं की टोकरियाँ हैं। नया सफेद कफ़न है।

भीड़ गेट से सटकर खड़ी है। गर्दन झुकाए हुए। प्रतीक्षा कर रही है—उन मूषक राक्षसों के अत्याचारों की बलि चढ़ी अबोध बालिका की मृत देह कफन में लपेटकर, फूल मालाओं से सजाकर बाहर ले आने की। इन लोगों के चेहरों पर वीरानियत छायी हुई है। स्वयं सेवक अंतिम यात्रा की तैयारियों में जुटे हैं। लॉरी के आस-पास हैं। पीने के पानी के पीपे, कुर्सियाँ, पताकाएँ लॉरी में रखी गयी हैं। बच्ची को सुलाने के लिए मंच तैयार किया है। लाश लॉरी में रखी जाएगी तब यात्रा आरंभ होगी। लॉरी के अगले हिस्से पर बड़े-बड़े नीले अक्षरों में लिखा बैनर—'हुतात्मा रानी चंदगडकर

अमर रहे'—टाँगा गया है।

बैनर टँगते ही भीड़ ने तालियाँ बजायीं। क्यों बजीं तालियाँ? कोई नहीं जानता। भीड़ को मानो अपनी आवाज़ मिल गई थी। इसी आवाज़ में भीड़ नारे बुलंद करती रही। 'रानी मेरी बच्ची' एक आवाज़ दबी-सी इसी भीड़ से उठी। 'नगर प्रशासन मुर्दाबाद' एक और आवाज। उसे भी दोहराया जाने लगा। 'रानी की मौत का जिम्मेदार कौन? नगरपाल जवाब दो!' आवाजें...आवाजें! इधर से...ऊधर से। दबी हुईं। बेसुरी। चीखती हुईं। गले साफ होने लगे। सालों साल जिस संकोच-डर ने धर दबोचा था वह अब डूबने लगा है। नगर में कुछ अनोखा घटित हो रहा है। न जाने कितने बरसों बाद गर्दनें तन गई हैं। मुट्ठियाँ ऊपर उठ रही हैं। पैरों में बल आने लगा है। तूफान उठ रहा है। पता नहीं यह तूफान किस दिशा में आगे बढ़ेगा।

धूप बढ़ती ही जा रही है। नन्ही-सी लाश हाथों के पलने में लिए झुके हुए चंदगडकर पति-पत्नी कोर्ट के गेट के बाहर आ रहे हैं। किसी ने उनके सर पर छाता खोला। भीड़ ने रास्ता दिया। तमाशबीन गुमसुम हैं। मुरझाए चेहरे लिए चंदगडकर पति-पत्नी स्वयंसेवकों की हिफाजत में बड़ी मुश्किल से कदम उठाते हुए लॉरी तक पहुँचे हैं। लॉरी में पहले से मौजूद कुछ स्वयंसेवकों ने लाश उनके हाथों से फूल-सी उठाकर लॉरी में ली है। दूर से देखने वालों को भी इस कोमलता का अहसास हुआ है। कोई स्टूल लेकर आया और रानी के माता-पिता उस पर कदम रखकर लॉरी में चढ़ गए। लॉरी में सजाए गए मंच पर लाश रखी गई। कफन ओढ़ाया गया। मालाएँ, फूल पहनाए गए। नारों की आवाजें, जयजयकार की आवाजें बुलंद होती गईं। लाश के पास बच्ची के माता-पिता बैठ गए और यात्रा आरंभ हुई। बिगुल बजाया गया।

बिगुल कौन लाया? कहाँ से आया? कोई नहीं जानता। कोई पूछता भी नहीं है। भीड़ में किसी को कुछ पता नहीं है लेकिन हर बात हो रही है।

भीड़ अच्छी-खासी बढ़ गई है। सारा शहर मानो उमड़ पड़ा है। नगरपाल और नगरपिता छोड़कर सभी इस यात्रा में शामिल हो गए हैं। यदि वह 'विशिष्ट जमात' छिपकर कहीं से यह देख रही होगी तो सोचती होगी 'चलो! अपना अंत अब नजदीक है!'

महाप्रस्थान शुरू हुआ। लॉरी के पीछे अनुशासित भीड़ और स्वयंसेवक। कोई नेता नहीं। लीडर नहीं। नारे बुलंद होते जा रहे हैं! सिर्फ नारे।

ऐसा इस शहर में किसी ने कभी देखा न था। अनहोनी है यह! जैसे जादू हुआ हो और शहर पर छाया डर का ढक्कन हट गया हो। हाय हाय! मुर्दाबाद! जिंदाबाद! बस यही नारे! उस 'विशिष्ट जमात' का उल्लेख तक नहीं। नगरपाल का भी उल्लेख

नहीं। सिर्फ आवाज़ें। शब्द फूट पड़ रहे हैं। मुख से बाहर आ रहे हैं। घसीटते हुए चलनेवाले पैर हैं लेकिन आज यात्रा में शामिल हुए हैं। भिंचे हुए होंठ हैं और ताकते हुए कान। लेकिन वे भी यात्रा का अंग बन चुके हैं। पसीने में लथपथ चेहरे वीरान हैं। मानो नींद में बड़बड़ाते हुए चल रहे हैं। यदि कल परसों कोई कहता कि इस शहर में ऐसा कुछ होने वाला है तो उसे पागल कहा जाता।

नन्ही रानी चंदगडकर की महाप्रस्थान-यात्रा शहर के हर रास्ते से होती गुज़र रही है। नारे लगाए जा रहे हैं। घर की खिड़कियों, बाल्कनियों में से यह दृश्य देखने के लिए बूढ़े, बच्चे, अपाहिज, झाँक रहे हैं और अचरज में डूबे जा रहे हैं। सभी के हाथ सकुचे हुए हैं। अंधों के भी आँखें होने का आभास हो रहा है। वे मान रहे हैं कि उन्हें सब दिखाई दे रहा है। बूढ़ों के शरीर थरथरा रहे हैं। भीड़ बोल रही है। जिंदाबाद! अमर रहे! चिरायु हों। मुर्दाबाद! हाय हाय! कई लोग घर से अब भी निकलकर भीड़ में शामिल हो रहे हैं। और महाप्रस्थान यात्रा में चलने लगे हैं।

सुरक्षा पथक छोड़कर बाकी की पुलिस भी ऐसी चल रही है मानो वे भी महाप्रस्थान यात्रा का हिस्सा हो। साफ जाहिर हो रहा है कि वे भी 'जमाव बंदी' कानून भंग करने वालों की रक्षा कर रही है।

इतना कुछ हो रहा है। लेकिन उस 'विशिष्ट जमात' के सदस्य कहाँ हैं? ऐसा लग रहा है मानो वे कभी इस शहर में ये ही नहीं। इस यात्रा में इतने सारे नारों के बीच उनका अनुल्लेख इस बात की ओर ही पुष्टि कर रहा है कि वाकई वे कभी इस शहर में न थे।

यह यात्रा महाप्रस्थान यात्रा है। वह श्मशान की ओर जा रही है और श्मशान जाने का रास्ता सभी जानते हैं। हर कोई अपने जीवन में शरीर या मन से कम से कम एक बार तो श्मशान हो आया है। कोई हर दिन जाता होगा। आज सभी लोग शरीर और मन से इस राह चल पड़े हैं। गर्दन झुकाए हुए।

लेकिन यह क्या हो रहा है। रास्ता भूल गए? या गलत मोड़ मुड़ गए? श्मशान की दिशा भूलकर यात्रा दाहिने ओर मुड़ गई है। श्मशान बाईं ओर छूट गया है। यात्रा मंत्रालय की दिशा में आगे बढ़ रही है।

रास्ता भटक गए? यह असंभव है। तो फिर? क्या हुआ? स्वयं सेवक और नागरिक शहर के चप्पे-चप्पे से भली-भाँति परिचित हैं। सभी शहर का मानचित्र जानते हैं। बल्कि सभी को बाक़ कंठस्थ है। तो फिर? यात्रा राह बदलकर चींटियों की कतार-सी मंत्रालय क्यों जा रही है? किसलिए?

किसके कहने पर? लीडर तो कोई भी नहीं है हाँ, इतना सच है कि यात्रा ने

अपना रुख बदल दिया है।

आगे-पीछे चलने वाली पुलिस ने इस बदले हुए रुख को गंभीरता से लिया है। दल ने बिनतार संदेश भेजे--बलात्कारित बच्ची की महाप्रस्थान यात्रा श्मशान की राह त्यागकर मंत्रालय की राह चल पड़ी है।

मंत्रालय में संदेश पहुँचा। यात्रा आ रही है।

दिन में भी उनींदा लगने वाला शानदार मंत्रालय हड़बड़ाकर जाग गया है। अब तो कोई चारा नहीं है। नगर प्रशासन को सामना करना ही होगा। कॉरोनर कोर्ट में 'न जाने का' हमेशा का वजूद छोड़कर उसे अब सामने आना ही है। नगरपाल तेज बुद्धि है। इस नई स्थिति से निपटने की पूरी तैयारी वह करने लगा है। बड़ी से बड़ी फूलों की माला या गुच्छ लाने के लिए वह जल्दी मचा रहा है। अपने निजी सचिव को इधर-उधर दौड़ा रहा है। ऐसी माला या गुच्छ बना बनाया है तो ठीक नहीं है तो जल्दी बनाने पर जोर डाल रहा है। सभी नगरपिताओं को आदेश पहुँचाया गया है कि शीघ्रातिशीघ्र मंत्रालय पहुँचा जाए। और यह भी कि साथ में बड़ी-सी माला या गुच्छ लाएँ। सफेद ही वस्त्र पहनकर आने के लिए कहा गया है। अपने सुरक्षा दल को दूर रखने की हिदायतें दी गई हैं। यह कोई समारोह नहीं है। न आएँगे तो अनुशासन भंग की कार्रवाई की जाएगी। मंत्रालय के सभी कर्मचारियों को इकट्ठा किया गया है। उनके हाथों में चार-चार आने की माला थमा दी गई है।

कभी नज़र ऊपर न करने वाले नागरिकों ने मृत बच्ची की श्मशान-यात्रा के दौरान मंत्रालय की राह पकड़ी है। इसमें छिपा संदेश न समझे इतना तो नगर-राजनीति में माहिर नगरपाल अनभिज्ञ नहीं है। इस अनहोनी के बारे में सोचने के लिए अब उसके पास समय नहीं है। मंत्रालय के इर्द-गिर्द सुरक्षा व्यवस्था और बढ़ाने के आदेश उसने पुलिस प्रमुख नारिंगे को दिए हैं। गस्त पथक को पाचारण किया गया है। इतने आदेशों के बीच यह सूचना देने को वह बिल्कुल भूला नहीं कि इतनी पुलिस फौज लोगों की नज़र में नहीं आनी चाहिए। पुलिस फौज को मंत्रालय के पीछे रखने की खबरदारी लेना वह भूला नहीं। जरूरत नहीं भी होगी लेकिन सभी प्रकार से सावधानी बरतनी चाहिए। 'नथिंग शुड बी लेफ्ट टु चान्स!' यह उसकी हमेशा की नीति। उसके दीर्घकालीन सत्ताभोग का रहस्य इसी नीति में छिपा हुआ है।

हाँ, तो यात्रा मंत्रालय के करीब आ रही है। लॉरी पर मृत बच्ची की फूलों से सजायी गयी लाश है। उसके पास बैठे जड़वत् माँ-बाबा और पीछे नागरिकों का समंदर! दबी, फटी, आवाजों में गूँजते नारे। बार-बार ऊपर उठती मुट्ठियाँ घसीटते हुए कदम! श्मशान की राह त्यागकर मंत्रालय की राह पकड़े हुए था जन समूह!

मंत्रालय के करीब आते ही अब तक यात्रा का हिस्सा बनी पुलिस यात्रा से दूर हटकर चलने लगी। विशिष्ट अंतर रखकर!

कदम-कदम पर क्या-क्या हो रहा है इसके संदेश वायरलेस पर मंत्रालय पहुँचाए जा रहे हैं। यात्रा के लीडर, पीछे चलने वाले, नारे लगाने वाले, लॉरी, फूल, बैनर लाने वाले, थामने वाले, रेंगने वाले! सब की जानकारी तफसील से मंत्रालय भेजी जा रही है।

पुलिस मुख्यालय में बैठे पुलिस प्रमुख नारिंगे के सामने अलग ही संकट है। शहर के इतने सारे लोग कर्फ्यू ठुकराकर इकट्ठा आए हैं। अब इनका क्या करें? ऐसा पहले कभी नहीं हुआ था। ऐसा कुछ होगा इसका अंदाज भी नहीं था। जिस कारण यह सब बावेला मचा है वह कारण भी कोई खास कारण नहीं है! ऐसी वारदातें तो कई हुई थीं। नारिंगे का अपना मत है यह! दरअसल उसका सार्वजनिक मत है यह! लेकिन यात्रा का रुख देखकर वह निजी मत हो गया है। कर्फ्यू ठुकराने के कारण इतने लोगों को पकड़ा भी जाए तो रखेंगे कहाँ? इतने कैदखाने भी चाहिए। वह वायरलेस पर नगरपाल से पूछ रहा है। 'सर, जेल में तो दो सौ कैदियों को रखा जा सकता है। जेल पहले ही ओवर फुल है। एक-एक वार्ड में दो-दो सौ लोग रखे हैं। अब इन नए लोगों को कहाँ रखा जाए?' नगरपाल अपनी उलझन को सुलझाने में जुटा है। वह गुस्से से बरस पड़ता है, 'मुझसे क्या पूछते हो। अपना दिमाग इस्तेमाल करो।'

अपना दिमाग इस्तेमाल करने में उसे कोई दिक्कत नहीं है लेकिन गलती हुई तो वह दिमाग शरीर पर रहेगा नहीं उसका क्या करे? अब पुलिस प्रमुख खुद पर ही गुस्सा हो रहा है। वह सोच रहा है कुछ भी करूँ तो गालियाँ खानी ही हैं। चलो, अब की बार आर या तो पार। ऐसी दो जगहें हैं जहाँ ढेर सारे लोग समा सकते हैं। बाड़े से घिरी हुई जगहें हैं वे। एक तो शहर का पागलखाना और दूसरा स्कूल। सयानों को ठूँसने के लिए पागलों को रिहा करना पागलपन है तो फिर क्यों न स्कूल ही खाली कर उसका कैदखाने जैसा इस्तेमाल किया जाए। वैसे भी स्कूल की छुट्टियाँ घोषित की जा सकती हैं। वह स्कूल जाने निकलता ही है कि खबर पहुँचती है—मंत्रालय से पाँच सौ कदम की दूरी पर भीड़ ने आक्रामक रूप धारण किया है।

कुछ भी! विश्वास रखा नहीं जा सकता। शहर के अहिंसावादी नागरिकों से हिंसाचार? यह क्या हो रहा है?

पुलिस प्रमुख नारिंगे का गला सूख रहा है। उसके आश्चर्य की कोई सीमा नहीं है। बकरी शेर कैसे हो सकती है? हिंसा की घटनाओं के ब्यौरे प्राप्त हो रहे हैं। बत्तियाँ

पर, सरकारी तख्तियों पर पत्थर फेंके गए हैं। सार्वजनिक संपत्ति को ध्वस्त किया जा रहा है। सवारियाँ जलायी जा रही हैं। आदिमयों को कोई चोट पहुँचायी नहीं गयी है। कितना आश्चर्य! क्या ऐसा सचमुच हो रहा है? कल तक जो कानून के गुलाम थे आज? जो आँखें तक न उठाते थे, जो कभी नंगा नाच करने वाले चूहों के रास्ते में भी नहीं आते थे वे अहिंसक लोग अब कहाँ हैं?

इसकी तलाश करने के लिए उसके पास समय नहीं है। आने वाले इस तूफान से निपट लेने के लिए, नगरपाल का आदेश आने पर लाठीचार्ज या आँसू गैस या हवा में फायरिंग या फिर असली फायरिंग करने के लिए तैयार हो जाना चाहिए। पुलिस प्रमुख पुलिस को नई सूचनाएँ दे रहा है—मंत्रालय के पास एकदम तैयार रहिए। खुद कुछ मत कीजिए लेकिन भीड़ को मंत्रालय के पास आने दीजिए। अगला आदेश मिलने तक लोगों को चाहे जो करने दीजिए। वायरलेस पर संदेश भेजकर पुलिस प्रमुख छलाँग लगाकर जीप में जा बैठा—मंत्रालय जाने के लिए।

यात्रा में कुछ झुंड हिंसक बन जाते ही गर्दन झुकाए चलनेवाले अन्य शांति प्रिय नागरिकों में बेचैनी बढ़ने लगी है। ऐसा कुछ उन्हें अपेक्षित न था। वे इन सबके आदी नहीं हैं। पहले ही उनका गला सूख रहा था अब तो बेहोश होने की स्थिति है। किसी के हृदय की धड़कनें तेज हो गई हैं। कोई पानी-पानी कहकर चीख रहा है। कोई बैठ गया है सो उठने का नाम नहीं ले रहा है! स्वयं सेवकों की आपाधापी बढ़ गई है। हिंसाचार पर काबू पाएँ या इन लोगों की सेवा करें? आवाहन किया जा रहा है कि भीड़ में यदि कोई डॉक्टर है तो सेवा के लिए आगे आएँ! अधिकांश लोग रेंग रहे हैं—मंत्रालय की दिशा में। 'चलो मंत्रालय!' लेकिन चेहरे वीरान! आँखों को यह भी ज्ञान नहीं है कि वे चल रहे हैं। बीच में ही गूँजने वाली आवाज़ें! गूँजते-गूँजते फटनेवाली आवाज़ें!

चींटियों की तरह सभी आगे-आगे जा रहे हैं। नारों में का जोश ठंडा पड़ने लगा है। मुट्ठियाँ भिंची हुई हैं। लेकिन ऊपर नहीं उठ रही हैं! पीछे काँच तोड़े जा रहे हैं। खम्बे उखाड़े जा रहे हैं। जलने की बदबू फैल रही है। पुलिस यह सब देख रही है लेकिन कुछ करने के आदेश उसे नहीं हैं। यात्रा रास्ता चल ही रही है।

काँच तोड़े जा रहे हैं। बिजली के खम्बे उखाड़े जा रहे हैं। छोटी-बड़ी चीजों को जलाया जा रहा है। लेकिन ऐसा कुछ करने का पूर्वाभ्यास इनमें से किसी को नहीं है। हाँ, इससे कोई फर्क नहीं पड़ रहा है। धूप, पसीना और जो हुआ है—इन सबका मिला-जुला परिणाम यह कि इनके दिमाग ठिकाने पर नहीं हैं! हाथ काबू में नहीं हैं! वे खुद को पहचान नहीं रहे हैं। ध्वंस! बस, जो दिखता है उसे जलाना चाहिए!

ये निर्जीव चीज़ें उन्हें सजीव लग रही हैं और वे उन पर गुस्सा उतारे जा रहे हैं।

सूरज सिर पर आ चुका है। धूप कड़ी होती जा रही है। पुलिस का सिर भी गर्म हो रहा है। हमारे रहते हुए लोगों की यह हिम्मत? क्या उन्हें समझ नहीं है? हमें सिर्फ यह तमाशा देखना ही है तो इतने शस्त्र क्यों हैं? शस्त्र चलाने का प्रशिक्षण क्यों दिया है हमें? ये खूँखार बिल्लियाँ क्यों? कर्फ्यू क्यों? पुलिस दल की ज़रूरत ही क्या है? पुलिस के हाथ बेचैन होते जा रहे हैं! अब वे अपना गुस्सा साँकल से बँधी प्रशिक्षित बिल्लियों पर उतार रहे हैं और बिल्लियाँ गुर्रा रही हैं। 'फुस्' कर रही हैं! फिर भी पुलिस-रक्षकों के पीछे चल रही हैं।

हिंसा की घटनाएँ और वे करनेवाले पीछे छूट गए हैं। यात्रा आगे निकल चुकी है।

मंत्रालय को रक्षा पुलिस ने घेर रखा है। गश्तदस्ता मंत्रालय के पीछे तैनात है। पुलिस दलों के न दिखते हुए तैनात रहने का अपना निर्णय नगरपाल ने पुलिस प्रमुख नारिंगे के दबाव के कारण बदल दिया है। यात्रा-मार्ग पर घटित हिंसाचार से वह भी बेचैन हुआ है। इस शहर के नागरिक सुसंस्कृत, सत्कार्य करनेवाले, कानून माननेवाले हैं। नगरपाल इस बात को लेकर कई बार खुले आम गर्व से प्रशंसा भी कर चुका है। अब जो हो रहा है वह कल्पना के परे का है और चिंताप्रद भी। खास कर नगरपाल के लिए तो चिंता का विषय हो गया है। ऐसा करनेवाले 'बाहर' के हैं—नगरपाल पत्रकार परिषद में यह आरोप कर सकता है लेकिन जानता है कि यह सच नहीं है। मंत्रालय के बाहर तैनात पुलिस को आदेश देते समय यह चिंता उसके हमेशा के शांत चेहरे पर साफ छप चुकी थी। बीस साल पहले उसका इकलौता बेटा गिर्यारोहण के समय तीन सौ फीट खाई में गिरकर मरा था। तब यह समाचार सुनकर भी उसका शांत चेहरा आज के जैसा बेचैन नहीं हुआ था। ऐसी ही कुछ कानाफूसी उसके भरोसेमन्द सेवकों में चल रही है।

अधिकांश नगरपिता मंत्रालय में दाखिल हो चुके हैं। बाकी आ रहे हैं। बीमार नगरपिता व्हील चेअर में बैठकर आ गए हैं। एक नगरपिता स्ट्रेचर पर आ गया है। (दरअसल उसे कुछ खास हुआ नहीं है लेकिन स्ट्रेचर पर आना उसका शौक है। नगरपिताओं में कानाफूसी चल रही है कि पिछले चुनाव में भी वह मतदान केन्द्र स्ट्रेचर पर आया था) सारे नगरपिता चमकदार सफेद वस्त्रों में सुरक्षा व्यवस्था को दूरी पर रखे हुए आए हैं। चेहरे समय की माँग के अनुसार गंभीर! लंबे! हाथ में बड़ा-सा हार या गुच्छ! मंत्रालय के परिसर का माहौल देखकर वे और ही गंभीर हुए हैं। यात्रा की, खासकर हिंसा की खबरें उन तक पहुँच चुकी हैं। यात्रा-पथ पर जिनके घर,

दुकान, या जायदाद हैं वे तनावग्रस्त हुए हैं। गृह मंत्रालय के सचिव ने भले ही उन्हें यह कहकर कि भीड़ किसी की निजी जायदाद का नुकसान नहीं कर रही है—राहत दी है। अति विशिष्ट व्यक्तियों के घरों को संरक्षण भी दिया गया है। इसके बावजूद वे लोग सुरक्षित महसूस नहीं कर पा रहे हैं। इस शहर ने इसके पहले कभी नागरिकों के द्वारा किया गया हिंसाचार देखा ही नहीं है। अब तक जो हिंसाचार हो रहा था वह 'विशिष्ट जमात' के द्वारा! इसलिए 'मनुष्य के द्वारा हिंसाचार' यह बात अतार्किक, कल्पना के परे की लग रही है।

यात्रा मंत्रालय के पास पहुँच चुकी है। बीच समय रुके हुए नारे फिर गूँज गए हैं। नारे अबकी बार नए हैं। 'नगरपाल हाय हाय!' निष्क्रिय प्रशासन पर लानत है। 'नगरपिताओ चूड़ियाँ पहनो।'

यात्रा में नौकरीशुदा लोग हैं, व्यावसायिक हैं। बड़ी संख्या में व्यापारी लोग हैं और सामान्य स्त्री-पुरुष नागरिक भी हैं। सभी एक साथ मिलकर खड़े हैं। कई औरतों की गोद में बच्चे हैं।

इस शहर में ऐसा नज़ारा पहले कभी दिखा न था।

लगता है समूचा शहर रास्ते पर उतर आया है।

मंत्रालय के इर्द-गिर्द इतनी बड़ी तादाद में पुलिस को देखकर नारे बढ़ गए हैं। भीड़ ने माँग की है—यह पुलिस तुरंत हटायी जाए। आवाज़ बुलंद होती जा रही है। एक पत्थर जो ज्यादा बड़ा नहीं है—लुढ़कते हुए पुलिस से कुछ दूरी पर आ गिरा है। लुढ़कता चला जा रहा है।

पत्थर छोटा है। मुट्ठी भर आकार का! लेकिन पुलिस के लिए यह महत् आश्चर्य है। उनके लिए यह एक धक्का है। इस शहर में किसी की यह हिम्मत? रास्ते में रेंगते हुए चलनेवाले ये लोग जो कभी उँगली तक उठा नहीं पाए थे और हमेशा डर के बोझ तले दबे हुए थे आज पुलिस की ओर पत्थर फेंक रहे हैं!

मंत्रालय के सामने खड़ी पुलिस हटायी गई है। भीड़ उल्लास से शोर मचा रही है और तालियाँ बजा रही है।

मंत्रालय के पीछे खड़ा गश्त-दस्ता वैसा ही तैनात है लेकिन नगरपाल ने उसे सख़्त हिदायत दे रखी है कि उसकी हल्की झलक भी कोई देख न पाए। परिस्थिति को और बदतर न बनाने हेतु उसने ऐसा किया है। आखिरकार नगरनीति में का यह कीड़ा याने यह नेता अच्छी तरह से जानता है कि प्रशासन पुलिस के नहीं नगरवासियों के बलबूते पर टिका रहता है। कभी नहीं लेकिन आज नागरिक रास्ते पर आए हैं। उनके मुँह से शब्द फूटा है। वे बोलने लगे हैं। इसमें छिपा हुआ ख़तरा

उसकी नज़र से छूटा नहीं है। इस काँइयाँ राजनेता के दिमाग ने इस ख़तरे को अच्छी तरह से जान लिया है कि आग से खेलना आसान है लेकिन जनक्षोभ का सामना करना आसान नहीं है। मंत्रालय के वीरान महाद्वार से जब यह नेता-नगरपाल अकेला चलकर लोगों के सामने आया तब भीड़ ने तालियों की आवाज से उसका स्वागत किया है।

इसके हाथ में अच्छा-खासा गुच्छ है। हमेशा सीना ताने चलनेवाला शरीर कुछ झुका-सा है। शोक के बोझ से बोझिल कदमों की यह चाल है। चेहरा गंभीर! भावावेग के कारण उदास!

उसे देखकर भीड़ के एक हिस्से से आवाज़ उठी...नगरपाल...और दूसरे हिस्से में थोड़ी ठीक प्रतिसाद ध्वनि गूँज उठी 'जिंदाबाद।' 'मुर्दाबाद' उसी आवाज़ में समाता हुआ एक क्षीण स्वर भी उभरा। इतना क्षीण कि कान लगाकर सुनें तब ही सुनायी दे।

इस आदमी ने पिछले बारह-पंद्रह साल इस शहर का प्रशासन चलाया है। शहर का नेतृत्व किया है। उसके भी पहले पंद्रह वर्ष वह नगरपिता के नाते हर चुनाव जीतता आया है। हर चुनाव में वह लोगों तक जाता था। एक ओर जब उन अनाहूत समाज विघातकों का प्रभाव बढ़ता गया था तो दूसरी ओर उसी के समानांतर इसका भी प्रभाव बढ़ता गया नज़र आता है। आरंभ से ही यह लोगों में उठने-बैठने वाला, लोगों में घुल-मिल जाने वाला व्यक्ति रहा है। नगरपाल बनने के बाद भी समय निकाल-निकालकर यह लोगों में शामिल होता रहा है। नगर में असुरक्षित माहौल के रहते हुएं, उसी के बनाए गृह मंत्रालय के लागू किए गए खास सुरक्षा उपाय ताक पर रखकर वह त्योहारों के अवसर पर लोगों के साथ नाचता-गाता है। होली पर रंग खेलता है। कबड्डी और क्रिकेट के मैच देखने जाता है। उद्घाटन के फीते काटता है। नागर-दरबार का आयोजन करता है। और पुरस्कार-समारोहों का प्रमुख अतिथि बन जाता है। समाचार-पत्र मुखपृष्ठ पर उन समारोहों की तस्वीरें छापते रहते हैं। सख्ती से पालन की गई इन परंपराओं से उसे लाभ प्राप्त होता है।

उसके सामने आते ही भीड़ के लोग उसके हो जाते हैं। सहज ही लोग अनजाने में प्रशासन और नगरपाल में अंतर करने लगते हैं और खुले मन से स्वीकार लेते हैं कि नगरपाल तो बस, प्रशासन का मात्र प्रतीक है। वह स्वयं प्रशासन नहीं है। प्रशासन उसकी अनुपस्थिति में होता रहता है। अतः गुनहगार हमेशा प्रशासन होता है, व्यक्ति नहीं।

अंतर कुछ ज्यादा ही है। इतनी देर शोक मग्न होने का नाटक चल नहीं

सकता। अनजाने में नगरपाल की चाल तेज हो जाती है। झुका शरीर तन जाता है। अपना स्वागत हो रहा है यह बात उसे संतोष प्रदान कर रही है। भीड़ इससे अनभिज्ञ है। भीड़ ने रास्ता खुला कर दिया है और अपने कद जितनी बड़ी माला लिए वह मृत बच्ची की लाश की ओर बढ़ रहा है। वह कोशिश कर रहा है। धीमी चाल चलने की और चेहरा शोकमग्न बनाए रखने की।

और नारे...बुलंद या फटे या मोटे स्वरों में गूँजते हुए नारे...। 'नगर प्रशासन हाय हाय।' 'मृत बालिका...अमर रहे...अमर रहे...।' '...वरना कुर्सी छोड़ दो...' '...जिन्दाबाद'।

नगरपाल को लॉरी की ओर जाने के लिए रास्ता बनाया जा रहा है।...भीड़ में आदेशानुमा उत्स्फूर्त स्वर...'बाजू हटो! हटो!' और भीड़ उसे रास्ता दे रही है। कोई स्टूल लाकर रख गया है। वह स्टूल पर पैर जमाकर लॉरी में चढ़ने की कोशिश में है। कोई उसे सहारा देना चाह रहा है। लेकिन वह उसका हाथ नहीं पकड़ता। वह चाहता है कि उसे ऐसा चढ़ते देख लोगों को भारत के प्रथम प्रधानमंत्री पंडित नेहरू की याद हो आए। पचास की उम्र का यह नगरपाल बीस वर्ष के युवा जैसा दिख रहा है। दरअसल ऊपर चढ़ते हुए वह लुढ़कने वाला था पर स्टूल पकड़ने वाले स्वयंसेवक के दिखाए गए कमाल से सँभल गया। नगरपाल को लॉरी पर चढ़ने से भीड़ तालियाँ बजा रही है। नगरपाल पर गुस्सा करने वाले भी उसकी इस फुर्तीली चाल पर फिदा होकर अनजाने में तालियाँ बजा चुके हैं। उन्हें सर्कस का दो पैरों पर खड़ा रहने वाला हाथी याद आया। बीच में यह भी बात फैल गई थी कि नगरपाल विदेश गया था—स्नेह मिलन के बहाने लेकिन गया था अपने घुटने का इलाज कराने। नकली घुटना बिठाने।

नगरपाल अब लॉरी पर मृत बालिका की लाश के सामने खड़ा है। हाथ में पकड़ी भारी-भरकम माला उसने इस कदर पकड़ी है कि सभी को दीख पड़े। वह माला जल्दी अर्पण नहीं कर रहा है। उसकी इस निष्क्रियता का अर्थ लोगों के लिए यह है कि वह शोकावेग में डूबा है और नगरपाल भी चाहता है कि लोग यही सोचें। नगरपाल निःशब्द है और उसे निहारने वाली भीड़ भी निःशब्द।

ऐसी नीरवता कि सूई गिरे तब भी उसकी आवाज़ सुनायी देगी। अब वह माला को मंच पर फूल की पंखुड़ियों पर लिटायी गयी, न दिखने वाली उस बच्ची पर आहिस्ता से रख रहा है। भीड़ पल भर के लिए खामोश। फिर तालियों की नई आवाज़ें! अबकी बार काफी बुलंद आवाज़ें। अब वह लाश के सामने झुका है। घुटनों के बल बैठा है। भीड़ को लग रहा है वह बच्ची से क्षमायाचना कर रहा है। देखने

वाले पसीज रहे हैं। स्त्रियाँ सिसक रही हैं। समूह शोकमग्न हुआ है। समाचार-पत्रों के और नगर सभा के प्रकाशन विभाग से प्रकाशित होने वाली पत्रिका 'लोकशक्ति' के अनुभवी छायाचित्रकार झट् से तस्वीरें खींचने लगे हैं। भीड़ के आशंकित कुछ चेहरे अब भी आशंकित ही हैं। लेकिन उनकी ओर ध्यान देने के लिए किसी के पास फुर्सत नहीं है। नगरपाल अब बच्ची के माँ-बाप के सामने घुटने टेक रहा है। पिता के हाथ उसने अपने हाथ में लिए हैं। अब वह अपना मस्तक झुका रहा है। विनम्र नगरपाल! नगरपाल होते हुए भी विनम्र। भीड़ यह नज़ारा आँखों से पी रही है। नगरपाल ने भीड़ का मन जीत लिया है। कुछ समय पूर्व यही भीड़ नगरपाल पर आग बबूला हुई थी। नाराज हुई थी।

अब तक सुरक्षित दूरी पर खड़े सभी नगरपिता और नगर प्रशासन के सेवक लॉरी के पास पहुँचे हैं। कतार में खड़े हैं। जिस स्टूल के सहारे नगरपाल लॉरी पर चढ़ा था उसी स्टूल के सहारे वे लॉरी पर चढ़ मालाएँ अर्पण कर रहे हैं। नमस्कार कर रहे हैं। किसी बहादुर ने तो लॉरी पर इतनी तंग जगह पर साष्टांग प्रणाम करने की कोशिश की कि इतनी कम जगह में वह उठकर खड़ा नहीं हो सका तब अन्यों ने उसे उठाकर खड़ा किया। स्ट्रेचर वाले ने सीधे स्ट्रेचर से ही लॉरी पर कदम रखा। अब सभी लॉरी के नीचे खड़े हैं। वह स्ट्रेचर वाला भी।

लॉरी पर खड़े नगरपाल के हाथ में किसी ने कामचलाऊ माइक पकड़ा दिया है।

'इस शहर के मेरे शोकमग्न भाइयो और बहनो...।'

नगरपाल ने सीधे भीड़ के हृदय का स्पर्श किया। नागरिकों में उसकी प्रियता और उसके इस पद पर बने रहने का राज यही है। —उम्दा वक्तृत्व! वक़्त की नजाकत देखकर वह संबोधन परिवर्तित करता रहता है। कभी 'भाइयो-बहनो' तो कभी 'माताओ और बहनो...'। कभी 'दोस्तो' तो कभी 'शोकमग्न' और कभी 'खुशकिस्मत।' समय यदि इजाजत दे तो संबोधन रहता है 'पुण्यशील'।

उसकी इस परिचित आवाज़ ने और उचित संबोधन ने भीड़ को फिर एक बार घायल कर दिया है। भीड़ ने अब गर्दन आगे कर, हाथ सीने पर रख नगरपाल का भाषण सुनने के लिए अपने कान खड़े कर दिए हैं। (चूहों की तरह!)

'यह प्रसंग भाषण करने का नहीं है।' नगरपाल लॉरी पर खड़ा कामचलाऊ माइक से बोल रहा है। 'यह सब इतना दर्दनाक है कि शब्द बेचारे हो गए हैं। क्या बोलूँ? कैसे बोलूँ? पत्थर दिल भी पसीज जाए, आसमान भी रो पड़े (और सचमुच नगरपाल का मानो आमंत्रण स्वीकार कर बारिश की कुछ बूँदें भीड़ पर गिरीं और

सुननेवालों के शरीर सिहर गए। दरअसल लॉरी पर चढ़ते हुए नगरपाल ने आकाश को देखकर अंदाज़ा लगा लिया था। जबकि भीड़ आसमान में मँडराते हुए बादलों से बेखबर थी।) ऐसी घटना कल हमारे शहर में घटित हुई है। जिससे हम सबकी गर्दनें शर्म से झुक जाएँगी।'

'प्रशासन क्या करेगा?' भीड़ में से एक दबी हुई आवाज उभरी! कहाँ से पता नहीं।

भीड़ में से सवाल? नगरपाल चौंक जाता है।

'प्रशासन उचित कदम उठाएगा! सवाल यह है कि हम सब क्या करने वाले हैं?' वह प्रत्युत्तर दे रहा है। 'प्रशासन याने यह सामने वाली इमारत? नहीं! प्रशासन याने लोकशक्ति।'

वह हाजिरजवाबी बन गया है। कुछ वर्षों पहले उसमें यह ताकत न थी। बाद में उसे पता चला न सूझने से काम नहीं चलेगा। हर सवाल का जवाब—भले ही गलत हो—तुरंत देना चाहिए। और आज वह इस कला में पारंगत हुआ है।

सवाल पूछने वाले को आगे मौका न देते हुए वह भीड़ से सवाल करता है। 'हम क्या करने वाले हैं? इस शहर के नागरिक होने के नाते हम सब क्या करने वाले हैं?' प्रश्न पूछने वाली की आवाज में बुलंदी की जो कमी थी वह इसकी आवाज में नहीं है।

नगरपाल ने जवाब तो सही दिया लेकिन वह बेचैन इस बात को लेकर हुआ कि प्रश्न पूछने का साहस ही किसी को कैसे हुआ?

'हमें जो करना है हम कर रहे हैं। आप अपनी बात कहिए।' भीड़ में से दूसरी आवाज़ उभरी।

नगरपाल की समझ में आ गया है कि भीड़ में एक झुंड उसके विरोधी दल का है। आवाज़ किसी एक की है। लेकिन उसके साथ कई हितशत्रु छिपे हुए हैं। शत्रु भले ही अल्पसंख्यक हो लेकिन इस संवेदनशील वातावरण में उन्हें बल प्राप्त हो सकता है। इसका अहसास होते ही नगरपाल ने माइक से तत्काल घोषित किया—'मृत बच्ची के परिवार को मुआवजा के रूप में फूल की पत्ती ही सही पर दो लाख रुपये प्रशासन की ओर से दिए जा रहे हैं।'

लोगों की नस पकड़कर परिस्थिति को ठीक लक्ष्य करना नगरपाल की जीत का तकनीक है। यही उसे लोकप्रियता दिलाता आया है।

भीड़ तालियाँ बजा रही है।

नगरपाल तालियों के चक्कर में नहीं फँसता। ये तो उसके अपने लोग हैं।

मेरे किए उपकार याद रखते हैं।

तालियों की गूँज बढ़ती जा रही है। तालियाँ छूत की बीमारी होती हैं। तालियों की आवाज़ सुनकर तालियाँ बजाने की इच्छा अपने आप जाग्रत होती है। नगरपाल के लोगों ने दूसरों को तालियाँ बजाने के लिए उकसाया था।

तालियों की आवाज को चीरकर नगरपाल की आवाज आ रही है। 'हम जानते हैं बच्ची के परिवार की जो हानि हुई है उसे पैसों से तोला नहीं जा सकता। फिर भी...। यह सच है कि यह हानि कभी भर निकाली नहीं जा सकती। बच्ची की जान वापस नहीं लायी जा सकती। फिर भी संकटग्रस्त परिवार हमारी भावनाओं का प्रतीक समझकर इस राशि को ग्रहण करे। मैं हाथ जोड़कर प्रार्थना करता हूँ...' और नगरपाल ने हाथ जोड़े।

सामने वाली भीड़ के एक हिस्से में इस पर भी प्रतिक्रियाएँ उभर रही हैं यह जानकर वह आगे कहने लगा, 'इस बच्ची के नाम से शहर में प्रशासन जल्द ही अनाथ बालिकाश्रम खोलनेवाला है।'

फिर भी उसे तसल्ली नहीं हुई कि भीड़ मान गई है। उसने आगे कहा, 'शहर के बीच में बच्ची की याद में उसका एक पूर्णाकृति बुत खड़ा कर दिया जाएगा। उद्देश्य यह है कि हम इस कलंकित घटना को कभी विस्मृत न कर पाएँ। ऐसी घटना फिर कभी न हो इसकी प्रतिज्ञा हम हर दिन करेंगे।'

'इसके पहलेवाली प्रतिज्ञाओं का क्या हुआ?' भीड़ में कहीं दूर से आवाज़ उभरती है।

'आजतक ऐसे कई किस्से घटित हुए हैं। उनका क्या हुआ?' और एक आवाज़ उभरती है। बीच में ही फटती है लेकिन सवाल पूछकर ही रहती है।

प्रश्न पूछनेवालों को चुप करानेवाली आवाजें भी इसी भीड़ से उठती हैं। कुछ जोर जबरदस्ती भी होती है। नगरपाल यह सब देख रहा है। अपने लोगों की सजगता भाँप लेता है। खुफिया पुलिस को देख लेता है। आज नगर की हवा बदली हुई है। भीड़ का ध्यान कहीं और खींचने की जरूरत उसे महसूस होती है। नगरपाल माइक के सामने चिल्लाता है—'बोलो हुतात्मा रानी चंदगडकर...।'

'अमर रहे।' उसकी अपेक्षानुसार बुलंद प्रतिसाद गूँजता है।

कुछ समय के लिए नगरपाल आश्वस्त हो जाता है। उसने कुछ समय के लिए क्यों न हो विरोध में बोलनेवालों को चुप किया। वह नीचे खड़े भरोसेमंद तीन नगरपिताओं को इशारा करता है। वे लॉरी में चढ़ जाते हैं। वे एक कोने में खड़े होकर कुछ तय करने में लग जाते हैं।

नगरपाल के भरोसे के वे नगरपिता नारे लगाने लगते हैं और भीड़ उन्हें पूरा करती जा रही है।

उन तीनों में से एक नगरपिता घोषणा कर देता है, 'देखिए, नगर प्रशासन की ओर से कुछ ही देर में यहाँ शोकसभा का आयोजन किया जा रहा है।'

भीड़ में तना-तनी अब भी जारी है। भीड़ में बिखरे विरोधक और चमचों के बीच घोषणायुद्ध आरंभ हो चुका है। आरोप-प्रत्यारोप की फायरिंग जारी है। धक्के दिए जा रहे हैं। हाथापाई हो रही है। नगरपाल की पैनी नज़र यह सब देख रही है।

यह अनहोनी है। लोग इतने साहसी कैसे बने? उनकी आवाज़ इतनी साफ होगी यह किसी ने सोचा तक न था। लेकिन ऐसा हुआ है। हो रहा है। नगरपाल आदेश के लहजे में अपनी खास धीमी लेकिन ठोस आवाज में कहता जा रहा है; 'लोगों को चाहिए कि वे शांति से बैठ लें। समय की नजाकत पहचानिए।' फिर विनती के स्वर में कहने लगा है' 'कृपा कर सभी बैठ जाएँ। शहर की शान में धब्बा मत लगाइए। अनुशासन का पालन कीजिए। रानी चंदगडकर की आत्मा का स्मरण कर सभा की प्रतिष्ठा बनाए रखिए। शोक सभा शुरू होने जा रही है।'

नगरपाल के लोगों ने पहले बात मान ली। बाद में दूसरे भी शांत हुए। लोग बैठ गए हैं। नगरपाल जानता है कि विरोधक मौके की ताक में बैठे हैं। नगर कारण में यह बात उसके लिए नई नहीं है। हमेशा से विरोधक रहते आए हैं और नगरपाल भी रहता आया है। वह जो करता है उसका विरोध होता रहता है। फर्क इतना ही है कि आज खुले आम विरोध हो रहा है। आवाज़ें बुलंद हो गई हैं। अभी तक तो परिस्थिति नगरपाल के काबू में है लेकिन वह सावधानी बरते जा रहा है। उसके राजनीति भरे तेज दिमाग में विरोधकों के संभाव्य दाँवपेंच, रुकावटें और परिस्थिति उल्टाकर उस पर रत्ती-रत्ती काबू पाने की स्थिति पूर्ववत् रखने की प्लानिंग बनायी जा रही है।

एक ओर वह यह सब सोच रहा है और दूसरी ओर लॉरी पर चढ़े हुए नगर पिताओं के जरिए नगर प्रशासन के तनख्वाह धारी सेवकों को आदेश दिए जा रहा है। 'यहाँ कामचलाऊ स्टेज...कुर्सियाँ नहीं, भारतीय बैठक...आगे वाले बैठेंगे, पीछे वाले खड़े रहेंगे...माइक्रोफोन अच्छा चाहिए...जल्दी...बच्ची के माँ-बाप को धूप न लगे इसलिए उनके सिर पर छाता...लोगों की प्यास बुझाने हेतु पानी...। छोटे बच्चों को लिमलेट की गोलियाँ...बिस्किट्स...पैसों के बारे में मत सोचिए...बाद में देखेंगे कि यह खर्च किस खाते में डाला जाएगा...। पहले लोगों की सुविधा...बाद में यह सब...लोगों को लगने दीजिए कि यह प्रशासन उनका अपना है...।'

नगरपाल फरमा रहा है और सेवकों के साथ नगरपिता काम में जुट गए हैं...।

नगरपाल मार्गदर्शक बन गया है।

देखते-देखते लॉरी के पास एक कामचलाऊ स्टेज बन गया। ध्वनिक्षेपक की व्यवस्था की गई। तयशुदा समय में शोकसभा की पूरी तैयारी तत्परता से की गई। तैयारी होने तक के समय का सदुपयोग करने की इच्छा से भीड़ में से किसी स्थानिक कवि ने मृत बच्ची पर लिखा अपना दीर्घ शोक काव्य सिसकियाँ-आहें भरते-भरते और लोगों से वसुलाते हुए पढ़ डाला। इतनी आपा-धापी में भी नगरपाल का मुस्कुराता तैलचित्र स्टेज पर टाँगना कोई भूला नहीं! उस चित्र के और भीड़ के बीच न आने की सजगता बरतते हुए सभी नगरपिता झुंड में स्टेज पर खड़े हो गए। तैलचित्र में मुस्कुराता नगरपाल, नगरपिताओं के पीछे प्रेषित-सा मुस्कुरा रहा है और स्टेज पर खड़ा नगरपाल प्रसंग को ध्यान में रखते हुए शोक-सभा के लिए अनुरूप धीरोदात्त चेहरा बनाकर खड़ा है। नगरपिता ऐसे खड़े हैं मानो उन्हें खड़े रहने की सज़ा फर्मायी गई है! नगरपाल नेहरू जी के जैसा डील-डौल में खड़ा है। (किसी भी नगरपिता को कसरत करने का अभ्यास नहीं है। उनके लिए बस राजनीति ही कसरत है। और मिलेगा वह खाते रहने का, सरकारी गाड़ियों में से घूमते रहने का अभ्यास वे करते रहते हैं। मगर नगरपाल सुबह चार बजे उठकर योगासन करता है। छः बजे तक सिक्युरिटी के सुरक्षा कवच में नगर पार्क में जॉगिंग करता है। वह सुबह सिर्फ एक अंडा उबालकर खाता है। और उसके साथ एक ही ब्रेड-स्लाइस! दोपहर में एक केला और गिलासभर छाछ—वह भी मक्खन निकाला हुआ ग्रहण करता है। रात में तीन घंटे की नींद उसके लिए काफी है।)

अब शोक सभा आरंभ हुई है।

जल्दबाजी में पकड़कर गाड़ी में बिठाकर लाया गया, समारोहों के सूत्रसंचालन का अभ्यस्त, शहर का सूत्रसंचालक मंदार गंडभीर अपनी कोमल आवाज़ में (मेहनत कर-कर पाई गई आवाज़) सभा के सूत्रसंचालन का भार सँभालता है। इसकी हर भाव-भंगिमा—जैसे मंच की धूल ललाट पर लगाना तब जाकर मंच पर चढ़ना, खड़ा रहना, बोलने का ढंग, सब कुछ—बिल्कुल नाजुक, स्त्रैण! लोगों का मानना है कि यदि यह पुरानी पीढ़ी का होता तो नाटकों में स्त्रीपार्ट उत्तम निभाता या उसके बाद वाली पीढ़ी में जनमता तो मराठी भावगीत गायक की भूमिका में खूब जँचता।

'दोस्तो, गालिब ने कहा था...' कहकर गालिब का शेर फेंककर वह हमेशा सभा पर क़ाबू पाता है। आज भी उसने यही किया। आज का शेर मृत्यु पर लिखा हुआ था! शेर के बाद शब्दों के साथ खिलवाड़ कर लोगों को हँसाने की उसकी अदा

है लेकिन आज के प्रसंग को देखते हुए उसने अपनी इस अदा को अलविदा किया है।

ऐसे प्रसंगों के लिए सुरक्षित रखी अपनी भाव-गंभीर आवाज में प्रस्तावना कर सूत्रसंचालक गंडभीर फेहरिश्त में दर्ज किए गए नामों में से पहले वक्ता को बुलाता है—वृंदावनदास अमृते!

अमृते नगर प्रशासन का उपाध्यक्ष और नगरपाल का खास आदमी। स्वभाव का मृदु। कोई अपेक्षा, महत्त्वाकांक्षा न रखनेवाला। उसके इन्हीं गुणों के कारण नगरपाल ने उसे नगरसभा का उपाध्यक्ष बना दिया है। नगरसभा में उपाध्यक्ष पद है ही नहीं। विरोधियों के विरोध की परवाह किए बिना नगरपाल ने उपाध्यक्ष पद निर्माण किंया और वृंदावनदास को दे दिया। जब वह उपाध्यक्ष बना तब उसकी सत्कार सभा का अध्यक्ष नगरपाल था। वह सभा ऐसी थी कि पता ही नहीं चल रहा था—सत्कार उपाध्यक्ष का हो रहा है या अध्यक्ष का! उपाध्यक्ष बनने के कारण वृंदावनदास की प्रशंसा अपेक्षित थी लेकिन वृंदावनदास ने गला सूखने तक नगरपाल की प्रशंसा की थी।

मंदार गंडभीर के आते ही उसके हाथ में जो कागज थमाया गया था उसमें वृंदावनदास का नाम प्रथम क्रमांक पर था और कागज थमाया गया था नगरपाल के सेक्रेटरी द्वारा!

पहला वक्ता वृंदावनदास पिछले इंग्लैंड दौरे में खरीदा हुआ काली जुल्फों का विग सहलाते हुए माइक के सामने माइक को ऐसे कसकर पकड़े हुए है कि मानो माइक कहीं भागा जा रहा है। दो-चार बार गला साफ किए बगैर और यह करते वक्त बादल गरजने जैसी आवाज किए बगैर उसका भाषण शुरू नहीं होता। 'शहर के बंधु-भगिनियो....वृ...अ...'

इतने में भीड़ से दो-चार आवाजें उभरती हैं...'नागरिकों को भी बोलने का मौका मिलना चाहिए...नागरिक मंच जिंदाबाद...।'

नगरपाल चौकन्ना है। 'नागरिक मंच?' यह नई गड़बड़ है। या तो कल घटित घटना के बाद उपजी है या फिर आज सुबह! या फिर यहीं पर? यहाँ सभा हो रही है, यह जिस किसी से देखा नहीं गया होगा उन हित शत्रुओं ने जल्दबाजी में गढ़ा है क्या इसे? नगरपाल का दिमाग तुरंत तर्क लड़ाने लगा है। कल तक तो सभी सोये हुए थे। प्रसंग देखकर जाग गए हैं।

भीड़ में आवाजें बढ़ने लगी हैं। वृंदावन के भाषण के दौरान भीड़ के पिछले हिस्से में रुकावट पैदा करने की कोशिशें की जा रही हैं। वृंदावन भी भाषण रोककर

पागल-सा देखता खड़ा हो गया है। नगरपाल जानता है—ऐसे मौके पर क्या करना चाहिए। ऐसे वक्त रुक जाना याने खत्म हो जाना है। धड़ल्ले से बोलना चाहिए। नगरपाल स्वयं से बात करता है—वृंदावन को यह बात समझानी पड़ेगी लेकिन अब ऐसा किया नहीं जा सकता। नगरपाल मंदार के हाथ से माइक छीनकर घोषित कर देता है, 'सूचना को स्वीकार कर लिया गया है। लेकिन आरंभ में नगर-प्रशासन के तीन वक्ताओं के भाषण होंगे।'

भीड़ से आवाज उभरती है, 'नागरिकों की ओर से तीन भाषण होंगे।' (नगरपाल मन में सोचता है कौन ऐसी बात कर रहा है! बाद में अच्छी तरह देख लूँगा। छोड़ना नहीं चाहिए।)

हड़बड़ाहट! (पुलिस वायरलेस से ताज़ा संदेश नगरपाल के लिए! महाप्रस्थान यात्रा के पथ पर घटित ध्वंस पूर्णतः काबू में लाया गया है। तेरह आदमियों को पकड़ा गया और बाद में रिहा किया गया है। महत्त्वपूर्ण व्यक्तियों के घर और जायदाद सुरक्षित हैं। भीड़ ने सिर्फ सार्वजनिक संपत्ति का नुकसान किया है!)

नगरपाल एक ओर यह संदेश सुन रहा है और उसी वक्त माइक के सामने खड़ा रहकर जवाब दे रहा है, 'ठीक है! लेकिन हर व्यक्ति को सिर्फ दस मिनट का समय दिया जाएगा। अब वक्ताओं की बात सुन लीजिए। घटना की गंभीरता पहचानिए। यह चुनाव सभा नहीं है।' (संदेश बताने वाले की ओर मुड़कर) 'अच्छा' कह रहा है।

अब तक वृंदावन सँभल गया है और विग सहलाते हुए, हिचकियाँ रोकते हुए बोले जा रहा है। नगरपाल मन में सोच रहा है—सभा में व्यवधान लाने वालों का बंदोबस्त कैसे किया जाए? उसी वक्त वह सामने वाली भीड़ पर भी नज़र रखे हुए है। विरोधक एक विशिष्ट जगह पर ही बैठे हुए हैं। यदि वे अधिक गड़बड़ करने लगे तो उन्हें हटाना चाहिए...लेकिन शांति से। व्यासपीठ के सामने बैठे हुए सरकारी दूत के जरिए वह पुलिस प्रमुख को संदेश भेजता है—उधर खुफिया पुलिस भेजने की। पुलिस प्रमुख नारिंगे सभा से कुछ दूरी पर जीप में बैठा है। व्यासपीठ पर वृंदावन बोले जा रहा है। और बीच में ही नगरपाल की ओर देखकर 'रुक जाऊँ?' का संकेत पाना चाहता है लेकिन नगरपाल का उसकी ओर ध्यान नहीं है। उसका सारा ध्यान सभा में उपस्थित श्रोताओं के समूह पर और 'नागरिक मंच' की माँग करने वाले विरोधकों की इस नई चाल पर केंद्रित है। रास्ते में हंगामा करने वाले अब किसी भी वक्त यहाँ पहुँच सकते हैं।

नगरपाल अपने मन को समझा रहा है—वैसे चिंता की कोई बात नहीं है। इस

'नागरिक मंच' के लफड़े का कुछ करना चाहिए, बस इतना ही! वृंदावन बोले जा रहा है। नगर प्रशासन नगर में फैले दहशतवाद के प्रतिबंध में क्या-क्या कर रहा है इसका ब्यौरा वह दे रहा है और नगरपाल के चमचे तालियाँ बजा रहे हैं। अपने आस-पास मँडरानेवाली खुफिया पुलिस के कारण विरोध में नारे लगाने वाले फिलहाल चुप हुए हैं क्योंकि वे नहीं चाहते कि उन्हें सभा से बाहर खदेड़ा जाए।

वृंदावन शुरुआत में खटारा मोटर की तरह समय लेता है लेकिन एक बार चालू हुआ कि रुकने का नाम नहीं लेता! लगता है वह भाषण का अंत तलाशे जा रहा है। नगरपाल वृंदावन की समझ आए ऐसा इशारा कर देता है। और वृंदावन खिलौने की कसी चाबी खत्म होने पर फट् से रुकने वाले खिलौने-सा अधूरे वाक्य पर ही रुक जाता है। नगरपाल की ओर देखते हुए भाषण समाप्त कर देता है। भीड़ में बैठे पिट्ठे तालियाँ पीट रहे हैं। कुछ तालियाँ मजाक उड़ाती हुई पीटी जा रही हैं। नगरपाल भाँप लेता है। वह मन में कहता है यदि संभव होता तो मैं भी यही करता। वृंदावन एकदम बेकार वक्ता है। मैंने ही उसे उपाध्यक्ष बनाया है। नगर प्रशासन में वह मेरे कहने पर नाचने वाला है। बस यही उसकी क्वालिफिकेशन है।

नाम पुकारा जाता है—राम पुरोहित! वह गृह मंत्रालय का उपमंत्री है। लेकिन मंत्री को 'कारभारी' कहने की यहाँ की पूर्वापर परंपरा है। नगरपाल के जिम्मे गृह मंत्रालय है। राम पुरोहित युवा है। उसके हम उम्र दोस्त उसे रॉम पुकारते हैं। काम में तेज! महत्त्वाकांक्षी! विदेश जाकर टेक्नोलॉजी में दो उपाधियाँ पाकर आया है। बात करने में माहिर! नगरपाल में जो गुण नहीं वह इसमें है। अंग्रेजी पर प्रभुत्व! वह हमेशा इक्कीसवीं सदी की चुनौतियों के बारे में बोलता रहता है। नगरपाल की कई आदतें इसने अपनायी हैं। यह दरअसल नगरपाल का प्रतिद्वंद्वी है। इस पर कड़ी निगरानी रखने हेतु नगरपाल ने इसे अपने ही विभाग में रखा हुआ है। वह रॉम को आगे बढ़ने नहीं देता। आगे बढ़ता-सा दिखा कि उसके हित शत्रुओं से मिलीभगत कर रॉम के पैर खींचता है। उसके पीछे कोई न कोई झंझट खड़ा कर देता है। पिछले साल उसकी सह कर्मचारी महिला ने रॉम पर शीलभंग का आरोप थोपा। बाद में वह झूठा सिद्ध हुआ लेकिन इनक्वायरी में छह महीने बर्बाद हुए। ये महीने रॉम को अपने आपको बेगुनहगार सिद्ध करने में गँवाने पड़े! रॉम जानता है कि यह सब नगरपाल करता करवाता है लेकिन वह यह भी जानता है कि बगावत या विरोध कर सत्ता हाथ नहीं आएगी। अतः सत्ता भलमनसाहत से हथियाने की ताक में वह है। यही कारण है कि नगरपाल के साथ अपने अच्छे संबंध दिखाने का उसे नाटक करना पड़ता है।

अब भी भाषण करने के पहले वह नगरपाल का चरणस्पर्श ऐसा कर रहा है

कि सभी को दिखाई दे। तब जाकर माइक सँभालता है। सबसे पहले नगरपाल को संबोधित करता है और बाद में श्रोताओं को! नगरपाल ने नगर हित में क्या-क्या किया है, हमें इतना महान नगरपाल प्राप्त हुआ है। यह हमारे नगर का कैसा अच्छा भाग्य है! नगर की सुव्यवस्था-कानून में नगरपाल ने कैसे बुनियादी ठोस कदम उठाए हैं! समूची दुनिया में आतंकवाद कैसे समस्या बन गया है आदि बातें वह सूत्रबद्ध रूप में प्रस्तुत करता है।

रॉम जब नगरपाल को उद्देश्य कर गौरवोद्गार कहता है तब नगरपाल मन में संतुष्ट हो जाता है। यह सोचकर कि इतनी उपाधियाँ विदेश से लेकर लौटा हुआ और धड़ल्ले से अंग्रेजी बोलने वाला रॉम पैर छू रहा है। लेकिन ठीक इसी वक्त वह ईर्ष्या से जल भुनकर खाक हो जाता है। रॉम अमीर खानदान का है इसीलिए विदेश जा सका और मैं गरीब परिस्थिति के कारण बुद्धि के होते हुए भी स्कूल की पढ़ाई पूरी नहीं कर सका। रॉम हर सभा में नगरपाल के बारे में गौरवोद्गार निकलता है। लेकिन प्रशासन के विरोधी गुट के दो सदस्यों के साथ उसकी गाढ़ी दोस्ती है। रॉम इस दोस्ती को निजी बात मानता है। और अपना लाड़ला वाक्य अक्सर दोहराता रहता है—मैं राजनीति को दोस्ती के बीच आने न दूँगा और दोस्ती को राजनीति के बीच।

उसका भाषण प्रभाव जमानेवाला है। सो वैसा ही हुआ। शोकसभा में भी कई बार तालियाँ गूँजीं। तब भी उसने औचित्य भंग होने नहीं दिया। उसके भाषण के दौरान विरोधकों द्वारा रुकावट भी लाई नहीं गई। नगरपाल सोचने लगा—कहीं यह बिन दाँतों वाला 'नागरिक मंच' का पिल्ला इसी के दिमाग का तो फितूर नहीं है? नगरपाल इसकी जड़ तक जाने की ठान लेता है।

भाषणों के दौर जारी है। पीछे के हिस्से में भीड़ बिखरी हुई है। वहाँ हलचल है। लॉरी पर मृत बच्ची की लाश के पास उसके माँ-बाप झुककर बैठे हैं। वक्ता अचानक याद आने जैसा उनका उल्लेख करते हैं और भीड़ उनकी ओर सहानुभूति से देखती है। घटित अत्याचार का उल्लेख रॉम पुरोहित गद्‌गद स्वर में करता है। और भीड़ में बैठे स्त्री-वर्ग की आँखें डबडबा जाती हैं। रूमाल भीगते जाते हैं। हमेशा की तरह इस बार भी नगरपाल अपने छोटे से भाषण की मन में तैयारी करने में जुटा है। भाषण लंबा न बनाने की कला उसे खूब आती है। वृंदावनदास और रॉम पुरोहित इन दो लंबे भाषण करने वालों के बाद नगरपाल अपने संक्षिप्त भाषण के बल पर बाजी जीत जाता है। हमेशा ही।

भीड़ का ध्यान राम पुरोहित के भाषण पर है और कामचलाऊ व्यासपीठ पर

टँगे नगरपाल के मुस्कुराते बड़े-से पोस्टर पर और सामने बैठी उसकी गंभीर मुद्रा पर भीड की आँखें टिकी हुई हैं। लॉरी पर बैठे मृत बच्ची के माँ-बाप संबोधन मात्र रह गए हैं।

तीसरा वक्ता शांतिलाल बन्सोड नगर प्रशासन के विरोधी दल का है। वह अपने भाषण का आरंभ ही ताने देकर करता है। 'आज की सभा शोक सभा है। मैं हँसी या तालियाँ वसूल करने यहाँ खड़ा नहीं हूँ।' इस पर भीड़ तालियाँ बजाती है। यह समय नगर प्रशासन के दोषों का पाहड़ा बाँचने का नहीं है कहते हुए वह भीड़ से ही सवाल पूछता है। इस शहर में इस कदर संगठित गुनहगारी क्यों बढ़ गई है? वह उत्तर नहीं देता। पिछला इतिहास दोहराने से क्या लाभ? हमें आगे देखना है यह कहते हुए पिछले इतिहास को संक्षेप में दोहराते हुए सत्ताधारी दल की झोली में इन गुनाहों को आराम से ठूँस देता है। आपसी मनमुटाव भूलकर, एक बनकर संकट का सामना करना चाहिए। इस आवाहन के साथ रानी चंदगडकर के नाम की जय बोलते हुए अपना भाषण समाप्त करता है।

इस बीच नगरपाल मन में अपना भाषण तैयार कर रहा है। इस भाषण में विरोधकों को पस्त करने की ठान रहा है। श्रोताओं के रिस्पॉन्स उसे अभी से ही सुनायी दे रहे हैं। वह भाषण श्रोताओं में से तीन लोगों के भाषणोपरांत करेगा लेकिन वह स्वयं नहीं जानता कि वे तीन वक्ता कौन हैं? उसने मान लिया है कि वे वक्ता 'नागरिक मंच' नामक फितूर दल से ही होंगे। उसने अंदाज बाँध दिया है कि वे प्रशासन के खिलाफ क्या-क्या कहेंगे। उसके जवाब भी उसके दिमाग में तैयार हैं। क्योंकि नगर सभा में वह यही तो करता रहता है। अब उसे इतना ही करना है कि आक्रामक आवेग की जगह व्याकुलता, विनम्रता, असहायता का अभिनय करना है। सीधे श्रोताओं की भावनाओं का आवाहन! हृदय स्पर्श! चरम बिंदु स्वरूप अंत में राजनीति से अपने अवकाश ग्रहण करने की सजगता से की गई घोषणा! बाद में उससे बच निकलने की राह शेष रखते हुए।

विरोधकों को अब आदत हो गई है। वे नगरपाल के अवकाश ग्रहण की बात को गंभीरता से नहीं लेते। हाँ, लेकिन सामान्य जनता पर यह घोषणा कारगर साबित होती है। नगरपाल का अनुभव यह रहा है कि इस नगरपाल के बिना उन्हें नगर प्रशासन की कल्पना करना भी मुश्किल लगता है। बाद में कई दिनों तक समाचार पत्रों में अवकाश ग्रहण का मुद्दा छपता रहता है और पाठकों के पन्ने पर 'अवकाश ग्रहण मत कीजिए' वाले पत्र छपते रहते हैं। नगरपाल इससे बेहद खुश हो जाता है। 'अपने बगैर नगर चल नहीं सकता' यह उसकी अत्यधिक प्रिय कल्पना है।

नगर प्रशासन के तीन वक्ताओं के भाषण समाप्त होते ही भीड़ में हो-हल्ला मच जाता है। अब नागरिक...अब नागरिक...।

यह हो-हल्ला भी उसी जगह हो रहा है। जहाँ भाषण के दौरान नारे लगाए जा रहे थे। नगरपाल की नज़र से यह बात छूटी नहीं है। नगरपाल ने सेक्रेटरी को मंच पर बुलाकर उस जगह को और उन लोगों को अँगुली निर्देश से दिखा दिया है। सेक्रेटरी पुलिस प्रमुख को वह जगह दिखाएगा। पुलिस प्रमुख तुरंत कुछ नहीं करेगा लेकिन खोज निकालेगा। उन पर नज़र रखेगा और फिर किसी छोटे-बड़े गुनाहों में उन्हें पकड़ लेगा। स्थिति अब तक तो काबू में है इसलिए तुरंत कुछ करने की जरूरत नहीं। हाँ, लेकिन विरोधकों पर—संभाव्य विरोधकों पर भी नज़र रखनी चाहिए। उनकी फाइलें तैयार रखनी चाहिए। इसलिए नगरपाल ने पदोन्नति की परंपरा खंडित करते हुए नारिंगे को एक रात में पुलिस अधीक्षक से पुलिस प्रमुख बना दिया। ऐसा करने पर उसे विधानसभा के पूरे एक सत्र में विरोधकों के बवाल को, स्थगन प्रस्ताव को, सभात्याग को, न जाने कितने कारनामों को झेलना पड़ा था। लेकिन यह बवाल हवा हो गया और नारिंगे पुलिस प्रमुख बना रहा। मामूली पुलिस हवलदार दिखने वाला नारिंगे अब पुलिस प्रमुख के नाते पुलिस विभाग को नचाता रहता है। वह नगरपाल की छत्रछाया में था। आज भी है।

श्रोताओं में से कौन भाषण करेगा? कुछ तय नहीं है। प्रशासन की ओर से बोलने वालों के भाषणों में रुकावट लाने के प्रयत्न में फँसे इन तथाकथित 'नागरिक मंच' के लोगों को ध्यान ही नहीं रहा कि वक्ताओं के नाम तय करने हैं। इस मौके का फायदा मौका परस्त नगरपाल ने उठाया। उसने घोषित किया, भीड़ ने कुछ भी तय नहीं किया है इससे सभा के कामकाज में व्यवधान पैदा हो रहा है। अभी हमें श्मशान चलना है। मृत बच्ची की लाश यहाँ से चल पड़ने की राह देख रही है। अब भी क्या किसे सभा जीतने का शौक चर्राया है? (नहीं, नहीं! भीड़ में से आवाजें आती हैं!) 'मैंने खुद भी आज न बोलने का फैसला किया है।' (बोलिए बोलिए! उसी हिस्से से आवाज उभरती है!) मैं उचित समय पर बोलूँगा लेकिन आज नहीं! यह वक्त ऐसा है कि बिना बोले अपनी भावनाएँ व्यक्त करनी चाहिए। श्रोताओं में से जिसे बोलना है वह मंच पर पधारें।

श्रोताओं में एक साथ दो-तीन लोग खड़े हो गए हैं। इनमें से किसमें आत्मविश्वास होगा? नगरपाल ने एक नज़र पहचान लिया। हो सकता है उसका अंदाज गलत निकले लेकिन समय अभाव में इतना जोखिम तो उठाना ही होता है। समाज सेवा करते-करते नगरपाल इस तथ्य को समझ चुका है। वह 'उस एक' को

मंच पर बुलाता है।

तालियों की गूँज! श्रोताओं का प्रतिनिधि बन अब वह आदमी बोलनेवाला है। भीड़ इसलिए खुश है। वह अजनबी मंच पर आ चुका है। उसने खाकी रंग का हाफ पैंट और पैंट में इन किया हुआ हाफ स्लीव्ज का शर्ट पहना है। शर्ट के कॉलर में पीठ पर छाता लटकाया गया है। हनुमान-छलाँग लगाकर वह मंच पर पहुँच गया है। उस अजनबी ने आदतन ऐसी छलाँग लगायी है लेकिन इस छलाँग में 'नेहरू फैशन' का आभास हो रहा है। और इस कारण वह अजनबी नगरपाल को अपना प्रतिद्वंद्वी लगने लगा है। लेकिन इस ईर्ष्या को छिपाते हुए नगरपाल उससे नाम पूछता है। संतोष वायकर। सूत्र-संचालक गंडभीर वक्ता का नाम घोषित करता है। नागरिकों के प्रतिनिधि के रूप में अब संतोष वायकर पाँच मिनट बोलेंगे। दस मिनट का समय पाँच मिनट का हो गया है। वह वक्ता किसी विरोधी दल का लगता नहीं है। वह अकेला है उसकी ओर से कोई दलील पेश करने वाला नहीं दिखता। नगरपाल का यह तर्क गलत साबित हुआ। श्रोताओं में से आवाजें उभरीं। दस मिनट? दस मिनट? पहले वक्ताओं ने पंद्रह मिनट का समय लिया है।

भीड़ वायकर के पक्ष में?

पाँच मिनट के समय की बात सुनकर असंतुष्ट संतोष वायकर मंच पर चढ़कर निषेध व्यक्त करते हुए गर्दन हिलाता है।

नगरपाल ने 'इस होने' का भी अंदाज लगाया था। वह हमेशा किसी भी बात की दो-दो संभावनाओं की कल्पना करता है।

'ठीक है। वायकर दस मिनट बोलेंगे। लेकिन यदि उन्होंने समय का ध्यान नहीं रखा तो मुझे उन्हें बीच में रोकना पड़ेगा। वे इस सूचना पर गौर करें।' नगरपाल कह देता है।

हाथ पीछे 'विश्राम' की पोज में रखकर वायकर बुलंदी से शुरू कर देता है भाषण। कुछ समय बाद अनजाने में दोनों हाथ चूहे की तरह पेट के दोनों ओर धर गर्दन ऊपर-नीचे कर बोलने लगता है। नगरपाल के चमचे भीड़ में से उस पर ताने कस रहे हैं। उसके हाफ पैंट पर भी हँसा जा रहा है। बरसात खत्म होने पर भी वायकर के पास छाता? अगली बरसात के लिए? आवाजें उठ रही हैं। इन रुकावटों से न डगमगाते वायकर बोले जा रहा है। नगरपाल सोचता है जितना समझा था उससे कई गुना पक्का निकला बंदा।

वह जान नहीं पाता ये सारे लोग आज तक कहाँ छिपे बैठे थे? सब कुछ इतना ठंडा था कहीं कोई आवाज न थी। अत्याचार हो रहे थे खून हो रहे थे ; कई वारदातों

के पीछे संगठित गुनहगार टोलियाँ हुआ करती थीं। वह 'विशिष्ट जमात' जिम्मेदार थी इन सब के लिए। लोग सहते जा रहे थे। तमाशबीन बन देखते रहते थे। कहीं कोई खटका नहीं था। समाचार पत्रों में लिखा जाता रहा लेकिन कोई रास्ते पर नहीं आया था। और आज? एक मामूली बच्ची पर हुए अत्याचार ने सारा रुख बदल दिया? क्या इसके पीछे कोई षड्यंत्र है? किसका? किसके खिलाफ? क्यों? रानी चंदगडकर पर अत्याचार क्या इसी षड्यंत्र का हिस्सा है? चूहों को किसी मेरे विरोधको ने तो उकसाया नहीं होगा?

नगरपाल के दिमाग में विचारों का तूफान मच गया था। और वह वायकर का भाषण देख रहा था। भाषण सुनने की अपेक्षा कान बंद कर देखने से अधिक समझ में आता है। यह उसका अपना अनुभव था। वायकर बोलते समय पेट के पास रखे हाथों की कोई हलचल नहीं कर रहा है। वह चीख नहीं रहा है लेकिन उसकी आवाज बुलंद है। स्पष्ट उच्चारण! शब्द सीधे-सरल! कभी-कभी अशुद्ध! 'आनी, पानी,' ऐसे गलत उच्चारण! वायकर की बातों को लोग तालियाँ बजाकर 'दाद' दे रहे हैं। सामान्य श्रोता उसके साथ हैं। कान पर से हाथ हटाकर अब जाकर नगरपाल वायकर का भाषण सुन रहा है। वायकर शासन पर व्यंग्य कर रहा है। लेकिन वह दुर्बल विरोधकों का बरगलाना नहीं है। वह सीधे, तेज, नुकीले शब्दों में प्रहार कर रहा है। और उसका प्रभाव जम रहा है। लोग उससे सहमत हुए जा रहे हैं। उनकी पसंद हर वाक्य पर गूँजी तालियों से व्यक्त हो रही है।

नगरपाल बेचैन हुए जा रहा है। वायकर फालतू नहीं बोल रहा है। उसकी सीधी बात सामान्य लोगों पर प्रभाव बिखरा रही है। नगरपाल यह परिवर्तन देख रहा है। वायकर मंच पर बैठे नगरपाल के विरोध में ऐसे बोले जा रहा है मानो नगरपाल वहाँ है ही नहीं! सिर्फ उसका मुस्कुराता पोस्टर टँगा हुआ है। इस कदर अपनी की जाने वाली आलोचना उसे अखर रही है। उसकी बेचैनी सीमा पार हुए जा रही है। वह सोच रहा है। इन बातों को काट दिया जाए। कसकर जवाब देना चाहिए लेकिन सबसे पहले वायकर को चुप कराना जरूरी है। ऐसा भाषण लोगों के कानों तक नहीं पहुँचना चाहिए।

वह वायकर को रुकने के लिए कहता है।

'दस मिनट!' अगला वक्ता।

वायकर का घड़ी की ओर ध्यान नहीं है। श्रोताओं का भी नहीं है। उसका भाषण कब शुरू हुआ? किसी ने घड़ी नहीं देखी थी। नगरपाल ने भी समय देखा नहीं था। दस मिनट हुए भी न हों। ज्यादा से ज्यादा सात मिनट हुए होंगे। नगरपाल

उसे मौका ही नहीं दे रहा है। वायकर घड़ी देखकर असंमजस में पड़ जाता है। गंडभीर अगले वक्ता का नाम घोषित कर देता है। भीड़ में आवाजें उभरती हैं। कई कह रहे हैं दस मिनट नहीं हुए हैं। दूसरे गुट के लोग कह रहे हैं दस मिनट हुए हैं। क्योंकि अब उनके वक्ता को बोलने की जल्दी हुई है। दो गुटों में बहस छिड़ जाती है। पहला गुट वायकर के भाषण पर खुश है। इसीलिए गुस्सा हो रहा है कि क्यों उसे बीच में रोका गया?

गंडभीर नाजुक आवाज में कहता है, 'मुझे लगता है पाँच ही मिनट हुए हैं।' नगरपाल उसे चुप कराता है। वह अब भीड़ को शांत करने में जुटा है। लेकिन वह यह भी चाहता है कि हड़बड़ ऐसी ही मची रहे। ताकि आगे के वक्ता बोल नहीं सकेंगे और नगरपाल को राहत मिलेगी।

वायकर मंच त्यागने के लिए इच्छुक नहीं है। वह हाथ पेट पर बाँधे हुए खड़ा है और बोलने की कोशिश कर रहा है। लेकिन भीड़ की आवाजों में उसकी बातें खोती जा रही हैं। भीड़ में दो दल बन चुके हैं। एक वायकर के पक्ष में और दूसरा विरोध में। यह अजीब मोड़ है लेकिन नगरपाल इस मोड़ को बनाए रखना चाह रहा है। समय बरबाद हो रहा है। वह बीच-बीच में घड़ी देख रहा है। और खुश होते जा रहा है। पंद्रह मिनट! बरबाद! अब नागरिकों की ओर से तीसरा और अंतिम वक्ता। उसका भी समय बीते जा रहा है।

भीड़ इससे अनजान है। 'चुप रहिए। किसी को भी बोलने दीजिए।' इस मत की आवाज बुलंद हो रही है। नगरपाल घड़ी पर नज़र रखे हुए है। तीसरे वक्ता के भाषण का समय भी बीत चुका है। नगरपाल घोषित कर रहा है। 'अब मैं भी भाषण नहीं करूँगा। मैंने विरोधी मतों का हमेशा स्वागत किया है। मैं समय आने पर उन्हें प्रत्युत्तर भी दूँगा। अब हम शांति से श्मशान की ओर बढ़ेंगे। शोर, गड़बड़ मत कीजिए। अपनी जिम्मेदारी को समझिए। आप सबको मृत बच्ची की कसम! चलिए। पीछेवाले पहले चल पड़िए। शववाहक लॉरी सबसे आगे रखिए।...'

नगरपाल ने बखूबी सभा विसर्जित की है। वह सूचना पर सूचनाएँ दिए जा रहा है। असंतुष्ट वायकर मंच के नीचे उतर चुका है। स्वयं सेवक भीड़ को अनुशासित करने में जुट गए हैं। नगरपिता खास मौके की जगह पाने के लिए लपक गए हैं। नगरपाल मंच से सब देख रहा है--संतुष्ट होकर! उसके मन मुताबिक सब हुआ है। उसने विरोधकों को लपेट लिया है। इस अर्थ में उसने सभा जीत ली है।

इसमें उसकी होशियारी काम आ गई है एकेक कसौटी पार करते वह इतने साल सतत सत्ता पर विराजमान है। उसकी होशियारी में नसीब का साथ भी रहा है।

नियति का साथ यदि न हो तो कितने ही होशियार प्रतिद्वंद्वियों को बरबाद होते हुए उसने देखा है। दत्ताराम कोलकर कैन्सर से पैंतीस वर्ष की आयु में ही चल बसा! ज्ञानेश दुसाने दुर्घटना में मर गया। मंजुला अस्नोडकर को-ऑपरेटिव बैंक घोटाले में ऐसी फँसी कि उसने आत्महत्या की! नगरपाल टिका हुआ है। आज फिर एक बार नियति ने उसका साथ दिया है। इसीलिए तो साल में एक बार कुलदेवता का आशीर्वाद लेने गाँव जाता है और अभिषेक महारुद्र करता है। हर पुण्य पुरुष के आशीर्वाद ग्रहण करता है। ज्योतिषियों को जन्म पत्री दिखाता है। भविष्य जान लेता है लेकिन राजनीति में अपनी राजनीति कुशल बुद्धि के अनुसार ही काम करता रहता है। इस वक्त वह मन में कृतज्ञ है। नम्र है।

और सहसा स्वप्न में घटित हो ऐसा कुछ घटित हुआ है। कोई मंच पर चढ़ चुका है। नगरपाल देख रहा है लेकिन उसे वह आदमी असलियत में नहीं लग रहा है। उसका भेष पागल-सा है। उसने चार रंगों का जोड़ दिया हुआ झिंगुला चोला पहन रखा है। कमर में मैली-कुचैली तुमान। घुटने के ऊपर चढ़ी हुई। सिर पर जोकर की टोपी जैसी टोपी। मरोड़ी हुई। मूल आकार बिगड़ गई-सी। उससे झाँकते लंबे पीले-भूरे बिखरे बाल। पैरों में टूटे जूते। आँखों पर मोटे काँच का ऊबड़-खाबड़ चश्मा। आँखें गहरी इतनी कि दिखायी ही न दें। चिपके हुए कपोल। पत्थर पर उगी घास-सी दाढ़ी। बगल में आड़ी-तिरछी पेट फूली-सी थैली।

अपने में ही निमग्न, आत्म संतुष्ट नगरपाल के दिमाग में यह आदमी धँसा नहीं है। उस आदमी को स्टेज पर आते हुए उसने देखा तो था। उसमें कुछ ऐसी खास अलग-सी पहचान जैसा कुछ था फिर भी नगरपाल की तेज नज़र ने उसे पकड़ा क्यों नहीं था? शायद उस आदमी में ऐसा कुछ हुनर हो कि जिसके कारण वह इस तरह नज़र में पड़ते हुए भी नज़रों से अनजाना रह जाता हो। वह आदमी वायकर का रखा हुआ माइक आराम से हाथ में लेता है और कहने लगता है–'हैलो...हैलो...'

किसी टीन पर कील से खरोंचा जाने पर जैसी 'खर्र' से आवाज़ होगी वैसी खर्रऽऽ आवाज़ दूर तक फैल गई है। नगरपाल चौंककर देख रहा है। भीड़ मुड़-मुड़कर उसकी ओर देख रही है। यात्रा में शामिल होने वाले कतार में खड़े-खड़े उसे देख रहे हैं। माइक चालू है। इससे वह आदमी भी चौंका है। वह माइक को गौर से देख रहा है। फिर से बोलने लगा है–'हैलो...हैलो...'

आवाज़ की प्रतिध्वनियाँ गूँज उठी हैं, 'हैलो...हैलो...'

मंच पर खड़ा नगरपाल इस अनहोनी से हक्का-बक्का रह गया है। उसे अपनी आँखों पर यकीन नहीं हो रहा है। मंच पर आया वह अनाहूत, अजनबी, अजीब-सा

आदमी सच है या आभास?

वह आदमी घोषणा दे रहा है, 'चुनौती है...चुनौती है...देखो, मैं इस शहर के सारे चूहे खत्म कर सकता हूँ। एक ही रात में चूहों की मुसीबत खत्म! एक भी चूहा बचा तो यह कद्दू हार जाऊँगा। इस कद्दू में मेरे प्राण हैं। कद्दू गया कि प्राण गए! लो, चुनौती को स्वीकार करो!! चुनौती, चुनौती और चुनौती!!! खास चुनौती! तमाम चूहों की मौत! चूहों का यमराज! एक ही रात में शहर चूहों से मुक्त! मैं झूठा साबित हुआ तो कद्दू छीन लो। इसमें मेरे प्राण बसते हैं। यह चला गया तो मैं भी चला गया। एक ही मौका! मौका गँवाओगे तो पछताओगे। वक्त फिर लौट नहीं आएगा। मौका रुकेगा नहीं। जल्दी कीजिए।'

नगरपाल उस अनाहूत की बकबक कान फैलाकर सुन रहा है। उस पागल को रोकने की बात उसे सूझ नहीं रही है। नगरपाल की सतर्कता इस पल उसका साथ दे नहीं रही है। भीड़ उस चीखती आवाज के कारण अपनी जगह पर थम गई है। स्वयंसेवक अपना काम भूल गए हैं। पुलिस प्रेक्षक बन गई है। नगरपिता कानों में प्राण लिए सुन रहे हैं। कुछ पल पहले जहाँ हलचल ही हलचल थी वहाँ अब एकदम शांति छा गई है।

'शहर के तमाम चूहे, छछूंदर...सबके लिए चुनौती! शूरों को चुनौती! डरपोकों को चुनौती! छिपे हुओं को चुनौती! त्रिवार चुनौती! हो जाने दो! सामने आओ। जहाँ हो वहीं बुत बन जाओगे। पूँछ हिलाने की भी ताकत न रहेगी। जिंदा लाश बन जाओगे। सामने आओ। जाँच लो। उसके लिए पैसे देने नहीं होंगे। फोकट प्रयोग! एकदम फोकट! चकटफो! अनुभव लो। बाद में भरोसा करो। कौन यहाँ आएगा? मैं प्रयोग दिखाता हूँ। हार गया तो यह कद्दू छीन लो! इस कद्दू में मेरे प्राण हैं।'

नगरपाल अपने कान-आँखों पर भरोसा नहीं कर पा रहा है। यह कौन आदमी है? कहाँ से आया है? किसी ने इसे रोका कैसे नहीं? सीधे मंच पर कैसे पहुँच गया? वह भी ऐसे वक्त कि जब सभा विसर्जित हो गई थी। और यह क्या बके जा रहा है?

कहीं ये जंगली जड़ी-बूटियों का विक्रेता तो नहीं है? या फिर कोई रास्ते पर करतब दिखाने वाला जादूगर? या किसी विरोधक का भेजा हुआ ट्रबल मेकर?

शोक-यात्रा अब बिखरने लगी है। विसर्जित सभा फिर से आरंभ हुई है। सबका ध्यान बस उसी की ओर है। वह क्या करने वाला है? अब काहे की प्रेत यात्रा और काहे की शोक सभा? हर कोई मंच की दिशा में उत्सुकता ताने हुए बढ़ता आ रहा है।

'तुम-ऊप्पर आवो...। हाँ तुमको च बुला रहा हूँ।' मंच से सटकर खड़े

नगरपिताओं के बीच से वह वृंदावनदास की ओर अंगुली-निर्देश कर रहा है। वह 'टोपी' माइक से पुनः एक बार वृंदावनदास को बुला रही है। वृंदावनदास इधर-उधर देख रहा है...शायद मुझे नहीं किसी और को बुला रहा होगा...इस भ्रम में...।

'तुम्मी च!' 'टोपी' वृंदावन को देख रही है! वृंदावनदास हड़बड़ाया है। मायूस बन मना कर रहा है। जगह से हिलने को भी तैयार नहीं है। पसीना छूटा है। लगता है उसकी धोती भी गीली हो रही है। बलि चढ़ाने जा रहे बकरे की तरह वह मंच पर खड़े, नगरपाल की ओर देख रहा है। मानो कह रहा है 'बचाओ मुझे।'

भीड़ की आँखें कुछ पल उसकी ओर टिकी हैं। द्रौपदी वस्त्र हरण के दृश्य जैसा दृश्य है। नगरपाल बीच में कुछ करने ही वाला था कि 'टोपी' का ध्यान दूसरी ओर गया...'अच्छा तुम्म आवो।'

वृंदावन ने चैन की साँस ली। टोपी की उँगली भीड़ में सामने खड़े लड़के जैसे मोटे-तगड़े आदमी की ओर निर्देश कर रही है।

'मैं?' उस आदमी को आश्चर्य हुआ है। वह उत्तेजित हुआ है। मंच पर चढ़ने के लिए आतुर दिख रहा है।

'हाँ तुम्मीच! आव! ऊप्पर आवो।'

भीड़ में का 'वह' तुरंत ऊपरं चढ़ जाता है। नगरपाल देख रहा है। यह जो कुछ घटित हो रहा है वह उसी के नजदीक—कुछ ही दूरी पर घटित हो रहा है। लेकिन लग रहा है जैसे सपना है या फिर आभास! यह इस सभा में कहाँ से आया? उसे रोकने की इच्छा हो रही है। लेकिन...पैर आगे बढ़ नहीं रहे हैं। श्मशान पहुँचने में देरी हो रही है यह बात अलग है।

मंच पर पहुँचे हुए उस मोटे आदमी को 'टोपी' ने सामने खड़ा किया है।

भीड़ की आँखें उसी पर टिकी हुई हैं। वह यह बात अच्छी तरह जान रहा है। माइक से वह उस आदमी से कहता है, 'आँखें बंद करो।...'

और वह आदमी है कि आँखें और खुली किए जा रहा है। पलकें मूँदने के लिए वह तैयार नहीं है। उसे लग रहा है कि आँखें मूँदने पर कुछ गजब हो जाएगा।

'देखते क्या हो? मैं तुम्हें औरत बनाने वाला नहीं हूँ।'

भीड़ में हँसी के फौव्वारे।

'मेहरबान! साहिबान! हँसो मत! मैं आपको जादू दिखानेवाला हूँ।'

देखते-देखते अपनी इच्छा के खिलाफ उसकी आँखें मुँद चुकी हैं। मानो खड़े-खड़े ही वह समाधिवस्था में पहुँच चुका है।

'टोपी' हाथों की हलचल कर रहा है—मांत्रिक की तरह! रास्ते पर जादू के खेल

दिखाने वाले जादूगर की तरह! नगरपाल एक ओर खड़ा यह सब देखता जा रहा है। एक बार नगरपाल को अपनी आँखें मूँदी जाने का भी आभास हुआ। लेकिन आँखें खुली थीं। 'टोपी' की बकबक जारी है। 'डरना नहीं! कुछ होने वाला नहीं है। फिकिर मत करो। जो मैं बोलूँ वैसा च करो। लो अपना दाहिना हाथ हिलाव!..बायाँ पाँव हिलाव...इस तरफ देख...उस तरफ मुड़ जा...'

वह आदमी अब 'टोपी' के सामने कठपुतली जैसी कवायद करने लगा है...

यह तो हिप्नोटिज्म है। नगरपाल स्वयं से ऐसे बोल रहा है जैसे वह सब कुछ जान गया हो। वह बाद में ऊपर आया हुआ आदमी 'टोपी' का ही आदमी होगा। हाँ ऐसे बहुतेरे देखे हैं।

लेकिन अब सामने जो दिखाई दे रहा है उससे नगरपाल के आश्चर्य का कोई पारावार नहीं है।

टोपी के आदेशों का पालन करते-करते वह लंबू आदमी अब बिल्कुल चूहे की तरह दिखने लगा है। पल-पल वह और छोटा-छोटा चूहा बनते जा रहा है। भीड़, साँस रोके हुए देख रही है।

'इसका मतलब?' टोपी भीड़ से पूछ रहा है।

चूहों के डर से यहाँ की पब्लिक चूहा बन गई है। मैंने इसे चूहा नहीं बनाया। ये पहले से चूहा बना हुआ है। मैंने सिर्फ इसमें का वह 'चूहा' बाहर निकालकर आप लोगों को दिखाया है। आप में से कोई भी ऊपर आओ। मैं उसमें से भी ऐसा चूहा निकालकर दिखाऊँगा मेहरबान। चूहों के डर से तमाम पब्लिक चूहा बन गई है। जो चूहा नहीं है ऐसा कोई हैवान इधर हो तो उठाओ हाथ! है कोई माई का लाल? ऊपर उठाओ हाथ।

भीड़ में ऐसी चुप्पी है जैसे सूई गिरने की भी आवाज सुनायी देगी।

कोई हाथ ऊपर नहीं कर रहा है! हर एक को 'अपने में का चूहा' महसूस हो रहा है।

नगरपाल जानता है कि श्मशान चलने में देर हो रही है लेकिन वह भी मंत्र के प्रभाव-सा अपनी जगह जड़वत् हो गया है।

'अब देखो! मैं इसमें से चूहा निकाल फेंकता हूँ!' 'टोपी' पुनः हाथ हवा में घुमा रहा है। 'सिकंदर! तुम्हारा नाम सिकंदर है। बताओ तुम्हारा नाम क्या है?'

'सिकंदर!' वह चूहे की तरह नाक हिलाते हुए कहता है।

'सिकंदर! तुम्हारे बाप का नाम क्या है?'

'मणिंदर!' कहते हुए उसने अपने हाथ चूहे की तरह पेट के पास रखे हैं।

‘तुम चूहा नहीं हो! तुम कौन हो?’

‘टोपी’ पूछे जा रहा है और वह आदमी मुँदी हुई आँखों से कहे जा रहा है—‘मैं चूहा? नहीं!! मैं आदमी हूँ। सरदार हूँ।’

‘सरदार जो चूहा बन गया है।’ ‘टोपी’ समूह को उद्देश्य कर कहता है। भीड़ दबी हँसी हँसती है लेकिन पता चल रहा है भीड़ पर तनाव छाया हुआ है।

‘तो सरदार सिकंदर मणिंदर। आदमी जैसा बर्ताव करो।’

‘करूँगा! आँखें मूँदे हुए नरिंदर।’

‘तुम्हारे अंदर का चूहा मैं निकाल रहा हूँ।’

‘टोपी’ हवा में हाथ हिला रहा है।

‘अब बोलो। सिकंदर मणिंदर! तुम कौन हो?’

‘मैं सिकंदर हूँ।’

‘चूहा नहीं।’

‘चूहा नहीं।’

‘आँखें खोलो।’ वह आदेश देता है। सामने खड़ा नरिंदर जब आँखें खोलता है। वे चमक रही हैं। उसके चेहरे पर अब ताजगी है। रीढ़ की झुकी हुई हड्डी तन गई है। शरीर से सटे दोनों हाथ शरीर के बाजू में लटक रहे हैं। वह अँगड़ाई लेता है आदमी की तरह! तनकर खड़ा हो जाता है आदमी की तरह! आदमी की तरह चलते हुए भीड़ में समा जाता है। तालियों की आवाजें गूँजने लगती हैं।

नगरपाल मन ही मन उस आदमी की चतुराई से प्रभावित हुआ है। दरअसल ‘टोपी’ ने कुछ नहीं किया। उस आदमी पर मोहिनी बिछायी। वह आदमी भी ‘टोपी’ का आदमी ही होगा। फिर भी नाटक एकदम कमाल का किया गया। उस आदमी को सिकंदर का आभास दिलाया। नगरपाल को पक्का भरोसा है कि कुछ ही समय में वह पूर्ववत् चूहे जैसा बर्ताव करने लगेगा। इस शहर में चूहे जैसा बर्ताव कोई नई बात तो नहीं है। इस शहर का यही तो ऐतिहासिक सत्य है कि यहाँ के लोग चूहों-से और चूहे आदमी-से बर्ताव करने लगे हैं। यही सच्चाई है। टोपी के पास लेकिन भीड़ को अपनी उँगली पर नचाने की ताकत जरूर है।

टोपी माइक के सामने बोलते जा रहा है। ‘यह तो कुछ भी नहीं है। यह मेरे बाएँ हाथ का खेल है। शहर में चूहों की तादाद बढ़ गई है इतनी कि यह नजारा और कहीं नहीं बस यहीं दिखता है। आदमियों का साँस लेना मुश्किल हो गया है। कानून का भट्ठा बैठ गया है। व्यवस्था भग्न हुई है। ये चूहे किसी की परवाह नहीं करते हैं। सरे आम अत्याचार किए जा रहे हैं और सरकार बेबस है। इच्छा तो है

लेकिन चूहों पर किसी बात का असर नहीं हो रहा है। सवाल पैदा हो गया कि इस नगर में किस का राज़ है? मेहरबान, साहिबान, कदरदान। इस पर उपाय है। ऐसा कुछ करना चाहिए कि शहर में एक भी चूहा रह नहीं पाए। चूहों की जमात का विनाश। कौन करेगा? मैं करूँगा। और है कोई माई का लाल? हाँ! मैं हूँ! मैं यह करूँगा। मैं इस शहर को चूहों के जाल से मुक्त करूँगा। मैं आ गया हूँ। चूहों का यमराज! उनकी गर्दनों का जालिम दुश्मन। अब समझ लीजिए यह बला टलने को है।'

सुनने वालों का अपने कानों पर यकीन नहीं हो रहा था। कोई तो खड़े-खड़े आभास-ग्रस्त होकर मूर्च्छित हो रहा है। कोई हड़बड़ा उठा है। यह सोचकर कि ऐसा हो सकता है? स्वप्न में भी क्या ऐसा हो सकता है? नगर चूहों रहित! और यह करिश्मा करने वाला यह फटेहाल पागल आदमी?

सामने, नगरपाल के पास खड़े उस आदमी को देखकर वे अचरज किए जा रहे हैं। 'टोपी' के हाव-भावों में प्रतिपल पागलपन की हद तक का आत्मविश्वास बढ़ते जा रहा है। भीड़ के मन में भी विश्वास बढ़ता जा रहा है कि वह पागल ऐसा कुछ करेगा।

'टोपी' इसी उद्देश्य से डटकर खड़ा है। भीड़ उसे देख रही है। अंदाज़ लगा रही है।

नगरपाल उसे निहार रहा है आशंका से! संशय से! उसे तौल रहा है! या तो वह पागल है। या फिर लुच्चा-लफंगा। टोपी पहनाकर रफू-चक्कर होने वाली जमात में से कोई।

नगरपाल को अब पक्का विश्वास हो गया है।

नगरपाल की खासियत यह है कि जब कोई बात उसे जँचती है तो वह झट से निर्णय कर लेता है। लाल फीते की भी परवाह नहीं करता। आव देखता है न ताव! एक्शन लेता है। इसीलिए तो उसने 'कार्यकुशल नगरपाल' की प्रशंसा पाई है।

लेकिन यहाँ ऐसा करना आसान नहीं है। उसे पता चल चुका है कि 'टोपी' बोगस आदमी है। लेकिन भीड़ पर उसका असर बढ़ता जा रहा है। भीड़ ने उसकी बकबक में, चूहे खत्म करने वाली बात में, उसकी बढ़ा-चढ़ाकर की गई बातों में कुछ पाया है। उसके विचारों में कुछ खोजा है। भीड़ की राय 'टोपी' के विक्षिप्त होने के पक्ष में है लेकिन उसके बोगस होने में नहीं है। भीड़ 'टोपी' की बातों में रुचि ले रही है और कुछ कौतूहल से कुछ अपेक्षा-उत्सुकता से भीड़ उसकी ओर देख रही है। उसे सुन रही है। नगरपाल की होशियार नज़रों ने यह देख लिया है। भीड़ को दुखाने

की कीमत अपने राजनीतिक जीवन में वह अदा कर चुका है। एक बार न भूतो न भविष्यति ऐसी हार से वह चुनाव हार चुका है। बाद के पाँच साल भीड़ के नए सिरे से पैर चाटने में वह बरबाद कर चुका है। इतनी कीमत अदा करने पर फिर उसने कभी पीछे पलटकर नहीं देखा। भीड़ का बर्ताव चाहे जितना बेवकूफियों से, मूर्खता से भरा हुआ हो, गलत हो, आत्मघात करने वाला हो, लेकिन राजनीति खेलने वाले नेता को चाहिए कि वह उसे न दुखाएँ। नेता को भीड़ के साथ, भीड़ के आत्मघात करने वाली प्रवृत्ति के साथ रहना पड़ता है। सब सहना पड़ता है। और समय देखकर सच बोलना होता है। 'मैंने कहा था न?' कहकर अपना वजन बढ़ाना पड़ता है। नेता का उत्कर्ष भीड़ पर अवलंबित रहता है। भीड़ उसका भाग्य विधाता होती है। भीड़ पीछे होती है इसीलिए वह नेता कहलाता है लेकिन दरअसल बात यह होती है कि नेता को भीड़ के साथ, इतना ही नहीं भीड़ के पीछे रहना होता है। अनुभव से प्राप्त यह ज्ञान अब भी उसके काम आया है। वह माइक हाथ में लेता है और ऊँची आवाज़ में कहता है, प्रेषित का, स्वागत है। हम इतने वर्षों से आप ही की राह देखते आए हैं।'

सामने तालियों की गूँज! नगरपाल के स्वर में छिपा व्यंग्य भीड़ की समझ में आया है।

नगरपाल मन में कह रहा है—बच्चम जी! समय आने पर मैं तुम्हें देख लूँगा। तू चल आगे। मैं तुझे अपने ही खेल में देख कैसे फँसाता हूँ। तब नानी याद आएगी। तुझे—

अंत्ययात्रा के लिए विलंब हुआ जा रहा है। अपनी आवाज में संयम और गांभीर्य बनाए रखते हुए वह माइक के सामने कहता है, 'इस शहर पर कई वर्षों से मँडराता आया हुआ यह संकट यहाँ अचानक पधारे हुए इस देवदूत के बीड़ा उठाने की ललक और सूचनाओं के अनुसार मिट जाने के आसार अब दृष्टि पथ में आ गए हैं। मैं यह मानता हूँ लेकिन ये सूचनाएँ इतनी अनपेक्षित हैं कि इस पर गहराई से विचार करना आवश्यक लग रहा है। हम नगरवासियों की ओर से आप से प्रार्थना करते हैं कि आप आज की रात शहर में ही रहें। हमारी मेहमाननवाजी का स्वीकार करें और कल तुरंत प्रशासन के सदस्यों की सभा बुलायी जाएगी। उसमें आपकी सूचनाओं का आपकी सेवा का विचार किया जाएगा। और निर्णय लिया जाएगा।'

भीड़ माँग कर रही है—विचार नहीं निर्णय कीजिए। मौका दीजिए!—देखते-देखते आवाजें बढ़ती जा रही हैं और कोलाहल में परिवर्तित हो रही हैं।

'मौका दीजिए...मौका दीजिए...निर्णय यहीं पर कर दीजिए।'

'ज्यादा से ज्यादा फँस जाएगा...होने दो! फँसने दो।' एक साहसी आवाज।

'इतने साल कुछ हुआ क्या?' दूसरी बुलंद आवाज!

'आपने जो किया उससे क्या हासिल हुआ?' तीसरी गंभीर आवाज!

'जितना हुआ काफी है। अब इंतजार करने के लिए हम तैयार नहीं हैं। मौका दीजिए।' कई आवाजें एक साथ।

अब तक जो बैठे थे अब उठ खड़े हुए हैं।

'सबूरी!' नगरपाल आदेश भरे स्वर में कहता है, 'बैठ जाइए। सुन लीजिए।'

उसका आदेश निरर्थक हो गया है। कोलाहल बढ़ता ही जा रहा है।

'शांति बनाए रखिए।' वह चीखता है। 'अब अंत्ययात्रा अनुशासित रूप में आरंभ होगी।'

भीड़ सुन नहीं रही है। भीड़ अधिक ही आक्रामक होती जा रही है।

नगरपाल जान चुका है। भीड़ की मनःस्थिति बिल्कुल बदली हुई है। अब चलना चाहिए भीड़ के पीछे। उसके सामने ही मंच पर वह मोटे काँच का चश्मा पहने हुए दुबला-सा 'टोपी' अपना धँसा हुआ सीना चौड़ा कर तनकर खड़ा है। मानो नगरपाल के अधिकार को कचरा समझ कर चुनौती दिए जा रहा है।

नगरपाल को यह बात चुभ रही है। उसे लग रहा है कि इस आदमी की गर्दन मरोड़कर इसे मंच से नीचे फेंक दूँ।

लेकिन वह अपने मन को समझा रहा है। फिलहाल भीड़ की ही जीत होने दो। भीड़ जो चाहती है वही होने दो।

वह माइक के सामने घोषित करता है, 'तत्त्वतः नगर प्रशासन ने इसकी सूचनाओं को स्वीकार कर लिया है। अब इसका सारा तफसील बन जाने तक यह इसी नगर में रहेगा। उसकी सारी व्यवस्था नगर सभा कर देगी।'

भीड़ तालियों की गूँज बरसा रही है। तालियाँ रुकने का नाम नहीं! तफसील बाद में तय किया जाएगा।

कोई सुन नहीं रहा है। कोलाहल सीमा पार हो गया है लग रहा है अब किसी भी क्षण लॉरी पर रखी हुई बच्ची की लाश भी उठ बैठेगी।

अब अंत्ययात्रा कब आरंभ होगी कोई नहीं जानता। वह विचित्र आदमी मंच से नीचे उतर गया है। लोगों की भीड़ उसे घेरे हुए है। अब नगरपाल उस आदमी को देख नहीं सकता।

नगरपाल अकेला मंच पर माइक हाथ में थामे हुए खामोश खड़ा है। नगरपिता मंच से उतरकर आपस में इस नई घटना पर जोर-जोर से बहस करने में व्यस्त हुए हैं।

नजदीक की किसी इमारत के टेरेस पर खड़े रहकर यह सारा नजारा झुर्रियाँ पड़ी चमड़ी के पाँच बुजुर्ग चूहे देख रहे हैं। सभा के आरंभ होने से लेकर अब तक उन्होंने आपस में एक भी बात नहीं की है। उनके चेहरे गंभीर और वे कुछ अंतर्मुख लग रहे हैं।

वे मनुष्य के जैसे बुद्धिशाली नहीं हैं। अतः उनके पल्ले यह सब कुछ नहीं पड़ रहा है।

हाँ, लेकिन उनकी मामूली बुद्धि इतना जान चुकी है कि कुछ घटित होने जा रहा है।

छह

श्मशान में सभी विधि समाप्त होते-होते शाम ढल चुकी है और अँधेरा फैल चुका है।

हाँ, श्मशान में अब पुनः भाषणबाजी नहीं हुई। श्मशान-भाषण करने में कुशल एक उत्साही भाषण-बहादुर को आस-पास खड़े लोगों ने उसकी सिसकी सुनते ही सजगता बरती और उसे श्मशान के बाहर पहुँचा दिया।

श्मशान में इकट्ठी भीड़ में एक ही बात को लेकर चर्चा और कानाफूसी हो रही है--कुछ समय पूर्व उस विचित्र आदमी की दी हुई ऑफर को लेकर।

शहर की समूची 'विशिष्ट जमात' खत्म करने वाली ऑफर।

ऑफर दिल धकधक करने वाली है।

उससे भी अधिक धकधक बढ़ाने वाली बात वह है कि जिस बिंदास भाषा में वह ऑफर दी गई वैसी भाषा इस शहर में कई सालों में किसी ने सुनी नहीं है। मन में भी उच्चारित नहीं की गई है। सुनना तो दूर की बात रही।

'विशिष्ट जमात' के खिलाफ कई उपाय किए गए, किए जा रहे हैं। लेकिन कुछ होने वाला नहीं है। यह बात दोनों जानते हैं--करने वाला भी और देखने वाला भी।

नगरपाल और नगर प्रशासन पर लोगों का भरोसा आदतवश है। और इसीलिए भी इससे ज्यादा और कुछ नहीं किया जा सकता। एक ओर 'विशिष्ट जमात' का संकट उग्र होता जा रहा है और दूसरी ओर उन पर काबू पाने की सीमित कोशिशें ही की जा रही हैं। इसका परिणाम यह कि नागरिकों पर ज्यादा कर लादे जा रहे हैं। इसके प्रति कोई शिकायत भी नहीं कर सकता। उपाय योजना करनी है तो कर देना होगा। ऐसे कई वर्ष बीत गए हैं।

और आज उस 'विशिष्ट जमात' को खत्म कर देने की भाषा। वह भी खुलेआम मैदान में। ना घर में ना छुपकर! 'जमात' का नाम लेकर! खुलेआम। इस आश्चर्य

से बाहर निकल आने पर हर एक को लगने लगा कि आज का दिन कुछ अलग दिन था।

अल्पवयीन बच्ची पर बलात्कार क्या हो जाता है (वह भी पहली बार नहीं), पुलिस लाश गायब करने में नाकामयाब हो क्या जाती है, किसी के तय न करते हुए अंत्ययात्रा क्या निकलती है उसमें इतनी बड़ी संख्या में लोग शामिल क्या हो जाते हैं, यात्रा नया मोड़ क्या लेती है, मंत्रालय के सामने रामायण क्या घटित होता है उसमें वह जादूगर-सा आदमी अपनी बकबक में, बातों-बातों में हंगामा क्या मचा देता है। सब कुछ कल्पनातीत!

वह जादूगर-सा आदमी किसी को स्टेज पर बुलाकर चूहा क्या बनाता है और फिर चूहे से आदमी।

अब तक उसका नाम तक कोई नहीं जानता। नगरपाल भी नहीं। नगरपाल बड़ा चालाक है। संकट आने के पहले ही उससे निपटाने की तैयारी कर रखता है। यूँ ही नहीं इतने साल सत्ता पर बना रहा। उसके प्रतिद्वंद्वी हर बार जल-जलकर खाक होते हैं। एक बार जब वह चुनाव हारा था तो भी वे कहते थे मंत्रालय में अब भी उसी का राज चलता है। वह हारा था बिल्कुल अनपेक्षित कारण से। नगर के सफाई कर्मचारियों ने ठीक दीपावली के दिनों में हड़ताल की। नगर में कचरे के अंबार लग गए। बदबू फैल गई। बीमारियाँ फैलीं। नागरिकों को लगा था नगरपाल हमेशा की तरह अपने कौशल से माँगें पूरी करेगा और हड़ताल खत्म कर देगा। दीपावली के पहले! नगरपाल पर भरोसा रखकर नागरिक चिंतामुक्त हो गए थे लेकिन उस बार हड़ताल थी जो मिटने का नाम नहीं ले रही थी। लीडर लोगों ने नगरपाल द्वारा प्रदत्त आश्वासनों को ठुकराया। उनका कहना था कि पिछली बार दीपावली में ऐसे ही आश्वासन-वादे झोली में डाले थे लेकिन बाद में प्रशासन ने मुँह फेर लिया था। यह सच था लेकिन इसमें नगरपाल का दोष न था। शहर की ब्यूरोक्रेसी इसके लिए जिम्मेदार थी। वे हड़ताल में शामिल लोगों पर पहले से ही नाराज थे। उनमें से कुछ ऐसे थे जो इस बहाने नगरपाल को सबक सिखाना चाहते थे। क्योंकि नगरपाल उन लोगों को मुख्य धारा से दूर रखता था लेकिन उनसे काम तो खूब लेता था। तकनीकी रुकावटें पैदा कर उन्होंने आश्वासनों की आपूर्ति करने नहीं दी। नगरपाल ने उसमें से भी रास्ता निकाला लेकिन अगली दीपावली के दिनों लीडर लोगों ने हड़ताल समाप्त न करने की ठान ली और रास्तों पर कचरे के ढेर जमा होते गए। लोगों की दीपावली बेरंग हो गई। वे चुनावों के दिन थे। नगरपाल के विरोधकों ने मौके का फायदा उठाया और प्रचार में कचरे को प्रमुख मुद्दा बनाया। नागरिकों को गुमराह

बनाया। नगरपाल कम मतों के अंतर से चुनाव हार गया। बस, उतनी ही बार! बस! अन्यथा नागरिकों ने हर बार उसे आँखें मूँदकर चुनाव में जीत दिलायी है। हर बार उसके प्रतिद्वंद्वी युवा, साहसी, होशियार! भीड़ खींचने वाले हुआ करते हैं। समाचार पत्रों में भविष्यवाणी लिखी जाती है—चुनाव में बराबर की टकराहट। नगरपाल को भारी पड़ेगा यह चुनाव। प्रतिद्वंद्वियों का पलड़ा भारी। लेकिन चुनाव परिणाम नगरपाल के पलड़े में। बहुसंख्य मत! सारे रिकॉर्ड पार करते हुए जीत। नगरपाल की जीत।

प्रतिद्वंद्वी चारों खाने चित! फिर आरोप-प्रत्यारोपों का दौर। बैलेट बाक्स में घपला। इन्क्वायरी कमिटी! न्यायालयीन जाँच! नगरपाल निर्दोष! शहर में नागरिकों की ओर से उसके सत्कार समारोह! नगरपाल विरोधकों की कैसे फजीहत करता है यह सुनने के लिए भीड़ झुंडों में! (आज की यात्रा में सब को उन सभाओं की भीड़ याद आ रही है। लेकिन आज वह दस मिनट ही बोला था। कमाल का विनम्र होकर!) जीता है न्याय! मैं कौन? मैं अदना-सा आदमी। फिर थोड़ा अध्यात्म! भीड़ का अपेक्षाभंग! तब घोषणा हुई! फलाने मंच की ओर से नगरपाल का भाषण होगा। विषय 'वर्तमान स्थिति'! लोग आसन ग्रहण करें। तुरंत उसी मंच पर नगरपाल का भाषण। वक्रोक्ति, व्याजोक्ति, गर्वोक्ति से भरा। विरोधकों की छाती पर मूँग दलने वाला।

सुनने वालों की तबीयत खुश! वह लोकप्रिय बन गया था।

ऐसा है यह नगरपाल! इसका कोई दूसरा पर्याय नहीं। प्रदीर्घ अनुभव वाला नगरपाल।

उस 'टोपी' का ऑफर नगरपाल ने खुले आम तत्त्वतः मंजूर किया है। लोग चर्चा कर रहे हैं—तत्त्वतः याने क्या? तत्वतः याने ब्यौरे बाद में तय किए जाएँगे। उसके लिए मंत्रिमंडल की विशेष सभा आयोजित करनी होगी जो कल सुबह है। तत्त्वतः का अर्थ समझाने वाला कहे जा रहा है।

वह अनाहूत आज रात इसी शहर में होगा। प्रशासन उसके रहने का प्रबंध करने वाला है। यह बात भी सभा में तय हुई थी।

प्रेताग्नि होते ही लोग मुक्त हो गए हैं। भीड़ बिखर रही है। अँधेरा बढ़ता जा रहा है। नगरवासी झुंडों में अपने घर जा रहे हैं। कोई एक-दूसरे से विदा ले रहे हैं। इस बहाने वे एक साथ रोए, एक साथ चले। एक साथ आक्रोश व्यक्त करते रहे। नारे लगाते रहे—गला फाड़-फाड़कर! भाषण सुनते रहे। तालियाँ पीटते रहे! अब विदा लेने का समय आ गया है। दिन ढल चुका है। उत्स्फूर्त क्रोध ठंडा पड़ रहा है। शोक

चुप हुआ है। घर लौटते ही रोज़मर्रा की चिंताएँ। समस्याएँ हर एक को धर दबोचनेवाली हैं। सामूहिक शौर्यभरा दिन बीत चुका है। इस विचार से लोग दुखी हो रहे हैं। सब के मन भारी हुए हैं। हर कोई सोच रहा है कुछ तो अलग हुआ है।

खोपड़ी फूटते ही नगरपाल, नगरसेवक जल्दी में लेकिन मन भारी है का दिखावा करते हुए मृत बच्ची के माँ-बाप से विदा ले रहे हैं। वे जल्दी-जल्दी श्मशान के बाहर आते हैं। अब उनकी आपाधापी शुरू होने वाली है। वहाँ सब की कारें शोफर के साथ और अपने-अपने शस्त्रधारी रक्षक दलों के साथ प्रतीक्षा में हैं। एक नगर सेवक रुग्णवाहिका से आया था। उसकी रुग्णवाहिका भी कारों की कतार में खड़ी है। अब भोंपू बजने लगे हैं। अपने-अपने मालिक को जल्दी ले चलने की होड़ शुरू हो गई है। सबसे पहले नगरपाल लालबत्ती की गाड़ी में से जा रहा है। उसके पीछे उपाध्यक्ष वृंदावनदास! फिर नगरपिता अपनी ज्येष्ठतानुसार! कोई मनमाने ढंग से जा नहीं सकता। सरकारी समारोह में कौन कहाँ बैठेगा, कौन कब, कैसे जाएगा इसके नियम परिपत्र में तय किए गए हैं और सब इस बात को जानते हैं। यह कोई सरकारी समारोह नहीं है लेकिन रिवाज का श्मशान में भी पालन किया जा रहा है।

देखते-देखते भीड़ छँटती गई। श्मशान सूना हो गया। सारे वीआईपी और उनकी कारें चली जाने से पुलिस की ड्यूटी समाप्त हुई है। वे आपस में दिन में जो घटित हुआ उसकी चर्चा करते-करते निकल चुकी है। शेष रहा है सिर्फ अँधियारा! और श्मशान में जली हुई मृत बच्ची की धधकती हुई चिता।

अंत में वहाँ बचे हैं बच्ची के माँ-बाप! चिता के आखरी दर्शन करते हुए। अब उनकी आँखों में आँसू तक बचे नहीं हैं। स्वयं सेवक अपने-अपने घर जा चुके हैं। वे दोनों एक-दूसरे का सहारा बनते हुए घर जा रहे हैं और एक भिखारी भीख की अपेक्षा में उन्हें आशीर्वाद दे रहा है—'ईश्वर आपके बच्चों को लंबी उम्र दें।'

धधकती चिता का प्रकाश शहर के अंधकार को प्रकाशमान करता-सा लग रहा है। लेकिन वह प्रकाश चिता का है। सूरज का नहीं।

सात

श्मशान से घर पहुँचे हुए नगरवासी भोजन कर बिस्तर पर लेट जाएँगे और गहरी नींद उन्हें घेर लेगी। एक दिन में इतनी दौड़धूप। कई वर्षों में उन्होंने ऐसा कुछ किया न था और न ही देखा था। इसलिए उनके शरीर और मन भी थक गए हैं। अब उन्हें अच्छी नींद आएगी। लेकिन नगरपाल, नगरपिता और समाचार-पत्रों के संवाददाताओं का दिन तो अब शुरू होने जा रहा है।

राजनीति में और समाचार-पत्रों में दिन तो दिन रहता ही है लेकिन रात भी दिन होती है। सब दुनिया सो जाती है तब ये लोग जागते रहते हैं। उनकी बुद्धि के रात के समय अनगिनत पैर निकल आते हैं। और वे पैर प्रकाश गति को भी हराते हुए चारों ओर दौड़ते रहते हैं। पर्दे के पीछे की गतिविधियों में तेज बहाव आ जाता है। इसीलिए राजनीति और अखबार दिन की अपेक्षा रात में ही चल निकलते हैं।

आज की रात बड़ी महत्त्वपूर्ण रात है।

नगर प्रशासन निर्णय भले ही कल करने वाला हो लेकिन निर्णय पूर्व नाटक आज रात में ही खेला जाने वाला है।

उस अनाहूत की दी चुनौती नगरपाल के लिए भारी पड़ रही है। नगरपाल अपनी माँ का लाल है। और उसके विरोधक भी कच्चे गुरु के चेले नहीं हैं। वे सोच रहे हैं उस फटीचर आदमी ने यदि चूहों को खत्म किया तो हमें मुद्दा मिलेगा—जो काम इतने सालों में नगरपाल नहीं कर सका वह इस फालतू आदमी ने किया है। और उस अनाहूत का प्रयोग फेल हो गया तब भी मुद्दा उपस्थित किया जा सकता है—नगरपाल भी कहाँ कुछ कर सका? इस बहाने नगरपाल की असफलताओं का पहाड़ा बाँचने का अवसर हाथ लगेगा। इतना करने पर हाथ क्या लगेगा? शायद कुछ भी नहीं लेकिन प्रयत्नों में कोई कसर छोड़नी नहीं चाहिए। अनाहूत को लोक आग्रह के कारण भले ही नगरपाल ने शहर में रख लिया है लेकिन मन से नहीं इस बात को विरोधक जानते हैं। वह अनाहूत अपना प्रयोग 'खाली हाथ' थोड़े ही करेगा? वह

कितनी कीमत माँगता है और नगरपाल की भूमिका क्या होगी? इस पर सब की आँखें टिकी हुई हैं। विरोधकों पर बस इतना ही विचार हावी है कि यह नया मौका आराम से उन्हें मिला है—नगरपाल को धर्मसंकट में पकड़ने का मौका! और इसलिए वे व्यूह रचना करने में खो जाने वाले हैं।

नगरपाल के मन में क्या-क्या चल रहा है? एक तो नगरपाल असमंजस में है कि यह अनाहूत ठीक मौके पर कैसे आया? वह भी शोक सभा में? उसके मन में यह बात बैठ गई है कि अपनी राजनैतिक बलि चढ़ाने हेतु किसी का भेजा यह टाइम बम है। यह किस की चाल है? वह समझ नहीं पा रहा है। उसने इस बात पर गौर किया था कि जब वह अनाहूत स्टेज पर आया था तब वहाँ के सभी हड़बड़ा गए थे। किसी भी चेहरे पर खुशी न थी। या आँखों में असुरी आनंद भी नहीं था। क्या वह आप ही चला आया था? क्यों? इसी वक्त ही क्यों? श्मशान-राह पर चलते हुए नगरपाल के दिमाग में तर्कों के जाल बुने जा रहे थे। तब से लेकर वह इसी उधेड़बुन में है। अब किसी नतीजे पर पहुँचकर ही उसे राहत मिल पाएगी।

ऐसी बेचैन स्थिति में, अंत्यविधि समाप्त होते ही नगरपाल नगरपाल-निवास की ओर न जाते हुए सीधे मंत्रालय पहुँचा है। वहाँ ठहरे उस अनाहूत को लाल बत्ती वाली गाड़ी में बिठाकर वह किसी 'अज्ञात स्थल' के लिए रवाना हुआ है। ऐसा करते हुए उसने सरकारी ड्राइवर को छुट्टी दी है। वह खुद गाड़ी चला रहा है और गाड़ी की लालबत्ती भी उतारी गई है।

रास्ते में बात करने की अपेक्षा अनाहूत नगरपाल की बगलवाली सीट पर बैठे-बैठे सो रहा है। गाड़ी में के वातानुकूलित-वातावरण से ठंडक पाते ही अनाहूत की चश्मे के मोटे काँच के पीछे आँखें मुँदने लगी हैं और अब वह धीमे-धीमे खर्राटे भर रहा है।

वह 'अज्ञात स्थल' शहर से दूर, किसी की नज़र न पड़े ऐसी जगह पर है।

वह नगरपाल का अत्यधिक निजी फार्महाउस है। नगरपाल की पत्नी को भी यहाँ का पता मालूम नहीं। उसके सहयोगी या विरोधकों का सवाल ही नहीं उठता।

फार्महाउस ऐसी खूबी से बाँधा गया है कि हाई-वे से गुज़रते हुए किसी की भी नज़र यहाँ नहीं पहुँच सकती। बाँधने वाले ने अपने लिए बाँधा था। नगरपाल को भा गया सो उसका हो गया।

इर्द-गिर्द घने पेड़! फिर पत्थरों की दीवार का कंपौड! फिर घने वृक्ष! बीच में फार्महाउस!

शहर के मानचित्र में इस स्थल का कहीं नामोनिशान नहीं है।

अनाहूत को गाड़ी में बिठाकर, स्वयं गाड़ी चलाते हुए नगरपाल इस जगह चला जा रहा है।

अनाहूत घोड़े बेचकर सोया है। उसने जरा भी उत्सुकता नहीं दिखायी और न ही कोई सवाल पूछा।

घना अँधेरा है लेकिन गाड़ी के पहिए रास्ता पहचानते हैं। इस रास्ते कई बार रात-बेरात नगरपाल गाड़ी चलाते हुए फार्महाउस गया है। कारण चाहे जो रहा हो लेकिन हर बार रास्ता यही रहा है।

कुछ दूरी तय करने पर अनाहूत को नींद से जगाने के लिए नगरपाल ने सहसा ब्रेक दबाए। धक्का लगने से अनाहूत जाग गया है। चौंका हुआ! पुनः सोने की कोशिश में है इतने में नगरपाल ने बातचीत आरंभ कर दी है।

'कहाँ से आए हो?'

'कौन?...मैं? मैं पूरब से आया हूँ।'

'दिशा नहीं गाँव का नाम बताओ।'

'पेड़गाँव!' स्वर में नींद है।

'कहाँ है?'

'वेडगाँव के पास।'

नगरपाल जान जाता है कि अनाहूत चालबाजी कर रहा है वह सोया था ही नहीं! आँखें मूँदे बैठा था।

'ठीक से जवाब न दोगे तो पता है न क्या होगा?'

'नहीं! क्या होगा?'

'सीधे बोल किसने तुझे भेजा है?'

'मेरे पैरों ने! बोले चल, आज इधर जाएँगे।'

नगरपाल ऐसी बातें सुनने का आदी नहीं है। ऐसी बेहूदा बातों का इलाज उसके पास है। थप्पड़ जड़ देना। इसका प्रयोग उसने अपने नौकरों पर कई बार किया है। अब भी उसकी हथेली खुजला रही है। लेकिन वह जानता है कि अब बात अलग है। अनाहूत आज शहर का मेहमान है। संयम बरतना चाहिए।

'तू कहाँ से आया? बताव! नहीं तो मैं बताएगा।' अनाहूत नगरपाल से पूछ रहा है और ऐसी अदा से कि दोनों बराबर के हों।

'मैं नगरपाल हूँ। समझे?' नगरपाल एक-एक अक्षर पर वजन देकर बोल रहा है।

'हाँ लेकिन आया कहाँ से? बताव! नहीं तो मैं बताएगा।'

नगरपाल के साथ ऐसी बात करने की जुर्रत किसकी होगी? लेकिन यह लोफर उसे एकवचन में संबोधित किए जा रहा है।

नगरपाल के लिए यह हादसा है।

'माँ की गोद से।' अनाहूत उत्तर देता है और गंदी हँसी हँसता है। मोटे काँच के पीछे उसकी आँखें और ही भद्दी लगती हैं। 'मैं भी वहीं सेच आया हूँ।'

'बकबक बंद कर! वरना यहीं पर उतार दूँगा।' चिल्लाते हुए नगरपाल गाड़ी धीमी गति से चलाता है। लगता है वह अभी गाड़ी रोक देगा। अनाहूत कुछ देर के लिए चुप हो जाता है। हलचल करते रहता है और मच्छर मारने का नाटक करता है।

अब नगरपाल गाड़ी तेज दौड़ा रहा है।

'लेकिन कहाँ जा रहे हो?' अनाहूत पूछता है।

'तू नगर का मेहमान है। चुपचाप चल! जहाँ भी ले जाऊँगा तू चूहों को खत्म कर देना चाहता है न?'

अनाहूत बिना कुछ सवाल किए आँखें मूँदकर बैठ जाता है।

'बकध्यान!' नगरपाल गुनगुनाता है।

गाड़ी फार्महाउस के गेट में से (गेट पर रखवालदार नहीं है। गेट का ताला नगरपाल ही खोलता है।) भीतर के अँधेरे में आती है। खड़ी हो जाती है। घुप्प अँधेरा!

नगरपाल नीचे उतरता है।

अनाहूत डरा हुआ है।

'तू कहाँ चला?' अनाहूत नगरपाल की बाँह कसकर पकड़कर कहता है।

नगरपाल अपना हाथ छुड़ा लेता है।

उसकी घाघ सोच ने जान लिया है कि अनाहूत अँधेरे से डर रहा है।

नगरपाल सीढ़ियाँ चढ़कर बंगले का ताला खोलता है। द्वार खोलता है। बत्ती जलाता है। बगल के दालान का द्वार खोलता है। बत्ती जलाकर गाड़ी के पास आता है।

अनाहूत खरगोश-सा चुप बैठा है।

'गेट आउट!' नगरपाल कहता है।

अनाहूत वैसा ही बैठा रहता है।

'आई से गेट आउट! नीचे उतर।'

अनाहूत हिलने का नाम नहीं ले रहा है।

नगरपाल आँखें फाड़कर देखता है। अनाहूत गाड़ी में ही बैठा है। थैला गोद

में पकड़े। चश्मा नाक से नीचे उतरा हुआ है।

'नीचे उतरो! चलो!'

अनाहूत मजबूरी में उतरता है। थरथराता है। नगरपाल देख नहीं सकता।

बड़ी आवाज से गाड़ी का दरवाजा बंद हो जाता है। 'चलो'।

अनाहूत थैला पकड़कर खड़ा है। हवा में ठंडक है।

अनाहूत नगरपाल के पीछे चलने लगता है। दोनों बंगले के दरवाजे पर! पीछे वाले दालान में आते हैं। आलीशान फर्नीचर! तरह-तरह की कीमती वस्तुएँ...कुछ नग्न तस्वीरें! एक पूर्णाकृति नंगा बुत।

नगरपाल आसनस्थ हो जाता है। समूचे फार्महाउस में वे दोनों ही हैं। वह अनाहूत के साथ हार्ट टु हार्ट बात करने वाला है।

नगरपाल के बैठ जाने पर अनाहूत बैठ जाता है। नगरपाल सोच रहा है अब अनाहूत का राज़ खुल जाएगा।

इस कला में वह माहिर है।

रात के साढ़े बारह बज चुके हैं।

ऊधर शहर के विविध राजनीतिक पक्षों के लिए दिन उगा हुआ है। चर्चाएँ छिड़ गई हैं। अनाहूत को कहाँ रखा जाएगा? मुखबिर पहुँच गए हैं। सस्पेन्स के बावजूद सभी जान चुके हैं कि नगरपाल अनाहूत के साथ सौदा करने वाला है।

नगरपाल की तरह अनाहूत से मिलकर उसे पटाने की इच्छा नगरपाल-विरोधी मंडली की भी है। ऐसा करना उनकी इच्छा से अधिक परिस्थितियों की माँग है। यदि वह मिल जाता है, उससे बात हो जाती है तो उसकी गहराई का अंदाज होगा और फिर राजनीतिक पासे फैलाए जा सकते हैं। लेकिन यह होगा कैसे? नगरपाल ने बखूबी उसे अपने कब्जे में ले लिया है। और कहीं गुप्त जगह ले गया है।

ऐसी हरकत करने के कारण क्या नगर सभा में नगरपाल पर कोई चार्ज रखा जा सकता है? चर्चा इस विषय पर भी हो रही है। ऐसा हो भी जाए लेकिन तब तक नगरपाल की झोली में और एक जीत! विरोधकों की और एक हार।

सभी तनावग्रस्त हैं। एक अकेला वृंदावनदास इस चर्चा में नहीं है। वह अपने आवास-स्थान पर है। नगरपाल का हर हुक्म माननेवाला!

कोई सुझाव दे रहा है—नगरपाल जहाँ भी हो, फोन पर पता किया जाना चाहिए। अनाहूत के साथ चर्चा में सभी को शामिल करने का प्रस्ताव उस तक पहुँचाया जाना चाहिए। वह नहीं मानेगा तब उसे धमकाया जाना चाहिए—नगर सभा के कामकाज पर कल से अनिर्णित काल तक बहिष्कार। हमें हटाकर अनाहूत से

सिर्फ नगरपाल की चर्चा–चूहा निर्मूलन प्रयोग संबंधी निर्णय लोकतांत्रिक पद्धति को नजरअंदाज कर लिया गया है। यह उसे समझाया जाना चाहिए। इसलिए कम से कम सुबह सभा के पहले नगरपाल को चाहिए कि वह विरोधकों को अनाहूत से मिलने दें। सुझाव देने वाले की राय यह है कि इससे देर से क्यों न हो लेकिन आगे अंदाज करने में मदद मिलेगी।

नगरपाल के फोन मिलाने के सारे प्रयास निरर्थक! व्यर्थ! उसकी पत्नी और सेक्रेटरी एक ही उत्तर दे रहे हैं। 'पता नहीं!' नगरपाल के समर्थक भी भौचक्के हैं। राम पुरो (विरोधक इसी नाम से उसे संबोधित करते हैं।) पूछ रहा है, 'कोई मुझे कह दो कि वे कहाँ हैं।'

समर्थक और विरोधक इन दोनों दलों में जोरदार गरमागरम चर्चा छिड़ गई है। तर्क पर तर्क लड़ाए जा रहे हैं। नगरपाल क्या-क्या बातें करता होगा? सौदा क्या होगा? अनाहूत को लेकर वह कहाँ गया होगा? उसे कहाँ छिपाया होगा? नगरपाल के फार्महाउस के बारे में कोई नहीं जानता! वह किसी भी सरकारी, गैर-सरकारी जगह पर नहीं है इसका मतलब वह किसी गुप्त जगह पर होगा। सभी इस निष्कर्ष पर पहुँचे हैं।

राम पुरो (हित) खुले तौर पर नगरपाल की पार्टी का आदमी और गुप्त रूप से नगरपाल का सुप्त और सही अर्थ में प्रतिद्वंद्वी! शहर के व्यापारी, व्यावसायिक इसके साथ हैं इसलिए नगरपाल-दल में इसका वजन है। वह अपने कार्ड्स आखिर तक नहीं दिखाता। अतः विरोधक अंत तक विभ्रम में रहते हैं आखिर वह किस करवट बैठेगा। इस बार भी वह 'मैं तुम्हारे साथ हूँ' (विरोधकों को ये आश्वस्त करने वाले शब्द सुनाकर) कहकर तबीयत ठीक न होने का बहाना कर घर पर रहा है। उसके लिए भी रात दिन बन चुकी है। सभा में सहसा आया हुआ वह पागल। उसका मचाया हुआ वह ऊधम। नगरपाल की बगल में खड़े रहकर उसने ध्यान से वह सारा मंज़र देखा है। पहले उसे लगा यह कोई नगरपाल का स्टंट होगा। ऐसे स्टंट करने में नगरपाल कुशल है। राम पुरोहित इसका साक्षी है। राम पुरोहित सुप्त विरोधक है इसलिए वह नगरपाल के करीब रहता है। कुछ ही अति महत्त्वपूर्ण निर्णय करते समय नगरपाल उसे दूर रखता है और नगरपाल के किसी दूसरे विश्वासपात्र के जरिए राम पुरोहित उन बातों को जान ही लेता है। नगरपाल के पिट्टे भी किसी न किसी कारण से नाराज रहते हैं और अपनी यह नाराजगी वे निर्णय राम पुरोहित को बताकर सुनाकर व्यक्त करते हैं। अतिगुप्त निर्णय किसी दूसरे को बताकर उनका असंतोष भी शांत होता है और एकनिष्ठा में बाधा भी नहीं पहुँचती।

राम पुरोहित को आरंभ में भले ही नगरपाल का वह एक और नाटक लगा हो लेकिन उसकी पैनी नजर से यह बात नहीं छूटी थी कि उस पागल की एंट्री से नगरपाल भी चौंक गया था। असली चौंकना और नकली चौंकना इसमें का फर्क वह अभ्यास से अच्छी तरह जानने लगा है। नगरपाल की गिल्ली पलभर के लिए क्यों न हो गुल हुई थी। इसका अर्थ यह 'नया नाटक' नहीं है। तो फिर किस की चाल हो सकती है यह? राम पुरोहित की तेज बुद्धि तलाशने लगी है—वह कौन? यहाँ क्यों? उसी वक्त ही क्यों?

उस बच्ची की बलि का मुद्दा कैश कर नगरपाल को चित करने का इसका दाँव उस 'अवलिया' की अकल्पित घोषणा—विशिष्ट जमात का निर्मूलन—से बिखर गया था। कम से कम कुछ समय के लिए ही क्यों न हो। राजनीति में यह सब चलता है। असली राजनीतिज्ञ इससे हार नहीं मानते। यह सबक राम पुरोहित अपने गुरु-नगरपाल से सीख चुका है। इसलिए उसने तय किया कि 'देखते चलो आगे क्या-क्या होता है।' घर पहुँचकर बिस्तर पर लेट जाते ही उसकी ज्यादा न पढ़ी-लिखी किंतु राजनीतिक बुद्धिवाली होशियार पत्नी ने ऐन मौके पर शृंगार रस में बाधा डालते हुए कहा, 'अवलिया नगरपाल का बुलाया भले ही न हो। लेकिन जब वह आज इस शहर में है तब तो नगरपाल सौदा तय करेगा ही और आप इधर बिस्तर गर्माते जा रहे हैं।' यह सुनते ही फन-फनाता, फन फैलाया हुआ उसका पुरुषार्थ पलभर में नरम पड़ गया। मन में तनाव लिए शृंगाररत होने जा रहा राम पुरोहित झट् से बिस्तर छोड़ खड़ा हुआ और नगरपाल को लेकर सोचने लगा। यह नगरपाल याने नगर में चिपकी जोंक है। कैसे हटाए इसे? जितना हटाएँ उतनी और ही चिपके जा रही है। अब यह नया प्रकरण। स्वांग! चूहे को मिटाने की भाषा बोलने वाला जोकर! आज वह भी इसी नगर में! ऐसे में काहे का शृंगार और क्या! नगरपाल की हलचल पर कड़ी नज़र रखनी चाहिए।

राम पुरोहित ने कपड़े पहने। गराज में गया। गाड़ी निकाली। विरोधी दल के मुखिया बाप्पा रावल से मिलकर उसने स्थिति को समझ लिया है। बाप्पा बुद्धि से ऐसा-वैसा है। उनकी सारी ताकत उसकी बुलंद आवाज और हट्टे-कट्टे कद में! जब भी बाप्पा बोलता है लगता है आधी रात का सन्नाटा छाया है। 'बेबंदशाही' नाटक में संभाजी की भूमिका में वह एकदम फिट! अब भी अपने पैसे लगाकर नाटक खेलता है। औरंगजेब वाले अंतिम प्रवेश में मन से संवाद बोल-बोलकर तालियाँ वसूल करता है। बाप्पा के मतदाता उसे संभाजी बाप्पा कहते हैं। राम पुरोहित और बाप्पा रावल कन्हैयालाल को फोन पर 'अर्जेंट है तुम्हारे घर आ रहे हैं' कहकर राम

की गाड़ी से निकल पड़ते हैं। उसके घर पहले ही सात नगरपिता महफिल जमाए बैठे हैं। कन्हैयालाल की पत्नी चाय-नाश्ता दिए जा रही है। और वे घटित घटना का अर्थ ढूँढ़ रहे हैं।

ऊधर 'नागरिक मंच' के सदस्य–जो जल्दबाजी में भीड़ में इकट्ठा हुए थे–रात के दस बजे बंद हुए देशी शराब के अड्डे पर खाली टेबल-कुर्सियों पर बैठकर 'मंच' का संविधान बनाने की आवेश युक्त चर्चा मदहोश हालत में किए जा रहे हैं। वे सभी अक्सर यहाँ आते थे। लेकिन एक-दूसरे से मुँह फेरे–यही उनकी एकमात्र खासियत–हुए बैठे रहते थे। किसी का कोई अनुयायी नहीं। हर कोई नेता। आज पहली बार वे 'मंच' की पहली सभा के नाते एक साथ बैठे हैं। इस देशी शराब ने न जाने ऐसे कितने मंच स्थापित होते हुए और समाप्त भी होते हुए देखे हैं। मंच सदस्यों का पूर्वेतिहास जानते हुए आराम से कहा जा सकता है कि मंच की यह पहली और अंतिम सभा होगी। फिलहाल माहौल वाद-विवाद से और सिगरेट के धुएँ से धुँधला गया है।

अपना दल नगरपाल और विरोधी पक्ष दोनों से दूरी बनाए रखते हुए स्वतंत्र वृत्ति से राजनीति चलाएगा–एक गंभीर आवाज।

दूसरी उतनी ही गंभीर आवाज–मैं इसका विरोध करता हूँ। हमारे दल को विरोधी दल और नगरपाल से अंतर रखकर राजनीति करनी चाहिए।

तीसरी आवाज–शराबी होकर भी जानती है कि दोनों एक ही बात कर रहे हैं। वह समझाने का प्रयास करती है लेकिन उन्हें यह स्वीकार्य नहीं।

चौथी आवाज–ऐसी दूर न रखते हुए दोनों के दाएँ-बाएँ रहकर मंच प्रगति करें।

पाँचवीं आवाज–तत्त्वतः समान अंतर के विरोध में नहीं लेकिन विरोधी दल से सहयोग करने की और विरोधी दल सत्ताधारी होने पर सत्ताधारी दल से सहयोग कर उसके विरोधी दल को मिटाते रहने वाली नीति का समर्थन करने वाली।

छठी आवाज–इसके बराबर विरोध की भूमिका का प्रतिपादन करने वाली 'यानी कैसी?' पूछने पर कहती है, 'मुझे इस पर सोचना पड़ेगा।'

शहर में यह सब घटित हो रहा है और उधर याने 'विशिष्ट जमात' की पत्थर बस्ती में (याने कंपौंड वॉल पत्थर की है।) शहर के लगभग सौ सक्रिय चूहे इकट्ठा हुए हैं और इस नई घटना पर चिंतन कर रहे हैं। यहाँ के लोग भले ही नागरिकों की बस्ती में रात-बेरात घुसते हों लेकिन इनकी बस्ती में कई वर्षों में कोई मनुष्य कभी आया नहीं है। ठेले वाले, भिखारी, पोस्टमैन कर वसूल करने वाले इतना ही नहीं

चुनाव प्रचारक भी इस बस्ती को टालते रहते हैं। नगर प्रशासन इस बस्ती को भूलकर सारी कार्यवाही करता रहता है। नगर के मतदाता फेहरिस्त भी यह बस्ती है ही नहीं। यहाँ अनगिनत अनधिकृत इमारतें धड़ल्ले से बनती रहती हैं। बिजली की चोरी यहाँ आम बात है। गैर कानूनी तौर पर पानी यहाँ पहुँचा है। नगर प्रशासन की फाइलों में यह बस्ती जंगली इलाका है। इसलिए यहाँ के लोग कर नहीं भरते। नगर के कानून, सुव्यवस्था-नियम यहाँ के लिए लागू नहीं होते। क्योंकि कानून के रखवाले यहाँ पहुँचते ही नहीं। कभी-कभार पहुँचे भी तो बस्ती की सीमा पार बस्ती में प्रवेश नहीं करते। यहाँ के गुनाह और गुनहगारों की फाइलें बिना चौकसी बंद हो जाती हैं। दरअसल यहाँ जंगल नहीं प्रतिबस्ती, प्रतिनगर बस गया है। ऐसा एक ही आदमी इस शहर में है जिसने इस बस्ती को भीतर से देखा है। वह ज़िंदा है मगर उसके दिमाग पर असर हो गया है। शराब पीकर वह एक रात गलती से इस बस्ती में भटका था और 'उनके' हाथों लग गया था। करिश्मा हुआ था मानो और वह वहाँ से भाग निकल सका था लेकिन जब लौटा था तब हर छह मिनट बाद उसे मिरगी के झटके आते रहे थे।

इस बस्ती का रूप भले ही प्रतिनगर-सा हो लेकिन यहाँ के लोग चूहों-से डरपोक, कानून को मानने वाले नहीं हैं। वे मनुष्य की तरह गुंडागर्दी करने वाले, पहलवान किस्म के लोग हैं और मनुष्य की तरह कुछ भी कर सकने की ताकत रखने वाले, मनमर्जी के मुताबिक सब कुछ करने वाले हैं। आदमी तो क्या वे कानून से भी नहीं डरते।

आज की सभा में युवा चूहे नज़र नहीं आ रहे हैं। उनका कानून की राह में विश्वास नहीं है। उनके अलग-अलग आतंकवादी संगठन हैं। और आपस में वे प्रतिद्वंद्वी हैं। उनमें बीच-बीच में जानलेवा युद्ध भी होते रहते हैं इतना होने पर भी एक बात को लेकर वे सभी एक मत हो जाते हैं कि असल में यह शहर उनके बाप-दादाओं का है। वे ही असली भूमि पुत्र हैं। आदमियों ने उनकी भूमि छीन ली है। अतः ये सिरफिरे आतंकवादी ताक में रहते हैं कि कब वे यह प्रदेश आदमियों से छीनकर यहाँ चूहों का साम्राज्य स्थापन कर पाएँगे।

सभा का नेतृत्व वे सात ज्येष्ठ चूहे कर रहे हैं जो अभी-अभी टेरेस पर खड़े रहकर शोक सभा सुनकर आए हैं। सबसे पहले उन्होंने आँखों देखी सभा की रिपोर्ट प्रस्तुत की है। खासकर मंच पर अकस्मात आए हुए उस फटीचर की 'उस' ऑफर की। इस पर क्या करना चाहिए? विचार चल रहा है।

बहुमत यह है कि इससे डर जाने की कोई बात नहीं है। आज तक हमारी

जमात को खत्म करने की कई कोशिशें हुई हैं। लेकिन हम डटकर खड़े हैं। इतना ही नहीं हमारी संख्या और बल भी बढ़ गया है। उस अवलिया का यह नारा और प्रयास भी चौपट हो जाएगा। देखना।

शोक सभा को दूर से सुनने-देखने वाले चूहे इस बात से सहमत नहीं हैं। शोक सभा में अचानक आ टपका वह फटीचर भले ही पगला बनने का नाटक कर रहा था लेकिन इस बात को बात-बात में उड़ाने की गलती नहीं करनी चाहिए। वे उपाय सुझा रहे हैं कि 'उस' आदमी का क्या क्या होता है यह देखना चाहिए। तब तक हमें अपनी अतिरेकी, आतंकवादी प्रवृत्ति को दबाकर रखना चाहिए और मनुष्य को छेड़ना नहीं चाहिए। इसलिए चूहों के लिए नई आचार-संहिता लागू की जानी चाहिए।

सलाह देने हेतु सभा में बुजुर्ग चूहों को आमंत्रित किया गया है। वे सभा में ठीक बीच वाले स्थान पर बैठे हैं, नहीं सोये हैं। उनके झुर्रियों वाले सिकुड़े हुए बदन, पारंपरिक अ-मानवीय, सिर्फ चूहों-सा बर्ताव इस कारण सभा में सब का ध्यान अपनी ओर आकृष्ट किए जा रहे हैं। नए जोश वाले चूहे उन चूहों की ओर हमेशा उपेक्षा, संशय, मज़ाक से देखते हैं। हाँ यह बात और है कि उनका कोई खुलकर अपमान नहीं करता। बुढ़ापे के कारण किसी-किसी को सुनायी नहीं देता, या कम दिखता है। कइयों के दाँत गिर चुके हैं। सभा में दो बुजुर्ग चूहे कुंडल के आकार में आँखें मूँदे हुए बैठे हैं। वे किसी बात पर कोई प्रतिक्रिया नहीं दे रहे हैं। बीच में ही आँखें खोलकर दिखा रहे हैं कि हम सोये हुए नहीं हैं बल्कि सोच में डूबे हुए हैं। परंपरा के अनुसार सभा के अंत में बुजुर्ग चूहों को वक्तव्य देने के लिए कहा जा रहा है। सबसे बुजुर्ग चूहा गला साफ कर कुछ मुँह में ही बुदबुदा रहा है—हमेशा की तरह वह यह कि—चूहों ने अपनी परंपरा, अपना धर्म त्यागकर आदमी की तरह भ्रष्ट होना शुरू किया है। अब उसका परिणाम भुगतना पड़ेगा। यह संकट इसी का फल है। फिर से चूहों को अपना सनातन धर्म अपनाना चाहिए। उसके सिवा अब चारा नहीं है। हमारा पर्यावरण में एक स्थान है। उसे कायम बनाके रखना चाहिए। विश्व की गति-चक्र में चूहा महत्त्वपूर्ण कड़ी है। यह भूलकर चूहे मनुष्य की तरह नादान बनेंगे—तो यही—मनुष्य की नियति—उन्हें भुगतनी पड़ेगी।

बोलने वाले चूहे के दाँत गिर गए हैं। अतः उसकी कोई बात स्पष्ट सुनायी नहीं दे रही है। तिस पर यह उपदेश कोई नई बात नहीं है। इसे कई बार सुन-सुनकर चूहे ऊब गए हैं। सो आपस में कानाफूसी कर रहे हैं। बोलने वाले बुज़ुर्ग, तपोवृद्ध चूहे की नज़र कमजोर पड़ गई है। इसलिए उसे यह सब दिखाई नहीं दे रहा है।

वह बोले ही जा रहा है।

आखिर हिचकी लगने से वह बीच में ही रुक जाता है। इसका फायदा उठाकर सभा समाप्ति की घोषणा की जाती है। जो होगा उसके हिसाब से निर्णय लेना चाहिए, गाफिल मत रहिए। परिस्थिति पर कड़ी नज़र रखनी चाहिए। संयम बरता जाना चाहिए। ये बातें तय हुईं।

मज़ाक की बात तो यह है कि ...इसे मज़ाक भी कैसे कहा जाए? इमर्जेन्सी बैठक जब चल रही थी तब गरीब बस्ती में एक वारदात हुई। किसी जोशीले आतंकवादी चूहे ने मैदान जाती हुई एक गर्भवती महिला पर अँधेरे में हमला किया और उसका गर्भ गिराकर उसे ले भाग गया। महिला बेचारी अति गंभीर हालत में वहाँ सुबह किसी को दिखायी पड़ेगी और उसे अस्पताल ले जाया जाएगा। वहाँ वह अतिरिक्त स्राव के कारण मर जाएगी। अब रात के तीन बज चुके हैं।

एक इन्फार्मर—वृंदावनदास का युवा सेक्रेटरी—विविध दलों की इकट्ठा बैठक में भागते-भागते आ लुढ़कता है। जैसे-तैसे खुद को सँभालते हुए—साहब को पता मत चलने दीजिए—कहते हुए बता रहा है। नगरपाल अनाहूत को गाड़ी में बिठाकर ले जाते हुए मैंने देखा है। मेरे पास कोई सवारी न थी। मैंने दौड़ते हुए गाड़ी का पीछा किया पर मैं पीछे छूट गया। गाड़ी किस दिशा में गयी है मुझे मालूम है लेकिन कहाँ पहुँची है यह पता नहीं है। असली बात पता न होने से बैठक के किसी ने उसके कहने में ज्यादा रुचि नहीं दिखायी। सभी बस एक ही बात जानने को उत्सुक हैं—नगरपाल और अनाहूत की गुप्त बैठक में क्या तय हुआ है? कल सभा में वही बात रखी जाएगी। वही निर्णय अंतिम होगा क्योंकि नगरपाल बहुमत में है। निर्णय से ज्यादा रुचि लोगों को गुप्त बातचीत में है। क्योंकि सारे दाँवपेंच इसी बात पर निर्भर हैं।

आज की रात बड़ी महत्त्वपूर्ण है।

रात में कोई सो नहीं रहा है।

कोई अपने घर भी जा नहीं रहा है।

चर्चा खत्म होने पर भी कोई हिलने का नाम नहीं ले रहा है।

सभी प्याले पर प्याला खाली करते हुए गुटों-गुटों में चर्चाएँ कर रहे हैं। प्याले चाय के हैं। रात मामूली नहीं है। भारी पड़ सकती है। गाफिल रहना नहीं चाहिए।

जो हो रहा है वह इसी रात पता चलना चाहिए! लेकिन कैसे?

कुछ उत्साही लोग नगरपाल के घर या उसकी आनी-जानी जगहों पर फोन घुमा रहे हैं लेकिन वहाँ सन्नाटा है।

नगरपाल का गुप्त फार्महाउस नगर से दूर पेड़ों में छिपा हुआ है। ऐसी गुप्त जगह कि राजनीति के या पत्रकारिता के घाघ आदमी तक को इसकी भनक पड़ न जाए। दस्तोवेजों में वह जगह उसके मूल मालिक के नाम दर्ज है।

लंबे बालों वाला, दूरबीन की काँच की तरह-तरह मोटे काँच का चश्मा पहने, मटमैला झिंगुला पहने जोकर की स्टाइल वाला अनाहूत हाथ में अपना झोला पकड़े नगरपाल के पीछे फार्महाउस में पहुँच चुका है।

भीतर की शानदार सजावट की ओर उसने आँख उठाकर देखा तक नहीं।

दालान में प्रवेश करते ही नगरपाल के कुछ कहने की राह न देखते हुए उसने झोला सामने वाले कीमती आसन पर फेंक दिया। जोकर की टोपी नजदीक के बुत पर फेंकी (जो बुत के नग्न, कुछ ज्यादा ही उभरे हुए वक्षों में से एक पर जा अटकी) झिंगुला निकालकर उसने कोने में स्थित बुद्ध के बुत पर फेंका (जिससे बुद्ध का ध्यानस्थ चेहरा छिप गया।) यह अनाहूत बिना चरबी की कंकाल देह है। अब वह ज़मीन पर बिछे कालीन पर करवटें बदल-बदल लेटे जा रहा है। ऐसे उसने दस मिनट तक किया।

नगरपाल की उपस्थिति उसे ऐसा करने से रोक नहीं पायी।

नगरपाल सिर्फ प्रक्षुब्ध आँखों से देख रहा है। अब अनाहूत उठ बैठ गया है। अब उसने बुद्ध के चेहरे पर लटका झिंगुला खींच लिया है और झिंगुले की कई जेबों में से एक जेब टटोलकर पुरानी-सी डिब्बी निकाली है। उसमें से पुराना-सा सिंह के जबड़े वाला सरौता निकाल लिया है। और उससे सुपारी के टुकड़े करने ही वाला है कि इतने में यह सब मजबूरी में बर्दाश्त करते रहे नगरपाल ने उसके हाथों से सरौता छीन लिया है।

'सुपारी?' अनाहूत नगरपाल के सामने सुपारी पकड़ता है।

सरौता नगरपाल के हाथ में है।

सरौता दूर सरकाते हुए नगरपाल गुर्राया, 'हम कुछ तय करने के लिए यहाँ आए हैं। अब ये मर्कट लीलाएँ बंद करो। नाऊ टु बिजनेस।'

अनाहूत सरौता लेने उठने वाला है लेकिन नगरपाल ने उसे रोका है।

'कितने चाहिए?' नगरपाल पूछ रहा है—अहिस्ता से—अनाहूत के चेहरे के पास अपना चेहरा ले जाकर।

'क्या?' अनाहूत का चेहरा भावशून्य है।

'पचास हजार? साठ? कितने? इस शहर से अभी, इसी वक्त, फौरन दफा होने के लिए?' नगरपाल पूछ रहा है। स्वर गर्म है। जेब से नोटों के पुलिंदे उसने ऐसे

कुछ रखे हैं कि अनाहूत को दिखाई दे। चेहरा तीन इंच की दूरी पर रखा है। 'आज, अभी, रात में ही आगे तुझे पहुँचाने का इंतजाम किया गया है। बाहर गाड़ी खड़ी है। उसमें जाकर बैठने का। और फिर कभी नहीं आने का। इस शहर का रुख कभी नहीं करने का। बोल कितने लोगे?'

'कमाल है।' अनाहूत नगरपाल की ओर आश्चर्य से देख रहा है। 'अपुन तो यहाँ कुछ दिन ठहरने वाला है। जल्दी काहे की? आराम से जाएँगे। अच्छी जगह है।'

इस संवाद से पाठक जान चुके होंगे कि नगरपाल चूहे निर्मूलन प्लान पर बातें करने नहीं बल्कि अनाहूत को रातोंरात शहर से भगाने की बात को लेकर सौदा कर रहा है।

इस बात को जानने के लिए नगरपाल के मस्तिष्क में झाँकना पड़ेगा।

उसका मस्तिष्क राजनीतिज्ञ का है। शहर में मस्त चूहे काबू में रखने के प्रयत्न असफल होने पर वह अच्छी तरह से जान चुका है कि ये चूहे ऐसे ही रहने वाले हैं। इनकी हरकतें बढ़ती जाने वाली हैं। अब नगरपाल में बैठा राजनीतिज्ञ दाँव खेलने जा रहा है। आवश्यकतानुसार चूहों के डर का बुत नचाकर अपना सर्वोच्च पद बनाए रखने का दाँव। इस कभी न हल होने वाली समस्या पर अपनी कुर्सी टिकाए रखने का दाँव। इसी नीति के बल पर आज तक वह लोक-मानस पर राज़ करते आया है। शहर में अपनी सत्ता को प्रभावी चुनौती चाहिए। और वह है इन घमंडी चूहों का डर! यह डर खत्म नहीं होना चाहिए। और इस 'चूहे मार' ने चूहे खत्म करने की बात खुले आम की है। इस पागल को अपना प्रयोग करने का मौका देने के बजाय इसे रातोंरात शहर से भगा देने का प्लान बनाकर वह अनाहूत को अपनी इस राजनीति में फाँसना चाह रहा है।

'बाहर गाड़ी खड़ी है और यहाँ तुम्हारे लिए पैसे! कितने दूँ?'

'छोड़ो यार,' अनाहूत किसी भी बात पर गौर नहीं कर रहा है। 'आज रात सोएँगे।'

अनाहूत झट् से उठ गया और फैला हुआ अपना थैला ले आया है। थैले में से आधा दर्जन हरे छिलके वाले केले उसने निकाले हैं। केले बाहर निकालने की उसकी अदा नगरपाल की क्या किसी की भी नज़र जेरबंद करने वाली है। सँपेरा जैसे नागपंचमी के त्योहार पर टोकरी का ढक्कन अधखुला कर एकेक साँप आहिस्ता से बाहर निकालता है उसी अदा से अनाहूत ने केले थैली में से निकाले हैं और कुछ ऐसे हल्के-से छिलके हटा रहा है, केले को नंगा कर रहा है कि नगरपाल को यह सब अश्लील लग रहा है। सभी केले उसने सामने रखे हैं। उसमें से एक उठाकर वह नगरपाल को

दे रहा है। नगरपाल नकारता है अनाहूत स्वाद ले-लेकर केले खा रहा है।

केलों के बाद बीड़ी के बंडल, दो दियासलाई की डिबियाँ बाहर निकाली गयी हैं। उसके बाद लंबा-सा केसरी जाँघिया इंच-इंच बाहर आ रहा है। फिर एक बार थैले में हाथ डालकर उसने रोंगटे खड़े होने वाली अजीब-सी चीज बाहर निकाली है। किसी का सूखा पैर।

नगरपाल काँप जाता है। झुर्रियाँ! खून बह जाने पर सुखायी गई चमड़ी। लंब गोलाकार! एक ओर मोटी! बीच में टेढ़ी। छोर की ओर पतली बनती गयी। ऊपर मुड़ा हुआ। अनाहूत ने ऊपर का छोर झिंगुले से पोंछ दिया है। जिह्वा से दो-तीन बार चाटा है। अब मुँह में लिया है।

'नरमांस भक्षक' नगरपाल दूर जाते जुए चीखा और जब उसने ध्यान से देखा तब पता चला कि वह टुकड़ा सुखायी गई लौकी है। या वैसा ही कुछ। अनाहूत ने उसका डंठल वाला हिस्सा मुँह में पकड़कर मुँह ऐसे फुलाया है कि जैसे कुछ बजा रहा है। फूले हुए मुँह में उसकी नाक गायब हो गयी है। चश्मा तिरछा हुआ है। आँखें बंद कर वह क्या कर रहा है? बजा रहा है—लौकी।

'लौकी बजती है?' नगरपाल आशंका से आँखें फाड़-फाड़कर देख रहा है।

'आवाज़ नहीं!'

अनाहूत का मुँह गुब्बारे-सा। आँखें बिस्मिल्ला जैसी। उँगलियाँ छेदों पर घूम रही हैं। जैसे शहनाई हो।

अनाहूत समाधिस्थ! एकाग्रता से आँखें मूँदकर लौकी का डंठल मुँह में पकड़े धुन बजा रहा है! नगरपाल को कुछ सुनाई नहीं दे रहा है। उसे लगता है क्या मैं बहरा हो गया हूँ?

उतने में छत से एक छछूंदर नीचे गिर जाती है और अनाहूत के सामने अधबेहोश हो लेट जाती है। उसकी आँखें खुली हैं। लेकिन बदन लूला, लकवा मारा हुआ।

अनाहूत बजाए जा रहा है। चश्मा एक ओर से एकदम नीचे खिसक गया है।

नगरपाल को कुछ भी सुनायी नहीं दे रहा है। नगरपाल के ध्यान में आ जाता है। यह सब ऐसे वक्त हो रहा है जब कि उसे अनाहूत से गंभीर बात करनी है।

'स्टाप इट' वह मन बनाकर कहता है।

अनाहूत लौकी बजाने में निमग्न। खुद को ही 'वाह' करने की मुद्रा में।

नगरपाल को कुछ सुनायी नहीं दे रहा है।

वह सोच रहा है कुछ देर में मैं पागल हो जाऊँगा फिर क्या बात कर पाऊँगा?

अब वह बिल्कुल ही उसके हाथों से लौकी छीन लेता है। दूर सरकाता है। 'बेणपुरी' अनाहूत उसे जानकारी दे रहा है। 'गुरु जी ने इस राग की रचना की है। दोनों हाथों से कान छूता है! लाजवाब।'

न सुनायी देने वाला वाद्य! न सुनायी देने वाला राग! उसकी रचना करने वाला गुरु और लौकी पर बजाने वाला यह पागल! नगरपाल यकीन नहीं कर सका।

भंकस! एकदम बेहूदा।

बातें महत्त्वपूर्ण हैं।

पुनः लौकी मुँह की ओर ले जाने वाले उसे नगरपाल ने रोका है। 'बोल तुझे किसने भेजा है?'

चार लौकी लाकर सुखायी। तेल की आठ परतें लगायीं! सात छेद किए। तीन बेसुर! यह एक ही सुर में बजा! लंबा। छेद पर उँगलियाँ ठीक से नहीं आ रहीं। तब इस उँगली की हड्डी मरोड़कर टेढ़ी की। अब ठीक आ रही है। अनाहूत पंजा दिखा रहा है। उसकी मध्यमा दूसरी उँगलियों से लंबी, हड्डी मरोड़कर लंबी की गई उँगली है! टेढ़ी उँगली।'

नगरपाल सोच रहा है यह कोई अजीबोगरीब स्वप्न है। उँगली ऐसे कैसे टेढ़ी की जा सकती है? वह अंतिम चेतावनी के सुर में कहता है, 'मुद्दे पर आ वरना गला...'

नगरपाल का हाथ उसके गले की ओर बढ़ चुका है।

फिर हाथ पीछे लौटा है।

नगरपाल खुद को समझा रहा है—संयम। ऐसे गुस्सा करने से काम नहीं बनने वाला। मैं उसे यहाँ खास काम से लाया हूँ।

नगरपाल के लौकी छीन लेने पर अनाहूत फिर से सरौता पकड़ कर सुपारी कतर रहा है। सुपारी के पतले टुकड़े करते समय बीच वाली टेढ़ी उँगली आराम से एक ओर स्थिर रही है। नगरपाल को लगा सुपारी के बजाय उँगली ही सरौते में फँस जाएगी लेकिन ऐसा हुआ नहीं।

देखते-देखते नगरपाल की नज़र कैद को गई है। वह उँगली...।

'बातें!' वह जबरदस्ती अपना ध्यान उस उँगली पर से हटा रहा है।

अनाहूत पुनः एक वचनी संबोधन में चालू हुआ है, 'बोल, क्या बोलना है तेरे कू? गुस्सा करने का यह वक्त नहीं है।'

'तूने कहा था न कि तू चूहों का खात्मा करेगा।'

'वह क्या बोलने की बात है? करने की बात है रे!'

अनाहूत थूक कालीन पर गिराता है और बोलते-बोलते सामने गिरे छछूंदर की पूँछ पकड़कर मुँह के पास ले आता है।

'ई...' नगरपाल को लगता है अब वह छछूंदर को निगल जाएगा। उसके बदन पर फिर से रोंगटे खड़े हुए हैं। उसने आँखें मूँद ली हैं। जब उसने आँखें खोलीं तो देखता क्या है कि अनाहूत ने छछूंदर को फूँका और वह बेजान-सा जानवर झट् से फुर्तीला बन उसके हाथों से छूट दूर जा गिर पड़ा। गोलाकार घूमकर अदृश्य भी हुआ।

अचरज का मारा नगरपाल खुद को जैसे-तैसे सँवारता है और मुद्दे पर आता है।

'यदि तुम नहीं चाहते तो...।'

'क्या?'

'यदि चाहते हो तो...? चूहों की मुसीबत चाहते हो तो कितने? नगर छोड़ जाना चाहते हो तो कितने?'

'अपून को जानाच नहीं हैं। कितने बार बोलूँ? यहाँ अच्छा लगेला है।' अनाहूत अपना निर्णय सुनाता है।

'अच्छा तेरे बाप का है क्या?' नगरपाल मन में उबलता है। और सोचता है—यहाँ मैं और वह! बस दो ही हैं कोई गवाह नहीं है। इस अनाहूत का मैं कुछ भी कर सकता हूँ। गला दबाकर...दफ्न...या...! बाद में बता सकता हूँ वह रात में ही चला गया। कौन पूछताछ करेगा? पुलिस और कानून तो मेरी मुट्ठी में है...।

लेकिन यदि इसे किसी छुपे या विरोधी दल ने भेजा है तब तो...वे ऐसे ही मौके की ताक में होंगे। मुझसे गलत कदम उठने की ताक में। जब उन्हें इस बात का पता चलेगा। तब...हंगामा खड़ा करेंगे। इतने सालों की मेरी सफलता एक रात में मिट्टी में मिला देंगे। ऐसा नहीं होना चाहिए। इस झंझट से सही सलामत निकल जाना चाहिए। और काफी राजनीति खेलनी है। उसे नज़र नहीं लगनी चाहिए। सत्ता पर बने रहना है।

नगरपाल जानता है पल की जल्दबाजी सब पर पानी फेर देगी। सबुरी! काम आएगी। अतिरेक, जल्दबाजी नुकसान पहुँचाएगी।

वह यह भी जान चुका है कि यह प्रकरण इतनी जल्दी मिटने वाला नहीं है। अब रात काफी हो चुकी है। यूँ ही आड़े-तिरछे विचारों से दिमाग चकरा रहा है। कहीं कुछ गलत न कर बैठूँ। कुछ भी कहूँगा तो बात बिगड़ जाने का डर ही ज्यादा है। यह प्रकरण! यह आदमी! वह जो कुछ कर रहा है वह अमानवीय या राजनीति के मामलों से भिन्न ज़रूर है। या कोई अपना उल्लू सीधा करने का प्रयास कर रहा है।

हाँ, इतना जरूर कि वह पागल नहीं है! स्वांग रचकर क्या पाना है इसे? दूसरों को पागल ज़रूर कर देगा वह! जिस किसी ने भी इसे भेजा है, नगरपाल मन ही मन उसकी तारीफ कर रहा है। यह दूसरा-तीसरा कोई नहीं, मेरे ही अखाड़े में तैयार हुआ राम पुरोहित ही होगा।

हाँ, पर विरोधी पक्ष के दूसरे दोनों पर से नज़र हटाना ठीक नहीं है। वे भी शामिल हुए होंगे। खैर वह बाद में देखा जाएगा। अभी इस आदमी के साथ 'डील करना' ज़रूरी है।

नगरपाल की उपेक्षा कर सोने की तैयारी करने में मग्न उस अनाहूत से कुछ देर के लिए विदा लेकर नगरपाल वहाँ से चल दिया है। फार्महाउस की सीढ़ियाँ उतरकर गाड़ी की ओर निकल पड़ा है।

सुबह तक यह 'बातचीत' स्थगित रखने में उसे 'सेफ' लग रहा है।

नगरपाल निवास जाऊँगा तब भी नींद नहीं आएगी। पुनः यहाँ आना होगा। फिर मैं क्यों जाऊँ? यह सोचते हुए वह गाड़ी में जा बैठा है। गाड़ी स्टार्ट करता है। फिर बंद करता है गाड़ी में बैठे-बैठे सोचने लगा है। मच्छर काट रहे हैं। बाहर के भी और मस्तिष्क के भी।

ठीक से सोचने पर अब उसे नींद आने लगी है। गाड़ी स्टार्ट कर वह नगरपाल निवास की ओर निकला है।

फार्महाउस का गेट बंद कर ताला लगाना वह भूल गया है।

वह जानबूझकर भूल गया है। उसकी अपेक्षा है कि अनाहूत शायद नगर छोड़कर आप ही चला जाएगा। ऐसा न हुआ तो वे चतुष्पाद उसे खत्म कर सकते हैं। आखिर राजनीति है तो नसीब का खेल।

कर्तृत्वशील नगरपाल की गाड़ी रुक गई है। उसे नया मुद्दा सूझा है—

'विशिष्ट जमात' से अनाहूत की हत्या।

फार्महाउस!

उत्तर-रात्र

सारी बत्तियाँ जल रही हैं।

सारे दरवाज़े खुले हैं।

गेट भी खुला है।

कालीन पर वह अवलियाँ मुर्दे-सा सोया है। नंगे बदन! पसलियाँ ऊपर-नीचे होती दीख रही हैं। कमर में लपेटी लुंगी इतनी ऊपर खिसक गई है कि जो नहीं दिखना चाहिए वह दिख रहा है। खुले मुँह में पीले दाँत। अजीब-सी आवाज़! लार

टपक रही है। सोड़ा वाटर की बोटल-सी काँच का चश्मा बेतरतीब पड़ा है। बगल में वह लौकी लेटी पड़ी है। सोफे पर थैला बिखरा पड़ा है।

नगरपाल दूसरे सोफे पर बैठा है। उसने कुछ तय किया है। वह अनाहूत को धक्का देकर जगाता है। उसे बिठाता है। उसके मुँह पर पानी छिड़कता है। अनाहूत की आँखें खुल जाती हैं। बच्चे-सी उत्सुकता से वह नगरपाल की ओर, छत की ओर और अन्यत्र देख रहा है।

ठीक से सुनो! मैं तुझे इशारा कर रहा हूँ! नहीं सुनोगे तो मर जाएगा। तुझे आगाह करने के लिए मैं इतनी रात गए फिर से इस जंगल में आया हूँ। दरअसल यह मेरा काम नहीं है। शाम की सभा में जो हुआ उसकी सारी रिपोर्ट नगर की उस 'विशिष्ट जमात' के उन चतुष्पाद, पुच्छिल शत्रुओं के कान में पड़ी है। कुछ घंटों पूर्व तेरे खून की सुपारी उनमें से चारों ने ली है। वे ऐसे कामों में एकदम होशियार हैं। अनुभवी हैं। उन्होंने सुपारी ली और कोई बचा हो ऐसा आज तक नहीं हुआ है। वे इस फार्महाउस की ओर कभी भी बढ़ सकते हैं। बाहर अँधेरा है। मैं नगर चला जाऊँगा तू अकेला इधर रहेगा। चीखेगा तो भी कोई बचाने नहीं आएगा। शहर पाँच किलोमीटर दूर है। बिजली तो ऐसे गायब हो जाती है कि सुबह तक नहीं आती। याने अभी जाएगी ऐसा नहीं लेकिन अक्सर चली जाती है। तेरे पास तो एक भी हथियार नहीं है। नगर सभा की मंजूरी जब तक नहीं मिलती तब तक तुझे कोई संरक्षण नहीं मिलनेवाला है। और उस मंजूरी तक तू सीधे स्वर्ग पहुँच चुका होगा। पुलिस वायरलेस से प्रशासन को (घड़ी देखते हुए) एक घंटे पूर्व सूचना मिल चुकी है। याने तेरे पास थोड़ा वक्त है। मुझे पता चलते ही मैं उल्टा यहाँ आया हूँ। ध्यान में रख। उन्हें सुपारी दी याने अब किसी का कोई भरोसा नहीं। इस शहर में पिछले सात महीनों में चालीस 'सुपारी खून' हुए हैं। मुझे दुःख से कहना पड़ रहा है कि तू नगर प्रशासन का मेहमान होने के बावजूद नगर प्रशासन तेरी हिफाजत नहीं कर सकता। मैं तेरी जगह होता तो इस ज़हर की परीक्षा न लेता और सीधे चलते बनता। अब तू ही सोच। मुझे पूछेगा तो मैं सलाह दूँगा कि यहाँ रहने की मूर्खता न करते हुए चलते बन। मुझे विश्वास है कि तू ऐसा ही निर्णय लेगा क्योंकि किसी की भी जान इतनी सस्ती नहीं होती। तेरी हड्डियाँ भी बाद में हाथ नहीं आएँगी। मैं तुझे सुरक्षित रूप से नगर के बाहर पहुँचा देने को तैयार हूँ। वे यहाँ किसी भी वक्त आ सकते हैं। शायद आए हैं। नहीं, कम से कम और पंद्रह मिनट उन्हें लग सकते हैं तब मेरा यहाँ रहना खतरे से खाली न होगा। मुझ पर नगर की जिम्मेदारी है। तेरे हाथ में दस मिनट हैं। तू तैयार होकर चल। मेरे यहाँ से जाने पर तुझे मौका नहीं मिलेगा।

आते समय अँधेरे से डरा हुआ अनाहूत इस लंबी-चौड़ी धमकी से पक्का डर जाएगा। नगरपाल का यह अंदाज़ भी गलत निकला। यह सब सुनकर अनाहूत ने लंबी जम्हाई ली और दायाँ कूल्हा खुजलाते हुए बोला, 'चल बे फूट!' इतना ही नहीं मराठी में आगे बोला, 'मैं तो कब का मेरी बीवी के माथे पर का सिंदूर मिटाकर आया हूँ।'

नगरपाल ने महसूस किया—हिसाब गलत होने का! हिसाब गलत होने का यह कोई पहला मौका नहीं है। फिर भी वह हिम्मत नहीं हारेगा। वह कहे जा रहा है, 'मौका बार-बार नहीं आता। मेरे जाते ही तुझे बचानेवाला कोई नहीं है। परमेश्वर में विश्वास रखते हैं। लेकिन ऐसे वक्त वह भी कहीं और होता है। और तमाम चूहे अब भी बाकी हैं। तेरे खपने के बाद उनका संहार कौन करेगा? तेरे कार्य का क्या होगा? तब तक तुझे ज़िंदा रहना है न! तूने चूहे खत्म करने का जिम्मा उठाया है न?'

'छोड़ बे!' अनाहूत ने चश्मा तर्जनी की सहायता से ऊपर खिसकाया और लंबी जम्हाई लेते हुए कालीन पर लेट गया। नगरपाल मन ही मन स्वीकारता है—अपनी हार! यह अजूबा सनकी है। उसने इसके लिए राम पुरोहित को पूरे अंक दिए हैं। यदि यह उसकी 'फाइंडिंग' है तो।

दस मिनट बीत चुके हैं। नगरपाल फार्महाउस से निकल रहा है।

जिस आत्मविश्वास से उसने दिन की शुरुआत की थी उसका अंत ऐसे हुआ है। अब उसकी आँखें नींद के अभाव में जल रही हैं। मस्तिष्क की नसें तन गई हैं। बदन चिपचिपा रहा है। इससे भी अधिक यह सोचकर कि—हमसे ज्यादा होशियार लोग इस दुनिया में हैं—वह उदास हुआ है।

कल नगर सभा में स्टेटमेंट क्या दें? अनाहूत (जिसे वह 'चूहामार' कहता है) के साथ क्या तय हुआ? यह सब सोचने में वह अपने आपको असमर्थ पा रहा है। लेकिन यह सब तय करना तो पड़ेगा ही। अनाहूत के बारे में जो कुछ वह जान चुका है वह सब कुछ बताया जाए या कुछ छिपाया जाए। वह तय नहीं कर पा रहा है। हाँ इतनी बात पक्की कि उसने अनाहूत को (नगर छोड़ जाने की) जो सलाह दी है उसके बारे में वह कुछ नहीं कहेगा। इसे ही राजनीति की सारासार विवेक बुद्धि कहते हैं।

आठ

शरीर से थका-माँदा लेकिन मन से कार्यरत नगरपाल अपने बंगले पहुँचा तब सूरज उगने को था।

बंगले के स्वागत कक्ष में पुलिस प्रमुख नारिंगे उसकी राह देखते-देखते झपकी ले रहा है। कल का दिन उसके लिए भी थकान भरा था। और रात में वह सो ही रहा था कि उसे जगाया गया और उसे तुरंत बाहर निकलना पड़ा था।

नगरपाल की गाड़ी की आवाज सुनते ही वह तपाक् से खड़ा हो गया है और उसे कड़क सलाम 'ठोंक' रहा है। 'गुड डे सर' कहकर आगे जोड़ रहा है 'एक बुरी खबर है।'

नगरपाल झुँझला रहा है उफ् अभी कुछ पलों की रात बाकी है। रात बुरी तरह से बीती चली जा रही है और यह नारिंगे कितने उत्साह से बुरी खबर सुनाने जा रहा है। क्यों मैंने इसे पुलिस प्रमुख के पद पर बिठा दिया है?

थकान भरे स्वर में वह पूछ रहा है, 'कौन-सी बुरी खबर है, नारिंगे?'

'नगर की आंबेकर बस्ती में रात में एक नया अत्याचार हुआ है, सर।'

नगरपाल के गले में पत्थर-सा कुछ अटक गया है।

'और एक अत्याचार? कल जो हुआ था वह काफी नहीं था क्या?'

'सर, मेरा पक्का विश्वास है कि यह काम भी चूहों में से ही किसी का है। मैदान जाती हुई एक गर्भवती महिला पर अँधेरे में...उसका गर्भ गिराकर कोई वह 'गर्भ' लेकर भाग गया है। वह अत्यधिक जख्मी हालत में तीन बजकर चवालीस मिनट पर वहाँ से गुजरती हुई अपनी वायरलेस को दिखी। उसे चार बजकर चौदह मिनट पर अस्पताल में भर्ती कराया गया...लेकिन इसके पहले ही अंदाजन चार बजकर सात मिनट पर वह मर चुकी थी, सर।'

नगरपाल सन्न-सा। खामोश! सामने नारिंगे! नगरपाल धम्म से कुर्सी में बैठ गया है। गले में अटका हुआ पत्थर ना निगला जा रहा है ना ही उगला। उसकी भीतरी

आवाज़ खो गई है। कल की वारदात अभी ताजा है और अब यह दूसरी वैसी ही घटना! अब आग की तरह यह ख़बर शहर में फैल जाएगी। सुबह होते ही नगरवासी पुनः रास्ते पर आएँगे। कल तो बात कुछ नुकसान पर टल गई थी, आज तो आग जलेगी। सवारियाँ जलायी जाएँगी। जानें जाएँगी। कड़क बंदोबस्त से तनाव और बढ़ेगा। और बंदोबस्त न किया जाएगा तो अख़बार वाले तोप के सामने ला खड़े करेंगे, यह कहते हुए कि प्रशासन क्या कर रहा है? कुछ करो या न करो। बाँका प्रसंग है।

उफ्! उस चूहेमार को जाने नहीं देना चाहिए। आशा है कि वह गया न होगा! मैं ही उसे निकालने जा रहा था। वह तो सोने जा रहा था।

'नारिंगे।' नगरपाल सारी थकान झटकते हुए कह रहा है। उसका भेजा अब प्रतिघंटा नब्बे किलोमीटर की रफ़्तार से दौड़ रहा है।

'सर!'

'ऐसे ही फार्महाउस पहुँच जाओ।'

'कहाँ का...सर! येस सर!'

नगरपाल की गलतफहमी! फार्महाउस नारिंगे से भी गुप्त रहा है की गलतफहमी!

'सर, आगे कहिए! वहाँ पहुँचकर क्या करूँ?'

'उस अनाहूत को थर्ड डिग्री...? अब सिर्फ कैद?'

याने नारिंगे सब जानता है।

'अभी तक चूहामार वहीं होगा। उसे पकड़ो। सोया होगा तो जगाओ! गया भी होगा तो ज्यादा दूर नहीं पहुँचा होगा। उसका पीछा करो। उसे वापस लाओ। याद रखो उसके बदन को छूना तक नहीं! उसे कहो 'सौदा मंजूर!' प्रयोग करो।

'कैसा सौदा सर?'

'उससे तुम्हें क्या लेना-देना?' नगरपाल नारिंगे पर बरस पड़ता है। 'पहले वहाँ पहुँचने का काम करो। जहाँ होगा उसे वहाँ से यहाँ लाओ। नारिंगे, वह कहीं नहीं जाएगा। इसकी जिम्मेदारी तुम्हारी! वह चला गया तो तुम्हें फाँसी।'

'य...यस् सर।'

'प्रयोग आज ही होना चाहिए। घोषित कर दो।'

'ये...नो सर।' पुलिस प्रमुख नारिंगे हड़बड़ाया है।

नगरपाल ने यह बात नारिंगे से नहीं खुद से कही है। वह प्लानिंग करने लगा है।

नारिंगे अपनी तोंद सँभालते हुए जितनी हो सके उतनी जल्दी जीप की ओर

लपककर छलाँग लगाकर जीप में जा बैठा है और वायुगति से चूहामार जहाँ है उस फार्महाऊस की दिशा में गायब हो गया है। वह कहाँ है इसकी गुप्त खबर उसके पास है। नगरपाल की रक्षा का उत्तरदायित्व पुलिस प्रमुख के नाते उसी पर है इसलिए उसने अपने दूत फार्महाउस के मार्ग पर अँधेरे में छह जगहों पर रखे हैं। अब भी वे फार्महाऊस के आस-पास आधे किलोमीटर की दूरी पर तैनात हैं। स्वामिभक्त नारिंगे को नगरपाल की रक्षा की कितनी चिंता!

नारिंगे के पहुँचने तक सुबह हो चुकी है।

नारिंगे के चले जान पर नगरपाल शयनकक्ष में जाने के बजाय बंगले के बगीचे में चहलकदमी कर रहा है। नींद उचट गई है। मस्तिष्क साफ जाग गया है। वह अपने आपसे बातें कर रहा है।—लगातार दो हत्याएँ। कल ही माहौल इतना उग्र था कि आज पुराने वादे-उपायों की घोषणा से काम नहीं चलेगा। पहला काम यह हो जाना चाहिए। वह यह कि प्रेस कान्फरन्स बुलाकर चूहेमार के प्रयोग की घोषणा। अब चूहेमार मान भी जाएगा कि नहीं? पता नहीं! वह मानेगा भी नहीं! (वह चूहे मार को खास गालियों से नवाज रहा है) उससे उल्टी बात करे तो शायद मान जाएगा। याने उसकी ओर से घोषित कर देने का। यदि वह मुकर भी जाए तो जनता देख लेगी। कल से माहौल तप रहा है। वह आप ही बलि चढ़ेगा। मैं वही तो चाह रहा हूँ। मैं इतना होने पर भी दूध का धुला रह जाऊँगा प्रयोग सफल हुआ तब भी श्रेय मैं ही लूँगा। कहूँगा—मेरे कारण यह सब हो सका। देखा जाए तो शहर की नज़र में वह कौन है। एक पागल, लिजलिजा, फटीचर! कल तक कोई उसे जानता तक न था। और मुझे लोग बाईस सालों से जानते हैं। प्रयोग सफल होगा ही नहीं। शहर के इतने मोटे, मनमानी करने वाले चूहों का सफाया करना कोई मज़ाक नहीं है।

अब तक सुबह हो चुकी है। सुबह की चाय और सरकारी सचिव दोनों उसके सामने हैं।

उगा हुआ दिन शहर की और नगरपाल की न देखी हुई घटनाओं का दिन है।

नौ

शहर में सुबह हो चुकी है।

आकाशवाणी से कल रात घटित अत्याचार का विस्तार से समाचार सुनाया जा रहा है।

कल तक यह कल्पना के परे का था।

अत्याचार होने पर भी आकाशवाणी से उसका समाचार सुनाना याने आ बैल मार मुझे करने जैसा था।

नगर की शांति, सुव्यवस्था बनाये रखने हेतु ऊपर की अनुमति बगैर यह समाचार प्रसारित न किया जाए इस आशय के सरकारी परिपत्र के आकाशवाणी केंद्र पहुँचने के पूर्व ही समाचार निवेदक प्रसन्न कुमार गजभिये ने 'समाचार का समय हो गया है' का फायदा उठाते हुए यह समाचार प्रसारित करने का साहस किया है।

आकाशवाणी से 'ये समाचार आपको प्रसन्न कुमार गजभिये दे रहे हैं' वाली अपनी पहचान वजनदार आवाज में कई वर्षों से वह रोज देते आ रहा है। वैसे उसकी असली आवाज बड़ी पतली, धीमी है लेकिन उसने यह विशेष आवाज मेहनत से प्राप्त की है। समाचार सुनने वाले श्रोता वर्ग में वह अपने इसी खर्ज स्वर के कारण मशहूर है।

कल जिस बच्ची का अंत्यविधि हुआ था, उसका समाचार प्राप्त होने पर भी उसने 'ऊपर के आदेश' की राह देखते हुए प्रसारित किया नहीं था। समाचार-पत्रों ने भी उस ख़बर को छापा न था। कल का समाचार जबानी फैल गया था। जो कल तक हो न सका था उसे कर दिखाकर समाचार निवेदक गजभिये मुक्त हुआ था। ऐसा करने के बाद उसके गले में थूक अटकी है शायद कँपकँपी भी भरी है। सीने में टीस हो रही है लेकिन जीवन में कुछ कर दिखाने का आनंद मन में भरा हुआ है।

ऐसा साहस वह क्यों कर सका? शायद बीते हुए कल में इसका उत्तर छिपा है। गजभिये शोक-सभा और अंत्ययात्रा में शामिल हुआ था।

सुबह दूध लाने निकले हुए ज्येष्ठ नागरिक सुबह छह बजे के समाचारों के अंत में सुने हुए उस भीषण समाचार की चर्चा करते हुए ही रास्ते पर चल पड़े हैं। एक के बाद दूसरा भीषण अत्याचार। पहली पाली के मज़दूर निकले हैं। कॉलेज के विद्यार्थी सुबह के कॉलेज के लिए जा रहे हैं। दुकानदारों ने दुकानों के शटर आधे खोले हैं। सभी उस अंतिम सुने समाचार के बारे में चर्चा कर रहे हैं। मन में नहीं, दबी आवाज में नहीं बल्कि खुलकर।

नगरवासियों को अपनी आवाज़ मिल चुकी है।

कल की गलती पुलिस ने आज नहीं की है। उन्होंने अत्याचार स्थल को आदतन घेर कर बड़े तड़के ही साफ किया है। 'बॉडी' अस्पताल पहुँचायी है। पंचनामे की रस्म निभाकर जगह पहले जैसी की है। औरत के घरवालों से मिलकर औरत की अंत्ययात्रा नहीं निकलेगी, लाश जल्दी श्मशान पहुँचेगी आदि बंदोबस्त कर रखा है। जहाँ घटना घटित हुई है वहाँ कुछ भी न होते हुए भी और पुलिस पहरा होते हुए भी लोग तमाशबीन बन देख रहे हैं। पुलिस के मार्जार दल पहले से ही मौजूद हैं और वे लोग इकट्ठा न होंगे इसकी देखभाल कर रहे हैं। छोटे दलों में बँटी जनता को चले जाने के लिए कहने वाले आदेश उनके पास नहीं हैं। खुफिया पुलिस आम भेस में बिखरा दी गई है। लोगों में घुल-मिल कर चर्चा कर जनमत के बारे में वे समय-समय पर 'ऊपर' बता रहे हैं।

'ऊपर' से उन्हें आदेश हैं—कल का इतिहास दोहराया नहीं जाए।

फिर भी वातावरण में कल से तनाव है। आज की घटना से वह और भी बढ़ गया है।

इस शांतिप्रिय, संघर्ष टालने में उद्युक्त, कानून का आदर करने वाले, रूढ़ार्थ से एकसुरी जीनेवालों के इस शहर के इतिहास में ऐसा कुछ घटित होने जा रहा है जो आज तक कभी नहीं हुआ था।

नगरपाल के विरोधकों की छावनी में ऊपर से सबकुछ हमेशा की तरह है लेकिन हर कोई उस अपेक्षित की ताक में है जो आज तक अनपेक्षित था और जिसकी राह देखी गई थी। इस अनहोनी के होनी बनने के संकेत से साँसें रुक गई हैं। मन में भय भी है। आज क्या होगा? कोई अटकलें नहीं लगा पा रहा है। नगरपाल सत्ता से हट जाएगा तो अच्छा ही है। वैसे भी वह दीर्घ काल सत्ता भोग रहा है—बिना अवरोध के। उसकी अक्ल ने विरोधकों को तो छोड़ ही दीजिए उसके पक्ष के सत्ता इच्छुकों को भी सिर ऊपर उठाने नहीं दिया है। वह सत्ता से हट जाए, सभी चाहते हैं और यह भी चाहते हैं कि नगर बिल्कुल वैसा ही रहे जैसा है। वे परिवर्तन चाहते

हैं लेकिन उन्हें किसी भी तरह की उथल-पुथल नहीं चाहिए। इस बात पर सभी विरोधक सहमत हैं।

और इसी बात की ही तो आश्वस्ति नहीं है। सभी का ध्यान अब 'उस' की ओर लगा है। कल वह जो अनाहूत आया है, नगरपाल के आग्रह पर शहर में रुका है, जिसने तमाम चूहों के खात्मे की बात की है—वह बेनाम अनाहूत! कल रात वह कहाँ था? अब सब को पता चल चुका है। इस बहाने कल तक जो अज्ञात थी नगरपाल की वह अतिगुप्त गुफा भी ज्ञात हो चुकी है। शोकसभा में की गई वह प्रतिज्ञा वाकई साकार होगी या गप ही रहेगी? लोग इस पर ध्यान केंद्रित किए हुए हैं। दोनों संभावनाओं का ध्यान रखते हुए कल रात देर तक सत्ता रक्षक और सत्ता साधकों के बीच भविष्य गढ़ा जा रहा था। सफल हुआ तो (मजबूरी में) नगरपाल के अभिनंदन का प्रस्ताव! असफल हुआ तो नगरपाल के त्यागपत्र की माँग। नगरसभा में अविश्वास प्रस्ताव! सभा त्याग! धरना! उपोषण! समय की माँग हो तो धड़क मोर्चा! और न्यायालय का आश्रय भी।

सुबह से नगरपाल के कार्यालय में फोन की घंटी बज रही है। नौ बजे के प्रेस-कान्फरन्स की सूचना जवाब में दी जा रही है। परस्पर विरोधी तर्क-वितर्क लड़ाए जा रहे हैं। उदाहरण दें तो यह देखिए—उस 'मेहमान' ने बड़ी रकम माँगी है। नगरपाल ने उसकी माँग पूरी की। ठुकरायी ! मेहमान ने काफी शर्तें रखीं। उस पर प्रदीर्घ चर्चा होकर अंत में निर्णय रोके रखा गया। आज फिर से वे चर्चा करेंगे/नहीं करेंगे/'मेहमान' नगर छोड़कर गया है/ जाने वाला है/ दोनों में झगड़ा हुआ।

नगरपाल ने/ मेहमान ने बकरा, सूअर कहा! आदि।

सच्चाई कोई नहीं जानता। सब अंदाज। उल्टे-पुल्टे। अब सच क्या है प्रेस कॉन्फरन्स में पता चलेगा।

कुछ फोटोग्राफर प्रेस कॉन्फरन्स की राह न देखते हुए फार्महाउस गए हैं। जो पहले गए हैं उन्हें काफी ढूँढ़ना पड़ा है।

अब बाहर कड़ा पहरा है। मानो सिर्फ नगरपाल को मिलने वाली (लेकिन जो वह लेता नहीं है।) वीआईपी जेड प्लस सिक्युरिटी उस फटीचर अनाहूत को मिल रही है। गेट बंद है। ऊँची दीवार के पार क्या है बाहर से पता नहीं चलता। सिक्युरिटी को देखकर अंदाज या मान लिया जा रहा है कि 'मेहमान' भीतर है। सच जानने का कोई रास्ता नहीं है। पिछवाड़े की दीवार फाँदकर अंदर जाने का प्रयास कुछ फोटोग्राफर ने किया लेकिन पुलिस ने ऐसा होने नहीं दिया। अब फोटोग्राफर दीवार की तस्वीरें खींच रहे हैं।

नगरपाल-निवास के प्रवेश-द्वार पर सुबह से पत्रकार भीड़ लगाए हुए हैं। रोज की तरह आठ बजे नगरपाल मंत्रालय जाने निकलेगा। वे इस क्षण का इंतजार कर रहे हैं। नगरपाल की मर्सिडिज पोर्च में कब से खड़ी है। बंगले में सन्नाटा है। पहचान वाले संवाददाताओं को भी दरबान भीतर जाने नहीं दे रहा है। कह रहा है 'मना किया है।' नगरपाल की श्रीमती एक बार बगीचे में आयी हुई दिखायी दी थी इतने सारे पत्रकारों को देख हिरन की तरह वह जो भीतर भाग गयी सो फिर से दिखी नहीं। अंत में संवाददाताओं ने शोफर को पकड़ा। 'साहब को मैंने देर रात इधर पहुँचाया' वाली बात वह सेक्रेटरी की हैसियत से बयान कर रहा है। पाठक जानते हैं कि कल रात नगरपाल गाड़ी चला रहा था। इस 'महाराज' के घर के शोफर-श्वान को ऐसा मान सम्मान पहली बार मिल रहा था सो वह बेहद खुश था।

सुबह नगरपाल से मिलकर नारिंगे बड़ी देर बाद 'मेहमान' से जा मिला और उसने नगरपाल का महत्त्वपूर्ण संदेश उसे दिया, इस बात से लोग बेखबर हैं। फार्म हाउस की वह दिल की धड़कन रोकने वाली मुलाकात सिर्फ वही जानता है। रात की वारदात के बाद आज सुबह से वह अपने थाने में बैठकर शहर की कानून व्यवस्था पर उनींदी लाल नज़र रखे हुए है। काम के सामने आज उसे सिर खुजलाने की भी (पुलिस की भाषा से परिचित पाठक यहाँ वह 'खास' शब्द रखकर पढ़ेंगे) फुर्सत नहीं है और न ही दिन भर मिलने वाली है। अब सामने के पाँचों फोन खनखनाने लगेंगे। हर मिनट पर एक नया तोंदवाला अधिकारी आकर सॅल्यूट मारकर नई घटना, नई समस्या बयान करेगा। ऐसे में भी वह रात की याने बड़े तड़के की 'वह' मुलाकात याद करता रहेगा। क्योंकि ऐसा ही कुछ वहाँ हुआ था। अपनी समूची पुलिस ज़िंदगी में उसने पुलिस लॉकअप में ऐसा दृश्य कभी देखा नहीं है। फार्महाउस में दरवाजे को कुंडी न लगाए हुए वह मेहमान सारी बत्तियाँ जलती हुई छोड़ कर ज़मीन पर नंगे बदन सोया था। खर्राटे भर रहा था। उसका इंद्रिय बेजान-सा एक तरफ लुढ़का हुआ था। खुले मुँह से लार टपक कर कीमती कालीन पर गिर रही थी। उसे चींटियाँ लगी थीं। तिलचट्टे उधर ही घूम रहे थे—उसके बदन पर भी। उस झुर्रियों वाले बदन पर। पुलिस लॉकअप के नज़ारे देख-देख आदी हो चुकी उसकी पुलिस प्रमुख की नज़र यह नज़ारा बर्दाश्त नहीं कर सकी। उसे मितली आने लगी। शराब और मुर्गी गले में उल्टी चढ़ने लगी। पुलिस प्रमुख नारिंगे ने जैसे-तैसे 'मेहमान' को जगाकर नगरपाल का संदेश सुनाया। जब नारिंगे चलने लगा तब नारिंगे 'नारिंगे' न रहा था। इसका भी एक कारण था।

जब 'मेहमान' नींद से जाग रहा था तब उनींदी आँखों से घूरकर देख रहा था।

उन आँखों में बड़े अजीब भाव थे। नारिंगे ने साफ-साफ इसे अनुभव किया! भूचाल का हल्का-सा धक्का उसे तब लगा था। शरीर झनझनाया था। बाहर आते समय और उसके बाद भी नारिंगे को लगा कि नारिंगे होश में नहीं है। यह शराब का प्रभाव कतई न था। ऐसा अनुभव इसके पूर्व कभी हुआ न था। उसे लगा यह 'मेहमान' मोहजाल के प्रयोग करने वाला चरसी बैरागी है या फिर पागल होने का नाटक करता हुआ कोई साधु! नगरपाल के आदेश से मेहमान को संदेश सुनाने भर उसका काम था। इतना कर वह वहाँ से लौटने लगा था। लेकिन उसे लगा कि वह मेहमान उसका पीछा करते हुए आ रहा है। पुलिस डिपार्टमेंट में पच्चीस-तीस बार मौसम का चक्र घूमते हुए नारिंगे ने देखा है। फिर भी...जीप चलाते हुए कई बार वह पीछे मुड़कर देखता रहा था।

ध्यान देने योग्य बात यह है कि ऐसा कुछ नगरपाल ने महसूस नहीं किया था। नगरपाल की नींद जब खुली तब बाहर के हॉल में से फोन के बजने की आवाज़ें उसे सुनायी देने लगीं। आँखें खोलने की उसकी इच्छा न हुई। आँखें मूँदे हुए वह बाहर की आवाजें सुनते रहा। सेक्रेटरी, नौकर, फोन पर जवाब दे रहे थे। सुबह साढ़े नौ बजे प्रेस कान्फरन्स। कौन क्या पूछ रहा है यह ना सुनते हुए भी नगरपाल जान गया है कि वे लोग क्या सुन-बता रहे हैं। ढेर सारे फोन चूहेमार को लेकर हैं। कुछ फोन रात में हुए अत्याचार संबंधी हैं। सहकारी, विरोधी, समाचार-पत्रों के संपादक, समाचार संपादक, प्रतिष्ठित नागरिक, कई ऐसे लोग ताज़ा और अधिक जानकारी के लिए फोन कर रहे हैं।

नगरपाल आँखें मूँदकर लेटे रहने में जागृत्ति का-अर्ध जागृति का सुख अनुभूत कर रहा है। सामने खड़ा दिन सहसा याद हो आता है उसे। वह झट् से उठ बैठता है। मजबूरी में आँखें खोलता है। (यहाँ मैं बता दूँ कि राजनीति में डूबे हुए लोगों के बारे में सामान्य जनता की अवधारणाएँ गलत होती हैं। जैसे कि इन लोगों को काम के बोझ के कारण कई रातों नींद न आने से या कम नींद से कोई फरक नहीं पड़ता। ये गलतफहमियाँ दूर करना मैं आवश्यक समझता हूँ। वे भी मनुष्य होते हैं। मनुष्य के सारे नियम उन्हें भी लागू होते हैं। कुछ ज्यादा ही लागू होते हैं। वे बीमार होते हैं। मरते भी हैं। हाँ, यह व्यवसाय ही ऐसा है कि सामान्य मानवीय जरूरतों या विकार की ओर ध्यान देने के लिए उन्हें फुर्सत नहीं होती। बस इतना ही फर्क है।) बगल में सोयी हुई बीवी कब की उठकर जा चुकी है। शरीर के मना करने के बावजूद नगरपाल जैसे-तैसे बिस्तर से उठ खड़ा होता है। उसकी अब की हलचल उसके जाने-पहचाने चिरयुवा, फुर्तीले, तेज व्यक्तित्व के साथ बिल्कुल मेल नहीं खा

रही है। वह विसंगत है याने उसकी उम्र के साथ मेल खानेवाली है। एक बार पैर में वायु हिलने से वह 'माँ' कहके चीख पड़ा है। शयनकक्ष की बेल बजाकर वह दो मग गरमागरम भाप उड़ने वाली कॉफी मँगाता है। कॉफी के साथ टायलेट जाकर सिगरेट सुलगाता है। बचपन में चोरी-छिपे सिगरेट पीने की आदत आज भी—बीवी सामने होती है तब भी और कल रात में चूहेमार सामने था तब भी सिगरेट न पीने पर मजबूर कर देती है। इसी से उसकी प्रतिमा निर्व्यसनी के रूप में बनी रही है। टॉयलेट में बैठकर सिगार के कश और कॉफी के घूँट लेते हुए, बाहर बजने वाले फोन की उपेक्षा करते हुए वह मन में दिन भर की प्लानिंग कर रहा है। तय कर रहा है—स्थिति चाहे जो हो सिर गर्दन पर ही रखना है। उसके आध्यात्मिक गुरु सच्चिदानंद स्वरूप महाराज का बीस साल पहले किया हुआ उपदेश वह आज भी भूला नहीं है। तब उसके गॉड फादर नगर पितामह (आज भी नगर उद्यान में उसका एक उँगली ऊपर किया हुआ बुत खड़ा है।) राम जी राव बार्लिंगे ने अनुशासन भंग का आरोप रखकर उसे पक्ष से निकाल दिया था। यह गुरु उपदेश उसे तब प्राप्त हुआ था और समय-समय पर काम आया है। वह घटना ऐसे स्मरण हो आती है जैसे कल ही घटित हुई हो। तब स्वामी जी के चरणों पर सिर रखकर वह जोर-जोर से रोया था। उस वक्त आयु कम और खून गर्म था। अपमान और राजनीति का अनुभव कम था। लगा था राव के खिलाफ खड़ा हो जाए। अलग दल खड़ा करे। बदला ले। तब यदि वह रामोजीराव के साथ खुलकर दुश्मनी मोल लेता तो राव के बाद उसके उत्तराधिकारी के रूप में आराम से मिली हुई यह कुर्सी कैसे मिलती? तब तो उसका राजनीति से पत्ता ही कट जाता। सच्चिदानंद स्वामी की कृपा से उसे कुर्सी मिली और टिकी भी। कम से कम वह मानता है।

अब सर पर खड़ी है सुबह की पत्रकार परिषद! फिर नगरसभा की आपात्कालीन सभा। दोनों में चूहेमार के साथ हुई बातचीत पर प्रकाश डालना है। दरअसल जो बातचीत हुई है उसके बारे में बताना नहीं है और जो नहीं हुई है उसके बारे में बताना है। और यह मुश्किल नहीं है! पिछले बाईस वर्षों से राजनीति में और दस वर्षों से नगर नीति में अग्रणी रहने वाला नगरपाल यही तो करता आया है। उसने चर्चा की थी नगर छोड़कर जाने के कितने चाहिए? पर चर्चा असफल रही। अब यह बात वह कहेगा नहीं। बल्कि यह कहेगा कि चूहे मारने के कितने चाहिए? लेकिन अभी तक कुछ तय नहीं हुआ है। बातें जारी हैं और आशादायी हैं। वह यही कहेगा।

ऐसा हुआ नहीं है। तब भी वह यही कहेगा क्योंकि समय की यही माँग है। और वह समय की माँग को अग्रक्रम देते आया है। अपने राजनीतिज्ञ गुरु की तालीम

में वह यह सीखा है कि सत्य-असत्य का विचार करने से अधिक जो सुविधाप्रद है वही बोलना और करना चाहिए।

जो नगरपाल कहेगा उसमें अनाहूत कुछ बदल तो नहीं करेगा। लेकिन कर भी सकता है। इसीलिए अनाहूत से किसी को मिलने नहीं देना चाहिए। यह काम मुश्किल नहीं है। नगरपाल बता सकता है कि स्वास्थ्य ठीक न होने से अनाहूत किसी से मिलना नहीं चाहता। विरोधक हमेशा की तरह इस गप पर यकीन नहीं करेंगे। उनको यकीन आ जाए इसलिए दो डॉक्टर फार्महाउस भेजे जा सकते हैं। वे वहाँ जाकर गप्पें लड़ाएँगे। उनके नाम रखे हुए एन्व्हलप लेकर बाहर आ जाएँगे। और चूहेमार की बीमारी के बारे में निवेदन देंगे–वह भी मेरा ही लिखा हुआ होगा।

इसी के साथ 'प्रयोग होने का' वातावरण निर्मित करना होगा। भले ही न हो लेकिन बल देकर घोषित करना पड़ेगा 'प्रयोग होगा।' नगर की पिछले दो दिनों से गर्म हुई हवा पर यही रामबाण इलाज हो सकता है। वह टेम्पररी है। चूहेमार इससे सहमत नहीं है। लेकिन आज की माँग यही करने को कह रही है। कल की माँग? कल देखा जाएगा। प्रयोग के लिए वातावरण निर्मित–भव्य मडंप होर्डिंग्स, आकाशवाणी से विज्ञापन, घूमती गाड़ियों में से माइक पर नारे, समाचार-पत्रों में खबरें–करना ही होगा। जो प्रशासन बार-बार करता रहता है। इसके लिए अलग से विभाग जो है। उस विभाग को वैसे आदेश दिए जाएँगे।

प्रयोग कैसे होगा? सफल कि असफल? नगरपाल नहीं जानता। वह चाहे जैसा हो, हमें अपनी नीति दोनों मुद्दे ध्यान में रखकर तय करनी है। नगरपाल इतना अवश्य जानता है। शहर की विस्फोटक परिस्थिति पर काबू पाना। उसे विक्रेंद्रित कर जल्द ही जल्द खतरे से बाहर आना यह उसका पहला उद्देश्य है। दूसरा–जो बाद में भी पूरा किया जा सकता है–चूहेमार के इस सहसा उद्भावित संकट से मुझे अपनी सत्ता के साथ बेरोक-टोक परे जाना है। चूहों की समस्या मेरी सत्ता टिकने के लिए ज़रूरी है। भले ही वह समस्या समाप्त हो लेकिन मुझे सत्ता पर बने रहना है।

टॉयलेट में बैठे-बैठे कुछ समय के लिए नगरपाल आत्मचिंतन में खो गया है।

टॉयलेट से बाहर आकर उसने निजी सचिव को बुलानेवाली बेल दबायी है। सचिव पेन और पैड लेकर हाजिर हुआ है। उसे सारी सूचनाएँ दी गई हैं। इतने में 'नगरसभा के नवनिर्वाचित उपाध्यक्ष वृंदावनदास का फोन है' की सूचना सरकारी सचिव दे गया है। 'क्या झंझट है' वाला चेहरा बनाकर नगरपाल चोंगा उठाता है और 'गुडमार्निंग' न सुनते ही सूचना-आदेश दे रहा है। उपस्थित रहना है लेकिन कुछ कहना नहीं है। मैं जो बोलूँगा उस पर 'हाँ' में

गर्दन घुमानी है। चोंगा रखा जा चुका है।

इतना होने पर वह स्नान करने की सोच रहा है। सिर में आधे-अधूरे विषय होने पर उसे स्नान शुरू करने पर लगता है स्नान पूरा हो गया है। तब दूसरी बार स्नान किया जाता है। फिर वह सोचता रहता है। पक्की क्या बात थी? और याद करते-करते कई मिनटों तक वैसा ही (नंगा) खड़ा रह जाता है। आज ऐसे ही हुआ। वह स्नान शुरू करता है और दिमाग में आता है—वह चूहेमार उल्टी खोपड़ी का है जिद्दी! ऊटपटाँग! यदि ऐन समय पर कहेगा 'नहीं करता प्रयोग' तो लोगों का मुकाबला मैं कैसे कर पाऊँगा? विरोधक मुझे जिम्मेवार ठहसकर आरोप गढ़ेंगे। तब उसका प्रतिकार कैसे किया जा सकता है।

आधे स्नान पर यह विचार उसके पेट में उभरा और विचार में खोया हुआ वह साबुन में लिपटा हुआ न जाने कितनी देर वैसा ही नंगा खड़ा रह गया है।

नगरपाल दुनिया को ढोने के लिए (रेडी टु टेक आन द वर्ल्ड) तैयार हो गया है। अपने निवास-कार्यालय में दाखिल हो गया है।

बाहर पुलिस प्रमुख नारिंगे उससे मिलने रुका है। निजी सचिव यह बात अन्य काम के बहाने आकर दो बार कह चुका है। नारिंगे मात्र नगर का पुलिस प्रमुख नहीं है। वह जब से नगरपाल की कृपा से इस पद पर विराजमान हुआ है तब से नगरपाल का भरोसेमंद आदमी भी बन बैठा है। नगरपाल के लिए अपनी सीमा में के या सीमा पार के कई काम कर उसने विश्वास संपादित किया हुआ है। इनमें से कई काम सिर्फ वे दोनों ही जानते हैं। इस नई स्थिति में नारिंगे से निजी बात करना ज़रूरी हो गया है। उदाहरणार्थ, प्रेस कान्फरन्स में सभी पत्रकारों के रहते चूहेमार को फार्महाउस से कहीं अन्यत्र ला रखने का काम। फार्महाउस अब पब्लिक प्लेस बन गया है। चूहेमार के साथ अब वहाँ और बातें करना खतरनाक होगा। यह नई जगह कौन-सी होगी? सिर्फ नगरपाल और पुलिस प्रमुख दोनों को ही पता होगी। कल जिस 'नागरिक मंच' का बोलबाला था। उसके सदस्यों को ढूँढ़कर नारिंगे को अपनी अदा से उन्हें निष्क्रिय करना होगा। राम पुरोहित पर गुप्त रूप से नजर रखकर उसकी सारी बातें मॉनिटर कर नगरपाल को बताते रहने की सूचना पर्मानेंट सूचना है। लेकिन उसे दोहराकर उसे ताकीद देनी पड़ेगी। नगरपाल के मन में संशय है कि नारिंगे राम के संदर्भ में ढीला-ढाला है। क्योंकि आगे कभी राम सत्ता पर आएगा। नारिंगे का विश्वास है! इस मामले में नारिंगे पर नज़र रखने के लिए उसके एक सहायक को नगरपाल ने पटाया है। उसे भी पुनः एक बार स्मरण दिलाना होगा। नारिंगे को भीतर बुलाकर सारी आवश्यक सूचनाएँ, आदेश देकर नगरपाल पूछ रहा

है, 'नारिंगे रात की खबर? संदेश भेजा न? तब क्या-क्या हुआ?'

नारिंगे शायद इस बात के पूछे जाने की राह देख रहा था।

'सर, वह मेहमान कल रात एकदम याने बिल्कुल मरे मुर्दे-सा सोया था। मैंने आपका मेसेज उसे दिया। नींद से उसे जगाकर दिया।'

'क्या कहा उसने?'

'कुछ भी नहीं! कुछ नहीं, सर! मेसेज उसको मिला बस। मैंने उसे खूब जगाया। बाद में सुनाया।' (नारिंगे चूहेमार की तरह खिचड़ी हिंदी में बोल रहा है। नगरपाल ने इसे नोट किया है।)

'लेकिन उसकी प्रतिक्रिया क्या हुई?'

'प्रति...क्रि...' नारिंगे तुतला रहा है। 'प्रतिक्रिया?' नारिंगे को ऐसा कुछ याद नहीं पड़ रहा है। उसे धीरे-धीरे बस याद आ रही हैं वे दो आँखें...नारिंगे को देखनेवाली आँखें...धीमी-धीमी खुलती, कमजोर बड़ी-बड़ी आँखें। उन आँखों ने नारिंगे पर अजीब-सा जादू किया है। वह कुछ क्षणों के लिए उन आँखों में खो गया था। उसके बदन में झिनझिनी उभरी थी। उसे भीतर से गरम लगा था। उस वक्त की स्थिति ध्यान में लेते हुए नारिंगे सोच रहा है–प्रतिक्रिया उसने दी भी होगी तो मुझे पता नहीं चला होगा। नारिंगे समय की नजाकत देखते हुए बता रहा है, 'हाँ सर, मेसेज सुनने के बाद वो बोला–उसने गर्दन हिलायी।'

नगरपाल की जान में जान आयी। याने सब ठीक है। अब नगरपाल सोच रहा है। नारिंगे की उस चूहेमार के बारे में राय पूछी जाए! नारिंगे की अपनी एक नज़र है।

'वह तुम्हें कैसे लगा?'

'कौन सर?' नारिंगे को रात का वह दृश्य याद आया। उसका वह नंगा सोना... उसका वह छोटा इंद्रिय बेजान-सा लुढ़का हुआ...वह टपकती लार...चींटियाँ... तिलचट्टे...उसका झुर्रियों वाला बदन...शोकसभा का वह...सर्कस से भाग आया हुआ-सा।

'सर, कार्टून कुछ अलग है।'

'याने?' नगरपाल की उत्सुकता बढ़ गई है।

'याने सर! एकदम से कहना मुश्किल है।'

नारिंगे शब्द ढूँढ़ रहा है। 'सड़कछाप...हमारे लॉकअप में रहते हैं ऐसे...उनमें से एक...लेकिन उसकी आँखों में कुछ है...सर, पता नहीं क्या है लेकिन जब मैं वहाँ से निकला तो मुझे लगा वह मेरे पीछे आ रहा है।...रात में नींद में भी...।'

जो नहीं कहना चाहिए था वह कहा गया। नारिंगे के चेहरे पर मायूसी है।

'तुम्हें कल चढ़ गयी थी नारिंगे! चलो निकलो अब।'

'नहीं, सर।' नारिंगे नगरपाल की गलतफहमी दूर करना चाहता है। लेकिन नगरपाल पीठ फेर कर चल दिया है।

नगरपाल ने नारिंगे को निकल जाने के लिए कहा है और वह प्रेस कॉन्फरन्स के लिए चल पड़ा है। निकलते हुए उसने नगरसभा के अध्यक्ष और सभापति कुंदनमल सरोदिया (आयु बयासी वर्ष) को 'आज की सभा में नहीं आएँगे तो भी चलेगा' का आज्ञा रूप संदेश भेजा है। नारिंगे ने जो कहा उस पर वह गौर कर रहा है। भले ही उसने नारिंगे से कह दिया हो कि यह नशा का नतीजा है लेकिन उस बात पर वह गंभीरता से सोच रहा है।

नारिंगे के शब्द क्या थे? उसकी आँखों में कुछ है! गलत। उस आदमी की आँखों में उपेक्षा भाव है। वह यदि थोड़ा और होता तो वह पक्का 'मैड' लगता। वैसे पागलपन के आसार उसमें हैं ही। वरना अपने फायदे के इतने प्रस्ताव उसने यूँ ठुकराए न होते। जो अपना हित नहीं जानता वह पागल नहीं तो और क्या? नारिंगे को लगा कि वह पीछा कर रहा है। मुझे तो ऐसा कुछ नहीं लगा। यह शराब का असर है। नारिंगे खूब पीता है। इससे उसका भेजा सड़ रहा है। नारिंगे को जल्दी रिटायर कर देना चाहिए। वह चूहेमार है कैसा? उससे पाला पड़ेनवाला है अतः उसे जानना पड़ेगा।

नगरपाल मंत्रालय के प्रेस कक्ष में पहुँच चुका है।

वहाँ पहले से ही भीड़ है। कक्ष की लिफ्ट से ही पत्रकारों ने उस पर प्रश्नों की बौछार करना शुरू कर दिया है। एक दो टेप रिकार्ड और एक हाथी के लिंग इतना लंबा काला सख्त माइक्रोफोन नाक में धँसने तक नज़दीक पकड़े हैं। नगरपाल प्रश्नों के उत्तर टालते हुए कक्ष तक पहुँचा है। नगरपाल के पहुँचते ही आवाजें चुप हुईं और कलम-नोटबुक काम में जुट गए। प्रचार विभाग के सचिव देमारे ने प्रस्तावना की। उसमें आदतन उसने माननीय, सभी के लाड़ले, कार्यसम्राट, जनता के हृदय में विराजमान आदि विशेषणों की वर्षा की और पत्रकारों ने आदतन उन्हें सुना नहीं। अब नगरपाल ने मेहमान के और अपने बीच की बातचीत को बताना आरंभ किया है। इस बीच सुबह के दूसरे अत्याचार में बलि चढ़ी महिला के प्रति शोक व्यक्त करना और उसके परिवार को पचास हजार की मदद घोषित करना वह भूला नहीं। अब मुख्य निवेदन। पत्रकारों को नवसाक्षर मानकर (कुछ हैं भी) उन्हें शुद्धलेखन पढ़ाने जैसा एकेक शब्द पॉज लेते हुए वह बार्शी लाइट गति से समाप्त करता है।

वह पूरा थक चुका है। अब प्रश्नोत्तर! नगरपाल का पसंदीदा खेल! पत्रकारों के साथ शाब्दिक मस्ती।

इसके पूर्व नगरपाल के निवेदन को देख लें।

वह कहे जा रहा है, बाईस वर्ष शहर ने 'विशिष्ट जमात' का अत्याचार सहा है। अब नगरवासियों की सहन शक्ति ने जवाब दिया है। शहर का कल से दिखनेवाला माहौल उसके सात्विक क्रोध का संकेत है। नगर प्रशासन ने अब तक इस ओर से आँखें मूँद ली हैं। विरोधकों का यह पेटंट आरोप अब घिस-घिसकर दम तोड़ चुका है। नगरवासियों ने इसकी ओर याने आरोपों की ओर कभी ध्यान नहीं दिया और प्रशासन द्वारा कार्यान्वित नव-नवीन उपाय योजनाओं का स्वागत किया है। प्रशासन आज भी सजग है। इसका उदाहरण याने कल इस संकट का कायम बंदोबस्त करने की जो माँग नगरवासियों ने की उसको प्रशासन ने तुरंत मान लिया है और वह नया प्रयोग करने वाले को नगर से जाने न दिया है। नगर में ही रखा और उससे चर्चा आरंभ की है। (यह पढ़ते हुए पाठक जान जाएँगे कि नगरपाल प्रशासन शब्द प्रयोग अपने लिए कर रहा है।) घोषित करते हुए मुझे आनंद हो रहा है कि चर्चा संतोषप्रद हो रही है और प्रयोग होने वाला है। इस संबंधी कार्यवाही जल्द से जल्द पूरी करने के प्रयत्न प्रशासन कर रहा है। प्रशासन विश्वास रखता है कि परिस्थितिजन्य बाधाएँ उपस्थित होने पर भी इससे कुछ अच्छा ही सामने आएगा।

निवेदन का यह सारांश है।

पत्रकारों में से पहला प्रश्न–चर्चा में गुप्तता क्यों? पारदर्शिता क्यों नहीं? इसका अर्थ इस दाल में काला माना जाए क्या?

नगरपाल का जवाब–प्रश्न अच्छा है। उसका उत्तर भी है लेकिन इस संदर्भ में अभी कुछ कहना ठीक न होगा। सभी बातें आम नहीं हुआ करती। इतना ही मैं प्रश्न कर्ता से कहना चाहूँगा। (वह खुद हँसा इसलिए पत्रकार भी हँस पड़े।)

प्रश्न दो--प्रयोग करने वाले को इस परिषद में क्यों नहीं लाया गया? चर्चा पर्दे में! लेकिन वह भी पर्दे में क्यों?(हल्की हँसी)

उत्तर–कल की सभा में वह सब के सामने था ही। सभी ने उसे देखा है। अब यहाँ लाकर क्या करते? इसलिए वह पर्दे में (बड़ी हँसी)! अगला प्रश्न।

प्रश्न 3--पत्रकारों को उससे कब मिलने दिया जाएगा? मिलने दिया भी जाएगा?

उत्तर–कभी भी! आप यहाँ से सीधे उसके पास जा सकते हैं। हाँ, सवाल यह है कि वह मिलना चाहता है या नहीं लेकिन मैं इसके प्रश्न का उत्तर भी दिए देता

हूँ। वह पत्रकारों से मिलना नहीं चाहता है। वह किसे मिलना चाहता है और किसे नहीं यह उसकी स्वतंत्रता है। प्रशासन इसमें दखलअंदाजी करना नहीं चाहता। हाँ, मैं आपकी ओर से उससे विनती कर सकता हूँ और वह मैं करूँगा। (कुछ तालियाँ)

प्रश्न 4—बातचीत में क्या तय हुआ है?

उत्तर—वह तय होने पर ही बता सकेंगे। (पत्रकारों का हँस देने का प्रयास)

प्रश्न 5—प्रयोग का तफसील क्या है?

उत्तर—इसकी जानकारी तो प्रयोग करने वाला ही दे पाएगा। उसने प्रशासन को इस संदर्भ में कुछ बताया नहीं है।

प्रश्न 6—जानकारी कब देगा? प्रयोग होने पर? (हँसी)

उत्तर—प्रश्नकर्ता उत्तर जानता है शायद! प्रशासन नहीं जानता।

प्रश्न 7—प्रयोग होगा या नहीं?

उत्तर—होगा।

प्रश्न 8—कब?

उत्तर—जल्द ही! उसकी पूर्व तैयारी चल रही है। तैयारी पूरी होते ही प्रयोग होगा।

प्रश्न 9—प्रयोग असफल रहा तो?

उत्तर—वह सफल होगा।

प्रश्न 10—किस आधार पर? प्रशासन तो कुछ नहीं जानता।

उत्तर—प्रयोग सौ फीसदी सफल होगा।

प्रश्न 11—इसका कोई आधार नहीं।

उत्तर—है।

प्रश्न 12—कैसा?

उत्तर—सफल नहीं होगा इसका कोई आधार है? (पूछने वाला चुप) मैं कह रहा हूँ सफल होगा। आप सभी ऐसा ही विश्वास रखेंगे तो करिश्मा हो सकता है।

ऐसे कुछ सवाल-जवाब होने पर पत्रकार परिषद समाप्त हुई है। नगरपाल ने हर प्रश्न का बखूबी जवाब दिया है। नगरपाल की कोई भी पत्रकारो परिषद पत्रकारों के लिए बौद्धिक कसरत बन चुकी है। और नगरपाल पत्रकार की यह भूख मिटा देता है। और बाद में अनौपचारिक बातचीत (ऑफ द रेकॉर्ड) में 'ये प्रचारार्थ नहीं' कहकर वह सब कह देता है जिनका उपयोग पत्रकार 'अज्ञात व्यक्ति ने कहा है। नाम न बताने की शर्त पर किसी सूत्र से पता चला है' कहते हुए किया करते हैं। बताने वाला भी यही चाहता है। नगरपाल ने इस बार भी ऐसा ही किया है। अनाहूत

के बारे में कुछ सत्य, कुछ अर्धसत्य, कुछ असत्य बातें कह दी हैं। 'इन्हें मत छापिए' कहने के लिए वह भूला नहीं है। वह जानता है कि वे इसे छापेंगे। अनाहूत का गंदा रहना, सनकी होना आदि बातें उसने उगल दी हैं। प्रयोग पूर्व ये बातें—अधिकृत बातें—पढ़कर लोग यह पक्ष भी जान जाएँगे और यदि प्रयोग पर पानी फिरा तो यह जनता का 'जानना' नगरपाल के हित में जाएगा।

पत्रकारों के दायरे से निकलकर नगरपाल नगरसभा की विशेष बैठक में पहुँच चुका है। उपाध्यक्ष वृंदावनदास (सभापति की अनुपस्थिति में सभा का अध्यक्ष पद यही सँभालेगा) नगरपाल के आने की राह देख रहा है कार्यालय में बैठे-बैठे! और नगरपाल के आते ही कार्यालय के बाहर आ गया है। नगरपाल के दिखते ही 'हाँ' में गर्दन हिला रहा है। इतनी कि नगरपाल ने धीमे से किन्तु उपहास करते हुए उससे पूछा 'नंदीबैल देख आए हो क्या?' प्रेस कान्फरन्स में का ही वक्तव्य उसने यहाँ प्रस्तुत किया है और 'प्रयोग होने वाला है।' इस बात की आश्वस्ति दी है। विरोधकों ने 'हमें ठुकराया है' कहते ही सारे पुराने हिसाबों का लेखा-जोखा उसने पढ़ सुनाया है। 'इस महत्त्वपूर्ण मुद्दे में भी हमें शामिल नहीं किया' कहते-कहते अध्यक्ष के सामने वाली खाली जगह (वेल) में इकट्ठा होकर सभी ने नारे लगाने शुरू किए हैं। निषेध किया है। नगरपाल औपचारिक क्षमा याचना करते हुए कह रहा है, 'समय कम था इसीलिए ऐसा करना पड़ा। यह गलती फिर कभी नहीं होगी।' उसका यह आश्वासन पुराना है। विरोधी पक्षों ने कामकाज पर बहिष्कार घोषित कर दिया है। (पहले से तय था) सभापति की अनुपस्थिति में सभा का अध्यक्ष बने वृंदावनदास ने झट् से सभा विसर्जित की। नगर सभा के सदस्य नारे लगाते हुए सभागृह से निकल चुके हैं। उनके पीछे नगरपाल भी बाहर निकला है और अपने निवास की ओर जाने लगा है।

इस बीच पुलिस प्रमुख नारिंगे ने फार्महाउस के गुप्त दरवाजे से (इस दरवाजे का पता नगरपाल को नहीं है।) मेहमान को नगरपाल निवास के तहखाने में (जिसका पता नगरपाल को है।) ला छोड़ा है। मेहमान नहीं जानता है कि वह यहाँ कैसे पहुँचा। नारिंगे जानता था कि मेहमान विरोध करेगा इसलिए उसे बेहोशी की दवा पिलाकर नारिंगे यहाँ ले आया है। अब मेहमान का नशा उतर रहा है।

नगरपाल उसे तीसरी बार मिल रहा है। इस मुलाकात में वह उसे प्रयोग करने के लिए मना लेगा। यह काम इतना आसान नहीं है फिर भी हम देखेंगे कि नगरपाल अब 'कारस्थ' होकर निवास पहुँचकर क्या करेगा। उसने अब सारी प्लानिंग (मुव्हज) की तैयारी मन ही मन कर ली है।

अतिथिगृह के कोने की बराकी में अनाहूत अभी-अभी नींद से जागकर बैठ गया है। सिर पर बाल घास की तरह खड़े हुए हैं। काँग्रेस घास की तरह। होठों के इर्द-गिर्द लार जम गई है। कमजोर आँखों के किनारों पर गंदगी सूखकर चिपक गई है। बदन पर जैसे-तैसे लपेटा जाँघिया है और कुछ नहीं।

वह बीड़ी सुलगाकर कश ले रहा है।

नगरपाल का आगमन! उसके हुलिए से ही नगरपाल जान चुका है कि नारिंगे किस हालत में उसे यहाँ ले आया है।

'गुड मॉर्निंग'—नगरपाल कह रहा है। 'मेरी लौकी।' अनाहूत उसकी ओर बिना देखे माँग रहा है।

'मैंने कहा है—गुड मॉर्निंग।' आज नगरपाल ने अपनी भूमिका एकदम बदल डाली है।

'पहले लौकी।' अनाहूत लंबा कश खींचते हुए कह रहा है। इससे उसे खाँसी छूटी। खाँसी रुकने पर वह नगरपाल पर गुर्राया, 'मेरी लौकी किधर है?'

अनाहूत की आँखों में, हाव-भाव में आक्रामकता है जो कल बिल्कुल न थी। नगरपाल चौंक गया है। आज वह समझौते के मूड में है। उसके मन में झाँकने के मूड में! शायद वह कल का उसका बाजा माँग रहा है। नारिंगे जब इसे यहाँ लाया होगा तो वह बाजा वहीं फार्महाउस में छूटा होगा।

'मिलेगा! सब मिलेगा! लेकिन प्रयोग होना चाहिए।'

'मेरी लौकी!' अनाहूत और कोई बात करने के मूड में नहीं है। अब उसके शब्दों में वजन है जो कल नहीं था।

'पहले तय हो जाने दो।' नगरपाल अनाहूत की माँग का फायदा उठाना चाह रहा है। जबरदस्ती और समझौते के बीच वाला सुर पकड़ने की कोशिश कर रहा है। 'प्रयोग कल करना है। शाम को! पूर्व तैयारी शुरू है।'

'लौकी!' अनाहूत ने आँखें ऐसे घुमाना शुरू किया है कि बस! नगरपाल को नारिंगे के सुबह वाले शब्द याद आए। 'नमूना कुछ अलग है। लग रहा था वह मेरे पीछे आ रहा है।'

अनाहूत की आँख की पुतलियाँ ऐसी हिल गई हैं कि वे ललाट से जा मिली हैं।

नगरपाल बेचैन हुआ है। उसकी समझ में नहीं आ रहा है कि अनाहूत आगे क्या कर बैठने वाला है। उसकी समझ में यह भी नहीं आ रहा है कि यहाँ रुका जाए या यहाँ से चला जाए? इतने में अनाहूत की आँख की पुतलियाँ पूर्ववत हो गई हैं।

नगरपाल की जान में जान आ गई है।

'पैले लौकी लाव।' अनाहूत।

नगरपाल ने घंटी बजायी। नौकर को फोन लाने के लिए कहा। नारिंगे से लाइन मिलायी। 'फार्म हाउस में लौकी रह गई है उसे जल्दी यहाँ भेजने की व्यवस्था करो।'

'जी सर!' नारिंगे।

'लौकी आएगी। अब प्रयोग का बोल! वह कल शाम तक हो जाना चाहिए। तैयारी जोरदार हो रही है। नगर में प्रयोग को लेकर उत्साह है। औत्सुक्य है। लोग बड़ी तादाद में आएँगे।'

'प्रयोग? काय का प्रयोग?' अनाहूत मोटे काँचवाला चश्मा पहनकर नगरपाल को दख रहा है।

'शहर के चूहे खत्म करने का।' कल तुम्हीं ने तो सभा में कहा था।

'यह प्रयोग? ये कैसा प्रयोग? ये तो मेरे बाएँ हाथ का खेल है।'

'वही! कल कर दिखाओ! उसके लिए कितना लोगे? मैं यह पूछने यहाँ आया हूँ! नगर की ओर से प्रतिनिधि बनकर।' अनाहूत की समझ में आए ऐसी भाषा में बोलने का सोचकर नगरपाल कह रहा है, 'तू अपना भाव बता! कितने पैसे लोगे?'

अनाहूत दाँत से निकाला कुछ हाथ में पकड़कर कान में ठूँसते हुए सोचने वाली मुद्रा में पूछ रहा है, 'कितने देगा?'

सौदे में पक्के नगरपाल को गेंद सामने वाले के कोर्ट में डालने की आदत है। 'तू कितने लेगा बोल?'

लग रहा है अनाहूत मन में आँकड़े गिन रहा है। लेकिन सहसा अनाहूत बोल पड़ा, 'प्रयोग ब्रियोग कुछ नहीं। मैं क्या तेरा नौकर हूँ? खेल जब होगा होगा! गुरु की आग्या होती है तो खेल होता है। अब गुरु की आग्या नहीं है। तुम जाव! चले जाव!'

नगरपाल डर रहा है कहीं अनाहूत फिर से वैसी आँखें न घुमा बैठे! आँख की पुतली का ललाट में धँस जाना। उफ्! लेकिन वैसा हुआ नहीं।

नगरपाल को नकार सुनने की आदत नहीं है। नकार देने वाले ऐसे अधिकारियों को उसने उसी वक्त 'डिसमिस' किया है। लेकिन यह मौका कुछ अलग है। यह आदमी भी अलग है। अपना उत्तरदायित्व याद कर नगरपाल धीरोदात्त सत्ताधारी के रूप में अपने आपको तैयार कर रहा है—परिस्थिति का संयम से मुकाबला करने के लिए।

नगरपाल अनाहूत से (अनाहूत नाक से निकाला हुआ कुछ कान में ठूँस रहा है।) कहने जा रहा है। (मन में कह रहा है, गंदा, भद्दा। इसका तो मुँह नहीं देखना चाहिए। अशुभ! सुबह के समय तो बिल्कुल नहीं देखना चाहिए। इसके साथ किसी का कभी पाला न पड़े तो ही अच्छा) 'तू इस शहर का मेहमान है। चूहे खत्म करने की जिम्मेदारी तू ने खुद ओढ़ ली है न कि नगर ने तुझे सौंपी है। इसीलिए शहरवासियों ने तुझे रख लिया है। अब बिना प्रयोग के तू यहाँ से जा नहीं सकता।'

नगरपाल को लगा कि इस पर वह कुछ प्रतिक्रिया देगा। लेकिन ऐसा हुआ नहीं। अनाहूत ज़मीन पर एक मुश्किल आसन में बैठ गया। उसकी आँखें चश्मे के पीछे से पुनः आसमान छूने चली हैं शायद वह प्राणायाम कर रहा हो। मुँह से वह कोई मंत्र बुदबुदाता नज़र आ रहा है।

नारिंगे की बात सच निकली है। नगरपाल स्वयं से बोल रहा है। मंत्र-तंत्र वाला आदमी दिख रहा है। ऐसे किसी आदमी से पहले कभी उसका पाला न पड़ा था।

'लौकी! पैले लौकी।'

'वह लायी जा रही है लेकिन प्रयोग होना चाहिए।' नगरपाल अब समझौते की भाषा छोड़, ठोस भूमिका धारण किए हुए है। 'तू इसी शर्त पर यहाँ टिका हुआ है। वरना जो होगा उसे भुगतना पड़ेगा। तू बिन बुलाए आया है। अपनी ओर से वादा कर बैठा है। कल तुझे प्रयोग स्थान पर खड़ा कर दिया जाएगा। उसके बाद तू और लोग! नगर का वातावरण पहले से ही उबला हुआ है। उसमें यदि कुछ उल्टा-सीधा हो जाएगा तो तुझे तेरा गुरु भी बचा नहीं पाएगा। कुछ ही देर में तेरी लौकी तुझे मिल जाएगी। जो मैंने कहा है उस पर गौर कर! अब बिना प्रयोग के तू छूट नहीं पाएगा।'

इतना कहकर नगरपाल ऊपर, निवास में चला गया है। एक कृति से दूसरी कृति सूझ जाती है। उसकी हमेशा की पद्धति।

आज का कार्य तय हो चुका है।

कल के प्रयोग की तैयारी। चूहेमार को सीधे लोगों के बीच ला खड़ा करने की। नारिंगे इसे फार्महाउस से यहाँ ले आया है अच्छा हुआ। याने यहाँ से सभा स्थल भी इसे ले जाया जा सकता है। अनाहूत चाहे या न चाहे। एक बार इसे उत्तेजित लोगों के सामने छोड़ देना है बस। प्रयोग असफल होते ही लोग इसे या तो ज़िंदा जलाएँगे या अधमरा कर देंगे। और मैं नारिंगे को बताऊँगा—पुलिस बीच में न आए।

फार्महाउस बेचना है। अब वह अज्ञात स्थल नहीं रहा है। होटल खोला। जा।

सकता है। महामार्ग पर है। अच्छा धंधा चलेगा।

दिन भर शहर के कोने-कोने में नगरपाल के रंगीन चेहरे वाले होर्डिंग्स लगाए जा रहे हैं। नीचे प्रयोग संबंधी आवश्यक सूचना। समय, स्थल आदि। आकाशवाणी से प्रति घंटे के अंतराल से प्रयोग का विज्ञापन किया जा रहा है। घोड़ा गाड़ी, कारों में से माइक पर घोषणाएँ हो रही हैं। नगर मैदान में मंडप खड़ा हुआ है।

नगरपाल के छुपे और खुले विरोधक नाखून कुतरते हुए तर्क पर तर्क लड़ाए जा रहे हैं। क्या होगा? मेहमान सचमुच कुछ करेगा? या ओम्फस होगा? अब वह फार्महाउस में क्यों नहीं है? कहाँ है? चंडाल ने (नगरपाल ने) उसे किसी से मिलने न देने की साजिश रची है। प्रयोग असफल रहा तो जल्लोष करेंगे। सफल रहा तो सवाल ही खत्म। फिर एक बार साले की लाल करो...भाषण कर-कर। नगर चूहों से मुक्त होगा यह नगर का भाग्य। नगरपाल ज़िंदाबाद। अभी यही इच्छा रखकर चुप बैठने में भलाई है।

मेहमान की लौकी नारिंगे खुद दे गया है। और मेहमान दो अपने कपोल पुरी जैसे बनाकर उसे बजाने में निमग्न-समाधिस्थ हुआ है—नगरपाल निवास के तहखाने में।

दस

नींद के घने जंगल में दूर से रह रहकर घंटी बजने की आवाज़ आ रही है। चारों ओर सन्नाटा है। पहले लगता है शायद किसी मंदिर में सुबह की आरती हो रही है। बाद में लगता है शायद फोन खनखना रहा है। लग रहा है ये घंटी रुकेगी तो अच्छा होगा। लगता भी है कि रुक गई है लेकिन फिर बजने लगती है। बड़ा परेशान किए जा रही है वह आवाज़! मजबूरी में नगरपाल आँखें खोलता है। घना अँधेरा है। घंटी की आवाज़ रुक गई है। वह करवट बदलता है। अब शांति फैली-सी लगती है। वह संतोष से आँखें मूँदता है। घंटी फिर बजने लगी है। बड़ी ही तेज आवाज। बगल में हलचल हो रही है। पहचानी-सी आवाज़! 'फोन है देखिए तो किसका है।' नगरपाल की पत्नी रजाई अपनी ओर खींचते हुए सोने की कोशिश में है। घंटी खनखना रही है।

रात-बेरात फोन करने वालों को नगरपाल खूब 'खास' गालियाँ देता है। आँखों में नींद है। आँखें मूँदे हुए ही वह फोन खोज रहा है। हाथ नहीं लगने से और बार-बार बजने से अब मजबूरी में उसे उठना पड़ रहा है।

वह फोन के पास पहुँचा है। वहाँ दो फोन हैं। उनमें से एक खनखना रहा है। वह चोंगा उठाता है और उसकी ध्यान में बात आ गई है। यह मामूली फोन नहीं है। आपात्काल में सीधे नगरपाल से संपर्क स्थापित करने वाली यह 'हॉट लाइन' है।

कई साल हो गए हैं यह 'हॉट लाइन' बजी ही नहीं। नगरपाल इसका 'होना' ही भूल गया है। और आज बेसमय कड़ाके की ठंड में—जो आज ही अचानक इतनी ठंड हो गई है—बज उठी है।

यह मौसम की ठंड नहीं है। इन दिनों कभी शिमला में बर्फ गिरती है। और यहाँ इस शहर में ठंड छाती है। दोनों में यह कैसा संबंध है। कोई नहीं जानता।

हॉट लाइन यूँ ही गलती से बज रही होगी। वह मन को समझा रहा है। रिसीवर में आयाज सुन रहा है। नारिंगे की आवाज़। होशोहवास में नारिंगे हॉट लाइन का

इस्तेमाल कभी न करता। इसका अर्थ वह पीकर होश में नहीं है। इस वक्त क्या घटित हो सकता है कि नारिंगे को हॉट लाइन का इस्तेमाल करना पड़ा? नारिंगे जल्दी में है।

उत्तर रात्रि का पहला प्रहर! अंधकार! हवा में ठंडी! बारिश हो चुकी है। दूसरी तरफ फोन पर नारिंगे। वह हाँफ रहा है। उत्तेजित हुआ है। 'सर' 'सर' कहे जा रहा है। नगरपाल की आवाज़ सुनते ही कहने लगा है, 'सर, गड़बड़ हुई है।'

ठंड के मारे उसे कँपकँपी हुई है। दाँतों की आवाज़ हो रही है। और इसीलिए 'गड़बड़' की जगह वह बार-बार 'बड़बड़' कहे जा रहा है।

नगरपाल न डगमगाने वाला है लेकिन अचानक हॉट लाइन पर नारिंगे की आवाज़ सुनकर चीख पड़ा, 'नारिंगे, पहले हड़बड़ाना बंद करो। कहो क्या गड़बड़ हुई है?'

नगरपाल के डाँटने से उसकी आवाज धीमी पड़ गई है। लेकिन उत्तेजित स्थिति कायम है। 'सर, बार उड़ गया है।'

'बार? कैसा बार? नारिंगे तुम नगर के पुलिस प्रमुख हो। इतनी रात गए तुम बार में। तुम्हें शर्म नहीं आती?'

'सर, वह बार नहीं...प्रयोग।'

'प्रयोग? कैसा प्रयोग? किसका प्रयोग?' नगरपाल के शयनकक्ष में अँधेरा है। बिजली चली गई है। नगरपाल उनींदा है। हाथ में हॉटलाइन! नारिंगे इतनी रात गए मूर्ख की तरह क्या बके जा रहा है?

'प्रयोग सर...उस मेहमान का...उस चूहेमार का...'

अब नगरपाल को लगा कि नारिंगे कुछ खास, महत्त्व की बात कह रहा है। चूहेमार का प्रयोग?

'नारिंगे, प्रयोग उड़ा याने क्या?' नगरपाल चीख रहा है।

'प्रयोग डूबा' यह बात समझ में आती है। लेकिन 'प्रयोग उड़ा?' यह कैसे?

'सर, प्रयोग हो गया।'

नगरपाल अब भी सोच रहा है शायद नींद में होने से या सपना देखने से कुछ उल्टा-पुल्टा सुनायी दे रहा है। या फिर नारिंगे गलत कह रहा होगा।

'नारिंगे पीने पर काबू रखो।'

'नहीं सर, माँ कसम मैं पूरे होश-हवास में हूँ और सोच-समझकर बोल रहा हूँ।' नारिंगे पूरी कोशिश से नगरपाल को समझा रहा है कि 'देखिए प्रयोग हो गया मतलब चल रहा है। पूरे शहर में बिजली नहीं है। अँधेरा और बारिश। मेरी आँखों

के सामने बड़े पैमाने पर चूहे अपनी बस्ती से निकलकर तीन-तीन की कतार में तूफानी बारिश में उसके पीछे चलते जा रहे हैं। वह मुँह में कुछ पकड़कर बजा रहा है। कुछ लौकी जैसा...याने आवाज़ तो नहीं निकल रही है। लेकिन जैसे कि सुनायी पड़ रहा हो ऐसी अदा में सारे चूहे चुपचाप उसके पीछे जा रहे हैं। अँधेरा होने पर भी मैं यहाँ से सब कुछ देख रहा हूँ, सर।'

नारिंगे की जमी हुई आवाज।

नींद से जागा सुम्म नगरपाल!

चूहे निकले हैं? कहाँ? चूहेमार उन्हें लिए जा रहा है। लौकी बजायी जा रही है? उससे न फूटे सुरों के प्रभाव में चूहे चले जा रहे हैं? याने यह सब क्या हो रहा है?

नगरपाल इसकी कल्पना नहीं कर पा रहा है।

'नारिंगे! तुम्हें कोई आभास हो रहा है।'

नगरपाल हॉट लाइन में चीख पड़ा। 'या फिर तुम नशे में हो।'

'सर, यह आभास नहीं है और न ही मैं नशे में हूँ। मैं साक्षात् देख रहा हूँ। लहरों की तरह वे अपनी बस्ती से बाहर निकले हुए हैं। मुँह में लौकी पकड़े वह चल रहा है। वे सभी उसके पीछे चलते जा रहे हैं। सभी की आँखें खुली हैं लेकिन वे ऐसे चल रहे हैं जैसे कोई नींद में चलता हो। आगे-आगे वह लौकी बीन की तरह बजाए जा रहा है। लौकी से आवाज़ बिल्कुल नहीं आ रही है। लेकिन जैसे उन चूहों को कुछ सुनायी दे रहा हो ऐसी तल्लीनता में वे चल रहे हैं। सर, मैं भी समझ नहीं पा रहा हूँ कि यह सब क्या हो रहा है।'

'नारिंगे, यह कहाँ घटित हो रहा है?'

अँधेरे के कारण आँखों में उतरती हुई आधी-अधूरी झपकी को झटकते हुए नगरपाल पूछ रहा है। और बेचैन होकर बिस्तर के नीचे दबा के रखी रिवॉल्वर ढूँढ़ रहा है। साथ ही और बेचैनी में दायाँ कान खुजला रहा है।

'सर, चूहों की बस्ती से लगभग दो किलोमीटर दूर यह शोभायात्रा पहुँच चुकी है। और वह समंदर की ओर बढ़ रही है।'

अब नगरपाल की ठंडी रफू-चक्कर हो गई है। कपड़ों में गर्मी भर गई है। रिवॉल्वर से कान खुजलाना छोड़ वह नारिंगे को हॉट लाइन में सुन रहा है।

क्या यह सच होगा? जो असंभव था वह इस तूफानी ठंड और बारिश में संभव हो रहा है? शहर के चूहों का खात्मा? उस फालतू तथाकथित चूहेमार के हाथों? वह उन्हें समंदर में जल समाधि देने ले जा रहा है? इस बेरात-बेवक्त? जानलेवा ठंडी

में? शहर की बिजली भी चली गई है। या तो मैं या वह नारिंगे सपने में है। सुनायी न देनेवाले सुरों से वे सम्मोहित हो गए हैं। मतलब क्या? लौकी बीन की तरह कैसे बज सकती है?

'नारिंगे, तुम जाग्रत स्थिति में हो न? चिकुटी काटकर देखो?' नगरपाल आखिरी आस से पूछ रहा है। 'तुम सपना तो नहीं देख रहे हो?'

'नहीं सर मैं पूरे होश-हवास में हूँ।'

'कोई नशा तो नहीं कर बैठे हो? ऐसा हो तो साफ बता दो।' नगरपाल सख्त आवाज में पूछ रहा है।

'नहीं सर, मैं ईश्वर को साक्षी मानकर सच कह रहा हूँ। मैं होश में हूँ। जो मैं कह रहा हूँ उसे मैं इस धुआँधार बरसात में, ठंड और अँधेरे में अपनी खुली हुई आँखों से देख रहा हूँ। मैंने आपके कहने पर खुद को चुभाकर भी देखा है।'

अब मजबूरन नगरपाल को स्वीकारना पड़ रहा है कि नारिंगे न नींद में है और न ही नशे में। जो वह देख रहा है वही बता रहा है। याने ऐसा ही हो रहा है।

घटना की गंभीरता वह भाँप गया है। उसके मस्तिष्क में यह गंभीरता अब पूरी तरह उतर चुकी है। वह सँभल भी चुका है। सजग बना है।

लौकी। वह चूहेमार। बीन की तरह लौकी से निकलने वाले लेकिन सुनायी न देने वाले वे सुर! उनसे सम्मोहित हुए और अँधेरे, बरसात, ठंड में समंदर की राह चलते जाने वाले चूहे।

'नारिंगे यह घटना कौन-कौन देख रहा है?'

'मैं और मेरे साथ रात की गश्त लगाते साथी। बस और कोई नहीं! सारा नगर घरों में रजाई ओढ़े सोया है। मैं भी जैसे-तैसे पहुँच गया हूँ। रात की गश्त लगाते मेरे सिपाही हर रोज की तरह चूहों की बस्ती के पास पहुँच गए थे। ठंडी होने पर वे चूहों की बस्ती के बाहर आग जलाकर सेंकते हैं और चल पड़ते हैं। इस बारिश में बिजली भी चली गई। उन्हें कुछ अजीब-सा दिखा। अँधेरे में चौक के बीच एक आदमी नंगधड़ंग अकेला! मुँह में आदमी की सूखी जंघा लिए बारिश में भीगता खड़ा दिखा उन्हें। बाद में मेरे लोगों को पता चला वह जंघा नहीं सुखायी गई लौकी है। हड्डी कँपाती ठंड। ऊपर से यह दृश्य। धुआँधार बारिश। अँधेरा! और सामने नंगा आदमी मुँह में कुछ पकड़े हुए। उन्हें लगा भूत है। वरना कोई आदमी ऐसा साहस कर सकता है? मुँह में सूखी लौकी पकड़े। जैसे बिस्मिल्लाखान शहनाई पकड़ता है। वैसे।

फिर किसी के ध्यान में आया—अरे यह वही है—शोकसभा में पहुँचा हुआ।

मेहमान! लेकिन इस वक्त यहाँ? ऐसा? लफड़ा न हो इसलिए उसे पकड़कर वे एक रात के लिए अंदर कर देने वाले थे पर देखते-देखते एक-दो-तीन...चूहे अपनी बस्ती से बाहर आते दीख पड़े। देखते-देखते उनकी तादाद बढ़ती गई। चूहों की भीड़! नगर की सुरक्षा ध्यान में रखते हुए उन्होंने हमारे केंद्रीय थाने का फोन घुमाया। मुझे नींद से जगाकर खबर कर दी गई। पहले मुझे लगा कि ठंड का फायदा उठाकर चूहे नगर काबिज करने निकले होंगे। उठकर जीप लेकर भागा तो क्या देखता हूँ? मेहमान लौकी को बीन की तरह बजाए जा रहा है। (और सुरों का पता नहीं) और चूहों का समंदर खामोशी से उसके पीछे पानी के समंदर की ओर बढ़ता जा रहा है। राक्षसों की तरह फूले हुए चूहे गरीब गाय बन चले जा रहे हैं। गाँधी पिक्चर में के 'दांडी यात्रा' का सीन। बिना बैकग्राउंड म्यूज़िक का। आदमियों की जगह चूहे। और गाँधी के मुँह में लौकी।'

'वह चूहेमार ही है न?'

'हाँ, सर! पक्का।'

'नंगा है?'

'नहीं सर! हमारी पुलिस को उसे देखते ही वैसा लगा। लेकिन वह नंगा नहीं है। वह चुस्त कपड़े पहने हुए है। सिर पर वह जोकर का कैप भी है। उस दिन सभा में जैसा दिख रहा था वैसा ही दिख रहा है। वहाँ पहुँचकर मैंने सोचा कि शहर की सुव्यवस्था भंग करने के इल्जाम के तहत मैं उसे अंदर कर दूँ। लेकिन उसने न शांति भंग की और न ही सुव्यवस्था। सार्वजनिक स्थल पर कुछ अश्लील भी नहीं हो रहा है। शहर में कर्फ्यू लगा था लेकिन उस बच्ची के संदर्भ में जो कुछ हुआ उस कारण कर्फ्यू भी हटायी गई है। वरना...'

'अच्छा यह बताओ कि उसके पीछे जो जा रहे हैं वे चूहे ही हैं न? और अपने ही नगर के हैं न?' नगरपाल अब भी विश्वास नहीं कर पा रहा था।

'ये आप क्या कह रहे हैं, सर?' नगरपाल के शब्दों में झलकते अविश्वास से अब नारिंगे ऊब गया था। 'सर, वे इसी नगर के मस्त-मोटे चूहे ही हैं। नगर के पुलिस प्रमुख के नाते मैं एक-एक चूहे को पहचानता हूँ।'

अब आशंका का कोई कारण न था। नारिंगे पूरे होश-हवास में था। वह जो देख रहा है वही बयान कर रहा है। अब इस बात को मान लेना चाहिए। चूहेमार सभा में किए वादे के अनुसार वादा निभाने हेतु इस भयावह ठंड, बरसात, अँधेरे में चल पड़ा है। और चूहे उसके पीछे हो लिए हैं। चूहेमार पागल-सा दिखा था लेकिन निकला महाचालू। मेरे रचे प्रसिद्धि के चक्रव्यूह का भेदन कर मुझे रत्तीभर श्रेय न

देते हुए इस उत्तर रात्रि में अँधेरे और अचानक फैली ठंड का फायदा उठाते हुए वह अपना वादा पूरा किए जा रहा है। शहर के समूचे चूहे उसके पीछे जा रहे हैं। और वे समंदर की दिशा में आगे बढ़ते जा रहे हैं। याने दिन के निकलते ही वे समंदर के पास होंगे और समंदर के बर्फ-से पानी में कूद जाएँगे। चूहेमार का वादा पूरा हो जाएगा। आजतक सत्ता हाथ में रखने का मेरा एकमात्र कारगर हथियार—ये चूहे—चूहेमार ने खत्म कर दिया है।

नगरपाल जान चुका है कि अब अपनी राजनीतिक अवधि पूरी हो चुकी है। अब तक के राजनीतिक जीवन में इतने खतरनाक दाँवपेंच में मुझे पहली बार फँसाया गया है। मुझे चारों खाने चित करने का षड्यंत्र है यह!

नारिंगे बयान किए जा रहा है और नगरपाल तीव्रता से वह सब देखने का इच्छुक बन रहा है। उसे अब भी यह सब स्वप्न-सा लग रहा है।

हाथ में हॉट लाइन का ठंडा रिसीवर! दूसरी ओर से नारिंगे चीख रहा है—'वेटिंग फार फर्दर आर्डर्स, सर! मैं आपके आदेश की राह देख रहा हूँ।'

'चुल्लूभर पानी में डूब मरो।' नगरपाल पागल-सा चीख पड़ा। उसका मानसिक संतुलन बिगड़ गया है। ऐसा वह कभी होने नहीं देता लेकिन अब हो गया है। आगे क्या करें? उसे कुछ सूझ नहीं रहा है।

देखा जाए तो नगरपाल का मस्तिष्क राजनीति की धूप-छाँव देखते-देखते पला-बढ़ा है। उड़ती चिड़िया के पर गिनने वाला है वह। मुसीबत चाहे जैसी हो उसका मस्तिष्क हवाई जहाज-सा उड़ता रहता है। राजनीतिक संकट आने के पहले ही उसके निरस्तीकरण के उपाय सोचकर चलने वाला दिमाग है उसका! लेकिन आज इस घटना से यह दिमाग पत्थर-सा हो गया है। आज शाम के समय ही नगरपाल के दिमाग ने इस प्रयोग को सरकारी स्तर पर आयोजित करने की घोषणा कर खुद की आरती उतरवायी थी। और मन ही मन प्रयोग असफल होते देखा था। चूहेमार की फजीहत कल्पना में देखी थी। और वह चूहेमार है कि नगरपाल के एक-एक सपने पर पानी फेरे जा रहा है। यह सत्य उसका मन स्वीकार नहीं कर रहा है। अपने राजनीतिक एकाधिकार पर फैला चूहेमार का दुःसाया नगरपाल ने दिमाग दौड़ा-दौड़ाकर हटाने की पूरी प्लानिंग बनायी थी। और चूहेमार ने इसे पलटा दिया था। चूहेमार लोगों से किए वादे को पूरा करने की वाहवाही लूट लेगा और उसमें का एक भी शब्द नगरपाल के लिए न होगा।

हरामखोर! नालायक! बेहूदा!

नगरपाल का अंतर्मन कह रहा है यह चूहेमार उसके विरोधियों की ही साजिश

है। इसका ही कोई अपना आदमी इस साजिश का सूत्रधार है। कौन? शायद वह राम पुरोहित! लेकिन मैंने उसे पागल समझने की गलती कैसे की? मुझे जरा भी क्यों नहीं लगा कि चूहेमार चूहों का बंदोबस्त कर सकता है।

अपनी इस ऐतिहासिक भूल के कारण नगरपाल अपने आपको ही कोस रहा है। और सोचे जा रहा है यह सब स्वप्न है। ऐसे कैसे कोई लौकी बजाकर इन राक्षसी चूहों को चुपचाप समंदर में डुबोने के लिए जा सकता है? असंभव! लेकिन नारिंगे सच कह रहा है! चश्मदीद गवाह की भूमिका से कथन कर रहा है।

नगरपाल की नस-नस में राजनीति भीन गई है। प्रत्यक्ष वह सब देखने से अधिक महत्त्वपूर्ण है कि इस सबको रोका जाना जरूरी है। उसकी राजनीतिक बुद्धि फर्मा रही है।

चूहे रहने ही चाहिए।

यदि चूहों को मारना ही है तो मेरे तय किए समय पर उनको मरना है।

उस अँधेरे में हॉट लाइन में चीखते हुए नगरपाल आदेश सुना रहा है, 'नारिंगे, इसी वक्त समूची पुलिस फोर्स इमरजेन्सी ड्यूटी पर बुला लीजिए। समंदर कॉर्डन कर लीजिए। चींटी भी समंदर में जानी नहीं चाहिए।'

'स...स...र!' नारिंगे समंदर कॉर्डन करने की कल्पना से अधमरा हुआ है।

'काम में लग जाओ नारिंगे! यदि एक भी चूहा समंदर में डूबा तो समझो कि तुम्हारी नौकरी गई।'

'सर!' नारिंगे काँप रहा है! उसे नौकरी जाने का दुख नहीं है। लेकिन बाद में होने वाली इन्क्वारी...बेहिसाब 'माल' की इन्क्वारी। वह ठंडा पड़ रहा है। सोचने की ताकत खो रहा है।

कभी नहीं तो आयी है यह जानलेवा ठंड! धुआँधार बरसात! ऐसे में ड्यूटी पर की पुलिस भी नशा कर सोयी होगी। उन्हें जगाकर ड्यूटी पर लाते-लाते और उधर भेजते-भेजते सुबह हो जाएगी। तब तक शोभायात्रा समंदर में डूब गयी होगी। चूहों की संख्या की तुलना में पुलिस फौज कम नहीं है। लेकिन वह लीडर चूहेमार! उसने सारे चूहों को हिप्नॉटाइज किया हुआ है। ऐसे में पुलिस की हैसियत ही क्या है।

'सर वह लौ...की! मामूली नहीं है। ऐसे भयावह चूहे इतने चुपचाप...।' नारिंगे कुछ न सूझते हुए बोले जा रहा है।

'नारिंगे आर्डर याने आर्डर! अमल में लाओ। वरना नौकरी गयी समझो।'

'जो हुक्म।' नारिंगे बुदबुदाया और हॉटलाइन बंद कर दी गयी।

नगरपाल की कुछ समझ में नहीं आ रहा है। वह बेडलैंप आन-ऑफ करने

लगा है। उसने जनरेटर रखा है इसलिए नगर में बिजली गुल होने पर भी इसके बंगले में हमेशा दीवाली रहती है। चूहेमार की दग़ाबाजी से बौखलाया हुआ नगरपाल बेडरूम के आलीशान बेड और उस पर खर्राटे भरती पत्नी के आस-पास पिंजड़े में कैद शेर की तरह चक्कर काट रहा है। उसका मन कह रहा है चूहेमार को रोकना चाहिए। शहर में चूहे रहने ही चाहिए। यदि चूहे मारने ही हैं तो वे मेरे प्रयत्नों से मरे हुए दिखने चाहिए। और ये दोनों पर्याय अब उसके हाथ में न के बराबर रहे हैं। फिर भी प्रयत्नों में कोई कसर नहीं छोड़नी है।

नगरपाल नगर की रक्षा सेना के प्रमुख को फोन कर जगाता है। जितने भी लोग हैं सबको लेकर तैयार हो जाओ। छुट्टी पर होंगे उनकी छुट्टी रद्द करो। समंदर की ओर जाओ। फायर ब्रिगेड के प्रमुख को भी यही संदेश! चारों दस्ते लेकर समंदर की ओर जाओ। वहाँ अगला आदेश मिलेगा। इंतजार करो। कचरा उठाने वाली छह गाड़ियों को भी इमर्जेन्सी डयूटी पर मंत्रालय के सामने बुलाया गया।

संक्षेप में, नगरपाल ने इस अँधेरी रात में ठंड से काँपते शहर में अघोषित आपात्काल जैसी स्थितियाँ निर्माण की हैं।

चूहों को समुद्र की ओर जाने नहीं देना है।

चूहेमार को धूल चटानी है।

रात अभी शेष है। ठंड और बारिश है! ऐसे में ऊपर से आदेश। जिन्हें आदेश मिला है उनके दुख-दर्द की कल्पना वे पाठक ही कर सकते हैं जिनको ऐसी नौकरियों में से गुजरना पड़ा है।

कोई नहीं जानता कि ऐसी कौन-सी मुसीबत आ पड़ी है। किसी को कुछ बताया नहीं गया है। नगरपाल की हुकूमत ही ऐसी कुछ है कि (सुबह के पाँच बजने में बीस मिनट बाकी हैं।) सेना दल, पुलिस दल, फायर ब्रिगेड, नगर प्रशासन के कर्मचारी, नगरपाल के भरोसेमंद एण्टीसोशल लोग सिकुड़ते-काँपते हुए बिस्तर से निकलकर, नींद झटकते हुए, हड्डियाँ तोड़ ठंडी की परवाह किए बगैर डयूटी पर तैनात हुए जा रहे हैं और हर कोई एक-दूसरे से पूछ रहा है 'किसलिए?'

बाहर का आक्रमण? ना! यह शहर किसी की नज़र में भरने वाला नहीं है। मानचित्र में है भी नहीं। इस नगर का भाग्य है। भीतरी युद्ध? ना! कल तक ऐसा कोई आसार नहीं दिख रहा था। कल नगर की हवा लाल थी–उस बच्ची पर हुए खूनी-अत्याचार के कारण लेकिन अंत्यविधि के बाद सब ठीक हुआ था। समंदर में तूफान? नहीं हो सकता। तो फिर रात में ऐसा क्या घटित हुआ कि यह आपातकालीन-सदृश्य आदेश? हर एक के मन में प्रश्न लेकिन पूछा किससे जाए?

कोई कुछ जानता ही नहीं! नगरपाल जानता होगा। लेकिन उससे कौन पूछेगा?

नगरपाल ने सभी विभागों के कर्मचारियों को तैनात होने के आदेश दिए हैं। लेकिन उसे अब भी भरोसा नहीं है कि इतने से काम चल जाएगा। वह सोच रहा है शहर का समूचा मनुष्य बल जुटा लूँ तब भी वह चूहेमार अपना वादा पूरा करके रहेगा। नारिंगे ने जो कहा है वह और मेरा अपना अनुभव—कि चूहेमार को कोई अतिमानवीय शक्ति प्राप्त है—इसी बात की पुष्टि कर रहा है। वरना ऐसी ठंड और बरसात? बिजली का गायब हो जाना?

जो चूहों को चुपचाप अपने पीछे चलाए ले जा सकता है, जो बरसात ला सकता है, जो बिजली खंडित कर सकता है...क्या वह इन सभी पर मोहिनी नहीं डाल सकता?

और उसके पास हथियार कौन-सा है? वह सूखी लौकी! आवाज़हीन!

यह सब धोखाधड़ी है। वह धोखेबाज है। उस पर ऐसे आरोप रखना मुझे अच्छा लगेगा। लेकिन काश! यह सही वक्त होता।

नगरपाल की नज़र में आज की रात सिर्फ ठंड की मारी नहीं है। दुश्मनी की मारी हुई है।

और वह दुश्मन भी ऐसा कि पकड़ा नहीं जा सकता! घटनाओं के पीछे छिपा हुआ। कहीं वह राम पुरोहित तो नहीं? उसका भरोसेमंद आदमी। बायाँ हाथ।

मान लो कि चूहों को समंदर में जाने से रोका भी जाए। लेकिन इससे समस्या हल नहीं होने वाली। नगर पिताओं को, नागरिकों को क्या जवाब दूँगा? चूहे आसानी से खत्म हो रहे थे। रुकावट क्यों डाली? चूहेमार को क्यों रोका? प्रयोग करने के लिए उसे रख लिया और प्रयोग रोका क्यों? शहर का बड़ा संकट दूर हो रहा था उसे होने क्यों नहीं दिया?

क्या जवाब दूँगा?

नगरपाल तेज गति से चक्कर काटे जा रहा है। क्रिकेट की भाषा में कहा जाए तो कह सकते हैं वह प्रतिघंटा साढ़े चार किलोमीटर गति से चक्कर काट रहा है। किसी को यह दृश्य ऐसा भी लग सकता है कि नगरपाल ख़ुद के साथ ही कबड्डी खेल रहा है।

शहर के सामने बयान देना ही पड़ेगा।

बड़ी मुश्किल से पापड़ बेलकर अपनी इमेज जो बनायी है मैंने—तन-मन-धन-से नगर की सेवा करने वाला नगरपाल! यदि पोल खुल गई तो मेरी सारी मेहनत पर पानी फिर जाएगा।

नगरपाल कल्पना से यह भयावह दृश्य देख रहा है और उसकी चाँद पर पसीना डबडबाया है।

दोनों तरफ से मुसीबत है। चूहेमार को रोकना जरूरी है। और मैंने रोका है इसका किसी को पता भी चलना नहीं चाहिए।

टेढ़ी खीर है! ऐसी दुःस्थिति कभी देखी न थी।

अब सुबह होने को है।

शहर के चूहे समंदर में डूबने से पहले कुछ भयावह हल सूझना चाहिए।

हर मुसीबत का हल होता ही है। बस समय के रहते हुए उस पर नज़र पड़नी चाहिए। समय चूक जाने से ही इतिहास के पन्नों पर 'कई हार' लिखी गयी हैं। कई साम्राज्य उभरने के पहले ढह गए हैं। बाद में विद्वानों को अध्ययन के दौरान नियति की अद्भुत लीला का ज्ञान होता रहता है। कई आसान हल तब उन हारे हुओं को क्यों नहीं सूझे थे? क्या यही नियति है? महावीर शूरों को मामूली बात न सूझने से क्या-क्या अनर्थ होते रहे हैं! नियति को प्रणाम।

नगरपाल ऐसे ही एक ऐतिहासिक मोड़ पर खड़ा है। क्या उसे राह सूझेगी? या नहीं...?

ग्यारह

शिमला में बर्फ गिरी है और यहाँ इस शहर में ठंड की लहर दौड़ी है। रात में बारिश! शहर में सुबह उगी है वह भी ठिठुरन वाली ठंड में लिपटकर!

घड़ी में दिन शुरू हुआ है लेकिन शहर में सुबह ठीक से शुरू नहीं हुई है। आसमान में बादल छाए हुए हैं। सूरज बादलों के पर्दे से निकलने के लिए तैयार नहीं है।

रास्ते की बत्तियाँ अब भी जल रही हैं। रास्ते बारिश में भीगे हुए हैं। सारी चहल-पहल ठप्प है।

शहर में सुबह अलसायी-सी रोजमर्रा के कामों में ढलने लगी है। सरकारी नौकर कब के समंदर की ओर बढ़ चुके हैं। बाकी बचे हुए या तो बिस्तर में हैं या अलाव के इर्द-गिर्द! ठंड से सिकुड़े हुए रेडियो खराश भरे गले से समाचार उगल रहे हैं। उन में रात की किसी भी बात का जिक्र नहीं है। और न ही बरसात का। इसमें कोई अचरज करने वाली बात नहीं है क्योंकि रेडियो से वर्ष-दर-वर्ष ऐसा ही होता आया है। मसलन कि खेती संबंधी कार्यक्रमों में बरसात के मौसम में कार्यक्रम प्रसारित किया जाता है। धूप के मौसम की फसलों संबंधी और गर्मी के मौसम में बताया जाता है बारिश के पानी का कैसे संचय किया जाना चाहिए। अब भी ऐसा ही हुआ है। बरसात संबंधी कोई समाचार न होने से कई लोगों ने रेडियो बंद कर दिए हैं। कइयों ने प्रभात संगीत का कार्यक्रम ऑन कर दिया है और बीच-बीच में रुकने वाले पुराने रिकार्ड्स सुनते हुए रजाई में ठंड कम करते हुए मंकी कैप, मफलर, लपेटकर लेटे रहना पसंद किया है। जो समंदर की ओर चले गए हैं उनके घर की महिलाएँ, बूढ़े उनके लौटने की राह देख रहे हैं। आपस में चर्चा कर रहे हैं 'क्या हुआ है?'

सुबह दरवाजे में से भीतर खिसकने वाले समाचार पत्र अब तक पहुँचे नहीं हैं। छपाई की मशीनें ठंड के कारण ठीक से चली नहीं हैं। या फिर पेपर देनेवाले

बच्चे घर से निकले नहीं होंगे।

नगरपाल के पिताश्री के नाम से जाने जानेवाली दक्षिण पहाड़ी से शहर को देखा जाए तो दूर चौक में आज के विशेष समारोह के लिए तना हुआ विशाल शामियाना भीड़ की प्रतीक्षा में खड़ा नज़र आ रहा है।

शामियाने के महाद्वार को नगरपाल के गुरु का नाम दिया गया है। वह नाम धारण किए हुए वह तख्ती बीचोंबीच चमक रही है। शहर के लावारिस कुत्ते खाली जगह में सिमटकर सोये हैं। नगरपाल के नाम की बड़ी तख्तियाँ और हँसते कटआउट्स—जो रातोंरात लगाए, खड़े किए गए थे—खाली रास्तों की ओर देखते हुए आत्मविश्वास से मुस्कुरा रहे हैं और हाथ हवा में हिला-हिलाकर स्वागत कर रहे हैं। उनकी विशालता के सामने शहर के रास्ते चींटियों की कतार-से छोटे दीख रहे हैं। सफाई मजदूर काम अधूरा छोड़कर कटआउट्स के नीचे कचरा जलाकर ऊब सेंके जा रहे हैं और बीड़ियाँ सुलगाते जा रहे हैं।

घड़ी में सात बजे चुके हैं। लेकिन शहर में अब भी रात रेंग रही है।

इसमें कुछ खास नहीं है। ठंडी के दिनों में यह शहर ऐसा ही सुस्ताता है।

हाँ, खास बात यह है कि सात बज चुके हैं और शहर भर के मस्त चूहे कल रात समंदर में जल समाधि ले चुके हैं।

मनुष्य बस्तियों में मनुष्य की भूख मिटाने के लिए पैदा किया गया अनाज खा-खाकर मोटे तगड़े बने चूहे, बौने आदमी के कद इतने ऊँचे बने चूहे, नगरवासियों को डरा-धमकाकर अपने जैसे हावभाव के आदी बनाते गए चूहे आज इस शहर में नहीं हैं। शहर 'चूहामुक्त' हो गया है—अचानक! सहसा!

सरकारी भाषा में कहें तो कह सकते हैं शहर भय-मुक्त हो गया है।

और शहरवासियों को इस बात का पता नहीं है। आकाशवाणी से ना इसका समाचार प्रसारित हुआ है और ना ही समाचार-पत्र में छपा है। घर-घर समाचार-पत्र पहुँचेंगे और उसमें हेड न्यूज होगी—कल रात शहर में बिजली के खंडित होने की। नगरवासियों का बेहाल हो जाना, जाने की! बेवक्त की बारिश और ठंड के समाचार।

जो हुआ था उसकी पूर्व सूचना चूहेमार ने सभा में दी थी लेकिन किसी ने इस पर गौर नहीं किया था और यह सब इतनी जल्दी होगा इसके बारे में किसी ने सपने में भी सोचा न था।

इतने साल जिसकी आदत पड़ चुकी है उसका यूँ पल में मिट जाना विश्वास रखने योग्य थोड़े ही है। नगर में नया इतिहास करवट बदल चुका है और इसके साक्षी हैं केवल पुलिस प्रमुख नारिंगे, उसके दर्जनभर खाकी गश्तवाले और जिसकी नींद

उजाड़कर नारिंगे ने यह समाचार सुनाया था वह नगरपाल। बस! सुबह-सुबह समंदर किनारे नाकाबंदी कर खड़े सरकारी नौकरों को भी इसकी खबर नहीं है। दूसरों की तो बात ही दूर। वहाँ खड़े लोग भाटाग्रस्त समंदर को देखे जा रहे हैं। कइयों को बिना चाय पीने आना पड़ा है। किसी-किसी को प्रातःविधि के लिए भी समय मिला नहीं है। कई लोग सिगरेट, माचिस, तम्बाकू आदि चीजें साथ लेना तक भूल गए हैं। सभी मुश्किल में हैं पर क्या करेंगे? हुक्म के गुलाम बेचारे।

हॉट लाइन पर पुलिस प्रमुख नारिंगे के बताए समाचार—कि सारे चूहे समंदर की आरे चल पड़े हैं—सुनते ही हड़बड़ाकर जागे हुए नगरपाल ने तमाम सरकारी कर्मचारियों को, सेनादल, पुलिसदल, होमगार्ड, फायरब्रिगेड, कचरामैन सभी को समंदर की नाकाबंदी करने को तैनात कर दिया है। समंदर में चींटी तक जा न पाए। इतना बंदोबस्त। वक्त आने पर आँसू गैस का इस्तेमाल करने के आदेश। इतना करने पर भी शहर के तमाम चूहे—एक भी अपवाद नहीं—सुबह के पहले ही समंदर में डूब गए और खत्म हो गए।

उनको रोकनेवाले बाद में पहुँच गए।

जब समंदर किनारे कोई भी ऐसा-वैसा नहीं है तब आँसू गैस किसलिए? और गोलीबारी का क्या फायदा?

लगातार दो दिनों से शहर में कानून और सुव्यवस्था बनाए रखते-रखते सभी थक गए हैं। वैसे भी इस शहर के लोगों को रात-बेरात कुछ भी हो लेकिन घर-बिस्तर छोड़ कुछ करने जाने की आदत नहीं है। और कभी-कभार किसी ने ऐसा किया तो उसे वीर चक्र और विशेष सेवा पदक प्रदान किए जाते हैं। कल की खतरनाक रात। ठंड, बरसात! बिजली का गुल होना। ऐसे घुप्प अँधेरे में बिस्तर छोड़ बाहर आना कोई बच्चों का खेल नहीं था। अतः उठने पर किए जाने वाली विधि खत्म कर समंदर पहुँचने में देर होना स्वाभाविक था।

परिणाम यह हुआ कि नगर में एक भी चूहा बचा नहीं है।

शहर के बाहर की चूहों की बस्ती नाजी जर्मनी के ज्यू लोगों के घेट्टो जैसी वीरान है। उसमें चूहे नहीं, बिल्लियों और आवारा कुत्ते घूम रहे हैं।

चूहे खत्म!

चूहे समंदर में समाधिस्थ हो गए।

लौकी बजाने वाले चूहेमार के पीछे चूहे चल पड़े थे।

अब शहर में अत्याचार नहीं होंगे। किसी को लूटा नहीं जाएगा। अपहरण नहीं होंगे। बलात्कार नहीं होंगे। अब कोई भी दो पैरोंवाला आदमी सीना तानकर निडर

होकर चल सकता है। जी सकता है! माताएँ आशंका विरहित हो बच्चों को स्कूल भेज सकती हैं। युवतियाँ खुले आम घूम सकती हैं। कार्यालयों के खजांची सशस्त्र पहरे में नहीं आराम से बैंकों में से पैसे निकाल सकते हैं। रात-बेरात शहर के सुनसान भागों में भी लोग आराम से टहल सकते हैं।

यह आभास है या सत्य?

शहर के चूहे खत्म होना नगरपाल के हित में नहीं है। उसके फायदे का नहीं है। चूहे हमेशा रहेंगे इसी भरोसे कल रात तक उसकी राजनीतिक ज़िंदगी खड़ी थी। कई चुनौतियों को उसने इसी प्रश्न की ढाल कर हराया था, लौटाया था। ऐसी ही एक चुनौती तीन दिन पूर्व उसके सामने खड़ी हुई थी। हमेशा की अदा से उस चुनौती को वह लौटा ही रहा था कि नियति ने सहसा यह चूहेमार भेजा। उसने सीधे चूहे मारने की बात को खुलेआम कहा और यह नगरपाल के लिए अनपेक्षित धोबी पछाड़ सिद्ध हुआ।

चूहों का होना आवश्यक था। यदि उन्हें खत्म करना था तो मेरे नेतृत्व में यह काम हो जाना चाहिए था। खत्म करते समय भी मेरी इमेज और अच्छी बनाने में इस कार्य का उपयोग कर लेना था। इसके लिए योजना भी बन चुकी थी। लेकिन यह अनहोनी हुई! जानलेवा ठंड! शहर की बिजली का गुल हो जाना! नगरपाल के आदेश का पालन करने निकलनेवालों—बंदूकधारी, लाठीधारी, चिलखतधारी, आँसू गैस वाले, झाड़ूवाले का समंदर तक पहुँचने के पहले ही सुबह हो जाना! किनारा निर्मनुष्य और भाटा ग्रस्त समंदर का धुंध में खोना। 'मानो कुछ हुआ नहीं' की मुद्रा धारण किए हुए अपनी ही लहरों से खेलता हुआ समंदर!

जो नाकाबंदी करने समंदर किनारे पहुँचे थे। उन्हें पता नहीं था किसकी नाकाबंदी करनी है? क्यों करनी है?

इसमें अचरज करने जैसा कुछ नहीं था। दुनियाभर के राजनीतिज्ञ अपने अनुयायियों को कभी सत्य बताते नहीं। यदि कहना ही पड़ा तो पूर्ण सत्य कथन कभी नहीं करते। हमेशा अर्धसत्य! जो कहना है वह किश्तों में बताते हैं हर बार कुछ छुपाकर रखते हैं। बीच-बीच में असत्य भी कहते हैं। यह नीति दुनियाभर के राजनीतिज्ञ अपने अनुयायियों के संदर्भ में अपनाते हैं। कोई इसे रणनीति कहता है तो कोई राजनीति। नगरपाल ने इस वक़्त यही किया।

समंदर किनारे कोई भी नहीं। नाकाबंदी किसकी करें? रोज सुबह प्रातःविधि के लिए समंदर आने वाले और बदन सफाई के लिए समंदर में जाने वाले फटीचर बेघर वालों की? या घुटने तक पानी में जाल बिछाकर दोपहर के भोजन के लिए

दो-चार मछलियाँ पकड़ते बैठे भुक्खड़ लोगों की? दरअसल नाकाबंदी इन्हीं लोगों की हुई है। ना सामने कोई, ना पीछे कोई। कोई आ नहीं रहा है कोई जा नहीं रहा है। कुछ भी नहीं हो रहा है...और इसी वक्त फायर ब्रिगेड के किसी के दिमाग में बिजली-सी कौंधी! बीड़ी सुलगाते हुए उसने देखा समंदर किनारे बालू में समंदर की दिशा में बढ़ते गए अनगिनत निशान। कैसे निशान? इतने बड़े-बड़े? सोचते-सोचते उसे लगा हो न हो ये पैरों के निशान उस 'विशिष्ट जमात वालों' के हैं। पैरों के या पंजों के निशान! वह सोच में डूबा! एक नहीं, दो नहीं! गिनती के परे। बड़े-बड़े पंजे! छोटे, कुछ बड़े, बड़े पंजे। ऊपर के हल्के पंजे। बालू में धँसे जड़, मोटे पंजे! कुछ पंजे आदमी के पंजों जैसे! बालू पर से होते हुए समंदर के पानी की ओर बढ़ते गए हुए।

वह आग बुझानेवाला मन ही मन सिहर उठा! उसने यह बात सबको बता डाली।

पंजे? याने चूहे? याने विशिष्ट जमात? शहर का क्रिमिनल एलेमेंट? टोलियाँ? अंडरवर्ल्ड?

अब दूसरे लोग आशंका से पंजों को घूरने लगे। बार-बार देखने लगे। खामोशी से कन्फर्म किया गया।

चूहे ही!

सिर्फ पंजे देखकर ही उनकी साँसें फूलीं। उफ्!

यहाँ से गए? भीड़ में गए?

कहाँ?

समंदर में?

सभी लोग नजरों से उन निशानों का पीछा दूर तक, समंदर में कर रहे हैं और लौट रहे हैं। फिर आहिस्ता से, बड़ी सावधानी से एक-एक कदम आगे बढ़ाते जाने लगे हैं। टखने तक पानी में, फिर घुटने तक पानी में। उफ्! बर्फ-सा ठंडा पानी। कमर तक पानी में! एक हाथ हथियार पर! धड़कते सीने!

क्या भरोसा! समंदर के पानी में से फिर से वापस आ गए चूहे तो?

सभी समंदर को देखे जा रहे हैं। बर्फ-से ठंडे पानी में उँगलियाँ ठिठुर गई हैं। चारों ओर हड्डियों तक धँसने वाली बरसात के बाद वाली समंदर की सर्द हवाएँ! शरीर ठिठुर रहे हैं। सन्नाटा फैला है। मन में अनाहूत डर समाया हुआ है।

क्या भरोसा? समंदर से फिर बाहर आ गए चूहे तो?

कोई कुछ भी बोलने की मनःस्थिति में नहीं है।

साँसें भी खामोशी से ली जा रही हैं।

यहीं कहीं पानी में होंगे तो? हमारी पदचाप सुनकर ऊपर आएँगे तो?

हाथ जेबों में ठूँस कर सभी चुप खड़े हैं।

अपनी साँसें और लहरों की आवाज़ सुनते हुए!

समय बीतता गया।

समंदर के तल में गए होंगे?

इसका प्रमाण क्या है?

पैरों के निशान...

वह ठीक है। इतने भर से निष्कर्ष कैसे...?

यदि वे लौटे होते तो निशान उल्टे दिखते...

उल्टे निशान नहीं हैं।

बस्ती में भी नहीं हैं।

याने...इन सबके मतलब....

सभी कमर में झुककर, कॉलर में या मफलर में कान छिपाकर, कैप नाक तक खींचकर खड़े हैं।

समंदर को घूर रहे हैं। जानने का प्रयास कर रहे हैं। कहाँ गए होंगे? पक्का गए? या कहीं हैं?

समय कुछ और बीत गया। पता नहीं क्या सोचकर किसी पुलिस वाले ने हवा में फायर किया।

सभी चौंके! पलभर के लिए हो-हल्ला। फिर पता चलता है यह तो अपना आदमी है।

हँसी के फौव्वारे! समंदर में डूब गए चूहे गोली थोड़ी ही चलाएँगे?

कुछ समय और बीत गया। सभी पानी के बाहर आ चुके हैं। हँसते हुए! बातें करते हुए! मुँह-नाक में से धुआँ उगलते हुए। पलट-पलटकर समंदर को देखते हुए!

धीरे-धीरे सभी आश्वस्त हो रहे हैं। चूहे समंदर में गए हैं। और लौटे नहीं हैं। याने चूहे समंदर में डूब गए हैं।

लेकिन यह हुआ कैसे?

दिमाग चल नहीं पा रहा है।

जानलेवा ठंड! धुआँधार बारिश! घुप्प अँधेरा!

ऐसे में कौन सिरफरा घर से बाहर निकला होगा?

समंदर की ओर? नहीं! सीधे समंदर में ही।

(जो कुछ हुआ वह सब कथन करने के लिए पुलिस प्रमुख नारिंगे और उसके

गस्त वाले उपस्थित नहीं हैं)

सहसा नगरसंरक्षक सेनाधिकारी के दिमाग में विचार कौंधता है—यह नाकाबंदी समंदर में डूबने चले चूहों के लिए तो थी नहीं?

इस विचार के सुनते ही सभी हड़बड़ा गए! ना! दिमाग मानने को तैयार नहीं। मान भी लिया जाए कि चूहों के डूब मरने की खबर नगरपाल को थी। तब भी वह उन्हें ऐसा करने से क्यों रोकेगा? उसके लिए तो अच्छा ही था न। बला अपने आप टलनेवाली थी।

लेकिन और थोड़ा सोचने पर सेना-अधिकारी की आशंका से सभी सहमत होने लगे...।

जब हम यहाँ पहुँचे तो एक चिड़िया भी यहाँ न थी। फिर नगरपाल किसी की नाकाबंदी करने जा रहा था?

चूहों के डूब मरने निकलने की खबर सुनकर ही नगरपाल ने नाकाबंदी करने की जल्दबाजी की थी शायद!

लेकिन क्यों?

चूहे जल समाधि लेने जा रहे थे।

नगरपाल को चाहिए था कि वह उन्हें वैसा करने दें। समूचा शहर यही तो चाहता था। चूहों का बंदोबस्त।

और बंदोबस्त बिना झंझट हो रहा था।

हाँ, लेकिन नगरपाल कहाँ है?

वह यहाँ क्यों नहीं है?

खाली आदेश देकर घर बैठने वालों में से वह नहीं है। और अपनी इसी खासियत का तो वह अक्सर ढिंढोरा पीटता रहता है।

उसकी अनुपस्थिति सब को खलने लगी थी।

सच, वह भी नहीं और उसका वह पर्सनल सेक्रेटरी—आर्मी से आया हुआ—वह भी नहीं है। जब हुक्म नगरपाल का है तो सबसे पहले वह यहाँ होना चाहिए।

सब अजीब लग रहा है।

कई वर्षों से नगरवासियों की सोचने की ताकत पर जंग चढ़ी हुई है। उसका इस्तेमाल जो नहीं किया गया है। और जो लोग कुछ कहे जा रहे हैं उन्होंने तुरंत विषय परिवर्तित किया है। नया विषय! कल की बारिश बेवक्त क्यों हुई? यह ठीक है कि इस साल बारिश कम हुई। लेकिन ठंड के दिनों में बारिश? पिछले कुछ सालों से वैसे भी बरसात न के बराबर थी। महायज्ञ करने तक की नौबत आन पड़ी थी।

बारिश! पानी! बढ़ती ठंड! संतरे-मुसंबी की घटती दरें। नगर सेवकों का भत्ता बढ़ाने का उनका अपना प्रस्ताव। आदि विषयों पर बातें। खुले मुँह से निकला हुआ पहला धुआँ।

— अगला आदेश आने तक समंदर पर नाकाबंदी चालू रखना जरूरी है। पुलिसवालों ने आँसू गैस के खाली सिलेंडरों को गेंद बनाकर और दंडी की स्टिक्स कर हॉकी खेलना शुरू कर दिया है। सेनाधिकारी जेब से 'औषधि की' बोतल निकालकर घूँट-घूँट शराब पीते-पीते सरदार जी के जोक्स सुना-सुनाकर लोटपोट हुए जा रहे हैं। ऊब गए फायर ब्रिगेड के लोगों ने सचमुच की सीढ़ियों पर 'साँप सीढ़ी' खेलना शुरू किया है। होमगार्ड 'काड्र्स' खेल रहे हैं ।

सूरज बादलों के पीछे से झाँक रहा है। ठंड कुछ कम हुई है। भीड़ देखकर आस-पास के ठेलेवाले चने मुरमुरे बेचने आए हैं। 'शुद्ध पानी' के नाम पर घर के नल का पानी भर-भर बेच रहे हैं। समंदर के किनारे अब मेला लग चुका है।

देर से लेकिन 'नाकाबंदी की खबर' शहर में पहुँच ही गई। समाचार-पत्रों के संवाददाता, आकाशवाणी का प्रतिनिधि, राजनीतिक पक्षों के सदस्य, उत्साही नागरिक समंदर की ओर दौड़े-दौड़े आ रहे हैं।

समंदर के किनारे जन समंदर उमड़ रहा है।

पहले पहुँचे हुए लोग बाद में आने वालों को चूहों के पैरों के निशान दिखा रहे हैं। उन पैरों के निशानों में अब इन लोगों के निशान भी शामिल हो गए हैं। बाद में पहुँचे हुए लोग पहले पहुँचे हुओं को 'आखरी बीमार चूहे के आत्मसमर्पण' की खबर सुना रहे हैं। उनकी जानकारी के अनुसार चूहों की बस्ती में सन्नाटा छाया हुआ है। इकलौता बचा बीमार चूहा आज सुबह रेंगते हुए बाहर आया और उसने लॉरी के नीचे आत्महत्या की।

बताने वाले ऐसी अदा से किस्से बता रहे हैं मानो कि यह सब उनका आँखों देखा हाल है। पहले पहुँचे हुए और बाद में पहुँचे हुए सभी आँखें फाड़फाड़कर समंदर को देख रहे हैं।

कुछ अति जिज्ञासु चूहों की बस्ती की ओर दौड़े जा रहे हैं।

सच में शहर के चूहे खत्म हुए हैं? इस सच पर यकीन नहीं हो रहा है। इतना आतंक था उनका। जैसे चूहों के बिना उनकी ज़िंदगी-ज़िंदगी थी नहीं नगर नगर था नहीं।

कोई यकीन नहीं कर पा रहा है। सभी बेचैन हैं। नजरें और चेहरे आशंका से भरे पड़े हैं।

नगरपाल ने नाकाबंदी समाप्ति का आदेश अभी तक नहीं दिया है। और नगरपाल का भी कहीं पता नहीं है।

नगरपाल की परंपरा यह रही है कि सबसे पहले पहुँचा जाए या उत्सुकता के चरम क्षण पर। और एक जबरदस्त, आवेशयुक्त भाषण सुनाया जाए। भाषण में अपनी मधुर आवाज में सत्य कथन कर तालियों की गूँज में उनका 'मोराल हाई' कर परिस्थिति को काबू में रखा जाए। आज भी वह यह सब कर सकता था। चूहों का खात्मा करना उसकी अपनी भी इच्छा थी। इसके बावजूद समंदर में समाधि लेने जा रहे चूहों की नाकाबंदी करने में नगर का हित कैसे था। अपनी योजना क्या थी। उससे चूहे कैसे खत्म होने वाले थे। आदि आदि वह कह सकता था। पटा सकता था। उसके असत्य कथन को नागरिकों ने आज तक सत्य कथन माना है। आज भी ऐसा हो सकता था। चूहों की मुसीबत को भी नागरिकों ने आज तक इस आशा से झेला था कि यह मुसीबत कल खत्म होगी। परसों खत्म होगी। ऐसे कई वर्ष गुजारे गए थे–यह मानकर कि समस्या नजदीक के भविष्य में खत्म होगी। यह सब नगरपाल के जादुई वक्तव्य के बल पर होता आया था। नागरिकों को आज भी इसी आश्वस्तिपूर्ण शब्दों की अपेक्षा थी। लेकिन वह कहाँ है?

समंदर किनारे इकट्ठा हुई दिशाहीन भीड़ को नगरपाल की प्रतीक्षा है और शहर के भविष्य का जिम्मा अपने कंधों पर उठाए कर्मरत इतिहास ने नगरपाल को आलीशन बंगले के शानदार शयनकक्ष में गहरी नींद सुलाकर रखा है। वह सिर्फ सोया ही नहीं है, खर्राटे भी भर रहा है।

इस बात पर उसके अनुयायी तो क्या शत्रु भी यकीन नहीं करेंगे लेकिन ऐसा ही हुआ है। इतिहास ऐसे ही किसी की नींद में की नींद में या जाग्रतावस्था की नींद में घटित होता रहता है। इतिहास को चुनौती देनेवाला, उसे पैरों से ठोकर मारकर सही जगह पर रखनेवाला इस तरह समय-बेसमय सोता रहता है और इतिहास नया मोड़ लेकर आगे बढ़ता रहता है।

नगरपाल इस कदर यदि देर तक सोये रहा तो उसे हिलाकर या पानी छिटककर या पानी उँड़ेलकर जगाने का अधिकार रखनेवाली उसकी धर्मपत्नी अपना पत्नी धर्म ही भूल गई है। वह यदि पत्नीधर्म याद रखती तो इतिहास नई करवट कैसे लेता? समंदर किनारे क्या घटित हो रहा है इससे बेखबर उसकी धर्मपत्नी सुबह-सूर्योदय के पूर्व जाग गयी है। बिस्तर से बाहर आते ही उसने सोचा, बरसों की बची नींद सोये हैं ये। बड़े तड़के वह फोन क्या खनखनाया कि ये चक्कर काटते न जाने कितनी देर बोलते ही जा रहे थे। अब कहीं जाकर चैन से सोये हैं। सोने दो! इतना

नेक विचार कर उसने खिड़कियों के पर्दे खिसकाकर अँधेरा किया। हीटर ऑन किया। हॉटलाइन का प्लग निकालकर रखा। दरवाजा भिड़ा लिया। उसने नौकरों, निजी सचिव को हिदायतें दीं—साहब सोये हैं। उनके अपने आप जाग जाने तक कोई उन्हें जगाए नहीं।

सुधी पाठको! यह देखिए नियति का करिश्मा। उधर समंदर किनारे नया इतिहास जन्म ले रहा। और यहाँ नगरपाल आरोह-अवरोह में खर्राटे भरे जा रहा है।

कमाल है! चूहेमार (सूखी लौकी बजाकर) चूहों को समंदर की ओर लिए जा रहा है यह खबर सबसे पहले पुलिस प्रमुख नारिंगे ने नगरपाल को सुनायी थी और नगरपाल ने जो मिले उसे समंदर किनारे भेजकर उन्हें रोकने का पूरा इंतजाम कर दिया था। और खुद सुबह हो जाने पर भी खर्राटे भरता हुआ सो रहा है।

अच्छा, नींद में कर क्या रहा है? देख रहा है—उस शानदार मंडप में शाम के वक्त सभा...चूहेमार की फजीहत...समंदर की नाकाबंदी...चूहों का शहर में लौट आना...चूहेमार का बोगस वादा...उसका पर्दाफाश करने वाला नगरपाल का भाषण...तालियों की गूँज....भीड़ के नारे...चूहेमार मुर्दाबाद...चूहेमार का पलायन...भीड़ का पीछा करना...भीड़ चूहेमार को पकड़ेगी...फिर भीड़ उसे...।

नींद में वह रोमांचित हो रहा है। आनंद से रजाई में लिपटा उसका शरीर थर्रा रहा है। वह इतने में जागने वाला नहीं है।

जो होना है वह होकर ही रहेगा। साक्षात् ईश्वर भी नहीं रोक पाएगा।

चलिए! हम नगरपाल को निद्रितावस्था में छोड़कर उसके खुले-छुपे विरोधकों के क्या हाल हैं देखें। वे अपने-अपने शयन कक्ष में नींद में सत्ता प्राप्ति के गुलाबी सपने देखे जा रहे हैं। किसी किसी के यहाँ फोन खनखना रहे हैं और उन्हें लग रहा है कि सपने में फोन की आवाज़ आ रही है। चलिए! हम समंदर किनारे चलते हैं। वहाँ इतिहास नाम के मदारी ने जो खेल रचाया है उसके साक्षी हो जाएँ!

शहरवासी बड़ी तादाद में समंदर किनारे इकट्ठा हुए हैं। सिर्फ चूहे नहीं हैं। वे समंदर में हैं। उनके अनगिनत कदम समंदर में समा गए हैं। उनके निशान नागरिकों के पैरों के निशान पड़ने से धुँधले हुए जा रहे हैं। समाचार-पत्र वालों ने उन निशानों की तस्वीरें खींची हैं। कल के समाचार-पत्रों में पहले पृष्ठ पर वे छपेंगी। ठंड भले ही कम हुई हो लेकिन ठंडी हवा थपेड़े लगा रही है। सूरज उगा तो है लेकिन बड़ा मद्‌धिम।

कोई उत्साही चूहेमार को फार्महाउस में देखने दौड़े हैं। और लौटकर बता रहे हैं। चूहेमार फार्महाउस में नहीं है।

चूहे अपनी बस्ती में नहीं हैं और चूहेमार शहर में नहीं है।

वह कहाँ गया होगा? चूहों को लेकर समंदर में? पक्का! वैसे भी चूहे अपने आप सामूहिक आत्महत्या क्यों करते?

उसी वक्त रात की गस्त खत्म कर आया हुआ पुलिस सिपाही आँखों देखा हाल बयान कर रहा है।

हाँ! उसने वह नज़ारा देखा है। पूरे होश-हवास में! पिछले कई दिनों से डॉक्टरी सलाह के कारण वह शराब की बूँद छूता तक नहीं। माँ कसम।

बस! भीड़ को और क्या चाहिए?

अब अनुमान, कल्पनाओं पर विराम! चूहे शहर से चले गए हैं। और यह काम चूहेमार ने किया है।

वह कहाँ है?

दो ही जगह वह हो सकता है।

या तो शहर से चला गया होगा।

या चूहों के साथ समंदर में गया होगा।

भीड़ तब भी यकीन नहीं कर पा रही है।

सच, ऐसा हुआ होगा? यह गप्प है? या स्वप्न?

याने नींद में सपना देखनेवाले नगरपाल को सपना सच लग रहा है। और जाग्रतावस्था में सच देखनेवालों को सच सपना लग रहा है। इतिहास ऐसे ही गुमराह बनाता है।

और एक साथ कई आवाजें—चीख रही हैं—'आया। वह आया।'

देखते-देखते उसे देखने के लिए जन सागर उमड़ पड़ा है। लोग एड़ियाँ ऊँची कर कर गर्दन दुखने तक ऊपर उठा रहे हैं। सभी की आँखें नगर से आती हुई राह पर टाँक दी गई हैं। वह ठीक से दीखे इसलिए ललाट पर हाथ। दूर का दिखाई दे इसलिए चश्मे! आँखें उत्सुक! कान और होठों की हलचलें।

नगरपाल को आते हुए देखने के लिए इतनी सारी उठापटक।

अब सब बात खुल जाएगी।

दरअसल क्या-क्या हुआ इसकी बेहतर जानकारी नगरपाल के अलावा और कौन दे सकता है?

नगरवासियों के मुँह से सामूहिक उसाँस।

फिर चीख-चिल्लाहट! उधर नहीं इधर।

भीड़ फट् से मुड़ जाती है। अबाउट टर्न आँखें समंदर की ओर। वहाँ तो कोई

भी नहीं है।

है कैसे नहीं! दिख रहा है। क्षितिज के पास! दूर! एक अष्टवक्र रेखा! दुबली, धूप में, समंदर के पानी पर परावर्तित प्रकाश में दिख रही है। अदृश्य हो रही है। पारदर्शी हो रही है। थरथरा रही है। बीच में ही गायब हो रही है।

यह आभास है या सच?

आँखें फटी की फटी हुईं! साँसें थमी हुईं।

यह सच है तो वह कौन है? चूहा? आदमी? या ऑप्टिकल इल्यूजन?

तय नहीं हो पा रहा है।

तर्कों पर तर्क। देखने वाले खुद को, दूसरों को काट रहे हैं। आँखें फाड़-फाड़कर देख रहे हैं। कोई दूरबीन से देख रहा है। एक-दूसरा-तीसरा...। जल्दी मत करो। ठीक से देखने दो। आप ही देखेंगे? इधर दो दूरबीन! हमें देखने दो।

रेखा अब आकृति बन गई है। लग रहा है वह नजदीक आ रही है। अब भी काफी दूर है। चल रही है या रुक गई है। चल रही है तो अब भी इतनी दूर क्यों? समंदर में क्या कर रही है? या समंदर की हलचल है बस? ऑप्टिकल इल्यूजन?

जनसागर कभी इधर-कभी उधर हिचकोले खा रहा है। उत्सुकता की लहरें हैं।

'आदमी! मनुष्य!' कोई चिल्लाता है।

वह आदमी ही दिख रहा है। किनारे की ओर आ रहा है।

पर इतनी धीमी चाल से क्यों?

लग रहा है एक ही जगह पर खड़ा हिल रहा है।

उत्सुकता की चरम सीमा।

मेहमान चूहेमार? या नगरपाल? या चूहा?

या आत्महत्या करने समंदर में गया कोई अभागा नगरवासी?

बारह

बगल में सूखी लौकी दबा के और हाथ में जूते पकड़े! भीगे बाल चेहरे पर चिपके हुए! मटमैले विदूषकी कपड़े दुबले बदन से चिपके हुए! सिर पर की जोकर कैप और आँखों पर की मोटे काँच की ऐनक गायब। ऐसे 'अवतार' में वह फटीचर चूहेमार उर्फ शहर का मेहमान भाटा में पछाड़ खाते समंदर में तौल-तौल के कदम रखते हुए किनारे पहुँच चुका है। भीड़ तालियों की गूँज में दबी उत्स्फूर्त दाद दे रही है।

भीड़ की आँखें उस पर गढ़ी हैं! उनमें आश्चर्य है।

ना भूत-पिशाच! ना चूहा! साक्षात् चूहेमार मेहमान! चूहों को खत्म कर लौटा हुआ। दिखने में कंकाल। स्कूल में शरीर विज्ञान के लेक्चर में इसे सामने रख पढ़ाया जा सकता है।

दिखने में भोला-भाला पागल। इस पागल में ही छिपा है चूहों का यमराज।

जो पचास सालों में नहीं हो सका वह एक रात में हो गया।

जो काम नगरपाल कर नहीं सका वह इसने चुपचाप कर दिया।

इतने साल नगर को त्रस्त करने वाली समस्या बनी रही। इसने उसे यूँ सुलझा दिया।

इतना होने पर जरा भी घमंड नहीं। ना चलने में, ना देखने में। अभी भी पागल ही दिख रहा है।

है भी वैसा ही भोला शंकर।

संतों ने 'वही साधु जानिए। ईश्वर वही पाइए' जिसे उद्देश्य कर कहा है वह यही तो है। नागरिकों के सिर अपने आप झुक गए हैं।

किनारे पर इकट्ठा भीड़ यह 'अवतार' देख चौंक गई है। आश्चर्य कर रही है।

और 'अवतार' बालू पर कदम रख उसी आश्चर्य से भीड़ को देख रहा है।

ऐसे कुछ क्षण बीत गए।

भीड़ धीमी तालियाँ बजा रही है। देखते-देखते तालियों की गूँज बढ़ती गयी।

तालियों की गूँज रुकने को तैयार नहीं है।

तालियाँ पीटना सरकारी नियम के अंतर्गत उचित या अनुचित का फैसला करने में जुटी सेना, पुलिस, होमगार्ड, फायरब्रिगेड अब तालियाँ बजा रही है।

समूची भीड़ तालियाँ बजा रही है।

मानो शब्दहीन भजन-कीर्तन हो रहा है।

भीड़ तालियाँ बजा रही है। और उन्हीं तालियों की आवाज़ से सिहर रही है।

चूहेमार के चेहरे पर कोई भाव नहीं है। वह कोरा है।

भीड़ में से नारा गूँजता है—मोटी आवाज़ में—

'चूहे मारने वाले वीर का...'

भीड़ त्रिवार कह रही है। 'स्वागत हो, स्वागत हो, स्वागत हो।'

अवलिया

जिंदाबाद!

अवलिया

जिंदाबाद!

अवलिया

जिंदाबाद!

भीड़ ने मेहमान का नया नाम रखा है—

'अवलिया।'

मोटी आवाज़ के साथ चूहों के आगे के कदमों की याद दिलाने वाली क्रिया हो रही है—नगरजनों के दोनों हाथ ऊपर उठने की।

हर नारे के साथ ऊपर उठने वाले हाथों की और आवाज़ों की संख्या बढ़ती नज़र आ रही है।

चूहेमार यह नज़ारा बिना चश्मे के, कमजोर आँखों से, कोरे चेहरे से देख रहा है। दाईं बगल में दबाकर रखी लौकी अब वह बाईं बगल में दबाकर रंग-बिरंगे पाजामे की जेब से मोटे काँच का चश्मा निकाल रहा है। वह कमीज से चश्मा पोंछ रहा है और आँखों पर चढ़ा रहा है। अब उसकी मुद्रा पर ग्रह यान के पायलट-सी या दो बत्तियों की कार-सी दीख रही है।

इतने में भीड़ में से एक अवलिया की ओर दौड़ता गया। साष्टांग प्रणिपात कर उसने अवलिया के दोनों पैर पकड़े और नाक रगड़ते हुए बार-बार उसे 'स्वामी', 'महाराज', 'जय हो' कहते-कहते फूट-फूट कर रोने लगा।

वह आदमी उन आदमकद चूहों—जो अब शहर में नहीं हैं—की याद दिला रहा है।

अवलिया के लिए यह सब अनपेक्षित है। वह घूर-घूर कर उस आदमी को देख रहा है।

इतने में दो लोग और पहले वाले का अनुकरण करने लगे। वे भी साष्टांग नमस्कार कर अवलिया के पैर पकड़ने की चेष्टा करने लगे।

अवलिया ने जोर से पैर पटके। इतने जोर से कि वे दोनों दूर जा गिरे।

उस दुबले-कमजोर शरीरधारी अवलिया की इस विसंगत ताकत का भीड़ को अहसास हुआ।

भीड़ में पुनः तालियों की गूँज।

देखने वाले मोहित होकर देख रहे हैं।

'खबरदार! कोई मेरी टाँग पकड़ेगा तो।' टीन पर टीन घिसने जैसी खराश सुनाई देती वैसी अवलिया की आवाज गूँजी।

भीड़ सहम गई है।

फटी आवाज में अवलिया बोला, 'वाई! ॲम अ फ्री मैन।'

लोग आश्चर्य करने लगे—इसे अंग्रेजी आती है?

भीड़ के मुँह खुले के खुले रह गए हैं।

'देख क्या रहे हैं? काम नहीं है? यहाँ क्या नंगा नाच हो रहा है? सब चले जाव। हमने उस दिन वादा किया था वो पूरा किया। शहर के तमाम चूहे समंदर में डुबो दिए हैं। अब हम जा रहे हैं।'

'मत जाओ।' भीड़ में से एक कराह भरा स्वर।

'जाऊँगा। हरगिज जाऊँगा। तुम कौन मुझे रोकने वाले? हम किसी से बँधे हुए नहीं हैं। मुझे दुनियाभर के सारे चूहे खत्म करने हैं। इस धरती पर एक भी चूहा बचना नहीं चाहिए।' यह कहते हुए उसने लौकी को तलवार की तरह पकड़ा। 'मेरा अवतार इसी काम के लिए है। यहाँ का काम खत्म हो चुका। अब आगे निकलना है।'

अवलिया सचमुच निकल रहा है।

और अनहोना हुई।

भीड़ ने अवलिया की नाकाबंदी की।

अवलिया कुछ समझ पाए इसके पहले ही भीड़ ने उसे हवा में उछालते हुए कहा—'हमारा नेता...।'

'अवलिया।'

शेर-ए-चूहा

जिंदाबाद।

चूहों के यमराज अवलिया की—

जय हो।

हमारा नेता।

हमारा नेता!

भीड़ अवलिया को सिर पर उठाकर नाच रही है।

अवलिया की आवाज ही नहीं वह समूचा ही भीड़ में, कोलाहल में डूब गया है।

भीड़ के सिर-कंधों पर उछलता हुआ वह आगे बढ़ता दीख रहा है।

उधर समंदर में भाटा है और इधर जन सागर में ज्वार है।

नारा गूँजता है—नगरपाल

भीड़ आवाज लगाती है—मुर्दाबाद।

समंदर किनारे घटित इस नाट्य की खबर अब तक नगर में, राजनीतिज्ञों को मिल चुकी है। वे हड़बड़ा उठे हैं। एक-दो पल! क्योंकि दो पलों से अधिक हड़बड़ाहट टिकेगी तो वह राजनीतिज्ञ कैसा? सभी चेत गए हैं कि हवा ने रुख बदला है। सूरज पश्चिम में उगा है। अब पूरब वह है जहाँ यह सब घटित हुआ है। जिसकी बरसों से बस तमन्ना मात्र की थी। वे झट् से पुष्पगुच्छ लिए कारें दौड़ा-दौड़ा उगते सूरज को सलाम करने निकले हैं। उनमें सबसे आगे राज पूरो है, वृंदावनदास है, पीछे संभाजी बप्पा है। दो दिन पहले स्थापित हुए और मतभेदों के कारण एक दिन पहले विसर्जित हुए नागरी मंच के सदस्य हैं।

सुधी पाठको! समंदर किनारे जश्न मनाया जा रहा है और चौक में महा-सभा हेतु नगरपाल के खड़े किए महा मंडप में उसका बड़ा-सा मुस्कुराता हुआ कटआउट्स न होने वाले जश्न की राह देखता हुआ महाद्वार रूपी 'आ' फैलाकर अर्थहीन खड़ा है।

करिश्मा दिखानेवाली नियति को हम वंदन ही तो कर सकते हैं।

तेरह

सूरज ऊपर बढ़ चुका है। ठंड न के बराबर है।

नगरपाल निवास के शयनकक्ष में नगरपाल नींद से जाग जाता है।

बाहर दिन निकल चुका है। लेकिन नगरपाल के शयनकक्ष में रात-सा अँधेरा है। हीटर के कारण वातावरण में आह्लाद है। शयनकक्ष साउंड प्रूफ है। इसलिए किसी प्रकार की आवाज नहीं है।

नगरपाल और सोने की सोच रहा है। लेकिन नींद पूरी हो चुकी है। नेता लोगों को चार घंटा नींद पर्याप्त होती है। क्रायसिस में दो घंटे नींद से भी काम चल जाता है। मन में अर्थहीन विचार करते हुए कुछ देर के लिए वह वैसे ही लेटा रहा है।

उसे लग रहा है चूहेमार का अवरोध सहसा उत्पन्न होने पर भी मैंने काफी अच्छी तरह से स्थितियों को सँवारा है और स्थितियों को अब भी मैंने नियंत्रण में रखा है। अपने कर्त्तृत्व पर खुश होकर वह आलस झटकता है। उसे सुबह का दृश्य याद आता है।

शॉक लगने सा वह झट् से उठ बैठता है। और अपने कपड़े ढूँढ़-ढूँढ़कर बदन पर चढ़ा रहा है। एक ओर अप्रिय यादों से मन मैला किए जा रहा है। सहसा उसका मन अचानक बिजली जाने पर फैलने वाले अँधेरा-सा अँधियारा हो जाता है।

सुबह हुई ही न थी कि हॉटलाइन पर नारिंगे का फोन आया था।

और घुप्प अँधेरे में मैंने वह फोन सुन लिया था।

उसने मुझे भयानक खबर सुनाई थी।

चूहेमार के चूहे ले जाने की खबर और मैंने आदेश सुनाया था—समंदर को घेर लिया जाए। नाकाबंदी।

आगे क्या हुआ है?

मैं सो गया? सोता रहा?

ओहो!

रात में पाजामे के एक ही पैर में पाँव डालकर सोया नगरपाल नौटंकी में नाचने वालों-सा नाचते हुए हॉटलाइन की ओर दौड़ा (अच्छा हुआ कि यह देखने के लिए उसके नगरवासी नहीं हैं। वरना इमेज की प्रोब्लेम हो जाती। नेता के ऐसे रूप प्रासंगिक मुसीबतों में जनता तक न पहुँच पाएँ इसकी योजना नियति के मनोरंजन में की अर्थपूर्ण बात है।)

हॉटलाइन डेड है।

उसका प्लग निकालकर रखा गया है।

दुर्घटना?

किसका दाँव?

कौन है आस्तीन का साँप?

वह मन ही मन खोज रहा है।

ढूँढ़ने में देर नहीं लगती।

बेडरूम में दूसरा कौन आएगा?

मुझे दो दिन से नींद नहीं है। यह धर्मपत्नी जानती है। बेडरूम में सिर्फ वही आ सकती है।

उत्तर सीधा है।

ऐसा उसने पहले भी एक बार किया था।

तब नगर सभा की नई इमारत में शॉर्ट सर्किट से आग लगी थी। इमारत रात भर जलती रही थी और नगरपाल रातभर सोता रहा था। तब उसकी पत्नी ने तय किया था कि कई रातें जागने के कारण पति को नींद की आवश्यकता है। उसने हॉटलाइन का प्लग निकालकर रखा था। 'मैं इस शहर में न था' का बहाना कर तब उसे विरोधकों के आक्रमण से खुद को बचाना पड़ा था। काले काँच लगी मामूली खटारा गाड़ी से बाहर जाकर सुबह अपनी बत्ती वाली कार से आने का नाटक उसे करना पड़ा था। तुरंत जली हुई इमारत का निरीक्षण कर अपनी उपस्थिति में ऐसी दुर्घटना के होने पर उसने खुले आम दुःख व्यक्त किया था। इतना ही नहीं—राजनीति पारंगत नगरप्रमुख ने तब ऐसा काम करने वालों को पकड़कर कड़ी से कड़ी सजा देने हेतु न्यायमूर्तियों की समिति स्थापना की थी और समिति की रिपोर्ट की आड़ लेकर विद्युतिकरण करने वाले इलैक्ट्रिशियन को दोषी ठहराकर उसका लाइसेंस रद्द करवाया था।

आज स्थिति भिन्न है। लेकिन जड़ वही है। नगरपाल की स्नेहिल, पति-कर्त्तव्य दक्ष पत्नी।

अथेल्लो ने जिस तरह गला दबाकर डेस्टेमोना का खून किया था ठीक वैसे नगरपाल मन ही मन अपनी पत्नी का गला दबाकर खून कर चुका है। हॉटलाइन का प्लग लगा देता है शयनकक्ष थरथराए इतनी जोर से फोन की घंटी बजने लगती है। मानो प्लग लग जाने की प्रतीक्षा में थी वह आवाज़।

नगरपाल डर जाता है। शांति भंग करती हुई इतनी जोर की आवाज़! फट् से चोंगा उठाकर कान से लगाता है।

सचिवालय से कॉल! सेक्रेटरी कॅप्टन फडताले का। सचिवालय आने के पहले फडताले सेना में था। सेना का डिसिप्लिन यहाँ लाने हेतु नगरपाल उसे सचिवालय लाया था। डिसिप्लिन नहीं आया लेकिन फडताले बना रहा।

'बोलो फडताले! क्या बात है?'

नगरपाल अशुभ सुनने का मन बनाकर आँखें मूँदकर कह रहा है।

'गुड डे सर!' मैं कब से फोन ट्राई कर रहा हूँ।

'क्यों?' नगरपाल सहमते हुए पूछता है।

'सर, चूहे चले गए हैं। समंदर में! चूहेमार के पीछे।' फडताले साफ शब्दों में कह रहा है।

सुबह-सुबह पुलिस प्रमुख नारिंगे से नगरपाल ने ताज़ा समाचार सुना था। अतः फडताले जो बता रहा है वह अनपेक्षित नहीं था। समंदर की नाकाबंदी के आदेश भी उसने दिए थे। रात में अजीबोगरीब परिस्थितियों में उसका पालन नहीं हुआ होगा इतना न समझने जैसा वह अनू-अनुभवी नहीं है। फिर भी जो नहीं होना था उसके होने को वह स्वीकार कर नहीं पा रहा है। इसी चक्कर में वह अपना संतुलन खो बैठा है।

'फडताले, आप क्यों नहीं गए वहाँ?'

'सर, आपका आर्डर नहीं था।' फडताले मिलिटरी आदमी होने से सीधे कह देता है।

'यह मुझे अभी बता रहे हो? जब वह सब घटित हो रहा था तब क्यों नहीं बताया?'

इस प्रश्न का उत्तर नगरपाल जानता है। उसी की पत्नी ने प्लग निकालकर रखा था।

'फडताले हॉटलाइन बंद थी यह उत्तर मुझे मत सुनाना। हॉटलाइन बंद थी तो घर आ सकते थे। तुम्हें ख़ुद मेरे बंगले पर हाजिर हो जाना चाहिए था।' प्लग की बात याद आते ही नगरपाल फडताले क़ो निरुत्तर कर देता है।

'सर, मैं बंगले के हॉल में से ही बात कर रहा हूँ। मैं सुबह से आपके पास पहुँचने का प्रयास कर रहा हूँ।' फडताले कड़क सुर में बोला।

नगरपाल जान चुका है। यह श्रीमती जी के आदेश होंगे। अपने सोये हुए श्रीमान को न जगाने के आदेश।

राजनीतिज्ञ को ऐसी महामूर्ख औरतें ही क्यों मिलती हैं? शादी की ही नहीं... ऐसी भी...नगरपाल खुद से टकरा रहा है...

पुनः एक बार उसके मन में अथेल्लो जाग गया है और पुनः एक बार उसकी अदा में नगरपाल ने अपनी पत्नी का मन ही मन गला घोंट दिया है।

साक्षात् ऐसा कुछ करने का यह मौका नहीं है।

चूहेमार जीत चुका है।

ऐसा होगा नहीं। नगरपाल के इस विश्वास को उसने साफ झूठा साबित कर दिखाया है।

अब गेंद नगरपाल के कोर्ट में है। गेम तुरंत और सावधानी से खेलने की जरूरत है।

'तुरंत मेरी स्टडी में आओ। मैं भी पहुँचता हूँ।' नगरपाल फडताले को रिसीवर में फर्माता है।

नगरपाल जल्द से जल्द स्टडी में पहुँच चुका है। फडताले अटेंशन में खड़ा है। हमेशा की तरह तरोताज़ा। सुर्ख चेहरा। इस स्थिति में फडताले का इतना तरोताज़ा दिखना नगरपाल के बर्दाश्त के बाहर है। इतने बड़े संकट का नामोनिशान फडताले के चेहरे पर नहीं है। पत्नी के पहले फडताले का गला घोंट देना चाहिए। नगरपाल के मन में आया।

नगरपाल को देखते ही फडताले ने कड़क सलाम ठोंका। 'सर' बड़ी नर्मी से वह गुर्राया।

नगरपाल जैसे को वैसे के स्वर में धड़ाधड़ आदेश सुनाने लगा है—

एक—चूहेमार का सत्कार आज ही होगा। मंडप बना ही है। कटआउट्स चारों ओर लगाए गए हैं ही।

दो—सत्कार समारोह का ढिंढोरा सब तरफ पिटवा दो।

तीन—आकाशवाणी से प्रति दस मिनट बाद इसकी सूचना, कार्यक्रम रोक कर प्रसारित करवा दो।

चार—बड़े होर्डिंग्स लगवा दो।

पाँच—सभी पक्षों के नेताओं को आमंत्रण भेज दो।

छह—जबानी बताओ कि उपस्थित न रहने पर कार्रवाई की जाएगी।

सात—जरूरत पड़ने पर किराए से लोग लाओ। भीड़ दिखनी चाहिए।

आठ—मेरे भाषण में जोरदार तालियाँ होनी चाहिए।

नौ—मेरे सभा स्थल आने के पहले से ही मेरे नाम का जय-जयकार चालू होना चाहिए।

विशेष सूचना—समय कम है। रुकावट पैदा करने वाले सभी सरकारी नियम ठुकराकर यह सब करवा लो। बाद में देखा जाएगा। सत्कार समारोह ऐसा शानदार कि पहले कभी हुआ न हो।

नगरपाल के मुँह से आदेश निकलने भर की देरी कि फटाफट उस पर अमल करने वाला एफिशिअन्सी का चरम बिन्दु फडताले अभी अपनी जगह से रत्ती भर हिला नहीं। अटेंशन में खड़ा ही है।

'खड़े, क्यों हो फडताले? काम में लग जाओ।'

'सर, समंदर किनारे सभा चल रही है।' फडताले न हिलते हुए कह रहा है।

'क्या?'

'हाँ सर, सत्कार सभा।' लश्करी चेहरे से फडताले कथन कर रहा है।

सत्कार सभा? समंदर? किसका सत्कार? मैं तो यहीं पर हूँ। नगरपाल के लिए यह सब अनपेक्षित है।

'अपने सरकारी लोग सुबह से ही समंदर किनारे थे। बाद में नगर के लोगों को खबर मिली सो वे भी पहुँच गए। मेहमान चूहेमार समंदर से वापस आया। उसे देखते ही लोगों ने उसे सिर पर बिठा लिया। फिर अपने नगर सेवक पहुँचे। पुष्पमालाएँ...गुच्छ। किसी को सत्कार समारोह का आइडिया सूझा...ठेले इकट्ठा कर स्टेज बना दिया गया। सभा आरंभ हुई। अभी चल रही है।' फडताले फायरिंग किए जा रहा है।

'और अपने लोग? नगर सेना? पुलिस फायर ब्रिगेड? मैंने जिन्हें नाकाबंदी करने भेजा था?'

'ये सभी सभा में शामिल हुए हैं।'

'शामिल हुए हैं? फडताले, सरकारी नियम ढूँढ़ो! ऐसे कार्यक्रम में शामिल हुए सरकारी लोगों को डिसमिस किया जा सकता है।'

'हाँ सर, कर सकते हैं। लेकिन समंदर किनारे जो चल रहा है वह प्रशासकीय नहीं है।' फडताले सरकारी नियमों का कीड़ा है।

नगरपाल चुप है। यदि बड़े पैमाने पर सरकारी कर्मचारी सभा में शामिल हैं

तो सब के विरोध में कार्रवाई कर आग में घी उँड़ेलना होगा। ऐसा करना कोई मायने नहीं रखता। काफी खर्च कर खड़े किए सरकारी मंडप में और एक सभा लेना भी असंभव है। लोग नहीं आएँगे। बिनबुलायी उस सभा ने सारा खेल चौपट कर दिया है। चूहेमार ने मुझे चारों खाने चित कर दिया है। चूहों को अँधेरे में ले जाकर डुबोया पर उसका क्रेडिट मुझे न मिले इसका पूरा बंदोबस्त कर दिया उसने। मेरी अनुपस्थिति में सभा हो रही है। नगर प्रशासन के नियम ठुकराकर सभी कर्मचारी उसमें शामिल हो गए हैं। शहर के लोग इकट्ठा हुए हैं। अपने विरोधक होंगे। इतना ही नहीं समर्थक भी होंगे। मेरे कामकाज पर व्यंग्य कसते होंगे। आज तक पेट में दबाकर रखा हुआ असंतोष उगल रहे होंगे।

नगरपाल का मस्तिष्क खट् से जाग गया है। कम्प्यूटर से भी अधिक तेज वह अंदाज करने लगा है। मेरे नेतृत्व को जोरदार चुनौती दी जाएगी। मुझे हमेशा के लिए हटाने का ऐसा सुअवसर मेरे विरोधक और मित्र क्यों छोड़ेंगे भला? मेरी न्यायालयीन चौकसी का मुद्दा उछालेंगे। कम से कम अवकाश ग्रहण किए न्यायाधीशों की कमिटी स्थापित करने की माँग जरूर करेंगे। चूहेमार को नव नेता के रूप में मेरे खिलाफ खड़ा करेंगे। उसके कंधों पर बंदूक रखकर मेरा राजनीतिक हनन करेंगे।

नगरपाल की आँखों के सामने सिनेमा की तरह सारे दृश्य आ रहे हैं। 'नगरपाल समाप्त' तक की तख्ती तक का सिनेमा।

नगरपाल ने फट् से कॅप्टन फडताले को आदेश दिया, अभी, दो मिनट में, नहीं एक मिनट में बिन बत्ती की कार मँगवाओ।

गाड़ी आ खड़ी हुई।

नगरपाल उसमें बैठ गया।

उसने सेक्रेटरी फडताले को साथ नहीं लिया।

निजी शोफर भी साथ नहीं है।

नगरपाल कहाँ चला है?

ऐसे समय सत्ताधारी कहाँ जाते हैं?

एक–समंदर किनारे! सभा की ओर

दो–विरोधी दिशा में! अपना परिवार और अपनी जितनी सम्पत्ति साथ लेकर जा सकते हैं उतनी साथ लेकर। फिर कभी न आने के लिए।

इन दो संभावनाओं में से कौन-सी सच होगी?

नगरपाल की नियति उसे खींच कहीं ले जाएगी या नगरपाल नियति को घसीटता हुआ ले आएगा?

आगे क्या होने वाला है?

चौदह

सूरज सिर पर आ पहुँचा है।

हवा में अब गर्मी है। समंदर की ओर से आने वाली हवा भी गर्म है।

भूख लगी है।

समंदर किनारे इकट्ठा हुआ जनसमूह बढ़ रहा है। और बेचैन हुए जा रहा है।

पीछे बैठे हुए लोग सभा में से उठकर जा रहे हैं।

सभा में धीरे-धीरे शामिल होते गए सेना दल, पुलिस दल के लोग दूर जा खड़े हुए हैं।

दिल्ली के लाल किले पर प्रजासत्ताक समारोह में जैसे रूमाल हिलते हैं वैसे रूमाल यहाँ भी हिल रहे हैं। कइयों ने रूमाल सिर पर बिछाए हैं। कई बार-बार रूमाल से मुँह पर उभरा पसीना पोंछे जा रहे हैं। मंच पर बैठे हुओं को धूप न लगे इसलिए छाते लाए गए हैं। और उनके सिर पर तान दिए गए हैं।

सभा अधिक देर नहीं चलेगी। मंच पर बैठे हुए जान गए हैं। फिर भी भाषण हो रहे हैं और पीछे सभा में सम्मत करा लेने वाले बिल का मसौदा बनाया जा रहा है।

मसौदा नगरपाल की असफल नीतियों से शहर की हुई अपरिमित हानि संबंधी है। उसकी न्यायालयीन चौकसी होनी चाहिए इससे सभी सहमत हैं। 'नगरपाल' ऐसा उल्लेख न करते हुए 'नेतृत्व' ऐसा उल्लेख करने का तय हुआ है। नगरपाल कायम तो क्या दीर्घकाल भी नहीं रहना चाहिए। उसके सभी शत्रु, हितचिंतक कब से यही सोच रहे हैं। लेकिन ऐसा मौका मिल नहीं रहा था। आज अचानक यह अवसर प्राप्त हुआ है लेकिन पूर्वतैयारी का अभाव है। राजनीति में अवसर ऐसे अचानक ही प्राप्त होते हैं। इसीलिए तो राजनीतिज्ञों को अस्पताल के इमर्जेन्सी वार्ड की नर्स जैसा हमेशा तैयार रहना पड़ता है। इस अवसर से सब के बंद रास्ते खुलने

वाले हैं। नगरपाल के जाल में फँसी शहर की राजनीति को गति प्राप्त होने वाली है। मेहमान अवलिया के कारण यह संभव हो सका है।

नगरपाल की इन्क्वायरी होनी चाहिए इस संबंध में सभी सहमत थे लेकिन इन्क्वायरी सामान्य-सी हो या न्यायालयीन इस संदर्भ में मतभिन्नता थी। खुल्लम खुल्ले विरोधकों का नेता बाप्पा रावल का साफ मत था कि चौकसी न्यायालयीन हो। कम से कम अवकाश ग्रहण किए किसी न्यायाधीश के द्वारा और खुले रूप में हो। समर्थकों (इनमें खुले एवं छुपे मित्र हैं।) का मानना है कि (अर्थात् राम पुरोहित का मानना यह है कि) चौकसी सामान्य-सी हो और खुले रूप में न हो। कुछ भी हो लेकिन शहर के ज्येष्ठ नागरिक-नगरपाल को इस कदर अदालत के कठघरे में खड़ा करना नगर की शान के हित में नहीं है। दरअसल अंदर की बात यह है कि (वह मन में कहता है) ऐसी न्यायालयीन चौकसी में जनता की सहानुभूति उसे प्राप्त होती रहेगी। वह 'हीरो' बनेगा। और इससे भी महत्त्वपूर्ण बात यह है कि नगरपाल की चौकसी के दौरान कुछ बातें हमारे भी खिलाफ जाएँगी। और ठीक इसी कारण विरोधकों का दल चौकसी न्यायालयीन स्तर पर चाहता है। लेकिन खुले रूप में कोई यह बात कहने को तैयार नहीं है। इस चर्चा को युद्ध का अंजाम मिलने जा रहा था। लेकिन मंच पर केंद्र में बैठे अवलिया चूहेमार ने एक नज़र उधर देखा और तुरंत शांति छा गयी। अब यह निर्णय अवलिया चूहेमार के भरोसे छोड़ा गया है। 'उदितमान नेता अवलिया तीन सप्ताह में निर्णय सुनाएँ।' निर्णय सुनाया गया। तीन हफ्तों में ही क्यों? दो या चार हफ्तों में क्यों नहीं? बस यह पुरानी परंपरा है।

जब यह निर्णय चूहेमार को सुनाया गया तब उसने झट् से अपने मटमैले झिंगुले की जेब से एक सिक्का निकाला (वह इस शहर का सिक्का नहीं है।) उसे उछाला और निर्णय सुनाया, 'चौकसी सामान्य-सी और खुले तौर पर हो।'

अब यह मसौदा पढ़ सुनाने का काम नगर सभा के उपाध्यक्ष वृंदावनदास के जिम्मे आया।

वृंदावनदास की पात्रता अन्यों से कम। भाषण का आरंभ 'धक्कामार' और बाद में पंजाब मेल ऐसी कि लोग ऊब जाएँ। आत्मविश्वास नाम की चीज़ नहीं उसमें। 'मैं भला, मेरा काम भला' ऐसी व्यावहारिक नीति अपनाकर उपाध्यक्ष बना हुआ खतराहीन अवसरवादी वृंदावनदास भाषण लोलुप! लेकिन आज भाषण करने से कतरा रहा है। अब अपना नाम पुकारा जाएगा! इसका आभास होते ही 'प्राकृतिक विधि की मजबूरी' का बहाना कर मंच से उतर गया। वृंदावनदास अब भी यह भूला नहीं कि उपाध्यक्ष पद उसे नगरपाल की मेहरबानी से मिला है और नगरपाल सभा में भले

ही न हो शहर में अब भी है। वह नगरपाल के 'दीर्घ प्रतिशोध स्वभाव' को अच्छी तरह जानता है और औरों की तरह वह भी इन नई परिस्थितियों में नगरपाल को नाराज़ करने का ख़तरा उठाना नहीं जानता।

इतनी सावधानी बरतने पर भी अब मसौदा-पठन का काम उसके ही जिम्मे आया है और जी चुराने के लिए की गई उसकी सारी मेहनत पर पानी फिर गया है। यदि वह आरंभ में ही गला बैठ जाने का नाटक करता तो अभी निभ जाता लेकिन अब क्या फायदा? यह पहले क्यों नहीं सूझा इस सोच से वह खुद पर ही नाराज़ हुआ है और अपने खानदान को, पूर्वजों को याद कर रहा है। उसका हृदय धड़कने लगा। उसका मन कहने लगा नगरपाल मंच पर नहीं है लेकिन श्रोताओं में होगा ही। सुन-देख रहा होगा। ऐसे ऐतिहासिक मोड़ पर वह गायब हो नहीं सकता। पसीने में तर-बतर बालों का विग ठीक करते-करते वह अनजाने में नगरपाल को भीड़ में ढूँढ़ रहा है।

जैसे-तैसे, मरता क्या न करता सोचकर वृंदावनदास ने भाषण की शुरुआत की याने सभी के नाम ले-लेकर आदर व्यक्त करने लगा। मेरी दाईं ओर बैठे फलाने-फलाने, ये, वो; मेरी बाईं ओर बैठे ये, वो, फलाने, ढलाने, पीछे बैठे हुए ये, वो, श्री, श्रीमान, श्रीयुत, उधर बैठे हैं ये, वो, उनके नज़दीक बैठे हैं ये, वो, वे...

अभी भी संबोधनों का सिलसिला जारी है। बीच-बीच में चूहा जिस तरह मूँछें पोंछता उसी तरह हाथ का पंजा नाक पर घुमा रहा है।

...और सभा में उपस्थित प्रेक्षक! आखिर वह सम साधता है। फिर गलती ठीक करता है। प्रेक्षक नहीं श्रोताओ!

इतने में कुछ दूरी पर बैंड बजने की ध्वनि उभरी हुई सुनाई देने वाली है। वृंदावनदास के श्रवण यंत्र में यह ध्वनि उभरी है। समंदर किनारे बैंड? जानने हेतु उसने हाथ में पकड़ा हुआ कागज़ आँखों के सामने से हटाया और आँखें घुमाने लगा इधर-उधर।

समंदर किनारे के पास इस शहर का अंधे बच्चों का स्कूल है। ये बच्चे मदद माँगने के लिए घर-घर जाते हैं। तब यही बैंड—जो अभी सुनायी दे रहा है—बजा-बजाकर मदद वसूल करते हैं। ढोलक, बिगुल...बेसुरा फ्लूट...। इतने ही वाद्य हैं। एक ही धुन वे जानते हैं। आदमी के ऊब जाने तक बजाते रहते हैं। और धन इकट्ठा करते रहते हैं।

वृंदावनदास समझ नहीं पा रहा है कि वे इस वक़्त शहर छोड़कर यहाँ बैंड क्यों बजा रहे हैं। अभी बैंड दूर है इसलिए सभा में व्यवधान पैदा हुआ नहीं है।

'प्रस्ताव पढ़िए!' मंच पर सभी एक स्वर में (सिर्फ अवलिया को छोड़कर) वृंदावनदास पर दबाव डाले जा रहे हैं। और वृंदावनदास कागज़ हाथ में लिए बुत बना खड़ा है।

अब वृंदावनदास की तरह मंच पर के सभी की नजरें बैंड का पीछा कर रही हैं।

बैंड अंध स्कूल का ही है।

ढोलक की लय पर, बिगुल के सुर पर टेढ़े-मेढ़े कदम रखते-रखते बैंड-दल मंच से कुछ दूरी पर पहुँच रहा है। और वृंदावनदास गश खाकर गिरने की नौबत में! मंच पर एक ही शोर! श्रोताओं में हलचल! मंच पर सभी खड़े! अवलिया को छोड़कर! निवेदक गंडभीर समय की नज़ाकत पहचानते हुए सभी को शांत बैठने की मीठी, विनम्र प्रार्थना बार-बार किए जा रहा है लेकिन कोई उसका कुछ सुन नहीं रहा है। वृंदावनदास होश में नहीं है। गंडभीर सभा को नया नारा दे रहा है–

'शहर के नगरपाल अभी सभा में उपस्थित हुए हैं। हम तालियों से उनका स्वागत करें।'

'तालियाँ' निवेदक आदेश दे रहा है।

मामूली तालियाँ! भीड़ भौचक्की! भीड़ तालियाँ बजाने के मूड में नहीं है।

गाल फुलाकर आसमान में आँखें गाड़कर बैंड बजाते टेढ़े-मेढ़े चलते हुए अंध-स्कूल के सदस्यों के पीछे सीधे पाँव बढ़ाते हुए नगरपाल सभा-स्थल पहुँचा है।

साहस को दाँव पर लगाकर गंडभीर नया नारा दे रहा है–'चुटकियाँ नहीं, तालियाँ चाहिए। नगरवासियों के हाथ इतने नाजुक कब से बने हैं? नगरपाल जी को पता चलने दो कि हमें कितना आनंद हुआ है। जोर से तालियाँ।'

पहले से कुछ ज्यादा तालियाँ। आँखें अब भी बैंड के पीछे से आने वाले नगरपाल को देखने में मग्न हैं।

गंडभीर के शरीर में चाचा नेहरू का संचार हुआ है। वह अपनी नाज़ुक आवाज़ तानकर कहता है, और जोर से।

एक ओर आश्चर्य करती सभा तालियाँ बजा रही है और नगरपाल को देखे जा रही है।

आज नगरपाल को यह क्या हुआ है? ऐसा तो कभी वह बैंड के साथ किसी सभा में नहीं आया था। बैंड लाया भी तो अंध स्कूल का। और इतनी देर से क्यों आया है?

मंच पर सभी के मन में यही प्रश्न है।

बैंड के पीछे चलने वाला नगरपाल भीड़ में से होते हुए मंच पर पहुँचेगा। भीड़ सोच रही थी लेकिन नगरपाल ने ऐसा नहीं किया। आसमान में अपनी अंधी नज़रें गड़ाकर टेढ़े-मेढ़े चलने वालों के पीछे से होता हुआ नगरपाल सभा स्थल की बाईं ओर गया। एक पूरा चक्कर उसने काटा है।

वहाँ से श्रोताओं के पीछे से होता हुआ मंच के पीछे जा पहुँचा है।

भीड़ समझ नहीं पा रही है कि यह सब क्या हो रहा है। सभी सिर्फ देख रहे हैं। मंच पर संभाजी बाप्पा उर्फ बाप्पा रावल औरंगजेब के सामने खड़े राजकैदी—जो अभी फाँसी चढ़ने जा रहा है—की मुद्रा में सभा के चक्कर काटते हुए बैंड के पीछे-पीछे चलने वाले नगरपाल को देखे जा रहा है। मंच पर विराजमान अन्य तेज बुद्धि लोगों की बुद्धि मंद या कुंठित होती जा रही है।

यह सब क्या चल रहा है?

और एक चक्कर काटकर अंततोगत्वा नगरपाल श्रोताओं में से होता हुआ मंच की ओर प्रस्थान करने जा रहा है। तब जाकर श्रोताओं और मंच पर उपस्थित सभी के मन पर रखा बोझ कुछ हल्का हुआ और सभी नें जोरदार तालियाँ पीटीं।

बैंड ब्रेक लगने-सा मंच के नीचे रुक जाता है। और मंच की सीढ़ियाँ चढ़ते हुए नगरपाल बैंडवालों को बजाना रोकने का इशारा करता है।

मंच पर बैठे सभी खड़े होकर नगरपाल के लिए तालियाँ बजा रहे हैं। (आरती में बजायी जाने वाली तालियों-सी बेजान तालियाँ।)

मंच पर बैठा अवलिया चूहेमार आसनस्थ है और जो कुछ भी हो रहा है उसके परे देखते हुए अपने चश्मे के मोटे काँच में से घूर रहा है। लेकिन उसकी मुद्रा ऐसी है कि मानो वह कुछ भी देख नहीं रहा हो।

तालियों की गूँज में नगरपाल के मंच पर आगमन होते ही गंडभीर ने, सेवक जैसे राजा-महाराजाओं के चरण छूता है ठीक वैसे अभिनय से नगरपाल के चरण छुए हैं। अब मंच पर उपस्थित अन्य सदस्यों के लिए 'चरणस्पर्श' मजबूरी बन गयी है। वे भी 'चरणस्पर्श' का प्रोग्रैम सम्पन्न किए जा रहे हैं। पहले उसके समर्थकों ने और तदुपरांत उसके विरोधकों ने यह महत् कार्य सम्पन्न किया है।

सिर्फ अवलिया! इस नाटक में सम्मिलित न हुआ एक मात्र पात्र। दोपहर में अपने चश्मे के मोटे काँच में से आसमान ताकता हुआ मानो कोई सितारा ढूँढ़ रहा हो वाली मुद्रा में बैठा हुआ है।

अपने विरोधक बाप्पा रावल के पास रखी हुई कुर्सी पर बैठने के लिए जाते हुए नगरपाल ने वृंदावनदास के कानों में कुछ कह दिया है। अब तक जो चतुर्थ-श्रेणी

कर्मचारी उपाध्यक्ष वृंदावनदास के सिर पर छाता ताने खड़ा था वह फौरन नगरपाल के सिर पर छाता ताने हुए खड़ा हो चुका है। नगरपाल के इर्द-गिर्द मंच पर उपस्थित उसके 'कारभारी' अपने नेता की तंदुरुस्ती का राज़ जानने में व्यस्त हैं। झुक-झुककर नगरपाल को कुर्निसात कर उसकी तबियत का कुशल-क्षेम पूछ रहे हैं।

नगरपाल के बगल में बैठते ही बाप्पा रावल ने मानो औरंगजेब आके बैठा हो यह सोचकर आँखें फेर ली हैं। और वह आहें भरने जैसी साँसें ले रहा है।

वृंदावनदास होश में आने की जी-जान से कोशिश कर रहा है लेकिन अभी भी होश सँभालने में अपने आपको असमर्थ पा रहा है। उसे यह सब स्वप्नवत् लग रहा है। नगरपाल की ओर सीधे न देखते हुए वह आकाश में देखे जा रहा है। उसके हाथों में का प्रस्ताव का कागज़ कहीं उड़ गया है।

समाप्ति की ओर बढ़नेवाली सभा नगरपाल के आगमन के कारण अब पुनः आरंभ होने जा रही है।

देखा जाए तो सभा के सामने जो अजेंडा था समाप्त हो चुका है। भाषण हो चुके हैं। सभा-समाप्ति की औपचारिक घोषणा के पूर्व प्रस्ताव पढ़ना शेष रह गया था। इतने में नाट्यमय पद्धति से बैंड के साथ नगरपाल का आगमन हुआ और जिसके आने की कल्पना कर सभा के आरंभ से जो वृंदावनदास भयाकुल था प्रस्ताव पढ़ने के ठीक पूर्व साक्षात् उसी नगरपाल को देखकर मूर्च्छित-सा हो गया।

गंडभीर अक्सर कहता आया है कि सूत्रसंचालन कर वह कभी थकता नहीं है। आज प्रत्यक्ष इस बात का अनुभव हो रहा है। भरी दोपहर में पुनः सभा का आरंभ करते हुए (धूप में सुर्ख हुआ चेहरा रूमाल से बार-बार पोंछते हुए) गंडभीर गला पुनः-पुनः साफ करते-करते नए शेर से संबोधित करते हुए कह रहा है—संत, सज्जनो! सभ्य पुरुषो! (मधुर आवाज़ में) क्षमा कीजिए मैंने 'स्त्रियो' नहीं कहा क्योंकि उनमें ये सारे विशेषण होते ही हैं। मैं विनम्रता से यह स्वीकारता हूँ! तो मित्रो—इस सभा के दो सूर्य—(रुककर) हमारा भाग्य। एक सूरज आसमान में और दूसरा...यह कहने की आवश्यकता नहीं! दोस्तो...गालिब ने कहा है...

मंच पर नगरपाल के दायीं-बायीं ओर बैठे सभी कुछ समय पूर्व किए अपने कथन को याद किए जा रहे हैं—नगरपाल की न्यायालयीन चौकसी, उसके राज का मनमाना कारोबार! हम करें सो कानून वाली व्यवस्था। चूहों को उसी ने क्यों, कैसे पाला था, लोकप्रियता के लिए कैसे 'चूहों के होने' का इस्तेमाल किया...अपनी व्यंग्यात्मक शैली में कही गयीं ये बातें सभी को याद आ रही हैं लेकिन वे सभी ऐसा अभिनय कर रहे हैं जैसे कुछ हुआ ही न हो। इसका अपवाद सिर्फ एक है—अवलिया

चूहेमार! जिसने नगरपाल का मंच पर आना, बैठना, लोगों द्वारा उसकी चापलूसी किए जाना आदि सबकी उपेक्षा करते हुए, नगरपाल के अस्तित्व की खबर ना लेते हुए और न ही उपेक्षा करते हुए। अपना ऐसा चेहरा निर्विकार! कोरा! आउटफोकस रखे हुए अवलिया! वह ऐसे बैठा है कि जैसे नगरपाल न आया है और न कुछ नया हुआ है।

सभा में पारित किया जाने वाला 'नगरपाल की न्यायालयीन चौकसी' का प्रस्ताव राम पुरोहित ने लिखकर वृंदावनदास के हाथों थमा दिया था। राम पुरोहित नगरपाल का वारिस माना जाता है। इसीलिए तो उसने इतने साल नगरपाल की उसे न जँची हुई बातें भी सर आँखों पर ले रखी हैं। उसे कतई नहीं लगा था कि नगरपाल की शहर पर की पकड़ ऐसे कम होगी। हाँ, वह ऐसे अवसर की ताक में हर पल रहा था। अवलिया चूहेमार का चूहों को समंदर में जलसमाधि देना राम पुरोहित की नज़र में ऐतिहासिक घटना है और इसीलिए उसने अपने भाषण में नगरपाल पर कड़े शब्दों में आरोप लगाए हैं। लेकिन इस नई परिस्थिति में वह नगरपाल की कुर्सी के पास आकर झुक-झुककर प्रणाम कर वहाँ से चलते बना है। बायीं ओर की तीसरी कुर्सी पर बैठे शांतिलाल बनसोड की ओर। प्रस्ताव का उसकी लिखावट में लिखा कागज मूर्च्छित वृंदावनदास के हाथों से उड़कर बनसोड की कुर्सी के नीचे गया हुआ उसने देखा है। शांतिलाल बनसोड से बात करने के बहाने उसने अपना पेन नीचे गिराया है और उसे ढूँढ़ने के बहाने वह कागज़ काबिज कर अब वह उसे निगल चुका है। पुरोहित नगरपाल का चेला! यदि गलती से भी यह कागज़ नगरपाल के हाथों लग जाता तो पुरोहित को साक्षात् ईश्वर भी बचा नहीं पाता। पुरोहित इस बात को अच्छी तरह जानता है।

सबसे बुरा हाल वृंदावनदास का है। राजनीति में कभी किसी षड्यंत्र में वह शामिल नहीं हुआ है। इतना होने पर भी आज 'प्रस्ताव' पढ़ने की स्वीकृति देने की अपनी भूल पर वह पछता रहा है। हाँ, इस बात से वह प्रसन्न है कि प्रस्ताव पढ़ने के पहले ही वह गश खाकर गिर पड़ा। इसलिए वह अपने कुलदेवता का स्मरण कर आभार मान रहा है।

गंडभीर माइक में कह रहा है—अभी तक हमने सबके भाषण सुने लेकिन हम सब जिनके भाषण की राह देख रहे हैं—वे 'सौ सुनार की एक लुहार की' ऐसी जिन की प्रशंसा है—वे...।

टाइमिंग लेकर वह नगरपाल की ओर देखता है।

भीड़ चिल्लाती है—नगरपाल, नगरपाल।

गंडभीर—हाँ, नगरपाल...हम चातक-से इनका भाषण सुनने की प्रतीक्षा में हैं। हमारे नगरपाल...। और समाप्त न होने वाले विशेषण...। इस ऐतिहासिक समय वे हमें चार शब्द—मतलब चाहे जितने शब्द—कहेंगे।

इतना कहकर गंडभीर नाटकीय अदा में गर्दन टेढ़ी कर नगरपाल की ओर देखता है। मंच पर और भीड़ में कमाल की शांति...। नगरपाल उठ खड़ा हो रहा है। लगता है कुंडली मार बैठा भुजंग सीधा हो रहा है। वह माइक के सामने आ जाता है।

खामोशी!

भीड़ में से आवाज़—नगरपाल...।

ज़िंदाबाद! प्रतिसाद।

दूसरी आवाज—मुर्दाबाद...।

फिर से—नगरपाल...।

मुर्दाबाद

ज़िंदाबाद!

कुछ क्षण यह जुगलबंदी! एक पतली आवाज़! दूसरी तेज आवाज़।

नगरपाल जुगलबंदी चलने देता है।

मंच पर के सभी देख रहे हैं।

भीड़ साँस रोके हुए भाषण सुनना चाहती है लेकिन आवाजें सिर्फ ज़िंदाबाद! मुर्दाबाद की! नगरपाल अब भी खड़ा है।

ऐसे खड़ा है कि लोगों के मन में आशंका उभरती है—कहीं वह हड़बड़ाया हुआ तो नहीं है?

क्या उसकी घिग्घी बंद हुई है?

ऐसा तो कभी हुआ नहीं है।

धड़कनें बढ़ रही हैं।

भीड़ में पीछे से आवाज़—मुर्दाबाद!

अब नगरपाल ने मुँह खोला है!

नगरपाल साफ शब्दों में माइक में कह रहा है : 'मेरे साथ सभी एक स्वर में बोलिए नगरपाल मुर्दाबाद। जोर से बोलो! न डरते हुए न संकोच करते हुए! खुले गले से बोलो नगरपाल मुर्दाबाद...।'

और आश्चर्य! भीड़ में से न कोई आवाज़ न कोई नारा! भीड़ चुप! माइक से सिर्फ नगरपाल की गूँजती हुई आवाज़—नगरपाल मुर्दाबाद!

यह चुप्पी बनाए रखने के लिए नगरपाल कुछ समय दे देता है। फिर अपने भाषण का आरंभ करता है।

'सबसे पहले मैं सब से क्षमा याचना करता हूँ कि मैं देर से पहुँचा! चूहे समंदर की ओर जा रहे हैं इसकी ख़बर मुझे बड़े तड़के ही मिली थी और तुरंत मैंने समंदर की नाकाबंदी के आदेश दिए। नगर सेना, पुलिस दल, सबको। इससे भी काम न चला तो होम गार्ड्स, फायरब्रिगेड! कचरा सफाई मज़दूर! सभी! वे लोग यहाँ दीख रहे हैं। (एक दृष्टिक्षेप भीड़ पर!) चूहे खत्म करने का पहाड़ा मैं दिन-रात रटता था और जब वे खत्म होने जा रहे हैं तब मैंने ही इन्हें रोका। (पलभर खामोशी) क्योंकि अपने शहर के सभी चूहे विशिष्ट प्रजाति के ज़हरीले चूहे थे। यह आप सब जानते हैं। इतनी बड़ी तादाद में वे चूहे समंदर में समा जाते तो समंदर का पानी ऐसा ज़हरीला हो जाता कि न अपने शहर को बल्कि समंदर किनारे बसे हुए सभी शहरों को ख़तरा पैदा होता और इसके लिए हमारे नगर-प्रशासन को उत्तरदायी ठहराया जाता। इस घटना का अंतर्राष्ट्रीय परिणाम भी हो जाता। यह मामूली उत्तरदायित्व नहीं था। हमारी फौज समंदर पहुँचने के पहले ही चूहों ने जल समाधि ले ली। कल की रात कोई मामूली रात न थी। जानलेवा ठंड, बारिश, बिजली गायब! खैर! चूहे पहले पहुँच गए। और जो नहीं होना चाहिए था वह हो गया। चूहे समंदर के पेट में समा गए। (यहाँ वह अवलिया को देख रहा है। कहना यह चाहता है कि उसी ने यह सब किया। इस समय अवलिया मछली की हड्डियों से बनी कंघी से चेहरे पर चिपके हुए बाल ठीक कर रहा है।) अब क्या होगा परिणाम? हमने तुरंत विद्वानों से संपर्क स्थापित किया। विदेशी वैज्ञानिकों की राय ली। मुझे यहाँ बताने में...(घड़ी देख रहा है)...आनंद हो रहा है कि ख़तरा टल चुका है। वैज्ञानिकों का यह मत है।'

तालियाँ...ज़िंदाबाद!

तो इस नगर की दृष्टि से आनंद की लेकिन नगरपाल याने मेरे लिए दुख की बात यह कि चूहे समंदर में खत्म हुए। (तालियाँ) यह शहर चूहा-मुक्त शहर हो गया। (और तालियाँ)

तालियाँ अब अचानक रुक़ गईं! नगरपाल के वाक्य का अंतिम हिस्सा जनता की अब समझ में आया।

नगरपाल की दृष्टि से दुख की बात? उसने यही तो कहा था।

कुछ लफड़ा है।

नगरपाल बोले जा रहा है।

'कुछ लोग मानते हैं कि (उसने सहज पीछे मुड़कर देखा!) नगरपाल इस शहर

पर अपनी धाक-सत्ता बनाए रखने हेतु जान-बूझकर चूहा-संकट पाल रहा था। लेकिन आप लोग जानते ही हैं कि इस चूहा संकट से मुक्त होने के लिए नगर-प्रशासन ने क्या-क्या किया है। वे उपाय असफल रहे और तथाकथित विद्वानों ने यह निष्कर्ष निकाला। मुझे इस बारे में सिर्फ इतना ही कहना है कि जिसके कारण नगर चूहा-मुक्त हुआ है उसे आप सबके आग्रह पर मैंने ही शहर में रख लिया है। मैंने उसे मनाने हेतु अपने पद का मान-सम्मान आड़े आने नहीं दिया। इतना ही नहीं आग्रह का कोई उपयोग होता नहीं दीख रहा था तब मैंने अन्य मार्गों का भी इस्तेमाल किया। (तीन सेकेंड शांति) प्रयोग हो इसलिए मैंने अपने प्रयत्नों में कोई कसर नहीं छोड़ी। तभी तो प्रयोग हो पाया है। इसकी सफलता ध्यान में रखते हुए बीच शहर में स्वागत-सत्कार हेतु मंडप भी तना है। वह नगरपाल के मन की साक्ष्य दे रहा है। इस पर भी किसी को मेरे हेतु संबंधी आशंका है तो मैं क्या ईश्वर तक उसे दूर नहीं कर सकता!'

'और एक बात का खुलासा करना चाहता हूँ मैं जिस प्रकार सभा में पहुँचा उसे लेकर सभी के मन में प्रश्न उपस्थित हुए होंगे। मैं अंध स्कूल का बैंड लेकर क्यों आया? आप जानते ही हैं कि इन अंधों के प्रति मेरे मन में हमेशा सहानुभूति रही है। इन बंधु-बहनों की मुसीबतों को दूर करने के मैंने हमेशा प्रयत्न किए हैं। लेकिन आज इन लोगों का बैंड-दल मैं अन्य कारण से ले आया हूँ। आपने देखा है कि बैंड बजाने वाले अंधे हैं। लेकिन आँखें होने जैसे बजा और चल रहे थे। इतना ही नहीं हम आँख वालों से अधिक आत्मविश्वास से कदम-कदम बढ़ाते जा रहे थे। मैं इसी सत्य के दर्शन आप लोगों को कराना चाहता था। आज हमारे आँख वाले कुछ भाई-बहन अंधे बन गए हैं। यही दिखाना मेरा उद्देश्य था।

इन सम्माननीय आँखों वाले अंधों के भाषण मेरे आने से पूर्व आप सुन चुके हैं। मैंने नहीं सुने वे भाषण। फिर भी मैं आपको उनके भाषण का सारांश कथन कर सकता हूँ। मैंने इस शहर के लिए जो-जो अच्छा किया है उसका ज़िक्र तक इन्होंने अपने भाषणों में नहीं किया है। यदि किया हो तो बताइए मैं अपने शब्द वापस लेता हूँ। जन कल्याण के जितने भी काम पिछले पंद्रह-बीस वर्षों में कभी इनकी सहायता से तो कभी इनकी लायी हुई तकनीकी रुकावटों को लाँघते हुए मैंने किए हैं उनका उल्लेख तक इन्होंने नहीं किया। यदि मैं गलत हूँ तो बताइए! इतना ही नहीं, चूहों पर काबू रखने के लिए इतने वर्ष नगर-प्रशासन ने जो अथक प्रयत्न किए हैं उनका उल्लेख तक इन्होंने नहीं किया है। किया है किसी ने?'

'नहीं', 'नहीं'। श्रोताओं की आवाज़।

आँखों वाले इन सम्माननीय व्यक्तियों को शहर में चारों ओर अँधेरा दिखता है क्योंकि वे अंधे हो चुके हैं और मेरे आगे जो बैंड बजा रहे थे वे अंधे होकर भी आँखवाले हैं। मंच पर उपस्थित मेरे मित्र अंधे हैं। कैसी अजीब बात है।

सुनने वाले आश्चर्य कर रहे हैं कि सभा में नगरपाल उपस्थित नहीं था तब भी सभी के भाषणों का सार अचूक शब्दों में कैसे बता रहा है?

नगरपाल कहता जा रहा है—सच तो यह है कि इस नगर में जो कुछ घटित हो रहा है इसके प्रदीर्घ काल से साक्षी हैं ये सब लोग। जो मंच पर भाषण कर चुके हैं। आप सभी जानते हैं इनकी सम्मति के बिना बहुमत के बिना इस शहर में कुछ भी नहीं हो सकता। इस शहर में लोकतंत्र है, तानाशाही नहीं। फिर भी सभी दोषों का आरोपण नगरपाल के मत्थे मढ़कर ये लोग सरेआम भाषण दे रहे हैं। इसे मैं क्या कहूँ? आँखें होकर अंधे। ये मेरे समालोचक बने बैठे हैं। मैं इतना ही कह सकता हूँ कि ईश्वर इन्हें क्षमा करें क्योंकि ये खुद नहीं समझ रहे हैं कि ये क्या बोले जा रहे हैं।

तालियाँ...। हाय! हाय के नारे!

भीड़ में एक दल गा रहा है—मुझको यारो माफ करना। मैं नशे में था।

नगरपाल एक हाथ से इन लोगों को शांत बैठने के लिए कह रहा है और बोले जा रहा है। सुनने वालों के चेहरों पर सुबह से अब तक जबरदस्ती से ओढ़ी हुई खुशी शाम की धूप की तरह मुरझा रही है।

संभाजी बाप्पा रावल तो बीच में एक-दो बार औरंगजेब को जवाब देने की अदा में उठ खड़ा भी हुआ था। शांतिलाल ने उसे चुप बिठाया। राम पुरोहित ऐसे गर्दन ताने और प्रेक्षकों की ओर देखते गर्दन हिलाते बैठा है जैसे ये सब उसके लिए कहा ही नहीं जा रहा है। लेकिन उसका मूँछें कुतरना अब भी जारी है। शांतिलाल और वृंदावनदास नगरपाल की पीठ की ओर देखते हुए आपस में कुछ खुसुर-पुसुर किए जा रहे हैं।

नगरपाल बोले जा रहा है।

'नगरपाल याने कोई हम करे सो कानून वाला' जल्लाद है। मेरे दोस्तों ने ऐसा ही कुछ आपके सामने मेरा कर्तृत्व रखा होगा। इस शहर से आज सुबह जो समंदर में डूब गए मुझे भी उन्हीं की बिरादरी का बताया गया होगा। लेकिन मेरे भाइयो-बहनो क्या मैं आप से कुछ अलग हूँ? मैं आपके जैसा हूँ। आपकी तरह माँ के पेट से जन्मा हूँ। आपकी तरह रेंगते हुए, लड़खड़ाते हुए बड़ा बना हूँ। यहाँ मंच पर बैठे हुए कइयों को घर, भोजन, कपड़े बिना दिक्कत मिले हैं। लेकिन ऐसा कुछ

मुझे नहीं मिला क्योंकि मेरा बाप स्वतंत्रता सेनानी था। (तालियाँ जिंदाबाद) मेरा बाप स्वतंत्रता के मंत्र से अभिभूत हुआ एक कर्त्तव्य परायण मास्टर था। उसने कारावास स्वीकारा पर गुलामी के पाठ नहीं पढ़ाए। (तालियाँ! राम पुरोहित जम्हाई लेना चाहता है पर अपने को रोके हुए है।) भाइयो और बहनो, आप अधपेट रहकर पढ़े होंगे लेकिन मैं भूखे पेट स्कूल गया हूँ! मैं फीस नहीं दे पाता था सो माँ मास्टर को समझाती थी लेकिन उसके चले जाते ही मास्टर मुझे कक्षा से निकाल देता था। आपकी माँ को बच्चे को याने आपको पढ़ाने के लिए मंगलसूत्र गिरवी रखना पड़ा है क्या? मेरी माँ को यह भी करना पड़ा है। (खामोशी! शांतिलाल वृंदावनदास से पूछता है और कितनी बार यह सुनना पड़ेगा?)

नगरपाल बोले जा रहा है—मेरे भाइयो, नगरपाल इस मिट्टी में पला-बढ़ा है और आपकी सेवा में हाजिर हुआ है। वह ना तो तानाशाह है और ना ही अवतार। यदि अवतार होता तो उसी ने मंत्र फूँककर सूखी लौकी बजा कर मस्त चूहों को समंदर के भीतर कर दिया होता लेकिन नगरपाल ठहरा आदमी। उसके पास ना ईश्वरी शक्ति और ना काला जादू। उसके पास है सिर्फ इच्छा शक्ति। इसी इच्छा शक्ति के बल पर वह इस शहर के लिए मर मिटा है। और उसे यश मिला आपके आशीर्वाद से। सहयोगियों की मदद से। अब जब हार गया तो वह अपनी कमजोरियों की वजह से। इस यश की ख़बर यदि मेरे आँखों वाले मित्रों को नहीं है तो कोई बात नहीं लेकिन आप जनता जनार्दन को है। यह मेरे लिए काफी है। (श्रोता 'हाँ है' कहते हैं।) मैंने शहर के हित करने में कोई कोताही बरती हो तो मुझे फाँसी चढ़ाइए। चौक में जो शामियाना तना है उसी में हो जाने दो यह 'फाँसी कार्यक्रम कल! कल ही क्यों? आज ही कर दो।'

सभा चुप! धूप में चुपचाप बैठी है। नगरपाल को सुन रही है। ना रूमाल हिल रहा है और ना ही कोई उठने को तैयार है।

मंच पर मायूसी छा गयी है। नगरपाल के शत्रु और मित्र पक्ष में एक-सी मायूसी! फाँसी, त्यागपत्र, नगर छोड़कर, जाने की बात...वही घिसे-पिटे पर कारगर सिद्ध होने वाले हथियार। इमोशनल ब्लैकमेलिंग।

सब कुछ बना-बनाया हाथ से फिसले जा रहा है।

ठीक इसी वक़्त अवलिया उठ खड़ा हुआ है। लोगों को लगा कि वह कुछ कहने जा रहा है लेकिन अवलिया चुप है। जैसे उसे कुछ याद आया हो ऐसी अदा में सभी को अपनी करांगुली दिखा रहा है। टेबल पर रखी हुई लौकी हाथ में पकड़कर मंच के नीचे उतर रहा है। अब एक हाथ से चश्मा सँभाले जा रहा है और एक हाथ से

लौकी। नगरपाल के भाषण के ठीक चरम बिंदु पर अवलिया के इस कदर उठ खड़े रहने से और नीचे उतरने से उस क्षण का जो प्रभाव श्रोताओं पर होना था उसमें कमी आ गयी है।

अब श्रोताओं की नज़रें भी नगरपाल के भाषण से हटकर नीचे उतर गयी हैं और अवलिया के पीछे हो ली हैं। अवलिया का पीछा करती हुई, भीड़ की नज़रें समंदर तक पहुँचना चाहती हैं। लेकिन बीच में ही अटक जाती हैं फिर लौट आती हैं। क्योंकि अवलिया समंदर की ओर मुँह कर, समंदर के पानी में भीगे हुए रंग-बिरंगे लहँगे को ऊपर उठाकर खड़े-खड़े मूत रहा है और चेहरे पर ऐसा भाव है कि जैसे परमसुख का अनुभव ले रहा हो। भरी धूप में इतना सुखद अनुभव।

अपने भाषण के चरम बिंदु पर अवलिया चूहेमार का उठ खड़ा होना, करांगुली दिखाना (श्रोताओं में दबी हँसी उभरना), मंच से नीचे उतरना, समंदर की ओर जाना यह सब नगरपाल आँखों की कोर से देख रहा था। वह समझ गया कि चूहेमार-अवलिया ने श्रोताओं का ध्यान अपनी ओर खींच लिया है और मेरे भाषण का अमूल्य क्षण खो गया है। लेकिन इसका अपने भाषण पर कोई असर होने न देते हुए नगरपाल ने अपना बयान ज़ारी रखा है।

श्रोताओं को कुछ देर के लिए दोहरा अनुभव लेना पड़ा—एक ओर नगरपाल को सुनने का अनुभव और दूसरी ओर अवलिया चूहेमार के पेशाब करने का अनुभव।

'ठीक है' नगरपाल कह रहा है। मेरे साथ यहाँ बैठे हुए लोग चाहे जो बोल चुके हों लेकिन वे मेरे मित्र हैं। नगर हित के अलावा और कुछ वे भी नहीं जानते। नगर सभा पर चुनकर आने के बाद, विभिन्न कमिटियों पर चुनकर आने के बाद जिस निरपेक्षता से वे सब बेहाल होकर भी नगरसेवा कर रहे हैं। वह लाजवाब है। (हँसी) मैं गंभीरता से बोल रहा हूँ। कुछ दिनों पूर्व मैं बुख़ार से पीड़ित घर में पड़ा था तब मेरी अनुपस्थिति का फायदा उठाकर, उपनगरपाल की मदद से इन 'नगर हितैषियों' ने अपने भत्ते, अपने लिए सहूलतें मनमाने ढंग से बढ़ा ली थीं। क्या नगर की चिंता है इन्हें! तब मैंने हस्तक्षेप कर इनकी 'निःस्वार्थ नगर सेवा' काबू में रखी थीं। पूरा शहर चूहों के आतंक से त्रस्त था। असुरक्षित था तब ये नगर-सेवक अपनी-अपनी सुरक्षा व्यवस्था और विस्तारित करने के चक्कर में थे। यह उनका नगर के प्रति कन्सर्न ही तो है। वे ज़िंदा नहीं रहेंगे तो नगर ज़िंदा कैसे रहेगा? (हँसी) मैंने इनके इन प्रयत्नों का विरोध किया। सबसे प्रथम नगर के सामान्य जन की सुरक्षा। मैंने इसे हमेशा प्रधानता दी है और आज भी दे रहा हूँ। (तालियाँ) आज भी मेरी अनुपस्थिति में उन्होंने मुझ पर जो प्रहार किए हैं वे मेरे प्रति की ईर्ष्या से नहीं

बल्कि नगर के प्रति सद्भावना के कारण ही हैं।

मेरे सत्ता पर होते हुए शहर में बढ़ता चूहों का अत्याचार दूर नहीं हो सका। यह असफलता क्या मेरे अकेले के कारण है? यह असफलता है इस बारे में दो राय नहीं है लेकिन क्या इसमें मेरे सहयोगियों का, विरोधी पक्ष सदस्यों का कोई कसूर नहीं है? निर्णय भले ही प्रशासन के हों लेकिन जब निर्णय किए गए थे तब ये सब सदस्य उपस्थित थे न? होश में थे या...?(हँसी)

कई निर्णय एक मत से लिए गए थे उनका क्या करें? कोई बच्चा भी कह सकता है कि लोकतंत्र में सरकार की असफलता-असफलता सांधिक हुआ करती है। वह किसी एक व्यक्ति की जिम्मेदारी नहीं हुआ करती। सरकार-पक्ष और विरोधी पक्ष दोनों की साझी नैतिक जिम्मेदारी होती है वह! मैं मंच पर बैठे मेरे सभी मित्रों को लोकतंत्र के इस प्रधान सिद्धांत की याद दिलाना चाहता हूँ। जानता हूँ कि याद दिलाने से क्या होगा? आतंक के साये में इस शहर के वासियों ने जो कई रातें जागकर बितायी हैं, जो अत्याचार रात-बेरात लोगों को भुगतने पड़े हैं, किसी की कोई गलती न होने से भोगने पड़े हैं उसकी आपूर्ति कैसे होगी? उसकी जिम्मेदारी प्रशासन की है और हम उसे नकार नहीं सकते या किसी एक को उत्तरदायी मानकर पिंड छुड़ा नहीं सकते।

यह हम सबकी जिम्मेदारी है। मेरी भी है। ऐसे में हम मात्र अपनी रक्षा की चिंता करें यह शर्मनाक है। मंच पर मेरे मित्र यदि हिम्मत करते हैं तो यहाँ आकर वैसा कह दें।

नगरपाल एक पल रुक जाता है। मंच पर बैठा बाप्पा रावल औरंगजेब पर धावा बोलने-सा जेरबंद संभाजी बन उठने की चेष्टा करता है लेकिन उतने में पेशाब कर लौटा हुआ चूहेमार अवलिया मंच पर आकर नगरपाल की खाली कुर्सी पर जा बैठा है। अब श्रोताओं का ध्यान उसी की ओर जाना स्वाभाविक है। (नगरपाल बोले जा रहा है)

जिस शहर ने मुझे अपना माना, मेरे दोष स्वीकार कर मुझसे प्रेम किया, मेरे इस कार्य में मेरे साथ रहा, हर चुनाव में वोटों के आधिक्य से मुझे चुना, मैं इतने वर्ष इसी नगर का यह कर्ज चुकाने हेतु नगर के सुख-दुख में ऐसा समा गया कि वह मेरा सुख-दुख हो। मैंने अपना कर्तव्य ईमानदारी से सहयोगियों की सहायता से और विरोधकों की निगरानी में निभाया है। वे भले ही मेरे कार्य को नकारें, मैं उनके सहयोग को नकारूँगा नहीं। यदि हम गलत हैं तो अंतिम निर्णय लोक-न्यायालय सुनाए। आप जिन्हें दोषी मानते हैं उन्हें सज़ा दीजिए। मैं कोई भी सज़ा बिना

शिकायत भोगने के लिए तैयार हूँ और मैं नगर-हितैषी दोस्तों से प्रार्थना करता हूँ कि वे भी इसके लिए तैयार हो जाएँ।

यहाँ भाषण की ओर ध्यान न देने वाला और शून्य में खोया हुआ चूहेमार अचानक तालियाँ पीटने लगा है। अकेला ही! इससे सभा में बेचैनी छा गयी है। हल्की हँसी भी फैली है। 'कुछ भी समझा नहीं' की मुद्रा में उसका तालियाँ पीटना बंद हो जाता है। अब वह टेबल पर रखी सूखी लौकी के साथ खेल रहा है।

सौभाग्य से इस शहर को आज नया सक्षम नेता प्राप्त हुआ है। (नगरपाल लौकी के साथ खेल रहे चूहेमार की ओर देखता है।) इस नेता के बारे में क्या कहा जाए? सालों-साल जो संकट शहर को घेरे था उस संकट को इस 'महानअवतार' ने रातोंरात खत्म किया। चूहों को समंदर में डुबोकर इस महात्मा ने करिश्मा दिखाया है। इसमें कतई अति उक्ति नहीं है। (तालियाँ) शहर में एक भी चूहा नहीं है। ऐसी आज की सुबह इस शहर ने देखी है—मात्र इसी महानुभाव के कारण! (तालियाँ) इस नए विक्रमादित्य ने यह कार्य सिर्फ इस सूखी लौकी के बल पर किया है। ध्यान देने वाली बात है यह! इतिहास में इसे दर्ज़ किया जाएगा या नहीं, पता नहीं लेकिन गिनिज बुक में ज़रूर यह विक्रम दर्ज़ होगा। (सभा में सभ्रम-तालियाँ बजाएँ या न बजाएँ) गधे का सिर लेकर युद्ध जीतने का उल्लेख बाइबिल में है। उससे भी बड़ा रिकॉर्ड इस सूखी लौकी ने आज सुबह गढ़ा है। ऐसा कर इस अवतारी पुरुष ने हमारे नगर के लिए नई बाइबिल लिख दी है। (तालियाँ ही तालियाँ) यहाँ आपने उसका जो सत्कार आयोजित किया है वह सर्वथा उचित है। (तालियाँ)

नगरपाल तालियाँ रुकने की प्रतीक्षा न करते हुए बोले जा रहा है।

इस ऐतिहासिक सत्कार समारोह में मैं देर से पहुँचा लेकिन मैं मन से आरंभ से ही यहीं था। मैं नगरवासियों को याद दिलाना चाहता हूँ कि दरअसल इसकी भी ज़रूरत नहीं है लेकिन आत्म प्रौढ़ी का आरोप सहते हुए भी मैं कहना चाहता हूँ कि इस 'करिश्मा महोदय' को मैंने ही शहर में रुकने का और प्रयोग करने का, चूहे खत्म करने का आग्रह आप सबका प्रतिनिधि बन कर किया था और इस जिद्दी आदमी ने उसे स्वीकारा था। प्रयोग करने को वह उत्सुक न था लेकिन मेरे प्रयत्नों के कारण उसने वह कर दिखाया। इस सत्य को आप जान लें क्योंकि आप स्वयं उसे देख रहे हैं। (चूहेमार नाक में उँगली डाले आसमान में कुछ ढूँढ़ने में निमग्न हुआ है और वैसा ही बैठा है।) आप अब तक जान गए होंगे कि वह किसी के दबाव में कुछ करने या न करने वाला नहीं है। किसी के कहने पर करेगा नहीं और मन में आएगा तो किसी के कारण रुकेगा भी नहीं। ऊपर से असभ्य, असंस्कृत दिखनेवाले इस शख़्स

का ऐसा ही स्वभाव है। ऐसे लोकोत्तर स्वभाव के बिना चूहों के निःपात जैसा महत् कार्य सम्पन्न करना असंभव है। ऐसे महान व्यक्ति के द्वारा यह कार्य कराना आसान न था इतना आप जान लें। जब भविष्य में इससे संबंधित इतिहास आप जानेंगे तो आप मुझसे सहमत होंगे।

आपने आज समंदर को साक्षी रखकर अपना नया नेता चुना है। 'टूट जाऊँगा लेकिन झुकूँगा नहीं' का व्रत धारण किए हुए इस नेता में आपने लोकतंत्र की परंपरा निभाने की सामर्थ्य देखी होगी, सहयोगियों को, विरोधकों को साथ ले चलने की खूबी देखी होगी, वरना आप ऐसा न करते। मैं आशा करता हूँ कि मेरे मित्र, विरोधक इस नए लोकप्रतिनिधि से संतुष्ट रहेंगे। मित्रो, इस शहर की अपनी एक परंपरा है—सभ्यता, संस्कृति की! (अवलिया अब नाक को छोड़कर बायें कान के परीक्षण में जुटा है।) नगर-भक्षकों ने भले ही कानून ठुकराकर मनमानी की होगी लेकिन इस शहर ने हमेशा कानून का साथ निभाया है। यह नया नेतृत्व इस परंपरा को बनाए रखेगा—मैं आशा करता हूँ। मैं इस शहर को भयमुक्त करने में असफल रहा। मात्र मृगजल दिखाता रहा। मेरे यहाँ आने के पहले मेरे मित्रों ने इस मुद्दे को जोरों शोरों से उछाला था। ऐसा ही कुछ शत्रु भी बकते हैं। जो नहीं किया उस पर उँगली रखने का अधिकार मात्र मित्रों का होता है। मैं ईश्वर से प्रार्थना करता हूँ कि इस नए नेतृत्व में यह शहर भयरहित जीवन, सुचारु व्यवस्थापन का अनुभव करे और उत्कर्ष करे। (नगरपाल आकाश की ओर देखकर हाथ जोड़ता है।) अब मैं अपना दीर्घ बनता गया भाषण रोकता हूँ।

लग रहा था कि नगरपाल का भाषण यहाँ समाप्त हुआ है। लेकिन वह माइक के सामने ही खड़ा है। आभार प्रदर्शन के लिए कदम आगे बढ़ाता गया गंडभीर सकुचाकर खड़ा है।

नगरपाल बोल रहा है—दरअसल हम इससे बड़ा सत्कार, नगर के इतिहास में अविस्मरणीय सत्कार उस शामियाने में करने वाले थे। (नगरपाल चूहेमार की ओर देखता है। चूहेमार लौकी मुँह में धर बजा रहा है।) शामियाना साक्षी है कि इस वीर चूहेमार का न भूतो न भविष्यति सत्कार वहाँ होने वाला था। खैर! आप लोगों ने समंदर किनारे सत्कार समारोह कर दिया। मुझे खुशी है। अब मेरी आयु हो चुकी है।

अब तक के भाषण में यह 'आयु पेच' आने से मंच पर, श्रोताओं में बिजली चमक गयी है।

मंच पर बैठे कह रहे हैं—लो, सुनो नया नाटक!

मंच पर बैठा अवलिया नगरपाल के पीछे किए गए हाथों की ओर मोटे काँच वाले चश्मे के पीछे से देख रहा है।

अंतिम वाक्य 'आयु उल्लेख वाला' कहते हुए नगरपाल कमर से झुक गया है। स्वर में थकान भर चुकी है। अभी तक के तनकर खड़े होने को जानबूझकर ढीला कर दिया गया है। सिनेमा का हीरो बुढ़ापे में जितना बूढ़ा दिखता है उतने भर बुढ़ापे का यह नाटक है। इस नाटक में नया कुछ नहीं है फिर भी भीड़ भावुक बन गई है। मंच पर के लोग इस नाटक को भली-भाँति भाँप चुके हैं। (चूहेमार ने क्या समझा है यह जानने का कोई उपाय नहीं है।)

थकान भरे स्वर में नगरपाल कहे जा रहा है—पूरे दो दशक मैंने इस नगर की काया-वाचा-मन से सेवा की है। नगर के लिए समर्पित हुआ हूँ। हमेशा रात-दिन नगर के बारे में ही सोचता रहा। कभी कामहेतु, विदेश गया भी लेकिन इस नगर की चिंता करता रहा। इन बीस वर्षों में मेरा निजी जीवन कुछ था ही नहीं। मैं नगरमय हो गया था। इस शहर ने भी मुझे उतना ही प्रेम दिया। विश्वास दिया। सहयोग दिया। मैं धन्य हुआ। हाँ, मेरा निजी जीवन बिताना शेष रह गया है। शहर की तरह ही मुझसे प्रेम करने वाली मेरी धर्मपत्नी। मैंने उसे समय नहीं दिया। पुत्र वियोग में भी मैं शोक पीछे छोड़ नगर सेवा करता रहा। मित्रो, अब विदाई का क्षण आ पहुँचा है।

मंच पर नजरें एक-दूसरे से भिड़ गई हैं। विदाई भाषण में पुत्र वियोग उल्लेख अपेक्षित था लेकिन धर्मपत्नी का उल्लेख...। नई बात थी।

नाटक क्लाइमैक्स पर पहुँच रहा है।

'मुझे विदा कीजिए!' नगरपाल संयम की मर्यादा कायम रखते हुए भावमय हो गया है।

श्रोताओं के मन संवेदनक्षम हो गए हैं। नगरपाल के ऐसा कहने की और श्रोताओं के भाव-विह्वल होने की पिछले दस वर्षों में यह पाँचवीं बारी है।

'मत जाइए', दो-चार आवाज़ें! (यह भी डायलॉग फिक्स है। राम पुरोहित झल्लाया है। सब कुछ पूर्व नियोजित।)

नगरपाल माइक के सामने से हटकर चूहेमार की ओर जाने लगा है। अब उसे जबरदस्ती खड़ा कर गले मिल रहा है। नगरपाल की बाँहों में चूहेमार कहीं खो गया है। उसकी ऐनक गिर गयी है। लौकी को उसने एक हाथ में ऊपर पकड़ा है। फोटोग्राफर लोगों ने तस्वीरें खींची हैं। भीड़ जी-जान से तालियाँ बजा रही है और 'चूहेमार, नगरपाल ज़िंदाबाद' के नारे लगा रही है।

गले लगाए चूहेमार के बदन की पसीने की चिपचिपहाट और नमकीन स्पर्श पाकर नगरपाल को मितली जैसा हुआ।

अब नगरपाल पुनः माइक की ओर जाते हुए 'मित्रो, मैं कल ही नगरपाल-निवास से चला जाऊँगा। पुनः मिलें या न मिलें। अभी यह साष्टांग नमस्कार विदाई का।' कह रहा है।

और नगरपाल ने साष्टांग प्रणिपात किया।

अद्‌भुत!

श्रोताओं में गद्‌गद शांति। मंच पर के लोग मन में कह रहे हैं—साला नाटक नौटंकी वाला।

श्रोता तालियाँ पीटे जा रहे हैं।

'नहीं! मत जाना।' भीड़ में चिल्लाहट!

मंच पर बैठे लोगों को लग रहा है ये नगरपाल के चमचे हैं लेकिन लोग उत्स्फूर्त चीख रहे हैं। भीड़ नगरपाल रहित नगर की कल्पना से थर्रा उठी है। अतः वे चर्चा कर रहे हैं। आवाजें, नारे उभर रहे हैं—हमारा नेता नगरपाल।

मंच पर बैठे अपने अपाहिज होने को अनुभूत किए जा रहे हैं। मन में कह रहे हैं—चूहेमार ने प्रयोग कर बाजी जीती थी पर यह इस नगरपाल ने देरी से आकर अपनी छाप जमा ली।

आज इतिहास का नया पर्व आरंभ होने जा रहा था। इसकी आस में बैठे राम पुरोहित को इतने सालों की चापलूसी के बाद अब यह नाटक गुस्सा दिला रहा है। कब तक इस शहर में ये बचकानी हरकतें होती रहेंगी? कब तक भावुकता में ये लोग महामूर्ख बनते रहेंगे? क्यों नहीं कोई इसका भंडाफोड़ करता? कोई इसे अपनी जगह नहीं दिखा सकता? क्यों नहीं लोग कहते—जाइए। आपके बिना हमारा कोई नुकसान न होगा। कब ऐसा कहा जाएगा? आज नहीं तो कभी नहीं।

राम ऐसा कहने को उद्युक्त हुए जा रहा है। ऐसे मौके पर किए जाने वाले भाषण को उसने न जाने कितनी बार दोहराया है। —लोगो, कर्तृत्ववान व्यक्ति की भी अपनी सीमाएँ होती हैं। वह भी अवकाश ग्रहण करना चाहता है। आख़िर शरीर, शरीर है। मन की भी आयु होती है। नगरपाल की इच्छा को हम बोझिल मन से ही क्यों न हो पर सम्मान दें। आख़िर किसी ने कहा है न—रामकृष्ण भी आए और चले गए।

दुनिया पर न कभी खाली रही।

किसी के कारण किसी का जीवन रुकता नहीं है। जिस शहर ने एक नगरपाल

गढ़ा वह दूसरे कइयों को गढ़ सकता है। शायद वह नया यहीं होगा।

राम का ओजभरा भाषण तैयार है। प्रदीर्घ प्रतीक्षा के उपरांत अब उसमें के अवसरवादी ने जोर मारा है। नगरपाल के नाटक की धज्जियाँ उड़ाने की इच्छा उसमें जाग्रत हुई है। लेकिन पुनः वह ईर्ष्या दब जाती है।

श्रोताओं में नारे उभर रहे हैं—नगरपाल हम आपके साथ हैं—मत जाइए। आगे बढ़िए।

उत्स्फूर्त और किराए पर खरीदे हुए श्रोता चीख रहे हैं। नगरपाल माइक थामे खड़ा है। शांतिलाल परेशान होकर उठ खड़ा हुआ है। और झल्लाए राम पुरोहित के पास पहुँचा है। संभाजी बाप्पा नाखून कुतर रहा है। अब नगर की ओर से कोई उसे मनाए। बस इतनी ही विधि सम्पन्न होनी है।

अवलिया कुर्सी में बैठा खुली आँखों में सोता-सा, आधी रात की नींद में। चश्मा नाक के नीचे।

रस्म निभाने हेतु राम पुरोहित ने बलि के बकरे-सा होकर माइक सँभाला है। आवाज़ में कोमलता लाते हुए लेकिन दाँत पीसते हुए उसने विधि सम्पन्न किया है।

यदि हमारे किसी के कथन में भूल हुई हो तो नगरपाल हमें क्षमा करें। मैं सभी नगरवासियों की ओर से नगरपाल जी से प्रार्थना करता हूँ कि वे...न जाएँ। अपने अनुभव से (थूक निगलकर) नगर का मार्गदर्शन करें।

श्रोताओं की सहमति दर्शक तालियाँ। पीछे से शांतिलाल राम की शर्ट पकड़कर याद दिला रहा है 'नगरपाल बनकर रहें ऐसा बोलो' दुबारा याद दिलाने पर भी वह नहीं बोलता। उसका खून खौल चुका है। उसे पता नहीं चल रहा है कि वह क्या बोल रहा है।

नगरपाल ने पुराने नाटक का अंत बदल दिया है और सभी को दुविधा में डाल दिया है।

नगरपाल बोल रहा है—मैंने आप लोगों की इच्छा को सदा सम्मानित किया है लेकिन अब मेरा निर्णय अटल है। मुझे माफ़ कीजिए। नए नगरपाल को चुनिए। वह प्रशासन सँभालेगा।

देखते-देखते नगरपाल नेहरू जी की अदा में मंच से उतर गया और पीछे खड़ी मामूली कार में बैठकर चल पड़ा।

भीड़ कार के पीछे दौड़ रही है लेकिन कार रुकी नहीं।

भीड़ में हड़बड़ाहट है।

मंच पर स्थित नगरपाल के खुले-छुपे शत्रु-मित्र होश सँभाल रहे हैं। अब नई परिस्थिति को सँभालना उनके लिए आवश्यक हो गया है। मंच पर नगर-सेवकों की, अधिकारियों की आपा-धापी बढ़ गयी है। और छाते घूम रहे हैं। वृंदावनदास अनाथ-सा बैठा है। गंडभीर ने सभा समाप्ति की घोषणा कर दी है।

अवलिया की ओर किसी का भी ध्यान नहीं है।

पन्द्रह

22 अप्रैल :

समंदर किनारे हुई उत्स्फूर्त सभा होकर आज छह रातें और साढ़े छह दिन बीत चुके हैं। नगरपाल का कहीं पता नहीं है।

उसके साथी, सहयोगी, विरोधक, खुफ़िया पुलिस, नगरसभा की विनती स्वीकार कर सहायता करने निकला दिल्ली का 'रॉ' संगठन—सभी ने कोशिशें कीं लेकिन नगरपाल नहीं मिला। मनःस्वास्थ्य के लिए वह स्वामी जी के मठ में रहने गया होगा, बैंक बैलेन्स हेतु, स्विट्जरलैंड गया होगा, नगर के बाहर किसी अराजकीय मित्र-सहेली के यहाँ रहा होगा आदि तर्क व्यर्थ हुए हैं।

नगरपाल की पत्नी परेशान है। उसने पुलिस में शिकायत दर्ज की है। पत्रकार-परिषद बुलाकर आरोप लगाया है कि पुलिस ठीक से काम नहीं कर रही है।

पुलिस प्रमुख नारिंगे नगरपाल की मेहरबानी से अपना यह पद प्राप्त किए हुए है। अब नगरपाल की कृपा से ही उसे अपना पद ख़तरे में पड़ा दिख रहा है। पिछले छह दिनों में नगरपाल को ढूँढ़ते-ढूँढ़ते उसका वज़न सात किलो घट गया है।

आरंभ में नगरपाल के छुपे-खुले दोस्त-शत्रु ऊपर से भले ही चिंता ज़ाहिर करते रहे हों मन में खुश हुए थे लेकिन अब वाकई उनकी जान पर बनी है मिन्नतें माँगी जा रही हैं। वृंदावनदास के नए घर में तीन दिनों से होम-हवन चल रहा है। बारह ब्राह्मण मंत्र पाठ कर रहे हैं। वृंदावनदास नए घर की शांति हेतु यह सब कह रहा है लेकिन अंदर की बात है कि नगरपाल लौट आए इसलिए यह सब कुछ हो रहा है। शांतिलाल चुपचाप दिल्ली ट्रिप कर आया है और स्वामी चंद्रास्वामी से मंत्र-तंत्र करवा रहा है। नास्तिक राम पुरोहित तिरुपति जाकर मन्नत माँग आया है। मुंडन करने का कारण वह पिता जी की मौत बता रहा है लेकिन सभी जानते हैं उसके पिता जी कई साल पहले गुज़र गए हैं। वैसे राम पुरोहित झूठ नहीं बोल रहा है। नगरपाल उसका राजकीय पिता (गॉड फादर) ही तो था। 'नगरपाल नामक बला टल

नहीं रही है' का जाप करने वाले अब नगरपाल के वापस आने के उपाय कर रहे हैं।

नगरवासी भी चाहते हैं कि नगरपाल लौट आए। अन्यथा स्कूलों में, कार्यालयों में उसके लिए सामूहिक प्रार्थनाएँ और उसके निवास के सामने भूख हड़ताल धरना न होता।

कुछ अपवाद छोड़कर सभी को लग रहा है कि नगरपाल के बगैर शहर नहीं चल सकता। शहर का सारा कारोबार अस्त-व्यस्त या ठप्प हो गया है। आर्थिक स्थिति इतने कम दिनों में बदतर हो गयी है। मामूली निर्णय लेते हुए भी नगरसभा भयभीत, डाँवाडोल हो रही है। राजनीतिक गुटों में संशय उभरा हुआ है।

समंदर किनारे वाली सभा में अंध स्कूल के बैंड के पीछे वह आया था। देर से चली सभा में की अपनी अनुपस्थिति को भी उसने कैश किया था और बड़ी हिम्मत-हिकमत से सभा का रुख अपनी ओर मोड़ लिया था। 'नगरपाल पद पर मैं नहीं रहूँगा' इसे उसने नाट्यात्मकता के साथ कहा था और साष्टांग प्रणाम कर वह बिनबत्ती की गाड़ी में चला गया था। सो आज तक ऐसा गायब है कि किसी को दिखा नहीं है।

तब पाठकों की तरह सुधी जनों को यही लगा था कि यह उसका नाटक है—अपनी उखड़ी हुई जड़ें मजबूत करने का। वह नगरपाल पद और इस शहर के बिना रह नहीं सकता। ऐसा नाटक वह इसके पूर्व भी खेल चुका है और नगरपाल पद पर कुंडली मारे बैठे रहा है। लेकिन इस बार वह इस कदर अपना वादा निभायेगा इसकी कल्पना किसी ने भी की न थी।

नगरपाल गाड़ी में बैठकर चला गया और सभी नगर सेवक यह मानकर—कि इस बार भी उसने कुश्ती जीत ली। अब कल से उसी के नेतृत्व में रोजमर्रा की तरह काम करना है—अपने-अपने घर गए थे लेकिन हुआ उल्टा ही।

चूहे चले गए और नगरपाल भी।

शहर इस हादसे से सँभल नहीं पा रहा है।

अनेक राजकर्ताओं की तरह नगरपाल भी निश्चित समय के लिए 'अज्ञातवास' में चला जाता था और उसके लौटने पर भी इस संबंध में कुछ चर्चा छिड़ती न थी। वह क्या करता था, कहाँ था इसके बारे में न चर्चा होती थी और न ही अंदाज! उसका गायब होना कई घंटों का या एकाध रात का हुआ करता था और भले ही उसका परिवार जानता हो लेकिन इस संदर्भ में कोई मुँह नहीं खोलता था। ऐसे वक्त भले ही वह अपने निजी सेक्रेटरी फडताले या लाल बत्ती की गाड़ी साथ न लेता हो लेकिन

उसका शोफर भरोसे का आदमी था। इसलिए उसके परिवार को चिंता न रहती थी।

उसकी पत्नी ने इस बार भी उसका गायब होना इसी प्रकार का है मान लिया और उसे धोखा हुआ। लालबत्ती की गाड़ी और शोफर तक साथ न लेते हुए नगरपाल शहर छोड़ चला गया है और साढ़े छह दिन और छह रातें बीत चुकी हैं।

इस घटना क्रम को देखने वाला कोई भी आशंकित हो सकता है कि क्या किसी अंतर्राष्ट्रीय माफिया संगठन ने बड़ी रकम पाने हेतु उसका अपहरण तो किया नहीं होगा? अन्यथा वह क्यों नगर छोड़कर जाएगा?

यदि ऐसा होता तो घटना के बाद चौबीस घंटों के भीतर बेनाम फोन आ जाता। रकम की माँग की जाती। याने अपहरण जैसा कुछ नहीं हुआ है। छह दिन, छह रातें कम अवधि नहीं है। नगरपाल के सहयोगी और विरोधकों में, आपस में संशय उभर आया है। किसका 'उद्योग' होगा यह?

नगर के अनुभवी राजनीतिक निरीक्षण करने वालों को ऐसा नहीं लगता। ऐसे लोग आवश्यकतानुसार छोटे-छोटे साहस करते रहते हैं लेकिन उनमें किसी में ऐसा करने का साहस नहीं है। उनका यह सावध निरीक्षण है।

चूहेमार अवलिया क्या कर रहा है?

नगर के उन्माद ग्रस्त चूहों को उसने रातोंरात खत्म कर नया इतिहास रचा है। इसी हेतु कुछ जल्दबाजी में उसका उत्स्फूर्त सत्कार कर उसे 'नया नेता' माना गया है। चूहेमार ने उत्तरदायित्व स्वीकारने के पहले ही अपने इस पद के लिए अपात्रता दिखा दी है। उस पर जिम्मेदारी सौंपी जाते ही उसने कुछ ही घंटों में एक और नया 'इतिहास' रचा है।

सभा के विसर्जित होने पर भीड़ नगरपाल के पीछे दौड़ी और चूहेमार समंदर में तैराकी करने चला गया लेकिन तैरने का अभ्यास न होने के कारण डूबने लगा। (कल ही रात उसने चूहों को समंदर में ले जाकर डुबो दिया था। इस पार्श्वभूमि पर उसका इस कदर डूबने लगना मति कुंठित कर देने वाला है।)

'बचाओ, बचाओ,' चीख़ने पर फायरब्रिगेड के दो आदमियों ने जाकर उसे पानी से बाहर निकाला और पेट में गया नमकीन पानी निकाला। फिर नगर के अस्पताल में भर्ती कराया। वहाँ कोई उसे पहचान नहीं सका और वह करीबन दो घंटे उस सामान्य वार्ड में था। फिर वह खुद वहाँ से चल दिया। पुनः समंदर किनारे पहुँच गया और पानी में उतरने लगा। दो लोगों ने उसे देखा और पहचाना कि यह वही 'डूबनेवाला' आदमी है। उसे पागल समझकर लोगों ने रोकना चाहा। चूहेमार ने उनकी एक न मानी और समंदर में चलता ही गया। बागस भी आया। पानी में

छूटी हुई सूखी लौकी ले आया वह अपने साथ! उसके उपरांत शहर में किसी टपरी में चाय पीने चला गया। तमाशबीनों ने उसे पहचान लिया। भीड़ इकट्ठा होने लगी। (इसमें नवनिर्मित नागरिक मंच के दो-तीन उत्साही और उत्तेजित सदस्य थे) शोभायात्रा निकालकर चूहेमार को नगरसभा में ले जाया गया। वहाँ नगरपाल के सिंहासन पर उसे जबरदस्ती बिठाया गया। वह शहर का नया नगरपाल घोषित कर दिया गया। यह घटना घटित हो रही थी, तब वहाँ रक्षक खड़े थे। उन्होंने 'ऊपर के लोगों को' एक्शन लें या न लें के संदर्भ में फोन पर पूछ लिया लेकिन उन्हें कोई जवाब मिल न सका। आधीरात तक सभी रुके थे। नारे लगाकर भीड़ जब चली गयी तब अवलिया वहीं पर सो गया। दूसरे दिन सुबह सफाई कर्मचारी काम पर आए तब भी वह वैसा ही लेटा रहा। सेवा शर्तों में-नियमों में ऐसे वक़्त क्या करना चाहिए संबंधी कोई नियम न था अतः नगर सभा भवन के अधिकारी को बुलाया गया। इस घटना का प्रिसीडेंट या पूर्व परंपरा न होने से याने इसके पूर्व कभी ऐसा कुछ घटित न होने से नगर सेवकों ने इसकी ख़बर नगरसभा के स्पीकार कुंदनमल सरोदिया (आयु अस्सी वर्ष) जी को दी। वे दो सेवकों की सहायता से तत्काल घटना-स्थल पहुँच गए। उनके कहने के अनुसार नगरसभा के सभी निर्वाचित सदस्यों—राम पुरोहित को भी—को नगरपाल कार्यालय में बुलाया गया। तब तक अवलिया की नींद खुल गयी थी। उसकी इच्छानुसार वहीं पर एक छोटा चाय-पान का कार्यक्रम जल्दी ही आयोजित किया गया और तत्काल समाप्त भी किया गया। नगरपाल की इच्छा के कारण जिस फार्महाउस में वह एक रात रहा था वहीं उसे छोड़ा गया। वहाँ उसके लिए पंचतारांकित सुविधाएँ उपलब्ध करा दी गईं। सभी उसे अलविदा कर लौट आए।

नई परिस्थितियों पर विचार करने हेतु एक संयुक्त सभा आयोजित की गयी। विशेष यह कि इसने इतिहास रचा। पहली बार प्रशासन के सभी समर्थक और विरोधक एक साथ इकट्ठा हुए थे। संविधानात्मक परेशानियों से बचने हेतु और अशोभनीय अंतर्गत सत्तास्पर्धा टालने हेतु अवलिया को मानद नगरपाल (अर्थात् नामधारी, क्योंकि संविधान में यह पद नहीं है।) घोषित किया गया और जिसमें कोई नेतृत्व गुण नहीं है ऐसे 'सेफ' वृंदावनदास अमृते को प्र-नगरपाल (कामचलाऊ) नगरपाल घोषित किया गया। नगरपाल का शपथविधि सुबह हो जाए और बाद में उचित संविधान-संशोधन कार्यवाही के उपरांत आगे के निर्णय लेने का निर्णय सम्मत करा के सभा विसर्जित हुई।

नगरपाल पद का प्रश्न तत्कालीन रूप से भले ही सुलझ गया हो लेकिन प्रत्यक्ष नगर-प्रशासन को लेकर जो समस्याएँ थीं उनमें सारा नगर-प्रशासन आकंठ डूब गया

और उनके सामने कोई रास्ता भी शेष न रहा था।

आज सुबह शहर के पुराने इलाके में दो बस्तियों में दो खून हुए थे। मरनेवालों के शरीर पर गंभीर घाव थे। इस शहर के लिए खून, बलात्कार कोई नई चीज़ नहीं है लेकिन गौर करने योग्य बात है कि 'वह विशिष्ट चूहे जमात' खत्म होने के बावजूद ऐसी वारदातें हो रही हैं।

नगरपालिका के चतुर्थ श्रेणी कर्मचारियों ने हड़ताल का नोटिस ज़ारी किया है। इन्हीं की हड़ताल को लेकर नगरपाल को एक बार बाज़ी हारनी पड़ी थी। यह किस्सा पाठक पढ़ चुके हैं। उसके बाद इस यूनियन ने हड़ताल का नाम कभी नहीं लिया था। और आज पुनः हड़ताल की भाषा? हड़ताल का कारण यूनियन द्वारा बताया जा रहा है—डेढ़ महीना हो गया है अभी तक तनख्वाह नहीं मिली है।

राजस्व विभाग के मुख्य सचिव को कल रिश्वत लेते हुए रंगे हाथों पकड़ा गया। अब उसके खिलाफ गुनाह दर्ज़ कर दिया गया है। यह नहीं कह सकते कि शहर में इसके पूर्व कभी रिश्वत ली ही गयी न थी। लेकिन इस कदर किसी को पकड़ा न गया था और शिकायत भी दर्ज़ की न गयी थी। कल ऐसा पहली बार हुआ था।

कोई साफ-साफ कह नहीं रहा है लेकिन नगरसभा का हर सदस्य ऐसे मुश्किल प्रसंगों में नगरपाल की अनुपस्थिति को तीव्रता से महसूस कर रहा है। क्योंकि नगरपाल जटिल से जटिल प्रश्न चुटकी में हल किया करता था।

खास बात यह है कि मानद नगरपाल अवलिया भूल से भी कभी कार्यालय में आया नहीं है और प्र-नगरपाल वृंदावनदास न भूलते हुए रोज समय पर कार्यालय पहुँचता है तथा सचिव के बताए गए सभी कागज़ों पर दस्तखत कर देता है।

23 अप्रैल :

आज अवलिया का मानद नगरपाल और वृंदावनदास का प्र-नगरपाल के रूप में शपथविधि सम्पन्न हुआ है।

शपथविधि समारोह में (अवलिया के कारण) न भूतो भीड़ इकट्ठा हुई थी। सभी को सभागृह में प्रवेश मिलना असंभव था। भीड़ कुछ उल्टा सीधा कर न बैठे इस हेतु तुरंत सभागृह के बाहर ध्वनि क्षेपकों की व्यवस्था की गयी थी।

अवलिया के स्वभाव को जानते हुए शपथविधि समारोह संक्षेप में और सादगीभरा रखा गया था।

फिर भी उसने गड़बड़ कर ही दी।

नगरसभा के स्पीकर सरोदिया शपथ देने हेतु खड़े हुए और अवलिया से कहा गया कि वह भीड़ में से उठकर खास उसके लिए बनाए गए मंच पर पधारे।

और अवलिया मंच पर जाने के बजाय सीधा सभागृह के बाहर चला गया।

द्वार रक्षकों ने विनम्रता से लेकिन अवलिया को रोककर उसका ध्यान माननीय स्पीकर महोदय की ओर आकृष्ट करने का प्रयत्न किया। अवलिया ने एक के मुँह पर तमाचा जड़ दिया और दूसरे के कपड़े फाड़ दिए। गंदी जुबान में गालियाँ भी दीं। (अंगरक्षकों का कहना है।) इतने में राम पुरोहित और उसके दो सहयोगी वहाँ पहुँचे और अवलिया को मनाने लगे। बड़ी मुश्किल से अवलिया को अब मंच पर ले जाया गया है।

मानद नगरपाल के रूप में शपथ ग्रहण करते हुए अवलिया ने अपनी मनमानी ज़ारी रखी थी। शपथ के कुछ शब्दों का उच्चारण न करते हुए वह अभी भी उन रक्षकों को उद्देश्य कर कुछ बुदबुदा रहा था। आशय यह था कि 'बाहर चलो फिर देखता हूँ।' उसके पीछे खड़े रक्षकों का ऐसा कहना है। हाँ, प्रेक्षकों को इतना ही दिख रहा था कि शपथ देते हुए स्पीकर सरोदिया काँप रहे थे।

उसके बाद दायें हाथ से स्पीकर के साथ शेकहैंड किया गया। फिर आम तौर पर अवलिया ने शिष्टाचार का पालन किया।

पत्रकारों ने जब अवलिया को पूछा कि मंच पर जाने के बजाय वह बाहर क्यों चला गया था तब 'मुँह में जमा तमाखू का गोला स्पीकर के सामने थूकता तो चलता क्या?' ऐसा उल्टा सवाल उसने पत्रकारों से पूछा। (और यह पूछते हुए अपनी खास भाषा में साले, चूतिया आदि शब्दों का प्रयोग उसने किया)

पत्रकारों के पूछे प्रश्नों के उत्तर विविध विषयों पर अपनी कुछ भिन्न राय दर्ज़ करते हुए उसने दिए। बगल में बैठे राम पुरोहित ने जब उसकी बात में कुछ जोड़ना चाहा या संशोधन करना चाहा तब उसे मुँह की खानी पड़ी। जैसे–

पत्रकार : पूर्व नगरपाल संबंधी आपकी राय क्या है?–अवलिया थूकता है।

राम पुरो : इस संदर्भ में वे कुछ कहना नहीं चाहते।

अवलिया : तू चुप कर। मैं बताता हूँ। (थूककर) बकवास।

पत्रकार : याने आपको उनका कारोबार पसंद नहीं?

राम पुरो : (जल्दी में) संकट काल में नियुक्त किए गए मानद नगरपाल से यह प्रश्न पूछना उचित नहीं। शिष्ट सम्मत नहीं है।

अवलिया : क्यों नहीं? सही प्रश्न है! मैं बताता हूँ! बकवास! एकदम लिजलिजा! चूहा साला! काम छोड़ के भाग गया।

राम पुरो : (अपनी बात ज़ारी रखते हुए) उनका यह मत निजी है न कि प्र-नगरपाल के रूप में।

अवलिया : तू बीच-बीच में क्यों तड़मड़ाता है?

मुझे पूछ रहे हैं तो मैं बोलूँगा न! एकदम चुप! (पत्रकारों से) ये राजनीति वाले ऐसे ही होते हैं। खुद को खुदा समझते हैं।

नगरपाल के भाग जाने संबंधी नाराज़ अवलिया ने नगरपाल के तेज दिमाग को अच्छे अंक दिए। 'आदमी निकम्मा लेकिन भेजे का तेज' अवलिया ने कहा।

पत्रकारों ने 'नगरवासियों के लिए भविष्य की योजनाएँ क्या हैं?' पूछते ही अवलिया ने कहा, 'नगरवालों की ऐसी-तैसी। वही होगा जो मंजूरे खुदा होगा। गधे की दुल्हन जब कचरे के ढेर सूँघने आएगी तब देखा जाएगा...।'

अवलिया को नव निवास स्थल पहुँचाकर राम पुरो ने अपनी पहचान के बल पर यह साक्षात्कार 'ऐसा न छपेगा' का इंतजाम किया और क्या छपेगा इसका मसौदा बनाकर दिया जिसमें जनता को पता नहीं चल पाया कि वृंदावनदास ने प्र-नगरपाल पद की शपथ कब ली थी।

नगरपाल के चले जाने से निर्माण हुई नई परिस्थिति से राम पुरो बेचैन हुआ। नगरपाल को सताने वाला प्रश्न 'अवलिया को किसने भेजा?' अब राम पुरो को सताने लगा।

24 अप्रैल :

आज सुबह नगर चौक में ऐन भीड़ के समय एक आदमी ने अपने बदन पर रॉकेल उँड़ेलकर खुद को जलाने का असफल प्रयत्न किया। वह आधा जला था कि उसे शहर अस्पताल में भर्ती किया गया। अब उसकी हालत गंभीर बतायी जा रही है।

उस आदमी ने पत्रकारों से कहा कि नगरपाल को ढूँढ़कर वापस लाया नहीं जा रहा है इसके निषेधार्थ ऐसा किया गया।

इस घटना से शहर में स्थितियाँ और तनावग्रस्त बन रही हैं। लोगों का विश्वास और दृढ़ होता जा रहा है कि नगरपाल को ढूँढ़कर लाने में जानबूझकर शिथिलता बरती जा रही है।

कल रात शहर की दीवारों पर जगह-जगह भित्ति पत्र चिपकाए गए हैं। जिस का शीर्षक है, 'सत्तांधो! सावधान! जवाब दो!' मजमून है—नगरपाल वापस न आया तो याद रखना। इस पाप की कबूली जनता जनार्दन के सामने देनी पड़ेगी। उसके नीचे ख़तरे का निशान दो हड्डियों का क्रॉस और उसमें लाल रंग की खोपड़ी है। हस्ताक्षर की जगह लिखा गया है—नगर माओवादी लेनिनवादी कम्युनिस्ट पक्ष। किसी को याद नहीं पड़ता कि ऐसा कोई पक्ष शहर में है। लगता है यह किसी

आतंकवादी गुट का काम है। इससे नगर-प्रशासन अधिकारियों में और कर्मचारियों में कमाल की हड़बड़ी मच गयी है। नगर-सेवकों की सुरक्षा व्यवस्था में और इजाफा किया गया है।

ऐसे समय अफवाहों की कमी नहीं होती। नगर के दक्षिण भाग में बात फैली–'नगरपाल आया है।' पूरे शहर में दौड़ा-दौड़ी मची। नगरपाल-निवास के सामने भीड़ उमड़ पड़ी। उसमें दो बच्चे हकनाक ज़ख्मी हुए। किसी ने पेड़े बाँटे। नगरपाल-पत्नी को बार-बार जनता के सामने आकर कहना पड़ा यह सच नहीं है।...तब जाकर लोग लौट गए। लेकिन लौटती राह पर अपना क्रोध व्यक्त करते हुए लोगों ने सार्वजनिक माल-जान का नुकसान किया। सार्वजनिक सम्पत्ति को जलाया। विरोधी दल के किसी नगरसेवक का घर जलाने का प्रयास किया।

जैसे-जैसे दिन बीते जा रहे हैं वैसे-वैसे शहर का वातावरण बद्तर होता जा रहा है। अनुमान है कि नगरपाल को तलाशा न गया तो स्थितियाँ बेकाबू हो जाएँगी। इसी में एक व्यापारी को फोन पर धमकाया गया है–बड़ी रकम माँगी गयी है। परिवार की हत्या करने की धमकी। इससे समूचे व्यापारी वर्ग में खलबली मच गयी है। फोन करने वाले ने अपना नाम 'सवाई चूहा' बताया है।

चूहों के समाप्त होने से शहर चैन की साँस लेगा। आरंभ में उत्पन्न हुआ आशावाद क्षणिक सिद्ध हुआ है और देखते-देखते यह नई मुसीबत मुँह फैलाये खड़ी हो गयी है।

नगरसभा के विविध गुटों की गुप्त बैठकें-सभाएँ लगातार आयोजित हो रही हैं। 'नगरपाल के इस कदर जाने से उसके पक्ष में चुनाव में सिम्पैथी वोट मिलेंगे' के अनुमान से बौखलाए हुए विरोधक शहर में सभाएँ ले-लेकर नगरवासियों को नगरपाल के चले जाने के पीछे की पार्श्वभूमि समझा-समझाकर उनका प्रबोधन-ज्ञानवर्धन कर रहे हैं। इतने से काम न चलेगा यह जानकर किसी दल ने 'प्रबोधन-रथ यात्रा' का आयोजन करने का मुद्दा उछाला और अवलिया इसका नेतृत्व करे इसलिए उसे मनाने का उपक्रम हाथ लिया। अवलिया ने इसके लिए अब तक ना हरी बत्ती दिखायी है और ना ही लाल बत्ती। उससे मिलने गए वालों से उसने पूछा, 'रात यात्रा?' ये क्या चीज़ है? मैं रातकू सोना पसंद करता हूँ। जब रथ यात्रा का महत्त्व उसे समझा दिया गया तब उसने कहा, 'समझ गया। मैं रथ पे बैठूँगा।'

सारांश यह कि शहर की स्थितियाँ तेजी से बद्तर से बद्तर बनती जा रही हैं और जानकार लोगों के सामने प्रश्न उपस्थित हुआ है–आगे क्या होगा?

अवलिया इन घटनाओं के ठीक बीच खड़ा है लेकिन लगता है इन सबसे

अछूता अनजान है।

कल उसने पैदल शहर सीमा के बाहर उज्जड़ पड़ी 'चूहा बस्ती' का दौरा किया। पत्रकार प्रतिनिधि ने जब उससे पूछा तो उसने कहा, 'एकाध रह गया होगा तो उसे समंदर में डुबाता।'

उसके—अवलिया के स्वभाव को जानते हुए भी नगरपाल के गायब होने के प्रति उसकी तटस्थता को लेकर विद्वान लोग बेचैन हैं। कई लोगों के मन में आशंका उभर रही है—हो न हो कहीं नगरपाल के गायब होने में इसका कुछ हाथ...। प्रमाण के अभाव में सभी चुप हैं। खुलकर बोल नहीं पा रहे हैं।

प्र-नगरपाल की शपथ लेने के दिन में एक घटना घटी। (अब वह न भूलते हुए यह उपाधि लगाता है।) शाम का समय था! वृंदावनदास अपने निवास में परिवार के साथ हँसी-मज़ाक कर रहा था (यह प्रकरण बताए बिना कथन पूरा नहीं होगा।) उसकी पत्नी ने हमेशा की तरह, सहजता से वृंदावनदास की किसी घरेलू बात पर कहा, 'चलिए, कुछ भी! पागल जैसा!' उसके ऐसा कहते ही वृंदावनदास बेकाबू हो गया और उसने पत्नी को चाँटा मारा। 'जान लो! आज से मैं प्र-नगरपाल हूँ। मेरे बारे में ऐसा कुछ कहा गया तो मैं बर्दाश्त नहीं करूँगा। अदब से बात करो।' उसने धमकाया।

इस हादसे से वृंदावनदास की पत्नी अभी भी अपने आपको सँभाल नहीं पा रही है। अब वह न भूलते हुए पति को 'सर' संबोधित करती है और आगे जो कहना है वह कहती है।

सारांश, किसी को कुछ से तो किसी को कुछ से मतलब।

25 अप्रैल :

नगरपाल के गायब होने का आज सातवाँ दिन।

आज पहली बार पुलिस को इस संदर्भ में कुछ सूत्र मिल गया है।

आज शहर के दो स्थानिक लोगों ने शहर से बीस किलोमीटर दूरी पर वह कार देखी जिसमें बैठकर नगरपाल उस दिन सभा से चला गया था। उन्होंने तत्काल पुलिस को ख़बर कर दी। पुलिस के खास 'जाँच पथक' ने उस कार की जाँच कर निष्कर्ष निकाला कि यह वही कार है।

अब तक यह ख़बर शहर में फैल चुकी थी। 'वह कार' देखने के लिए सारा शहर उस स्थान पर पहुँच चुका था। भीड़ लगातार बढ़ती जा रही थी।

स्थिति की नज़ाकत को जानते हुए नगर सभा ने जनता का आवाहन किया कि जनता वहाँ ऐसी भीड़ न करे और पुलिस के जाँच कार्य में रुकावट पैदा न करे।

वहाँ कुछ अनुचित घटित न हो इसलिए पुलिस बंदोबस्त रखा गया है।

पंचनामा आदि 'विधि' सम्पन्न होने पर वह कार पुलिस मुख्यालय के सामने जनता के देखने के लिए रखी जाएगी। पुलिस विभाग से सूचना ज़ारी कर दी गयी है।

विशेष पत्रकार परिषद में पुलिस प्रमुख नारिंगे ने आशावादी स्वर में कहा—अब जाँच कार्य गति से सफल होगा। जब पत्रकारों ने पूछा—यह जाँच कार्य कितने दिन चलेगा? तब नारिंगे ने अपनी मूँछें सहलाते हुए कहा—यदि निश्चित समय अभी बताया न भी जाए लेकिन यह तय है कि जल्द ही जल्द हम घटित घटनाओं की जाँच कर...। नगरपाल को जनता के सामने हाजिर कर सकेंगे। यह कहते हुए जहाँ जिस शब्द पर नारिंगे की खाँसी छूटी वह 'जगह' पत्रकारों में चर्चा का विषय बन चुकी है। कुछ पत्रकारों का कहना है कि यह खाँसी तब छूटी जब नारिंगे 'ज़िंदा या मृत' कहने जा रहा था।

नगरपाल संबंधी रहस्य कम होने की अपेक्षा बढ़ता जा रहा है।

इस संदर्भ में दो संभावनाओं की चर्चा की जा रही है—एक : नगरपाल का अपहरण किया गया है। दो : उसकी हत्या कर, लाश छिपाकर या खत्म कर कार ऐसी छोड़ी गयी है।

अनुभवी लोग दूसरी आशंका पर टिके हैं।

इन तर्कों की चर्चा में बाढ़ आयी हुई है। नगर-प्रशासन अधिकारियों ने गृह मंत्रालय से सुरक्षा के साथ-साथ स्व-रक्षा हेतु पिस्तौल की माँग की है।

इससे शहर में तनाव और संशय में वृद्धि हो गयी है।

नगरपाल की इस तथाकथित हत्या के साथ विरोधकों के नाम जोड़े गए हैं। विशेष यह कि नगरपाल के वारिस माने गए राम पुरो को भी इसमें जोड़ा गया है। इसका अर्थ ही यह है कि शहर वासियों को अब किसी के प्रति विश्वास न रहा है।

26 अप्रैल :

पुलिस प्रमुख नारिंगे ने आज तुरंत पत्रकार परिषद बुलाकर महत्त्वपूर्ण नया धक्का देनेवाला सूत्र सामने रखा।

उस कार के पिछली और आगे की सीट के बीच वाली दराज़ में सूखी लौकी का डंठल पुलिस को मिला है। इसका एक अर्थ यह कि—यह कार दूसरे गाँवों से शहर में सब्ज़ियाँ लाने हेतु इस्तेमाल की जाती है। 'और इसी काम से वह इस्तेमाल की जाती है।' पुलिस प्रमुख नारिंगे ने बाद में पत्रकारों के सामने स्पष्ट भी किया। इस घटना का और भी एक अर्थ हो सकता है जो नारिंगे ने कहा नहीं है तब भी

पत्रकारों के दिमाग में वह अर्थ कौंध गया है। सूखी लौकी अवलिया चूहेमार का साधन—चूहों को मंत्रमुग्ध बेहोश कर समंदर में ले जाने वाला साधन। वह आज भी उसके साथ रहता है। इस लौकी में डंठल था क्या? अब है या गायब हुआ? विद्वान चाहते हैं कि इसकी जाँच की जाए। यदि डंठल गायब है तो अवलिया का संबंध सीधा-सीधा उस घटना से जुड़ जाएगा।

कल यह ख़बर पहले पृष्ठ पर छपने वाली है। वह पढ़कर शहर में क्या-क्या हंगामा बरपेगा! इसकी कल्पना करना मुश्किल है। पहले ही तर्क, आशंकाओं ने शहर को घेरा है। पत्रकारों ने पुलिस प्रमुख नारिंगे से पूछा, 'यह डंठल अवलिया की सूखी लौकी का है या...? अवलिया को पूछताछ के लिए कब ताबे में ले रहे हैं?'

पुलिस प्रमुख ने गोलमोल जवाब दिया। इससे और तर्कों की बाढ़ आयी। एक 'सायं दैनिक' ने समाचार छापा, 'पुलिस प्रमुख पर दबाव डाला जा रहा है। अंतर्राष्ट्रीय राजनीति में अवलिया को बलि का बकरा बनाया जा रहा है।' इस सायं दैनिक ने दोपहर में ही विशेष संस्करण संपादित कर छापा। उसमें अमेरिका-पाकिस्तान के अध्यक्षों की तस्वीरें भी छापी थीं। यह 'सायं दैनिक' कोई खास नहीं था लेकिन इस ख़बर से उसके सात संस्करण छप चुके हैं। काले बाज़ार में दुगुने दाम से इसे बेचा गया। शाम तक नगर चौक में दो होली जलीं। उसमें अमेरिका-पाकिस्तान के निशान जलाए गए। हंड्स ऑफ अमेरिका। हंड्स ऑफ पाकिस्तान के नारे लगाए गए। इस दोहरे कार्यक्रम के चलते पता चला कि नए सिरे से बने नागरिक मंच से इसका आयोजन किया गया है। इस कार्यक्रम का नाम रखा गया है—'विदेशी शक्ति निषेध जागरण।' मंच के दो गुटों में समझौता न होने से यह तय किया गया कि एक गुट अमेरिका विरोध में और दूसरा गुट पाकिस्तान विरोध में होली सुलगाएगा। विदेशी ताकत के संदर्भ में मंच के सदस्यों में एकता स्थापित हो न सकी। इस समझौते से सहमत न हुए मंच के सदस्यों ने उनके आगे भारत के निशान की होली जलायी है।

इस बीच आकाशवाणी से प्रसारित चर्चा कार्यक्रम में राजनीतिक ज्येष्ठ चिंतक तरुण क्षेत्रपाल ने कहा—कार में मिला लौकी डंठल अवलिया के किसी विरोधक ने उसको हटाने हेतु और शहर का वातावरण और तप्त करने हेतु रखा होगा। यह किसका काम हो सकता है? और अंदाज़! बदहवास हुए शहरवासियों को और उलझा दिया गया है। अवलिया का विरोधक कौन? चूहे निर्मूलन के बाद कौन बचा है? कुछ सोच रहे हैं। इन नई परिस्थितियों में अवलिया की बढ़ती लोकप्रियता किसको काँटे-सी चुभ सकती है? इससे नगरपाल ही असुरक्षित महसूस कर रहा होगा। इसका मतलब यह काम नगरपाल का ही होगा।

अन्यथा ऐसी चर्चाओं में सामान्य नागरिक को कतई रुचि नहीं रहती लेकिन अब सामान्य से सामान्य नागरिक चर्चा में औत्सुक्य दिखा रहे हैं। इस संदर्भ में नागरिक मंच के दोनों दलों ने संयुक्त रूप में परिपत्र द्वारा अपना आनंद व्यक्त किया है। इसमें आगे यह भी कहा गया है कि लोकतंत्र की दृष्टि से यह अत्यावश्यक है। बिल्कुल नए नगर माओवादी नक्सल पक्ष ने अपने परिपत्र में इस संदर्भ में ऐसा होने से चिंता व्यक्त की है।

हाँ, इतना सच है कि अवलिया ने अब तक अपनी जबान नहीं खोली है। कुछ पत्रकार प्रतिनिधि जब इस संदर्भ में उससे बात करने गए तब उसने अपने हाथ की वस्तुएँ फेंककर अदृश्य कर दिखायीं। एक के जेब की वस्तुएँ दूसरे की जेब में गायब कर दिखायीं। जादू के करतब दिखाकर उसने पत्रकारों को विदा कर दिया है।

अवलिया के ऐसे बर्ताव से पत्रकारों में दो गुट बन चुके हैं। कुछ लोगों को वह पागल, उथला, मगरूर, लापरवाह, प्रचार माध्यमों को टालनेवाला लग रहा है और दूसरे गुट को वह इन्हीं कारणों से प्रिय लग रहा है।

इस संदर्भ में और एक बात गौर फर्माने की है। दो दिन पूर्व किसी समाचार पत्र ने आयोजित किए 'लोकप्रियता क्रम' टीआरपी में अवलिया प्रथम क्रमांक पर है और नगरपाल दूसरे क्रमांक पर।

'नगरपाल पद पात्रता क्रम' में वह तीसरे क्रम पर आया। पहला क्रमांक नगरपाल, दूसरा क्रमांक राम पुरो को मिला। बहुसंख्य पाठकों ने अपना मत लिख दिया—नगरपाल पद उत्तरदायित्वों को निभाने वाला है। अतः इस पद पर अनुभवी व्यक्ति चाहिए। हाँ, इस मत के साथ कई पाठकों ने यह सूचना भी भेजी है कि संविधान में संशोधन कर नगरपाल पद के साथ नगर अध्यक्ष पद निर्माण किया जाए और उस पद पर आमरण अवलिया को नियुक्त किया जाए। इस व्यक्ति को कोई अधिकार न देते हुए मात्र नगरवासियों की कृतज्ञता स्वरूप इसको सम्मान दिया जाए।

यह दो दिन पूर्व की बात है। पुलिस प्रमुख नारिंगे की आयोजित पत्रकार परिषद इसके बाद हुई थी।

27 अप्रैल :

आज स्थानिक दैनिक 'हल्लाबोल' ने 'लौकी के डंठल तले कौन?' शीर्षक से संपादकीय लिखा है और उसमें इस नीच कर्म का सूत्रधार और कोई नहीं बल्कि पुलिस प्रमुख नारिंगे के होने की बात को उछाल दिया है।

जब पत्रकारों ने नारिंगे को घेरा तो संतप्त नारिंगे ने कहा कि अब इस

बदनामी की फरियाद वह कोर्ट में करने वाला है। उसे इन्साफ चाहिए। उसने आगे यह भी कहा कि जब नक्सलवादियों की गतिविधियाँ जोरों पर हैं ऐसे में शहर के पुलिस प्रमुख पर इस कदर आरोप मढ़ना नक्सलवादियों को बढ़ावा देना है। ये बेबुनियादी आरोप हैं। हो सकता है नक्सलवादियों ने या शहर के बाहरवाले ड्रग माफिया वालों ने नगरपाल का अपहरण किया होगा। 'हल्लाबोल' के संपादक के संबंध नक्सलवादियों के साथ हैं क्या? कार्रवाई ज़ारी है। और यदि यह सिद्ध हुआ तो गंभीर रूप से कार्रवाई ज़ारी रखी जाएगी।

नगर-सेवकों की सभा में पत्रकारों को आने से मना कर दिया गया है इससे संतप्त पत्रकारों ने मंत्रालय के बाहर सभा आयोजित कर यह कृति 'राइट टु इन्फॉर्मेशन विरोधी' होने से आगे की नगर सभाओं पर अपना बहिष्कार घोषित किया।

कुल मिलाकर नगर का वातावरण लगातार संतप्त होता जा रहा है। नगरपाल के आने से शायद वह शहर राहत की साँस लेगा।

और नगरपाल के होने न होने को लेकर रहस्य अधिक ही गहराता जा रहा है।

विशेष यह कि नगरपाल अपने समूचे सेवा-काल में लगातार इतने दिन कभी शहर से अनुपस्थित नहीं रहा है। उसकी समूची अनुपस्थिति के दिन अब के बार की अनुपस्थिति के दिनों से दो दिन कम थे। ऐसे ऊटपटाँग शोध कार्य में चतुर ज्येष्ठ नागरिक पैनतेय भडभडे ने 'दैनिक कोटिभास्कर' में 'क्या आप यह जानते हैं?' शीर्षकांतर्गत स्तंभ में इसकी जानकारी दी है।

नगरपाल की अनुपस्थिति के कारण शहर की कारोबार विषयक समस्याएँ जम गई हैं। ठप्प हो गई हैं।

पुराने नगरपाल का क्या हुआ है? निश्चित जानकारी के अभाव में नया नगरपाल निर्वाचित करने में दिक्कतें पैदा हुई हैं। (नगर सभा अधिनियम 115 ब)। उधर नव नियुक्त मानद नगरपाल नगर की किसी बात में रुचि नहीं ले रहा है। ऐसी स्थिति में संविधान में हस्तक्षेप न करते हुए क्या उपाय ढूँढ़ा जा सकता है? इस पर मार्गदर्शन पाने हेतु नगर सभा का शिष्टमंडल दिल्ली में संविधान विशेषज्ञ दोराबज़ी कुल्फीवाल से मिलने वाला है।

इन सब घटनाचक्रों में अवलिया का चूहों को बिना खून-खराबे से समंदर में डुबोने जैसी प्रमुख घटना पर पर्दा पड़ गया है। अवलिया आज बाज़ार में केले, चीकू खरीद रहा है। किसी ने ना उसकी ओर देखा और न उसका आटोग्राफ लिया।

सोलह

नगर से दूर समंदर किनारे पहले से अंधशाला है इसे पाठक भली-भाँति जान चुके हैं। (देखिए—अध्याय ग्यारह)

अंधशाला में ज़रुरतमंद अंधे रहते हैं। और आवश्यकतानुसार उन्हें ब्रेल लिपि में लिखना-पढ़ना, अपने पैरों पर खड़े रहने हेतु कोई कला सिखायी जाती है।

ये सदस्य घर-घर बैंड बजा-बजाकर स्कूल के लिए मदद माँगते हैं। सभा में नगरपाल यही बैंड लेकर उस दिन घूम रहा था।

स्कूल को नगरसभा से अनुदान प्राप्त होता है। लेकिन घर-घर जाकर मदद इकट्ठा करना, इस स्कूल की पुरानी परंपरा है। नगर में जो अन्य कालबाह्य परंपराएँ मौजूद हैं वैसी ही यह एक परंपरा आज भी बनी हुई है।

बैंड बजा-बजाकर मदद माँगने के कारण ही दूर स्थित इस अंधे स्कूल का अस्तित्व जनमानस में ताज़ा रहता है। (लोगों का मानना है कि अंधे लोग बैंड बजाते नहीं पीटते रहते हैं।)

शहर की इस अंधशाला की विशेषता यह है कि इसका कारोबार अंधे सदस्य ही सँभालते हैं। इसीलिए शहर के बाहर भी यह मशहूर, अनोखी अंध पाठशाला है। कर्मचारी, सेवक, अध्यापक सभी अंधे। हिसाब ब्रेल लिपि में रखा जाता है। साल में एक बार नगरसभा का कोई प्रतिनिधि इन्स्पेक्शन करने वहाँ जाता है और वार्षिक स्नेह-मिलन में कोई सम्मानित सदस्य आमंत्रित किया जाता है। इन दो आँखों वाले लोगों के अलावा कोई आँखवाला वहाँ नहीं जाता।

स्कूल देखने आने वाले विजिटर्स, विजिटर्स बुक में लिख जाते हैं—अंधों ने अंधों के लिए चलाया गया अंध स्कूल प्रशंसनीय है।

अंधशाला शहर से इतनी दूर क्यों? यह जानने के लिए इतिहास के पन्ने पलटने होंगे।

कहा जाता है कई वर्षों पूर्व यह स्कूल शहर में था।

उन्नीस सौ चालीस में दूसरा महायुद्ध आरंभ हुआ। ब्रिटिशों ने शत्रुदेशों के नागरिकों को ऐसे निर्जन स्थानों पर ला बसाया। उनके लिए बराकी बाँधी। तार के बाड़ों से उन्हें घेर दिया। उनको नज़र कैद रखा गया। तब भी इन विदेशियों ने शहर के लोगों के साथ सम्बन्ध स्थापित किए और अपनी रोज़मर्रा की आवश्यकताएँ पूरी करने की व्यवस्था कर रखी। इन्होंने शहर की खूबसूरत औरतों के साथ सम्बन्ध रखे। (या उल्टा भी हुआ होगा) उनसे जन्मी संतति आज भी इस नगर में है। (पुलिस प्रमुख नारिंगे की ओर उँगली उठायी जाती है। सच-झूठ ईश्वर जाने।) युद्ध समाप्त हुआ। वे विदेशी अपने-अपने देश चले गए। बराकी खाली पड़ी रहीं। उनमें चूहे-छछूंदर (तब उनके आकार छोटे थे लेकिन अन्य स्थलों पर पाए जाने वाले चूहे छछूंदरों से कुछ ही बड़े थे।) रहने लगे। भटके, शराबी, गुनहगार इनमें आश्रय लेने लगे। उनके अड्डे स्थापित होने लगे। तब भी नगर सभा इन बातों को नज़रअंदाज़ करती रही। (चूहों की ओर नज़रअंदाज़ कर देने का परिणाम हमने देखा है।) बाद में वहाँ वेश्या व्यवसाय होने लगा। तब जाके शहरों की स्त्रियों की नैतिकता की रक्षा करने हेतु नगर सेवकों ने फौरन वहाँ अंध स्कूल शिफ्ट किया। और वह आज भी वहीं है।

आज भी अंध बैंड पथक पुराने जोश से प्रैक्टिस करता रहता है।

कुछ दिनों पूर्व इस अंध स्कूल में एक और सदस्य दाखिल हुआ।

अंध स्कूल के रजिस्टर में इस मेहमान का नाम तुकाराम बाबा जी झेंडे लिखा गया है।

संचालकों ने इसी नाम से नए सदस्य का परिचय पुराने सदस्यों को दिया।

वह अल्प पूर्व सूचना से यहाँ आया है।

इस नए मेहमान की व्यवस्था अन्यों की तरह कर दी गई है लेकिन अन्य अंधे सदस्य जान न पाएँ इस तरह उसके लिए कुछ खास प्रबंध कर दिया गया है। जैसे एकदम बराकी के पिछवाड़े पाश्चात्य पद्धति का टॉयलेट बनाया गया है। उसे नहाने के लिए गरम पानी दिया जाता है। अन्य बातों में उसे वही सब करना पड़ता है जैसे कि पुराने अंधे सदस्यों को! ब्रेल लिपि की कक्षा, नोटबुक तैयार करना, बैंड वादन में ट्रगल बजाना आदि काम उसे करने पड़ते हैं।

ब्रेल कक्षा में वह 'मैंने देखा', 'मुझे दिखा' ऐसे वाक्य कहकर सब को हँसाता है।

नोट बुक में पिन मारते समय उसने अपने हाथ में पिन मार दी।

ट्रगल बजाना सबसे आसान काम! अंधे तो क्या बहरे भी यह कर सकते हैं लेकिन नया मेहमान इसमें बार-बार गलतियाँ करता है।

दो दिन पहले एक अंधा नए मेहमान पर गिर पड़ा। तब इसने 'तेरी आँखें फूटीं क्या?' पूछकर जोक मारा। वे अंधे बाद में यह जोक याद कर खूब हँसते हैं।

इस तरह यह नया मेहमान गंभीर स्वभाव का होते हुए भी अल्पावधि में अंधों में लोकप्रिय हुआ और मनोरंजन का साधन भी।

अन्य अंधे सदस्यों की तरह इसे भी सफेद काठी दी गयी है। लेकिन यह रास्ता चलते समय काठी ज़मीन पर पटकने के बजाय उससे अंधों को रास्ते से हटाया करता है।

संस्था का रसोइया अंधा है। वह जब परोसने लगता है तब यह उसके परोसने की राह न देखते हुए खुद उसके हाथों से छीन लेता है। अंधे रसोइये के लिए उसका ऐसा करना कौतूहल का विषय बन गया है।

आज तक संस्था में कभी समाचार-पत्र नहीं आया था क्योंकि यहाँ सभी सिर्फ ब्रेल लिपि में लिखा हुआ ही पढ़ते थे लेकिन इसके आते ही दूसरे दिन यह सुना गया कि रखवालदार को पैसे देकर कहा जा रहा है शहर में प्रकाशित होने वाले सभी समाचार-पत्र लाए जाएँ।

• परसों रात जब बिजली चली गयी थी तब किसी को कोई फर्क नहीं पड़ा लेकिन यह चिल्लाता रहा—'मोमबत्ती लाओ, टॉर्च लाओ।'

सभी अंधे एक-दूसरे को ह~या, मो~या इस तरह एकवचन में संबोधित करते हैं। आदतानुसार जब किसी ने इसे झेंडया कहा तो यह ऐसा भड़का कि उस अंधे का गला ही पकड़ लिया। संचालक बीच में आए इसलिए नौबत टल गयी।

वे अंधे उसके बाद भी इसे झेंडया ही कहते हैं लेकिन अब वह अपना दिमाग तपाता नहीं है।

नींद में यह नया अंध अजीब-से सपने देखता है। कभी जोर-जोर से भाषण करता है। तो कभी नीचे बैठो नीचे बैठो चिल्लाता है। कुछ अंधों ने इसे अब 'पुढारी' (नेता) नाम से पुकारना शुरू किया है। (आपस में)। इसके गुस्सैल स्वभाव को जान जाने के कारण कोई खुलकर इसे चिढ़ाता नहीं। अब अन्य अंधे इससे चार हाथ दूर ही रहने लगे हैं।

अंधे लोग आँख वालों से कुछ ज्यादा ही संवेदनशील होते हैं। यदि यह सच है तो अब तक कुछ अंधों के मन में इस नये अंधे बंधु के बारे में आशंका उपस्थित हुई होगी। हमें इस बात को मान लेना चाहिए।

ऐसे सजग एक-दो अंधों के मुँह बंद रखने का इंतजाम इसने पहले से ही कर रखा है। हमारे सुधी पाठक जान ही गए होंगे कि जिस नगरपाल की तलाश पिछले

आठ दिनों से सर्वत्र की जा रही है वह नगरपाल तुकाराम बाबाजी झेंडे नाम धारण कर समंदर किनारे स्थित, शहर से दूर इस अंधशाला में रह रहा है।

उसे यह स्थल अज्ञातवास के लिए सर्वथा योग्य लगा क्योंकि यह शहर से दूर है। और यहाँ सभी अंधे हैं।

यह अज्ञातवास उसे ऐन समय पर (भाषण देते वक़्त) सूझा था। इसमें मुसीबतें थीं, असुविधाएँ थीं लेकिन उसकी मजबूरी थी। अतः जब तक ज़रूरी है तब तक यातनाएँ सहते हुए यहाँ रहना उसके हित में था। सो वह रह रहा है।

यहाँ अब उसके लिए समय ही समय है। इसलिए वह पिछली घटनाओं को याद किए जा रहा है।

अवलिया पहली बार जब सभा में उपस्थित हुआ था तब से घटी सभी घटनाएँ तर्क विसंगत हैं और वे गति से घटी हैं। उसे गुमान था कि आगे घटित होने वाली घटनाएँ पहले ही वह सूँघ लेता है लेकिन इस घटना के कारण उसका आत्मविश्वास डाँवाडोल होने आया है। तब भी यह है कि उसे बनाए रखे जा रहा है। कर्मठ लोग विपरीत स्थितियों में की गई अपनी गलतियों का दोषारोपण नियति पर या परिस्थितियों पर करते रहते हैं। इससे उनका अपनी सामर्थ्य पर का विश्वास अखंड रहता है। यहाँ भी ऐसे ही हुआ है। हमेशा दाँवपेंच में सबसे आगे रहने वाला नगरपाल अवलिया की संभाव्य हलचलें अपनी प्रति-हलचलों से निरस्त नहीं कर सका। इस शहर में राजनैतिक मामलों में उसकी बराबरी करने वाला दूसरा राजनीतिक ढूँढ़कर भी नहीं मिलेगा। यह सच है लेकिन अवलिया की हर चाल ब्रेक फेल गाड़ी की तरह अंदाज लगाने के परे की रही। अकस्मात घटित! अवलिया भी इस होने का अंदाज़ लगा नहीं पाया होगा। अवलिया राजनीति की बारहखड़ी भी नहीं जानता। एकदम किस झाड़ की पत्ती वह 'लौकी फुंक्या' (यह नया नाम नगरपाल ने उसे दिया है) राजनीति किस के साथ चखी जाती है यह तक नहीं जानता। इसीलिए नगरपाल सोचता है यह अवलिया की जीत टेंपररी है। आज भले ही नगरपाल को इस कदर अज्ञातवास भोगना पड़ रहा हो लेकिन नगरपाल जानता है। मौका आते ही वह बाजी जीत जाएगा। नगरपाल अपनी राजनीतिक मुत्सद्दीगिरी की क्षमताएँ भली-भाँति जानता है। आज निर्वासित होकर अपने ही शहर में छुपकर बैठने का प्रसंग उस पर गुज़र रहा है लेकिन जल्द ही चूहेमार पर वह यही बाज़ी पलटा देगा। और इसको लेकर नगरपाल के मन में कतई आशंका नहीं है।

कभी-कभी नगरपाल रात-बेरात सभी अंधों के सो जाने पर समंदर किनारे अकेला घूमता है। निद्रानाश के बीमार जैसा। वहाँ टहलता रहता है और भविष्य की

योजनाएँ गढ़ता रहता है।

प्रतिशोध से प्रेरित राजनीति तत्काल संतोष देनेवाली स्थितियाँ भले ही पैदा करें लेकिन इससे नुकसान ही ज़्यादा होता है। जोड़ की राजनीति ही सफलता भरी राजनीति होती है। वही राजनीति सत्ता की ओर ले जाती है और सत्ता बनाए भी रखती है जो साथ चलने वालों को साथ लेकर साथ न चलनेवालों को प्रलोभन दिखाकर साथ चलने को बाध्य करता हुआ और विरोधकों का विरोध क्षीण करते हुए आगे बढ़ता है उसे ही सत्ता प्राप्त होती है। और टिक भी जाती है। जो सत्ता-प्राप्ति की ओर ले नहीं जाती वह राजनीति याने बाँझ-संभोग। अतः क्रोध को जीतना चाहिए। चूहेमार को बीचोंबीच रखकर उसे आहिस्ता-आहिस्ता क्षीण करना चाहिए। यह रास्ता मुश्किलों भरा है। लेकिन सफलता की ओर ले जाने वाला है। ऐसी स्थितियाँ निर्माण करनी चाहिए कि चूहेमार को खुद शहर से चले जाने की इच्छा हो या नगरवासियों को लगना चाहिए कि कब वह नगर छोड़कर जाएगा। चूहेमार को जान से मारना बड़ा आसान है लेकिन ऐसा करने से सफलता की राजनीति खेली नहीं जाएगी। यह रणनीति नहीं है।

इस तरह भविष्य की योजनाएँ तय करते-करते रात के बाद दिन कब उगता है उसे पता ही नहीं चलता।

इस निर्वासित राजनीतिज्ञ को रात में घंटों सागर किनारे बैठे-बैठे, अंधशाला में छुपकर दिन गुजारते हुए पता चल रहा है कि क्रांतिकारियों ने सागर को उद्देश्य कर, व्याकुल होकर मातृभूमि ले चलने की अतल हृदय से विनती क्यों और किन स्थितियों में की होगी। सामने उमड़ता हुआ वैसा ही सागर है और अँधेरे में बैठा यह निर्वासित राजनीतिज्ञ कविता रचता है जिसमें कहता है कि महाकाय चूहों को अपने पेट में समाने वाले हे सागर! मेरे हित शत्रुओं को और चुनिंदा मित्रों को भी अपने महाउदर में समा ले।

यह कविता कागज़ पर न लिखने की सावधानी उसने खूब बरती। जो मात्र कविताएँ रचना चाहते हैं उन्हें ऐसी सावधानी बरतने की कोई ज़रूरत नहीं रहती लेकिन जिनके जीवन में कविता सत्ता पथ पर घटित हादसा या क्षणिक घटना मात्र होती है वे कवि के रूप में इतिहास में प्रविष्ट होने के मोह में नहीं फँसते। सभी प्रकार के मोह-माया पर विजय पाकर सत्ता-ध्येय प्राप्ति ही उनका एकमात्र लक्ष्य रहता है।

इस ओढ़े हुए एकांतवास में पिछले दो दिनों में संतोष प्रदान करने वाली बात यह हो गयी है कि शहर के सभी समाचार-पत्र उसे मिल रहे हैं। और उसकी

अनुपस्थिति में शहर में जो घटित हो रहा है उसकी सभी खबरें रखवालदार उसे दे रहा है। (इस रखवालदार को उसने दूसरे ही दिन अपने वश में कर लिया है।) समाचार-पत्र पढ़ते हुए कभी एकाध अंधा सामने आया तो पहले वह हड़बड़ा जाता था लेकिन अब उसकी अच्छी तरह से समझ में आया है कि अंधे कुछ देख नहीं सकते। अब वह दो दिनों से अंधों के सामने भी सजगता बरतकर कई बातें करने लगा है।

समाचार-पत्र कह रहे हैं कि उसके न होने से शहर बदहवास हुआ है और उसके खुले-छुपे प्रतिद्वंद्वी होम-हवन कर रहे हैं–वह लौट आए इस हेतु।

अपने में से ही किसी ने उसके साथ धोखाधड़ी की होगी के संशय से एक-दूसरे की ओर संशय से देखते हैं।

सबसे महत्त्वपूर्ण यह कि अवलिया चूहेमार शहर का कारोबार देखने में पूर्णतः निरुपयोगी सिद्ध हो रहा है।

प्र-नगरपाल के रूप में काम करने वाला वृंदावनदास कोई निर्णय ले नहीं पा रहा है। गलती से उसने एक निर्णय लिया लेकिन आधीरात कार्यालय में जाकर उसे रद्द कर दिया।

नगर सेवकों में आपसी संशय और मतभेद बढ़ते जा रहे हैं जिससे नगर सभा का कारोबार ठप्प हुआ है।

नगरपाल के स्वीकारे हुए अज्ञातवास का उद्देश्य इस तरह सफल हुआ है।

अब खुलकर सामने आने में देर नहीं है। बस उसे सही समय और सही स्थल की प्रतीक्षा है। अब वह दिन दूर नहीं है।

अब जरा सी भी गलती होनी नहीं चाहिए।

अज्ञातवास में जाने का निर्णय जितना तत्काल, प्रहार करता हुआ, गति से लिया गया; प्रकट होने तक निर्णय उतना ही फूँक-फूँककर, पूर्व नियोजन से, होशियारी से, सावधानी से लेने की निहायत ज़रूरत है।

प्रकट होने में का नाट्य पूर्णतः प्रभावी होना चाहिए।

यह विचार आते ही नगरपाल को इस संजोग पर आश्चर्य हुआ।

ऐसे ही एक नाट्यमयी क्षण में अवलिया सभा में प्रकट हुआ था।

अवलिया के प्रकट होने में जो नाट्य था उसकी अब पुनरावृत्ति होने जा रही है। उसी की तकनीक उसी के मत्थे मढ़नी है।

अवलिया ने प्रकट होकर मेरे लिए मुसीबत खड़ी कर दी।

अब मैं उसके लिए ऐसी ही मुसीबत खड़ी करनेवाला हूँ।

नई लोकप्रियता की लहर पर सवार होकर मैं लोकतांत्रिक मार्ग से अवलिया के नेतृत्व को उखाड़ फेंकने वाला हूँ और चूहे रहित शहर पर अपना अधिराज्य स्थापन करने वाला हूँ।

मेरा शहर में प्रकट होना उसके शहर से चले जाने का क्षण होना चाहिए।

समाचार-पत्र वाले कह रहे हैं कि अब उसके करिश्मा का प्रभाव लद चुका है। वह बाज़ार में घूमता है और कोई उसकी ओर देखता तक नहीं।

यह अच्छी बात है।

कुछ भी हो लेकिन चूहेमार अनाहूत है। अजनबी है। नगरपाल का जादू अलग है। उसने कई वर्षों तक अथक प्रयत्न किए हैं और लोकसेवा के ठोस काम भी। उसकी तत्पश्चर्या है यह। रोम वॉज नॉट बिल्ट इन अ डे। वह कायम रहेगा। क्योंकि वह जादू नहीं है। पंद्रह वर्ष नगर-नेतृत्व का बोझ सक्षमता से सँभालकर नगरपाल नगरपाल बन गया है।

फिफ्टीन लांग इयर्स ऑफ अन्क्वेश्चण्ड लीडरशिप!

अपने मन से ऐसा सुखद संवाद नगरपाल कर रहा है—सुबह-सुबह कपास की गाँठें बनी गद्दी पर लेटे हुए और बराकी में की फैली बदबू सूँघते हुए।

आज योगासन की छुट्टी। जॉगिंग देर से करूँगा। वैसे भी समंदर किनारे कोई नहीं आता-जाता।

रखवालदार ने सुबह के समाचार-पत्र तयशुदा जगह पर रखे हैं और वे उसका इंतजार कर रहे हैं।

नगरपाल उठ चुका है। समाचार-पत्रों के पास जाता है समाचार-पत्र हाथ में लेता है। पहले ही पन्ने पर बड़ी-सी तस्वीर छपी हुई है। चौखट में।

ऐनक के बिना आजकल कुछ दिखता नहीं है।

कोई मरा है शायद, कौन मरा है?

नगरपाल आँखों पर चश्मा चढ़ाता है।

अरे यह तो मैं ही हूँ!

बड़े टाइप में छपा है—

नगरपाल का अपहरण कर भीषण हत्या

सड़ी हुई लाश शहर के भूमिगत गटर में मिली।

पत्नी ने पहचान लिया। परिवार शोक सागर में डूबा है। पुलिस ने संशय पात्र समझकर अवलिया को पकड़ लिया है। शहर में न भूतो न भविष्यति हड़बड़ मची है।

आज दोपहर में शानदार अंत्ययात्रा।

नगरपाल हड़बड़ाकर सभी समाचार-पत्र देखता है। सभी समाचार-पत्रों के पहले पृष्ठ पर यही ख़बर है।

अपनी हत्या की इस अनपेक्षित ख़बर से नगरपाल मूर्च्छित हो गया है।

जब होश में आता है तब समाचार सच या मैं! इसे तय करने में कुछ पल गुज़रते हैं।

मैं हूँ!

मैं जिन्दा हूँ!

ठीकठाक हूँ!

पत्नी ने किसे पहचाना? किसकी लाश थी?

अवलिया को किस संशय से पकड़ा है?

अब उसकी समझ में आ रहा है। एक पत्थर में दो पंछी मारने का यह दाँव है। लेकिन किसका?

सच सामने आएगा। देर से क्यों न हो। तब तक तर्क क्या कहता है सुनूँ तो।

पत्नी षड्यंत्र रचने वालों से मिल गयी है क्या? फिर जो लाश मेरी नहीं है उसने कैसे पहचाना कि वह मैं हूँ? प्रेत सड़ा हुआ था। पहचानना मुश्किल! और वह मूर्ख औरत बिंदास कहती है कि प्रेत पति का—याने मेरा है। कौन से निशान पहचान के दिखे उसे? फालतू शोक सागर में डूबी है।

पत्नी ने किसी की सड़ी हुई लाश को मेरी लाश समझा। इतने वर्ष साथ रहने का फायदा? यही पहचाना है उसने मुझे?

अब समय न दौड़ाते हुए प्रकट होना ज़रूरी है।

मैं जितनी जल्दी गुप्त हुआ उतनी ही जल्दी प्रकट होकर नगरवासियों को दिखाना चाहिए कि मैं ज़िंदा हूँ।

अपनी अंतिम क्रिया समारोह पूर्वक सम्पन्न होने के पहले साक्षात् वहाँ जाकर नगरवासियों से कहना चाहिए कि मैं ज़िंदा हूँ।

उफ्! फिर एक बार ऐसा हुआ है कि समय, स्थल तय करने का अवसर मेरे हाथ में नहीं रहा है।

वह पुनः चूहेमार पर खीज उठता है। इसी के आने से मेरा सब गणित गलत होता गया और नियंत्रित स्थितियाँ मेरे हाथ से फिसलती गयीं।

इस वक्त वह यह भी जान गया है कि मेरे साथ चूहेमार को रास्ते से हटाने का यह दोहरा षड्यंत्र रचा गया है।

सड़ी हुई लाश! पहचान का सवाल ही नहीं! और पत्नी ने पहचाना! (इतने सालों के साथ में साली को मेरी यही पहचान हुई? मेरे राजनीतिज्ञ को उसने नहीं पहचाना सो ठीक है लेकिन मुझे भी?)

आज अंतिम संस्कर! याने समूचा प्रमाण खत्म।

संशय दिखाकर चूहेमार का पत्ता काटा है।

याने रास्ता पूरा साफ!

यदि मैं जीवित हूँ तो अज्ञातवास से मुझे बाहर लाने का दाँव।

मैं प्रकट हुआ कि चूहेमार मुक्त! फिर है ही वह हाजिर मेरे रास्ते का पत्थर बन जाने के लिए।

वाह! क्या शक्कल लड़ाई है।

दुनिया में कैसे-कैसे नीच लोग होते हैं। कितनी भद्दी राजनीति खेलते हैं। उफ्!

मेरी झूठी हत्या की साजिश!

पत्नी को भी शामिल कर लिया।

चूहेमार को भी फँसाया।

सामने आइए! चूहेमार है ही!

मत आइए सामने! जीवित मृत्यु सह जाइए।

अब कोई उपाय नहीं!

जिसने भी यह साजिश की है उसे ढूँढ़कर नहीं बरबाद किया—हमेशा के लिए राजनीति से काट नहीं फेंका तो नगरपाल मत कहो मुझे।

यह पासा फेंकनेवाले को क्षमा नहीं।

क्षमा नहीं।

नगरपाल तय कर लेता है।

सत्रह

नगरपाल के जाने के बाद कई दिन बीत गए हैं।

उसका न पता, न ख़बर! पुलिस प्रमुख नारिंगे की तलाश का कोई नतीजा नहीं।

नगर की स्थिति बद्तर से बद्तर!

प्र-नगरपाल बिस्तर पकड़े हुए है।

नगरपालिका के चतुर्थ श्रेणी कर्मचारियों की हड़ताल उलझ गयी है। राम पुरो और विरोधी दल का नेता शांतिलाल बनसोड, संभाजी बाप्पा के प्रयत्न निरर्थक सिद्ध हुए हैं। शहर की सफ़ाई ख़तरे में पड़ी है। बीमारियों के फैलने का भय सिर पर मँडरा रहा है। स्वास्थ्य मंत्रालय ने गूढ़ लक्षणों वाली बीमारी के होते ही क्या-क्या सावधानी बरतनी चाहिए की सूचनाएँ बार-बार दी हैं।

तनख्वाह न होने से शहर के प्राथमिक स्कूल टीचर्स लोगों ने हड़ताल की चेतावनी दे रखी है। अध्यापकों के रास्ते पर उतर आने की शहर इतिहास में यह पहली ही घटना है।

उसके बाद पुलिस दल के यूनियन ने हड़ताल का नोटिस दे दिया है। पुलिस दल में ऐसी यूनियन पहले कभी न थी। शहर की आवश्यक सेवाओं में नगरपालिका कर्मचारी, शिक्षक, पुलिस का समावेश है। फिर भी इनकी हड़ताल याने शहर की व्यवस्था के पूरे बारह बज जाने के चिह्न हैं।

शहर में बेहिसाब गुनाह हो रहे हैं। लूटने, धमकाने के नए-नए प्रकार सामने आ रहे हैं। नगर-बैंक लूटने के प्रयास हुए। वे असफल रहे क्योंकि पुलिस वहाँ समय पर पहुँची। पता चला कि लुटेरों ने चूहों के मुखौटे धारण किए थे। पुलिस एक को भी पकड़ नहीं पायी। इसका अर्थ यह कि पुलिस की उन लुटेरों के साथ मिलीभगत थी। किसी समाचार-पत्र ने इसी आरोप के साथ यह समाचार छापा है। और प्रश्न भी उपस्थित किया है कि यदि ऐसा है तो जनता की सुरक्षा का रक्षण कर्ता कौन?

संपादकीय में इस शहर को 'अंधेर नगरी' कहा गया है।

'विशिष्ट जमात' का बंदोबस्त हो जाने पर ऐसी बातें अपेक्षित न थीं।

पिछले बाईस वर्षों से राम पुरो नगरपाल की 'सेवा' करते आया है। यही सोचकर कि मेरा भी एक दिन होगा। कुछ नया होगा। आज वह बेताब है। उसने चुपके-चुपके ज्योतिषियों और 'महाराज' की सलाह ली है। अपना मन बना लिया है। और नगरपाल का यह चेला–राम पुरो अपने जीवन में पहली बार एक निर्णायक साजिश करने जा रहा है।

इस पार या उस पार। उसने अँधेरे में तीर चलाया है।

यदि तीर निशाने पर नहीं लगेगा तो अब तक की ज़िंदगी–जो पल-पल, तिल-तिल नगरपाल के द्वारा किए सारे अपमान के घूँट पीने में कटी है एक पल में ख़ाक में मिल जाने वाली है।

इस विचार के आते ही उसके कई दिन और रातें बरबाद हुई हैं।

और वह जानता है कि मुँह से निकला शब्द और कमान से निकला तीर कभी वापस लिया नहीं जा सकता। दरअसल यह वाक्य नगरपाल से ही उसने कई बार सुना है। इस वाक्य को याद कर वह उदासी लाने वाले उस विचार को मन के बाहर ढकेल रहा है। लम्बी-लम्बी साँसें भर कहता है–'करेंगे या मरेंगे।'

इतना पढ़ने पर हमारे सुधी पाठकों ने जान लिया होगा कि नगरपाल की तथाकथित सड़ी हुई लाशवाले षड्यंत्र के पीछे अन्य किसी का नहीं बल्कि नगरपाल के पट्ट शिष्य राम पुरो का ही हाथ है।

षड्यंत्र सूझने से काम नहीं चलता। उसे अंजाम देना होता है। इसके लिए साहस चाहिए। नगरपाल के लापता होने का यह पाँचवाँ दिन है। एक रात अचानक राम पुरो के अर्ध निद्रित-अर्धजाग्रत मन में बिजली कौंधी। जब यह विचार उसके मन में उभरा तब उसके छक्के छूट गए थे। रक्तचाप बढ़ गया था। शायद कम हुआ था। उसे अपराधी भी लगा। वह अपने आपको कोसता हुआ मन पवित्र करने हेतु संतों की वाणी, दोहे–जो बचपन में मार खा-खाकर कंठस्थ किए थे–दोहराता हुआ सोने की कोशिश करने लगा! और यह विचार था कि मिटने या जाने का नाम न ले रहा था। नींद उचट गयी थी। अपराधबोध कम हो नहीं पा रहा था। नगर की दिन-ब-दिन ढहती स्थिति उससे देखी नहीं जा रही थी। आँखें मूँदकर बैठना भी उसके लिए संभव न था। मन छटपटाने लगा था। सुबह होते-होते जब उसकी आँखें झपक गयीं तब अपराधबोध कम हुआ और सोचा हुआ षड्यंत्र साकार होता दिखने लगा। उसने अपने बदन पर नगरपाल के वस्त्र देखे और उसकी नींद खुल गयी।

दूसरे दिन उसने अपने गुरु ज्योतिष वासुदेव शास्त्री उर्फ बाबा महाराज को यह सब सुनाया तो उन्होंने इसे शुभ संकेत कहा। ग्रहों की अनुकूलता इस कथन को साकार करने में बल देनेवाली है, यह भी कहा! वह उत्साहित हुआ और जब लौटा तब इसे अंजाम देने का निश्चय किया। इस रात उसका निर्णय पत्थर की लकीर बना। अब सवाल यह था कि यह सब अभी करें या कुछ दिन राह देखें। गुरु जी के कथन से यह प्रश्न अपने आप सुलझ गया। और आठ दिन ही गुरु उच्च स्थान में है। महाराज ने कहा था कि जो निर्णय लेने हैं वे इन आठ दिनों में ही लिए जाएँ। राम तुरंत कूदने के लिए तैयार हुआ।

उसने आरंभ किया पुलिस प्रमुख नारिंगे से मिलकर। नारिंगे के कुछ 'प्रकरण' सप्रमाण अपने 'हाथ में हैं' का 'नुस्खा' आजमाकर उसने नारिंगे को वश में कर लिया और उसी की मदद से नकली लाश के षड्यंत्र को रूप दिया।

इस षड्यंत्र को लेकर राम और नारिंगे ने कमाल की गुप्तता रखी लेकिन शहर के रथी-महारथियों को इसकी भनक पड़ी। शहर के 'राजनीतिज्ञ' (प्र-नगरपाल वृंदावनदास सहित सभी) दूध पीते बच्चे थोड़े ही हैं जो इस 'प्रकरण' को न भाँप पाते? और कोई 'राजनीतिज्ञ' भले ही आँखें मूँदकर दूध या 'और कुछ' पीएँ लेकिन देखने वाले अन्य धुरंधरों की आँखें थोड़ी न बंद होती हैं?

हाँ, इस संदर्भ में दो राय हैं—एक, षड्यंत्र पहले रचा गया होगा और लाश बाद में ढूँढ़ी गयी होगी। और दो, लावारिस लाश हथियाकर षड्यंत्र रचा गया होगा।

पायी गयी लाश पहचानी जाने की स्थिति में नहीं है और उसे पहचाना गया है सिर्फ कपड़े और जेब के कागज़ातों के बलबूते पर। इतनी सूचना 'राजनीतिज्ञों' के लिए पर्याप्त खुराक थी—यह तय करने के लिए कि इस 'नाटक' के पीछे सूत्रधार कौन है! दो व्यक्तियों को शक की नज़रों से देखा गया। एक, नगरपाल का पक्का विरोधक (बुद्धिहीन) बाप्पा रावल जो हमेशा ईर्ष्या की आग में जलता है और दो, नगरपाल का अपना आदमी राम पुरोहित। बाप्पा रावल को भले ही नगरपाल फूटी आँख न भाता हो लेकिन इतना बड़ा षड्यंत्र रचने की अक्ल और ताकत उसमें नहीं है। फिर बचा राम पुरो। जो नगरपाल के अखाड़े में 'तैयार' हुआ है और ऐसा कुछ सोचने की अक्ल रखता है। इसके लिए आवश्यक ताकत राम पुरो में भी नहीं है। लेकिन इतने वर्ष नगरपाल की शागिर्दी कर-कर वह थक चुका है। इसी कारण वह ऐसा कुछ कर सकता है।

शहर के धुरंधरों ने इस बाबत काफी बहस, जानकारी का आदान-प्रदान किया और वे इस निष्कर्ष पर पहुँचे हैं—पहले षड्यंत्र कि पहले लाश इस बारे में भले ही

कुछ कहना मुश्किल है लेकिन यह साजिश है और सूत्रधार राम पुरोहित है।

हाँ, हमेशा किसी भी मुद्दे पर लगातार बकबक करने वाले ये सभी लोग इस बात को लेकर चुप्पी साधे हुए हैं।

राम पुरो की इस साहसी साजिश को दर्शायी गयी इस खामोश सहमति का राज़ क्या हो सकता है?

राम ने जो चाल चली है वैसा कुछ करने का विचार कइयों ने कई बार किया है लेकिन ऐसा मौका नहीं मिल रहा था और अबकी बार जब मौका मिला था तब भी—नगरपाल शहर में न होते हुए—भी कोई उसके बारे में उल्टी-सीधी सोचने का साहस कर नहीं पा रहा था। सभी इसी कोशिश में लगे रहे थे कि नगरपाल लौट आए। वे होम हवन, प्रार्थना में व्यस्त थे।

अब जब कि राम यह चाल चल ही चुका है तो ये सभी अपेक्षित सत्ता परिवर्तन—जिसकी बरसों से प्रतीक्षा थी—की सुप्त इच्छा के तहत राम पुरो को चुप्पी साधकर सहानुभूति और सहमति दर्शा रहे हैं और सोच रहे हैं कई वर्षों से ओवरड्यू परिवर्तन, बुनियादी बदलाव हो जाएँगे। (ऐसा सोचने वालों में बिस्तर पकड़ा हुआ प्र-नगरपाल वृंदावनदास भी शामिल है।)

ऊपर-ऊपर शहर का वातावरण भले ही शोकमय, चिंतामय और नगरपाल के पुनरागमन की प्रतीक्षा में किए जाने वाले होम-हवन से युक्त दिखाई देता हो किसी को भी इस औपचारिक चिंता से अधिक कुछ लग नहीं रहा है। अब पहली बार सब को लग रहा है कि इतने साल नगरपाल के कारण गतिशून्य बना शहर नई इच्छा-आकांक्षाओं की पूर्ति करने योग्य बन जाएगा। कुछ नया घटित होगा। इतने वर्ष राह देखने में बिताए हुए लोग—जिनकी अब आधी उम्र बीत चुकी है—अतृप्त आत्माओं के सहसा तृप्ति की लालसा से जाग जाने जैसे जाग गए हैं। इस नई लालसा को धारण किए हुए वे लोग नगरपाल विरहित शहर के भविष्य को देखने का पहली बार साहस कर रहे हैं। और बाहर से दिखने के लिए शोकाकुल वातावरण बनाए रखे हुए हैं।

एक राजनीतिक सत्तांतर-सत्तापरिवर्तन या अंग्रेजी समाचार-पत्रों की भाषा में कहें तो 'कू' (Coup) सत्ताधारी पक्ष और विरोधी पक्ष दोनों के एक साथ होकर—निभाने की दुनिया के इतिहास में की शायद यह पहली घटना है। पहली ना भी हो—अनोखी तो निश्चित ही है।

एक और विशेष यह कि इस अलिखित साजिश में शहर के प्रसार माध्यमों के ठेकेदार समाचार-पत्र वाले भी खूब शामिल हुए हैं।

देखा जाए तो ये समाचार-पत्र वाले शहर की राजनीतिक व्यवस्था में कभी भी दूध के धुले हुए और तटस्थ न थे। नगरपाल का पीछा करते हुए भी कई संशयग्रस्त प्रकरणों में उन्होंने शहर की जनता को अपने 'सत्यवचनी' होने की साक्ष्य दी है। इस बार अंतर इतना ही है कि वे नगरपाल की जगह उसके पूर्व सहयोगी और विरोधकों के संयुक्त प्रयास से रचे गए इस काल्पनिक हत्याकांड में सम्मिलित हुए हैं। नगरपाल के गायब हो जाने पर जो पत्रकार बंधु रोज नमक-मिर्च लगाकर तर्क-वितर्कों को छाप रहे थे वे अब पुलिस के दिए हुए समाचार के अलावा एकाध शब्द भी इधर-उधर का नहीं छाप रहे हैं।

जवाब तलब करने वाला 'तिलक-आगरकर' परंपरा का ना कोई प्रहार करता संपादकीय ना समाचार। सब कुछ ऑफिशियल चल रहा है।

राजनीति के रथी-महारथियों का तर्क है कि राम ने यह सब 'मैनेज' किया है। अन्यथा लगातार दो समाचार-पत्रों में उस पर संपादकीय क्यों छपते?

उसके विरोध में कोई पत्र 'पाठकों के पन्ने' में नहीं छापा है। हाल ही में शहर में सम्पन्न दो समारोहों में राम अध्यक्ष रह चुका है। इस सब के पीछे 'नियोजन' दिख रहा है।

आकाशवाणी तो आकाशवाणी ठहरी!-ऊपर से आने वाले ऑर्डर से चलनेवाली। आदेश के अनुसार समाचार प्रसारित करने वाली। अब की बार भी यही चल रहा है। प्र-नगरपाल वृंदावनदास के सिर पर बैठ बोलने वाला पुलिस प्रमुख नारिंगे और नारिंगे के पीछे सूत्र संचालित करने वाला सूत्रधार इनके 'गेम प्लॉनिंग' के अनुसार आकाशवाणी आँखें मूँदकर समाचार प्रसारित किए जा रही है। अब पुलिस प्रमुख नारिंगे पूरी तरह से राम पुरोहित के कब्जे में है।

इतने साल नगरपाल के पाले कुत्ते-सा ईमानदार (यह मत नगरपाल के सुप्त और खुले विरोधकों का) पुलिस प्रमुख नारिंगे इतने जल्द नगरपाल के विरोध में रची गयी साजिश में राम पुरो के पक्ष में कैसे हो गया? यह प्रश्न सभी को बेचैन किए जा रहा है। लेकिन इसका उत्तर साफ है। नगरपाल के अखाड़े में तैयार हुए राम के करतब और ब्लैकमेलिंग का जैसे यह जादू है वैसा ही पुलिस प्रमुख नारिंगे की 'जैसी बही बयार' की नीति का कमाल भी है।

नगरपाल पहली बार गायब हुआ है। चूहों का संकट पहली बार डूब चुका है। नगर पहली बार भयमुक्त हुआ है। नगरपाल के न होने से आम आदमी भले ही अपने आपको असहाय महसूस करता हो और शहर में असहयोग का वातावरण बना हो लेकिन चूहे मुक्त वातावरण में नागरिक खुश हैं। इन नई अनुकूल स्थितियों का

लाभ नए सत्ताधारियों को मिलने वाला है।

चूहेमार अपने बलबूते पर सत्ता पर आता लेकिन राम पुरो की दोहरी चाल का शिकार बना चूहेमार नगरपाल की हत्या के संशय के कारण नगर-पुलिस की हिफाज़त में 'अंदर' हो गया है। इस कारण शहर में असंतोष की आग भी नहीं फैली। खुफ़िया रिपोर्ट के अनुसार नगरवासियों में असंतोष तो है लेकिन उद्रेकजन्य स्थिति तक नहीं पहुँचा है। लोगों का ध्यान अब तक नगरपाल में ही अटका हुआ है। अवलिया चूहेमार पर चार्ज रखकर, जेल भेजना, फिर कभी उसे खत्म करना...ये बातें इतनी आसान नहीं थीं लेकिन अब संभव-सी हो गयी हैं।

नगरपाल की 'सड़ी लाश' के कारण कई बातें आसान हुई-सी लग रही हैं।

तिस पर 'वह लाश' स्वयं नगरपाल की पत्नी ने पहचानी। यह तो सोने पे सुहागा हो गया। साजिश वालों को और राम को भी ऐसा कुछ होगा इसकी कतई उम्मीद न थी।

किसी-किसी को लग रहा है कि ऐसा कराने के लिए राम ने नगरपाल पत्नी के साथ कुछ 'अंडरहैंड' समझौता किया होगा। लेकिन राम पुरो जानता है कि ऐसा कुछ भी नहीं है।

लावारिस, पहचान में न आए इतनी सड़ी-गली लाश—(राम ने नगरपाल के कपड़े जैसे कपड़े गंदगी में सुखाकर फाड़कर लाश को पहनाए थे।) शुभवस्त्रावगुंठित लाश—अपने पति की है, जिस क्षण नगरपाल पत्नी ने बदबू के कारण नाक बंद कर लाश पहचानी वह क्षण राम पुरो ईश्वर प्रसाद मानता है और उसे याद कर-कर अपने कुलदेवता और गुरुदेवता के सामने साष्टांग प्रणिपात करता है।

अब मान भी लीजिए कि नगरपाल प्रकट होता है तब उसे 'नकली' सिद्ध कर 'भीतर' कर दिया जा सकता है। उसे मिटाया जा सकता है। नगरवासियों के मन में भ्रम पैदा किया जा सकता है। इस कार्य में राम की पार्टीवाले और विरोधी पार्टी वाले राम की मदद करेंगे। मदद न करने वालों की संख्या इतनी कम होगी कि उन्हें बहुसंख्यकों के बल पर दबाया जा सकता है। जब नगरपाल की पत्नी ही नगरपाल को मरा हुआ घोषित कर चुकी है तब अन्यों की परवाह कौन करता है।

मान लीजिए कि ऐसा हुआ नहीं! तो राम पुरो जानता है—अपनी बलि चढ़ जाएगी। वापस लौटे नगरपाल को 'ज़िंदाबाद' कहने का उसका अधिकार तब न होगा। और पिछले दो भयावह अनुभवों के आधार पर वह अच्छी तरह जान गया है कि राजनीति में कोई अपना-पराया, भला-बुरा नहीं होता। सभी चमड़ी बचाऊ होते हैं।

लेकिन जो लीडर होते हैं उन्हें इस कदर डरना नहीं चाहिए। जीत गए तो राज करेंगे, मर गए तो वीरगति पाएँगे, इसी न्याय से उन्हें चलना होता है। राम को साजिश का नेता मान लिया जाएगा। मूलतः चमड़ी बचाऊ राम इस बार साहस कर कूद पड़ा है। अब उसके लिए वापस मुड़ने की राह शेष नहीं रही है। अब उसकी नियति लिखी जा चुकी है। जीत गया तो राजपाट। हार गया तो नरक। इस अहसास के जागते ही वह डर से काँप उठता है।

ऐसे में वह सारा बल सँवारकर सोचता है—भले ही वह लाश नगरपाल की न हो। लेकिन नगरपाल के न होने के पक्ष में सोचने के लिए पर्याप्त मौका है। अब तक वह लौटा नहीं है। यदि जीवित होता तो इतने दिन न आता? वह इतने दिन सत्ता से दूर नहीं रह सकता। अपने मन से सत्ता त्यागने वालों में से भी नहीं है। सत्ता त्यागने का उसका हमेशा का नाटक इतना लंबा नहीं खिंच सकता। इसका मतलब कुछ गड़बड़ हुई है।

नारिंगे की ख़बरें चारों ओर फैल चुकी हैं। क्या आज तक उन्हें पता न चलता? जब वे भी पता नहीं कर पाए हैं इसका मतलब ज़रूर कुछ हुआ है।

यह केवल राम पुरो की सोच नहीं है। शहर के लगभग सभी (प्र-नगरपाल वृंदावनदास भी) यही सोचने लगे हैं।

कोई-कोई यह भी मानने लगे हैं कि हो न हो यह सब राम का ही किया धरा है। वह कच्चे गुरु का चेला नहीं है। नगरपाल का ही तो चेला है।

यह बात राम नहीं जानता। जानता भी हो तो मानता नहीं है।

कुछ क्यों न हो! पहली बार अपने बलबूते पर राम एक चाल चला है। यह चाल सफल हो इसलिए प्रयत्न करना राम और उससे विशिष्ट दूरी बनाए हुए सभी अपना कर्तव्य मानते हैं। यदि यह नाटक चल पड़ा तो फायदा सबका है और नहीं तो नुकसान सिर्फ राम का है।

नगरसभा के सत्ताधीशों को कभी नहीं लगा था कि ऐसा मौका मिलेगा। नगरपाल के बिना नगरप्रशासन की कल्पना किसी ने न की थी। जब पहली बार राम के मन में यह विचार कौंधा तब वह अपने आपसे ही डर गया था। उसके छक्के छूट गए थे। हृदय की धड़कनें तेज़ हुई थीं। बाद में गुरु महाराज से मिलकर वह सँभल गया था। ग्रह अनुकूल हैं। नींद में संदेश मिला है। बहुत राह देखी। अब कितनी देखनी है? चालीस का हो गया हूँ। नगरपाल ज़िंदा होगा तो और पच्चीस वर्ष जीएगा। नगरपाल बना रहेगा। ज़िंदा रहते हुए अवकाश ग्रहण नहीं करेगा। ऐसे मौके बार-बार नहीं आते। वह शहर से चला गया है। अभी तक लौटा नहीं है। उसका

अता-पता नहीं है। यह अनोखी घटना है। यह मौका हाथ से जाने नहीं देना है। वरना उसका गुलाम बनकर रहना पड़ेगा। बूढ़ा होना पड़ेगा। और अपने पहले स्मृति दिन पर वही अध्यक्ष होगा। अब यह चान्स लेना ही है। कूदना पड़ेगा। अभी! इसी वक़्त! जो होगा सो देखा जाएगा। ज्यादा से ज्यादा क्या होगा? नगरपाल लौट आएगा तो राजनीति से हमेशा के लिए हाथ धोना पड़ेगा। दर्जनभर चार्ज रखे जाएँगे। चार-छह साल अदालत के चक्कर काटने होंगे। अब सोचने का मौका नहीं है। साहस करना चाहिए। नगरपाल भी ऐसा ही साहस कर अपने राजनीतिक गुरु को पीछे ढकेलकर सत्ता पर आया था। ख़तरा मोल लिया था उसने। साजिश में गुरु को मात देकर। उसने याने नगरपाल ने गुरु के अनजाने में गुरु पत्नी से संबंध स्थापित किए थे। गुरु पत्नी के मन में अपने पति विषयक जो प्रतिशोध की सूक्ष्म भावना थी उसका फायदा उठाते हुए नगरपाल गुरु पत्नी के साथ दीर्घ काल सोता रहा और मौका देखकर यह बात उसने गुरु से कही। दुनिया के सामने रखने की धमकी दी। अपने चेले का यह धोख़ेबाज रूप देखकर गुरु को लकवा मार गया। नगरपाल सत्ता पर विराजमान हुआ। क्या यह ख़तरा मोल लेना, धोखा देना न था? मान लें कि गुरु कुछ उल्टा ही कर बैठा होता? लकवा मारने का भरोसा था क्या? हिम्मत-ए-मर्दां तो मदद-ए-खुदा। यश वीर पुरुष को ही वरता है।

नगरपाल के सत्ता पर आने का यह राज़ उसके कुछ ख़ास लोगों को ही पता है। राम उन्हीं में से एक है।

राम ने भी गुरु के नक्श-ए-कदम चलते हुए एक साहस किया है। वह जुआ खेला है।

मन में आया यह विचार साक्षात् व्यवहार में उतारने के लिए, सड़ी लाश का किस्सा पूरा करने में उसे दो रातें, दो दिन लगे। नगरपाल के चमचे—पुलिस प्रमुख नारिंगे को साजिश में शामिल करा लेना पड़ा। इसमें भी ख़तरा था। नारिंगे 'घुमजाव' करता तो? उसे स्वामि भक्ति याद आती तो? सब ओम्फस्स हो जाता। राम की अपनी यह चाल उसके अपने ही गले का फंदा बनकर अंत कर देती।

मामला नाजुक था। काफी सजगता बरतनी पड़ी थी।

इसके लिए नारिंगे के दो 'प्रकरण' हथियार की तरह इस्तेमाल करने पड़े। वे 'प्रकरण' ऐसे ही दबाए गए थे। नारिंगे नहीं जानता था कि इतनी बारीकियों के साथ उन्हें कोई और जानता होगा। एक प्रकरण में नारिंगे ने असली आरोपी न मिल सकने के कारण मामूली गुनहगार को यातनाएँ दे-देकर उससे कबूली जवाब लिख लिया था और सिद्ध कर दिया था कि वही असली गुनहगार है जिसने जेल में आत्महत्या

कर ली है। और जब असली गुनहगार मिला तब उसे शहर के बाहर ले जाकर जान से मार दिया था। यह प्रकरण यदि खुल जाता तो पुलिस प्रमुख नारिंगे को दोहरे खून के इल्जाम में उम्रकैद हो जाती। दूसरे प्रकरण में एक पुलिस कॉन्स्टेबल की बीवी के साथ नारिंगे को उस कॉन्स्टेबल ने अचानक अपने घर आकर पकड़ा था। यदि यह बात खुल जाती तो नारिंगे के ओहदे पर आँच आती। नगरपाल ने उस कॉन्स्टेबल को बड़ी रकम देकर चुप कराया और उसका रातोंरात तबादला किया था। नगरपाल के निकट होने से राम ये दोनों प्रकरण जानता था। इनको सुनते ही नारिंगे लाइन पर आया और नगर के बाहर हाई वे पर ट्रक के नीचे आने से मरने वाले किसी की लाश ढूँढ़कर उसे नगरपाल के कपड़े पहनाकर, उसे ऐसा बदसूरत बनाकर कि पहचाना न जा सके, नज़दीक के झाड़-झंखाड़ में छिपाकर, पंचनामा कर नारिंगे ने उसे नगरपाल की लाश सिद्ध किया। वैसे भी नारिंगे ऐसे कामों में माहिर है।

इस नाटक में बड़ी अड़चन थी नगरपाल की पत्नी। यदि वह लाश पहचानते हुई 'यह मेरे पति की नहीं है' कहती तो नारिंगे और राम दोनों मर मिटते। नगरपाल पत्नी को पटाने के मामले में भी ख़तरा था। यदि उसने भंडाफोड़ किया होता तो? राम का राजनीतिक करिअर चौपट हो जाता।

यहाँ राम के व्यवहार कौशल की सही परीक्षा थी और राम इस कसौटी पर खरा उतरा। लोग भले ही यह मानें लेकिन राम जानता है कि उसने ऐसा कुछ नहीं किया है। उसने फकत अपनी पत्नी के ज़रिए मिन्नत माँगी। कुल देवता को भोग चढ़ाने की बात कही। सोने का कलश चढ़ाने की बात कहीं। और जान मुट्ठी में लेकर शुभवस्त्रावगुंठित याने शरीर का कोई हिस्सा न दिखे इस तरह लाश लपेटकर नगरपाल पत्नी के सामने रखी। अन्य सदस्यों के साथ वह भी उपस्थित रहा। नगरपाल की पत्नी के आते ही जनसागर शोकसागर में डूब गया। नगरपाल की पत्नी शोकासन्न हो गयी। चीखने लगी। पत्थर भी पसीज जाए ऐसा दुःखावेग प्रत्यक्ष लाश न देखते हुए वह उस पर गिरकर रोने लगी थी। शोकातिरेक से वह मूर्च्छित हो गयी। उसे वहाँ से उठाकर ले जाना पड़ा।

बाद में पत्रकारों के पूछने पर उसने 'लाश पति की' कह दिया।

यह किस्सा कुछ ऐसा है।

राम कुलदेवता को सोने से लाद देने वाला है। नगरपाल होने के बाद उसे लग रहा है कि अब वह दिन दूर नहीं है। नगरपाल पद पर आरूढ़ होते ही उसने नगरसभा के संविधान में और स्व पक्ष में तत्काल किए जाने वाले परिबर्तनों को अभी से अंजाम देने हेतु दो रातें खर्च की हैं।

जल्द ही जल्द नगरपाल का नेहरू जैसा रोबदार संगेमरमरी पुतला नगरसभा के सामने खड़ा करने की उसकी योजना है। ऐसा होने से झट् से नगरपाल की पुण्यतिथि को छुट्टी का दिन घोषित कर नगरपाल को इतिहास में कैद किया जा सकेगा। ऐसा करना इसलिए आवश्यक है क्योंकि एक बार नगरपाल इतिहास में कैद हो गया कि राम का अपना प्रभाव बढ़ाने में आसानी होगी। और यदि गलती से नगरपाल लौट आया भी तो शहरवासी ही उसे 'नकली' सिद्ध कर देंगे।

लेकिन पुतला बिठाने में तकनीकी अड़चनें हैं। नगरपाल को कानूनन मृत घोषित करना होगा। फिर शिल्पकार को पुतला बनाने में लगनेवाला समय। पुतले को नगरपाल के परिवार सदस्यों ने 'अप्रूव' करना,...इन बातों में समय लगनेवाला है और तब तक राम पुरो को इंतज़ार करना ही होगा!

चूहेमार को नगरपाल का क़ातिल सिद्ध कर अपने मार्ग से हटाने में भी देरी नहीं होनी चाहिए। यह खून केस जल्द निबटाना चाहिए। इसके लिए बड़ा वकील लाना...केस खड़ा करना...गवाह...प्रूफ...एक रात में झूठे गवाह और नकली केस रचे नहीं जा सकते। इसके लिए मुंबई के एक नामी क्रिमिनल लॉयर को तैयार किया जा रहा है। लेकिन उसने अभी तक कोई जवाब नहीं दिया है।

इतनी दीर्घ प्रतीक्षा करने के बाद अब यह अल्प प्रतीक्षा करना राम पुरो की जान पर आया है लेकिन उसे प्रतीक्षा करनी होगी। नगरपाल का पेशन्स अपने में नहीं है। वह खीजकर इस बात को स्वीकारता है। यह मानने में कि नगरपाल से किसी भी तरह पात्रता की कसौटी पर वह कम नहीं है उसे सुखावह लगता है। (कभी-कभी वह यह भी कहता है कि मैं अधिक पात्र हूँ।) पिछले कई वर्षों से वह ऐसी तुलना करता आया है। अब इसका वह आदी हो चुका है। जल्द ही यह पात्रता सिद्ध करने का मौका आने वाला है। मैं नगरपाल पद पर विराजमान होने वाला हूँ...इस बोझ से वह कुछ झुककर चलने लगा है और अपने में ही खोया हुआ-सा लगता है।

ऐसा ही, रीढ़ की हड्डी कुछ ज्यादा ही झुकाए हुए राम पुरो आज सुबह से नगरसभा की इमारत के सामने वाले खुले मैदान में नगरपाल के अंत्यदर्शन करने आयी हुई अंतहीन भीड़ को 'दर्शन' देने और फूलों से सजाए गए उस 'लावारिस' तथाकथित नगरपाल की लाश को सम्मानित करने नक्काशीदार चंदन पिटारे के पास (कास्केट) नगरपाल के राजनीतिक वारिस के रूप में 'शोकग्रस्त लेकिन धीरजवाला' बन खड़ा है। भीड़ प्रेत के याने पिटारे के अंतिम दर्शन लेकर (कुछ गुच्छ अर्पित कर) पास खड़े राम को भी नमस्कार कर घर की राह नाप रही है। उसके पास प्र-नगरपाल वृंदावनदास बीमारी का स्वांग रचते खड़ा है। उसकी ओर किसी का ध्यान नहीं है।

पुलिस प्रमुख नारिंगे की भरोसेमंद पुलिस, बिना कारतूसों की बंदूकें थामे पिटारे पर और अंदर की लावारिस लाश पर कड़ी नज़र रखे हुए हैं। लाश को अग्नि में झोंक देने तक लाश पर किसी की नज़र नहीं पड़नी चाहिए। यही जिम्मेदारी नारिंगे को निभानी है। लाश सुरक्षित पिटारे में ही रहनी चाहिए। 'बंद लाश सवा लाख की' राम पुरो के दिमाग में यह नई कहावत बार-बार कौंध रही है। और उसे चेहरे पर की गंभीरता तनिक भी कम करनी नहीं है। वह कंधे झुकाए खड़ा है। (यह भी एक तरह से संयम है।)

राम एक ओर अगली प्लानिंग बना रहा है। (यह आदत नगरपाल की) अब जल्द ही अंत्यदर्शन का समय खत्म होगा। लाश पुनः प्रेतागार में पहुँचायी जाएगी। विशेष बंदोबस्त में। कल का मोड़ ज्यादा संवेदनशील है। निभ जाना चाहिए। प्रेताग्नि मिलते ही मैं जीता। जलाने के लिए प्रेत बाहर निकालना होगा। चिता पर रखना होगा? श्मशान में सम्पन्न होने वाले विधि टाले नहीं जा सकते। तब तमाशबीनों की कमी न होगी। लोग चेहरा देखना चाहेंगे। वह असंभव है क्योंकि चेहरा नगरपाल का नहीं है। प्रेत की दुर्गति से चेहरा पहचाना नहीं जाएगा तब भी किसी का उसे देखना ख़तरे से खाली नहीं है। कल का दिन बीतने तक नगरपाल प्रकट होना नहीं चाहिए। इस अंतिम बात पर किसी का बस नहीं है। वैसे नगरपाल है ही नहीं। होता तो अपनी मृत्यु का समाचार सुनकर न आता? सवाल उत्साही तमाशबीनों का है। उन्हें 'मैनेज' करना चाहिए।

अंत्यदर्शन करने आयी भीड़ में से एक-एक को पुलिस पिटारे के सामने वाली संरक्षक रस्सी के आगे ढकेल रही है। फिर दूसरा पुलिस-वाला उसे और आगे ढकेलता है। अंत्यदर्शनार्थी सुरक्षित-संरक्षित जगह खड़े स्वप्नरंजन में खोए हुए राम को नमस्कार कर आगे बढ़ रहे हैं। राम मशीनवत् नमस्कार कर रहा है। शहर की खुफ़िया पुलिस का प्रमुख मुखबीर सिंह राम के इतने करीब आकर कान में कुछ कह जा रहा है। वह इतना करीब है कि कपड़े में लपेटी उसकी दाढ़ी राम के गाल का स्पर्श कर रही है।

राम को सुनायी नहीं दे रहा है कि वह क्या कह रहा है। मुखबीर कान में कह रहा है—

'नगर के उस छोर एक आदमी एकदम नगरपाल जैसा रास्ते पर घूमता हुआ नज़र आ रहा है।'

राम को लगता है—शायद कुछ गलत सुना गया है। वह सरदार जी की ओर प्रश्नार्थक मुद्रा से देख रहा है। पुनः वही शब्द।

राम की नज़र खोयी हुई। पैर ठंडे! अब वह सामने का कुछ देख नहीं रहा है। कुछ क्षण बीतते हैं। वह पूछता है—'पक्का देखा?' लेकिन सरदार जी जा चुका है।

सामने सब कुछ वही का वही है। राम मन में दोहरा रहा है—नगरपाल घूम रहा है...नहीं नगरपाल जैसा...। फिर जैसे बिजली कौंध जाती है। नगरपाल जैसा कौन होगा? उसके जैसा वही।

अब?

अनजाने में राम चंदन पिटारे से सटकर अपने आपको सँभालने की कोशिश कर रहा है।

आइए! तब तक हम शहर के दूसरे छोर पर जाकर देखते हैं कि वहाँ क्या हो रहा है।

नगर का यह हिस्सा सबर्ब है। नई बस्तियाँ...नई दुकानें...रास्ते पर भीड़—ज्यादा नहीं। सुबह के दस बजे हैं। मार्केट में हलचल। सब्जी बाज़ार...उसके परे मच्छी बाज़ार...वहीं पर एक खटिक की दुकान...अंतड़ियाँ बाहर आए हुए बकरे टँगे हैं—खरीददारों का आना-जाना। मच्छी बाज़ार में दाम में खिचपीट। मच्छी बेचने वालियों की प्यारी गालियाँ।

एक आदमी मच्छी बाज़ार में दाम पूछते हुए टहल रहा है। अरे लेता नहीं तो दाम क्यों पूछ रहा है रे? मच्छी बेचनेवाली एक औरत दाम बताते-बताते आशंका से पुनः उस मेहमान की ओर घूर रही है। मेहमान चेहरा छुपाने की कोशिश नहीं करता। नज़रें नहीं झुकाता बल्कि उस औरत की ओर ऐसे देख रहा है कि मानो पूछ रहा हो 'क्या हुआ?' वह औरत इशारे से दूसरी से कह रही है—देखने के लिए। वह भी देख रही है। वैसे भी मच्छीमार औरतों को पुरुषों से डर नहीं लगता। यह आदमी तो नगरपाल जैसा दिख रहा है।

उसे लगता है हूबहू नगरपाल है। उन औरतों में कानाफूसी। तब तक मेहमान दूसरी ओर चला गया है वाकई नगरपाल—उसकी नाक उधर को टेढ़ी थी। इसकी इधर को टेढ़ी है।

ख़बर आगे पहुँच रही है। खुसुर-पुसुर नहीं स्पष्ट शब्दों में कानाफूसी। तब तक मेहमान तीसरी के पास गया है। फिर उसे इशारा।

मेहमान समझ रहा है। पर आराम से है। दाम पूछ रहा है। खरीदता नहीं पर पूछ रहा है।

देखते-देखते हवा की तरह ख़बर फैल गयी। मेहमान के इर्द-गिर्द भीड़ इकट्ठा होने लगी है। मेहमान इत्मिनान से है।

सभी उत्सुकता से देख रहे हैं। दिट्टो वैसा ही दीख रहा है। नगरपाल ही! इतना एक जैसा कैसे? एक आदमी साहस कर पूछता है—'आप कौन?' मेहमान उल्टे पूछता है, 'क्यों?'

'नहीं यूँ ही।'

दूसरा—'नहीं आप हमारे नगरपाल जैसे दिखते हैं। जानते हैं?'

मेहमान के चेहरे पर आश्चर्य। 'कौन? कौन है वह?'

तीसरा—'इस नगर के मुख्य। अभी-अभी गुज़र गए हैं। प्रेत मिला। सड़ा हुआ। नगर चौक में चंदन पिटारे में रखा है।'

मेहमान कुछ नहीं बोलता। सिर्फ पूछता है, 'इधर हेयर कटिंग सलून कहाँ है?' एक के इशारे से दिखाने पर उधर चला जाता है।

'नया दिखता है।' नगरवासी।

'कितना एक जैसा चेहरा है। जैसे जुड़वाँ हो।' दूसरा—'क्या नगरपाल का जुड़वाँ भाई था?' 'हगें पता नहीं।' तीसरा।

'कमाल है।' कहते हुए दो-तीन लोग नगरपाल के पीछे चले जाते हैं।

मेहमान हेयर कटिंग सलून जाता है। 'दाढ़ी!' वह कुर्सी में बैठकर ऑर्डर करता है।

दाढ़ी बनाने वाला साबुन लगा रहा है। सामने वाले आईने में मेहमान का चेहरा देखकर रुक जाता है। चौंक जाता है। यह किसका चेहरा?

नगर...पाल...का?

'क्या हुआ? जल्दी करो।' मेहमान नाराज़ होकर!

आदमी जल्दी-जल्दी दाढ़ी बना रहा है। लेकिन उसका ध्यान काम में नहीं है। 'ऐसे कैसे हो सकता है? नगरपाल सलून में क्यों आएगा? फिर यह कौन?'

दाढ़ी बन चुकी है। दाढ़ी बनाने वाले के मन में कशमकश अभी भी है। चेहरा टॉवेल से पोंछते हुए वह आईने में देखकर मन में कहता है—हूबहू याने कितना हूबहू? लेकिन वह ज़िंदा नहीं है। फिर यह कौन? जुड़वाँ?

दाढ़ी बन गयी है। वहीं से कंधी उठाकर बाल बनाकर (पता चला कि बाल कम हो गए हैं।) पैसे देकर मेहमान सलून के बाहर निकल पड़ा है। बाहर खड़े राह देखने वाले कुछ दूरी बनाए रखकर उसके पीछे चले जा रहे हैं। 'मिस्टर हुबहू' भीड़ का आकर्षण बन गया है। लेकिन उसे कोई फर्क नहीं पड़ रहा है। वह भीड़ से बेख़बर नगर-चौक की ओर निकला है। चौक में खड़ा फलक पढ़ रहा है—कै.मा. नगरपाल की पवित्र स्मृति को अंतिम प्रणाम। चार रंगों में लिखा बोर्ड! आगे चलकर सिगरेट

का पैकेट, दियासलाई खरीदता है। कश खींचते हुए आगे बढ़ रहा है। पीछे भीड़! छोटी शोभा यात्रा। कोई बहाना बनाकर आगे बढ़ उसका चेहरा देख रहे हैं। मेहमान इससे तंग नहीं होता। ना नाराज़। 'क्यों देख रहे हो?' ऐसा भी नहीं पूछता। बस आगे बढ़ता जा रहा है—जहाँ मृत नगरपाल को पिटारे में रखा गया है। पास में पहरा देता हुआ नगरपाल का शिष्योत्तम राम पुरो। उसके पास प्र-नगरपाल वृंदावनदास।

राम अपने आपको सँभाल चुका है। उसके गुट का सीताकांत पूर्णपात्रे कहीं से आकर कुछ दबी आवाज़ में कह रहा है—

समाचार की पुष्टि! मिलता-जुलता चेहरा! इधर ही आ रहा है। कहता है कि नगरपाल को पहचानता नहीं। लोगों में आश्चर्य।

राम मन में आँकड़े गिन रहा है। (वृंदावनदास चिंताग्रस्त)! जो हो रहा है वह चिंता-जनक है लेकिन ऐसे दिखाना गलत होगा। चेहरा निर्विकार रखकर आगे की सोचनी चाहिए। यहाँ से हट जाना याने शिष्टाचार के खिलाफ और संशय गहराने के लिए पर्याप्त हो जाएगा। अतः यहीं टिके रहना है। किसी को बुला लूँ तब भी चर्चा छिड़ जाएगी। फिर क्या कर सकता हूँ? यहीं पर खड़ा रहूँ और देखता जाऊँ क्या-क्या होता है। जो सूझेगा वह करता जाऊँगा। नगरपाल की ही स्टाइल। वही होगा जो मंजूर-ए-खुदा होगा। अच्छी बात यह है कि ग्रह अनुकूल हैं। अंदरूनी आवाज़ कह रही है। (नगरपाल ऐसे ही कहा करता था।) कि सब कुछ निभ जाएगा। कैसे? पता चल ही जाएगा। सब कुछ पहले से थोड़े ही पता चलेगा। ग्रहों का साथ चाहिए। वह है। इसका मतलब आधी लड़ाई जीतने जैसा है।

कतार आगे बढ़ रही है। शोकाकुल हृदय से साश्रुमय आँखों से लोग अंतिम दर्शन ले रहे हैं। राम को नमस्कार कर रहे हैं। कतार लंबी है। राम सब को नमस्कार किए जा रहा है। चेहरा दुखी। नई ख़बर के कारण और गंभीर। कमर और झुक गयी है। यह भी नगरपाल की स्टाइल का अनुकरण। उसे बीच-बीच में लग रहा है कि 'मैं ही नगरपाल हूँ।' उतने में वह ख़बर पहुँची। 'नगरपाल जैसा दिखनेवाला आदमी। इसी दिशा में आगे बढ़ रहा है।'

ज़रूरी नहीं कि वह यहाँ आए। नहीं आएगा ऐसा भी नहीं। उसे और कहीं खदेड़ दें? रोक दें? गायब कर दें? लेकिन यह सब चुपचाप कैसे हो? उसके पीछे लोग भी आ रहे हैं। यहाँ आने की संभावना कम है। लेकिन आएगा तब? कतार में खड़े सब को पता चल जाएगा। नगरपाल जैसा आदमी। भीड़ में हलचल होगी। लोग उसे देखना चाहेंगे। कतार में से निकलकर उसे देखेंगे।

यदि वह असली नगरपाल नहीं है तो सवाल ही नहीं लेकिन यदि होगा तो?

यदि होगा भी। वह सच में मरा है थोड़ी न पता है? इतना समय बीत गया इसलिए तर्क! प्रश्न शंका।

यदि असली हो भी हवा फैला देंगे उसके नकली होने की।

मन में तय किया ही था। सीधे जेल। उसे सपोर्ट मिलेगा। सभी 'नकली' को मिलता है वैसा! आरंभ में। इतिहास साक्षी है। बाद में सत्य ही जीत जाता है। सत्य याने...हम कहते हैं वह। जो बार-बार कहा जाता है, बलपूर्वक--वही सत्य होता है।

दुनिया का इतिहास देखिए। प्रत्यक्ष सत्य-असत्य ऐसा कुछ भी नहीं होता। जो पचा सकते हैं वह सत्य। बाकी सब असत्य के खाते में।

तो बात यह है कि नगरपाल मर गया है। यही सत्य है। बाकी सब असत्य।

कतार में आगे बढ़ते हुए लोगों के प्रणाम स्वीकार कर उन्हें प्रणाम करते-करते राम यह सब सोच रहा है। अब चौक में नगरवासियों की भारी भीड़ उमड़ पड़ी है। राम यह दृश्य देख रहा है। उस नई भीड़ में 'वह' होगा।

जिस बात की प्रतीक्षा थी वही हो गयी। अब कतार में हलचल मच गयी है। आँखें एक ही दिशा में घूम रही हैं। कई लोग कतार में से बाहर आकर उस दिशा में दौड़े जा रहे हैं।

आपस में खुसुर-पुसुर बढ़ गयी है। अब आवाजें तेज़ हो रही हैं। उस नई भीड़ के पास पुलिस पहुँच चुकी है। पुलिस ने घेर लिया है। लोग उस पुलिस से ही टकरा रहे हैं। उछलकर उनके परे का देखने की कोशिश कर रहे हैं। भीड़ के बीच में ज़रूर 'वह' होगा।

नकली।

या सच्चा?

राम के पैर काँप रहे हैं। वह पूरी ताकत लगाकर तनकर खड़ा रहने की चेष्टा कर रहा है। (उसके पीछे खड़ा प्र-नगरपाल बेहाल हुए जा रहा है।)

अब भीड़ काफी बेचैन है। भीड़ बढ़ती ही जा रही है।

कुछ क्षण नासमझी में बीत चुके हैं। अब पता चल चुका है कि 'वह' क़तार में खड़ा हुआ है। नगरपाल जैसे दिखनेवाला 'वह'।

कतार में लगी भीड़ मुड़मुड़कर उसे देखे जा रही है।

एक-एक कर लोग आगे बढ़ रहे हैं। अब 'वह' भी आएगा। अपने सामने खड़ा हो जाएगा। मुझे देखेगा।

राम के बदन पर रोंगटे खड़े हो जाते हैं।

उसकी नज़र अपने आप झुक गयी है।

जब 'उससे' नज़र भिड़ जाएगी तब क्या होगा?

कुछ नहीं होना चाहिए। वही तो परीक्षा का क्षण होगा। चेहरा निर्विकार रहना चाहिए। सीधा! नज़र में कुछ नहीं। शरीर सीधा! दिमाग ठंडा। कंपोज्ड! देखते-देखते रक्षक उसे पिटारे में से निकालेंगे। रस्सी बाँधकर। बस! फिर किस्सा खत्म।

अपनी परीक्षा खत्म!

आगे का देखा जाएगा। मैंने भी इतने साल नींद में नहीं गँवाए हैं। अपमान-प्रहार यूँ ही नहीं झेले हैं। मैं कच्चे गुरु का चेला नहीं हूँ। गुरु को भी हराऊँगा। हम भी कुछ कम नहीं। 'उसे' दिखाना होगा।

राम यही सब सोचता हुआ खड़ा है। एक-एक आदमी आगे बढ़ता हुआ दिख रहा है। और अधिक स्पष्ट। कतार पीछे मुड़कर ही देख रही है और आगे बढ़ रही है। सभी आश्चर्य में हैं—क्या 'वह' वही है? या कोई अन्य? अब 'उसे' आने दो! पता तो चलेगा कि कौन कौन है? मुझे तनिक भी देर नहीं लगेगी—

उसे पहचानने में! कुछ ही क्षणों में बात साफ हो जाएगी। वही नज़र। वही चेहरा जो मैं पिछले चार सालों से देख रहा हूँ।

सच्चा भी होगा—तो भी 'नकली'। अब पीछे नहीं हटना है। ठंडा नहीं पड़ना है। 'उसे' मिट्टी में मिलाना है। लोगों के हाथों सौंप देना है। लोग आगे सँभाल लेंगे।

हाँ, अंत्य संस्कार के समय काफी सावधानी बरतनी होगी। लाश का चेहरा तनिक भी दिखना नहीं चाहिए। तब उसे आस-पास फटकने भी नहीं देना है।

अंत्य संस्कार होने तक सँभालना है। फिर ख़तरे से बाहर। तब तक ही चिंता।

लेकिन इतनी भी चिंता क्यों करें?

मान भी लो कि लाश का चेहरा थोड़ा या ज़्यादा दिखा। तो क्या? इतने घंटों बाद लाश का चेहरा बदलता ही है। यह लाश तो! इसका चेहरा फाड़कर सी दिया गया है। कौन पहचानेगा?

चेहरा ढँका हुआ रखेंगे तो लोग उसे कल्पना कर देखेंगे।

और कल्पना असली से भी ज्यादा प्रभावी होती है।

प्रेताग्नि-संस्कार होते ही लोग रोएँगे। कुछ धुएँ के कारण, कुछ भावना के कारण।

'वह' कतार में काफी आगे बढ़ चुका है। लोग अभी भी मुड़-मुड़कर उसे देखे जा रहे हैं। सबके चेहरे पर सिर्फ आश्चर्य है।

राम को लगने लगा है कि लोग अपनी जगह खड़े अब राम को भी देखने लगे हैं।

मानो पूछ रहे हैं, 'क्या यह सच है?'

पिटारे में जो है वह असली नगरपाल।

राम ने अपने मन में कोई आशंका नहीं रखी है।

राम आगे की सोच रहा है।

'वह' कतार से हट जाएगा इसका मतलब यह तो नहीं कि अपने रास्ते से हट गया।

उसके लिए कुछ और उपाय करने होंगे।

उदाहरणार्थ—

'वह' और करीब आ रहा है। इतना कि दोनों एक-दूसरे को देख सकते हैं। राम को लग रहा है 'वह' राम को घूर रहा है। 'वह' नकली पिटारे में का असली है।

राम की धड़कनें तेज़ हो गई हैं। (वृंदावनदास बेहोश हुआ है।) जेब से निकालकर भेजा ठंडा रखने की गोली मुँह में रखने के लिए कोई मौका नहीं है। ऐसा करें तो देखनेवाले को लगेगा कि मैं नरवस हुआ हूँ। भेजा तेज़ रहना भी ज़रूरी है। डल होना नहीं चाहिए। समय सूचकता चाहिए। सावधानी बरतने की ज़रूरत है।

यह नगरपाल ही है। ज़िंदा है! लौटा है। याने इसे ख़बर मिल चुकी है। हरामखोर कहीं का इसका उद्देश्य साफ जाहिर है। साजिश सफल होने न देना। फिर एक बार मुझे सत्ता से वंचित रखना। इतना ही नहीं प्रायश्चित्त के रूप में हमेशा के लिए राजनीति से दूर रखना। ज़िंदा रहकर राजनीतिक मृत्यु।

अनजाने में राम के पसीना छूट गया। पाँव थरथराने लगे। भीतरी आवाज़ खो गई है। लग रहा है यहाँ से भाग जाएँ।

कतार में वह 'तीसरे' नंबर पर खड़ा है। सीधा राम की ओर देख रहा है। आँखों में कोई भाव नहीं। पहचान नहीं। किसी के खिलाफ प्रतिशोध लेने का भाव जाग्रत होने पर दिखनेवाला कोरा चेहरा।

परीक्षा का क्षण आ धमका है। राम ने अपने आध्यात्मिक स्वामी का स्मरण किया। लाभ-स्थान में के शुक्र को याद किया। अब तक सँजोये हुए राजनीतिक सपनों को याद किया। खुद को सँवारा। सोचा अब डटा रहूँगा तो बेड़ा पार होगा वरना नगरपाल पद को हमेशा के लिए भूलना होगा। खत्म होना होगा। सो तैयार रहना है।

अब वह कतार में पहला है। पिटारे के पास पहुँचा है। झुका है। दो फूल उठाकर प्रेत पर चढ़ाए हैं। साष्टांग नमस्कार के लिए लेटा है—बेहोश प्र-नगरपाल को ले जाने वाले रक्षकों ने अब 'इसे' जल्दी-जल्दी उठाकर दूर हटाया है। उसने राम

को देखा तक नहीं। रस्सी के परे पहुँच भी गया 'वह'।

राम यह सब देख रहा है लेकिन उसकी कुछ समझ में नहीं आ रहा है। 'वह' नगरपाल ही है। लेकिन चेहरे पर ना पहचान ना कोई भाव। इतना कोरा चेहरा? कोरी नज़र? साष्टांग नमस्कार? पलटकर देखा तक नहीं? मानो किसी से कुछ लेना-देना नहीं। किसी को जानता नहीं? किसी को पहले कभी देखा नहीं। ऐसे कैसे संभव है? पाखंडी कहीं का। नाटक कर रहा है। 'वही' है। असली नगरपाल। मेरी ओर ऐसे देखा मानो पहली बार देख रहा हो। ऐसा नाटक?

राम की मति कुंठित हुई है। यह क्या है? यह नगरपाल ही है न? कहाँ से आया? जैसे अवलिया अचानक आया था ठीक वैसे ही।

राम भी चेहरा कोरा रखने की चेष्टा कर रहा है। लेकिन उसे भरोसा नहीं है कि चेहरा कोरा है। मैं उसके जैसा नाटक नहीं कर पाऊँगा। साला कितनी बेमालूम एक्टिंग करता है। राम की नज़र 'उस' नगरपाल-सदृश्य आदमी पर है। 'उसने' इधर पीठ की हुई है और अब वह दूर जाता दिख रहा है। सभी उसे आँखें भर-भर कर देख रहे हैं। उसके पीछे जा रहे हैं।

पीछे से देखने पर भी नगरपाल ही दिखता है।

पक्का!

वही पहचाना-सा फैला हुआ कूल्हा! लम्बाई के कारण ढँका हुआ। मेरा कूल्हा उसकी तुलना में नाप में है लेकिन लंबाई नहीं इसलिए मार खाया हुआ है। इन सफल लोगों को सब कुछ कैसे नपा-तुला मिलता है?

राम का दिमाग नगरपाल के पीछे भागा जा रहा है। राम सप्रयत्न अपने दिमाग को अपने पास खींच रहा है।

वह नगरपाल ही है। सच्चा! जीवित है। इसमें अब कोई आशंका नहीं।

अठारह

पिछले प्रकरण में हमने देखा कि कैसे नगरपाल अपने अपहरण और हत्या की ख़बर सुनकर 'नकली' बनकर शहर में आया और कैसे उसके पट्ट शिष्य और छुपे प्रतिस्पर्धी राम ने सत्ता प्राप्ति की लालसा में, नया नगरपाल बनने की कोशिशों में अपनी ही बदनामी कर ली तथा खुद अपने ही पैरों पर कुल्हाड़ी चलायी।

इसके बाद कुछ धटनाएँ घटीं जिनका घटित होना अनिवार्य था।

उदाहरणार्थ पुलिस प्रमुख नारिंगे को यह ख़बर पता चलते ही इतनी बेचैनी हुई कि झट् से उसे पुलिस मुख्यालय से नगर अस्पताल में दाखिल करना पड़ा। आई सी यू में। डॉक्टर के कथनानुसार कुछ दिनों तक उससे कोई नहीं मिल सकता। उसे आराम की सख़्त ज़रूरत है।

नगरपाल के लौट आने की खबर मिलते ही सभी नगर सेवक (प्र-नगरपाल वृंदावनदास सब के आगे) जल्दी-जल्दी में फूल-मालाएँ, गुच्छ लेकर उस नगरसभा के उस चबूतरे के पास इकट्ठा हो गए जहाँ नगरपाल बैठा है। नगरपाल के दिखते ही आदतन लोगों ने मन में उसे गालियाँ देते हुए उसका अभिवादन किया और उसके गले में फूल मालाएँ डालीं। (प्र-नगरपाल वृंदावनदास नगरपाल इतनी लंबाई की माला लिए आया था।) नगरपाल के चेहरे पर किसी भी तरह का कोई भाव न था। पल भर लोग नमस्कार की मुद्रा में खड़े थे। लेकिन नगरपाल ऐसे देख रहा था जैसे सबको पहली बार देख रहा हो। उसका चेहरा और नज़र कोरी थी। उसने सबको नमस्कार किया और वहीं बैठा रहा। नगरवासियों की भीड़ इकट्ठा होने लगी। यह दृश्य ऐसा था मानो पुरानी प्रभात फिल्म कंपनी—जो अब बंद हो चुकी है—के किसी सिनेमा में संतों के पीछे जाने वाली भीड़ हो। नगरपाल के सामने सभी ख़ामोश।

नगरपाल से अवलिया और अवलिया से राम पुरो के पीछे भागनेवाली भीड़ हमने देख ली है। नगर के ये राजनीतिज्ञ जिस गति से अपना रुख बदल चुके थे

उतनी ही तेज़ गति से उन्होंने अब भी अपना रुख बदला है और वे जो अनौपचारिक रूप से सारे रहस्य मन में दबाकर राम पुरो के साथ थे, उन्होंने पल में अपने राजनीतिक चेहरे नगरपाल की ओर मोड़ लिए हैं। लेकिन नगरपाल के निर्विकार चेहरे को देखकर सभी संभ्रमित स्थिति में दिशाहीन हो गए हैं। इनमें वृंदावनदास का दिशाहीन होना पहले क्रमांक पर है। यह नगरपाल असली है पर, पहचान क्यों नहीं दिखा रहा है? रैण्डम हार्वेस्ट पुराने हॉलिवुड सिनेमा के रोनाल्ड कोल्मन जैसा।

नगरपाल से इस कदर मिलने के उपरांत अब हवा में यह बात फैल गयी है कि नगरपाल की स्मृति भ्रष्ट हुई है। उस सिनेमा के नायक जैसी। या नगरपाल नया नाटक खेल रहा है। (राम पुरो के इस मत से सभी सहमत हैं।)

स्मृति भ्रष्ट होने के लिए कोई हादसा, कोई दुर्घटना होना आवश्यक है। ऐसा तो कोई निशान नहीं दिख रहा है। मानसिक तनाव या छुपी मार। इससे भी स्मृति भ्रष्ट हो सकती है। (अपनी लाश मिलने की ख़बर से ऐसा हुआ होगा।) शहर के मानसोपचार विशेषज्ञों की राय लेने पर उन्होंने सावध प्रतिक्रिया व्यक्त की। सामान्य आदमी के बारे में यह सोचना ठीक है लेकिन नगरपाल के बारे में इसकी संभावना न के बराबर है।

उसके सहयोगी और विरोधक और ही चिंता में उलझे हुए हैं। यदि 'वह' नगरपाल ही है। (और वह है।) और लौट आया है, यदि उस पर कोई गहरा मानसिक प्रहार नहीं हुआ है तो वह अपनी हमेशा की अदा—कोई भी बात कैश करना, प्रभावी वक्तृत्व से पब्लिक को जीतना—का प्रयोग क्यों नहीं कर रहा है? उसकी इस अदा का कोई मुकाबला नहीं कर सकता। फिर अब की बार वह गूँगा क्यों बन बैठा है?

जब तक कोई और प्रमाण हाथ नहीं लगता तब तक स्मृति भ्रष्ट थ्योरी पर विश्वास रखना अनिवार्य हो गया है।

अब तक लोग उससे कुछ दूरी बना के रहे थे लेकिन समाचार-पत्र वालों ने अपनी खास अदा में उसे गुस्सा दिलाकर उसका मौन भंग करने की ठान ली है। उसे बेनकाब करने हेतु अब वे उसे प्रश्न पूछे जा रहे हैं। और नगरपाल इस कदर प्रतिक्रिया दे रहा है—

प्रश्न—आपको आराम की ज़रूरत थी। आप क्या स्विट्ज़रलैंड गए थे या यहीं कहीं भारत में...या लंका में थे?

नगरपाल—पैर खुजला रहा है।

प्रश्न—छुट्टियाँ कैसे बीतीं?

नगरपाल—कुछ बोलता नहीं। गाइड सिनेमा के स्वामी बने देवानंद जैसा आकाश देखता है।

प्रश्न—विश्राम के बाद अब लौटने पर सद्यः स्थिति पर आपकी प्रतिक्रियाएँ?

नगरपाल—जेब में कुछ ढूँढ़ रहा है।

प्रश्न—नगरसंबंधी नई योजनाओं पर अब तक आपने सोच रखा होगा। वे योजनाएँ।

नगरपाल—आलस में गर्दन खुजलाता है।

प्रश्न—(उसके मौन से गुस्सा होकर) आप नगर से अचानक गायब हो गए थे। कारण? विश्राम या राजनीतिक चाल?

नगरपाल—दूसरी जेब में कुछ ढूँढ़ता है।

प्रश्न—(साहस से) अवलिया चूहेमार की चुनौती से डरकर आप भागे थे क्या?

नगरपाल—ठुड्डी खुजलाता है। नाक हिलाता है।

प्रश्न—(पूछने जैसा कुछ न बचा है।) आपका मौन भी साजिश है क्या? कब खत्म होगा?

नगरपाल—पलथी बदलकर शून्य में देखता है।

प्रश्न—आप नगरपाल हैं ही नहीं। अंतर्राष्ट्रीय ताकतों के भेजे गए हैं क्या?

नगरपाल—जम्हाई लेता है, चुटकी बजाता है।

पत्रकारों को लगा कि अपने ऐसे सवालों के कारण वह भड़केगा, कुछ बोलेगा लेकिन ऐसा कुछ हुआ नहीं। अतः उनकी राय बनी कि वह भले ही नगरपाल जैसा दिखता हो, नगरपाल नहीं है।

पत्रकारों के बाद नगरपाल की पत्नी उत्साही बन, लालबत्ती की गाड़ी में बैठ नगरपाल जहाँ बैठा है वहाँ उसे नगरपाल निवास ले जाने के लिए आयी। उनकी इस पुनर्भेंट की तस्वीरें खींचने हेतु सभी के कैमरा तैयार हुए। एक-दूसरे पर चढ़कर। लेकिन नगरपाल ने उसे पहचाना नहीं। कोरी नज़र इधर-उधर घुमाकर वह वहाँ से उठ खड़ा हुआ। पत्नी को लगा कि वह अपने साथ चलने हेतु उठा है लेकिन ऐसा नहीं हुआ। नगरपाल ने सिर्फ जगह बदली है। इस हादसे को पचाते हुए नगरपाल पत्नी ने उसके पास बैठते हुए उसका हाथ अपने हाथ में लेते हुए सहलाना शुरू किया। प्यार से उसे घर चलने का आग्रह किया। पति के चेहरे पर कोई भाव नहीं उभरा। उसने अपना हाथ छुड़ा लिया और उसी चबूतरे पर लेट गया। आसमान ताकते हुए लेटा रहा। भीड़ के सामने पति का ऐसा रूखा व्यवहार। पत्नी पर क्या

बीती होगी वही जाने। सरेआम मिले ऐसे अपमान के घूँट पचाते हुए वह लालबत्ती की गाड़ी में बैठ गई और नगरपाल निवास चली गयी। आज तक वह नगरपाल पति के साथ शानदार जीवन जी रही थी। अब पति के ऐसे व्यवहार के कारण वह मुरझा गयी थी। ये आँसू पचाते-छिपाते वह वहाँ से चल पड़ी। पत्रकारों ने कार रोककर जब प्रतिक्रिया पूछी तो वह जैसे तैसे इतना ही कह पायी, 'यह कोई नकली है। मेरा पति तो चल बसा।' और कार का काला काँच ऊपर सरकाकर चल दी।

अब रात हो चुकी है।

इन घटनाओं की साक्षी नगरपाल की साथी-भीड़ अब चर्चा करते-करते छँटती चली गयी है। वहाँ रहा है सिर्फ नगरपाल। नगरपाल खुद अपने को नकली नगरपाल मान रहा है लेकिन उसके सहयोगियों को, राम को पूरी तरह से पता चल चुका है कि यह असली नगरपाल है। सिर्फ वृंदावनदास उसे असली या नकली मानने के सभ्रम में है।

नगरपाल अपने दिनभर के नाटक से बेहद खुश है। ठीक वैसे ही जैसे किसी फिल्म में देव आनंद अपने पर ही खुश होकर पैर हिलाते बैठा दिखाया गया है। गाइड सिनेमा में जो गाना उसने वहीदा रहमान के साथ गाया था वही गाना आज नगरपाल इस चबूतरे पर बैठे-बैठे गा रहा है। लेकिन वह मुकेश नहीं है। इसलिए बेसुरा गा रहा है। राजनीति में वैसे भी सुर-लय का स्थान नहीं होता अतः बचपन में गाया हुआ गाना वैसी ही अदा में पैर हिलाते हुए गाने में आज उसे मज़ा आ रहा है। बचपन के बाद मैंने ऐसे पैर हिलाए नहीं और न ही ऐसा गाना गाया। इसे याद कर अब वह और जोर से पैर हिला रहा है और गाए जा रहा है। नगरसभा के प्रहरियों के ध्यान में इसका अर्थ कुछ और ही आ रहा है। उन्होंने उसकी इस हालात को अलग अंदाज़ से देखते हुए अपने डिब्बे में से कुछ खाना लाकर उसके सामने रखा। नगरपाल ने वह खाना देव आनंद स्टाइल में कुत्तों को खिलाया। नींद आने तक कई गाने गाए। इससे थक जाने पर सोने की तैयारी करने लगा। शर्ट निकालकर तकिए की तरह सिरहाने लेकर चबूतरे के ठंडे फर्श पर लेट गया।

ठंडे फर्श के स्पर्श से उसकी दिनभर की सारी थकान मिट गयी। उसने सपने में भी कभी न सोचा था कि नगरसभा के सामने चबूतरे पर वह कभी ऐसा सोएगा—नंगे बदन। इस खेल से उसकी मति कुंठित हुई या यूँ कहें कि वह कुंठित मति हो गया। नींद भी उस पर हावी हो रही थी। वह मन में बुदबुदाया—थैंक्यू राम्या। आज तक मुझे इस इमारत के भीतर के दुख पता था। आज बाहर का सुख पता चल रहा है। इस अनुभव के लिए थैंक्यू राम्या। तेरे कारण मैं यह जान सका। मेरे पास

उम्मीदवारी करते-करते कौए तू हंस की चाल चलने लगा। नगरपाल होने के लिए उतावला इतना हुआ कि किसी की लाश को मेरी लाश बनाकर इस चंदन पिटारे में रखकर तू कल इसे विधिवत् जलाने चला है। लेकिन तेरे दुर्भाग्य से मैं अब भी ज़िंदा हूँ। यह घिनौनी चाल तू चला है। अब देख कमीने। मैं क्या करता हूँ। तुझे राजनीति से नहीं हटाया तो मैं तेरा गुरु और अपने गुरु का चेला नहीं हूँ। बीस साल मैंने यूँ ही अपने गुरु की चापलूसी करते नहीं बिताए हैं। मैंने जितनी तपस्या विचलित न होते हुए की है तूने तो उससे आधी भी नहीं की। मेरी प्राकृतिक मृत्यु–जो कभी न कभी आनी ही थी–की राह न देखते हुए तूने मुझे नकली मार डाला? ये आजकल के लौंडे तुम लोग। तुम को सत्ता भोगने का इतना शौक चर्राया है? मुझे तो तुझे अपना चेला कहने में भी शर्म आएगी। तू तो पहली कक्षा में बैठने के भी लायक नहीं है।

इतना बचकाना दाँव तू मुझसे खेल रहा है? अब भोगो अपने उतावलेपन के फल।...ऐसे ही कुछ-कुछ बुदबुदाते हुए वह सो गया–खर्राटे भरने लगा। इतनी गहरी नींद तो उसे शराब पीकर भी कभी अपने राजनीतिक जीवन में नहीं आयी थी।

पाठकों को याद होगा कि राम पुरो के षड्यंत्र का शिकार बना अवलिया चूहेमार शहर की जेल में कैद है। उन्नीस सौ पचास में जारी किए गए 'विशिष्ट जमात आतंकवाद प्रतिबंध अध्यादेश' के अंतर्गत आसमान से टपके इस चूहेमार को राम पुरो ने जेल में रखा है। अध्यादेश का पालन इस कदर पहली बार हुआ है।

इस अध्यादेश के अंतर्गत किसी को भी बिना पूछताछ के कम से कम छह महीने पुलिस हिरासत में, जेल में रखा जा सकता है। अवलिया चूहेमार के खिलाफ ढेर सारे प्रमाण इकट्ठा कर, नगरपाल की हत्या का आरोप मढ़कर सात से बारह साल तक उसे शहर-राजनीति से दूर रखने का उपाय राम पुरो ने आजमाया था। अब नगरपाल के लौट आने से राम पुरो का यह पासा भी उलटा पड़ा है। चूहेमार के जेल से बाहर आ जाने से, नगरपाल के आने-जाने-आने से पहले ही उलझी हुईं शहर की राजनीतिक स्थितियाँ और ही उलझ गयी हैं।

अब राम पुरो क्या करेगा? यह उल्टा पड़ा हुआ पासा कैसे ठीक करेगा? क्या वह ऐसा कर पाएगा?

आधी रात बीत चुकी है। नगरपाल चबूतरे पर नगरसभा के सामने–अधनंगे बदन से सोया है और खर्राटे भर रहा है। राम अपने रामेश्वर बंगले में पत्नी से अलग, दूसरे हॉल में चक्कर काट रहा है। उसकी नींद उचट गयी है। (इस समय अवलिया

चूहेमार कैद में लौकी बजाने में मग्न है और शहर-अस्पताल में भर्ती हुआ पुलिस प्रमुख नारिंगे आई सी यू में दवा के गिलास में भर नर्स की दी गयी शराब पी रहा है।) आधी रात गए आत्मचिंतन करने वाले सभी राजनीतिक एक जैसे दिखते हैं। यह बात राम पर भी लागू हो रही है। यह चेला अपने गुरु नगरपाल-सा दिख रहा है।

राम सख्त आत्मचिंतन कर रहा है।

अब राम ने स्वीकार कर लिया है कि मुझसे कुछ गलती ज़रूर हो गयी है। क्या गलत हुआ? राम संशोधन कर रहा है। राम के राजनीतिक गुरु का मत चाहे जो हो लेकिन राम अक्लमंद है। नगरपाल तथा अन्य मित्र, विरोधक, मौका परस्त, राजनीतिज्ञों को देख-देखकर वह काफी अनुभवी हो गया है। उसका अपना निरीक्षण भी उसे अनुभवी बना चुका है। इन सबका मिला-जुला व्यक्तित्व राम इस वक़्त सख्त आत्म शोधन में मग्न है।

नगरपाल ने राम की गलती पल में जान ली और इसे समझने में राम को इतना समय लग रहा है। इसमें कार्यशीलता या अनुभव हीनता का प्रश्न नहीं है। जो नेपोलियन नहीं कर पाया वही बात राम भी नहीं कर पाया और वह यह कि नेपोलियन और राम दोनों का अपने पर अत्यधिक विश्वास। 'मैं गलती कर ही नहीं सकता' यह अंध विश्वास। यही सत्य कारण है। दोनों के हार जाने का! जो राजनीतिज्ञ यह मानते हैं कि मैं कभी गलत हो ही नहीं सकता (इसमें छोटे-बड़े सभी आते हैं।) वे अपनी गलती कैसे जान सकते हैं? ऐसों को गलतियाँ सहजता से ज्ञात नहीं होतीं। अन्यों को वे गलतियाँ आराम से पता चलती हैं। लेकिन इन लोगों की धारणा रहती है कि हम गलतियाँ करने के परे पहुँचे हुए हैं। इसी कारण से राम को अपनी भूल पता नहीं चल रही है। अब जल्द ही वह जान जाएगा और हो सकता है कि भूल ठीक करने का मौका उसे मिल जाएगा। ऐसा मौका नेपोलियन को नहीं मिल पाया था क्योंकि वाटर्लू की लड़ाई वह क्यों हारा इसके कारण जब उसकी समझ में आए थे तब वह सेंट हेलिना द्वीप पर अपने जीवन की अंतिम घड़ियाँ गिन रहा था।

राम की की हुई गलती उसके गुरु ने कब की जान ली है।

अब यह प्रश्न अनुत्तरित रहता है कि अपनी गलती अन्यों को—चाहे वह गुरु हो या अन्य कोई—पहले क्यों समझती है? नियति का यह कैसा राज़ है? यदि हम स्वयं अपनी गलतियों को समय पर जान सकें तो नियति के लिए कोई काम शेष नहीं रहेगा। इस सोच में क्या कोई सत्य है?

फिलहाल सवाल राम का है।

वह पुनः-पुनः अपना फेल हुआ प्लान जाँच रहा है। नगरपाल के जीवित होने का एक भी प्रमाण मिला नहीं था। पूर्वानुभव से यह बात डंके की चोट पर कही जा सकती है कि वह इतने दिन शहर छोड़कर रह नहीं सकता। खुफ़िया पुलिस को भी उसका पता न मिला था और न ही उसके परिवार को। चार ज्योतिषियों ने हृदय पर हाथ रखकर कहा था कि ग्रह स्थिति मेरे पक्ष में है। दो मांत्रिकों ने एक ही बात कही थी कि नगरपाल की हत्या फलाने दिशा में हो गई है। दोनों के मत टैली हुए थे। मैंने आध्यात्मिक गुरुओं की राय ली थी। इन सब में पर्याप्त समय बीत गया था। याने मैंने कहीं कोई जल्दबाजी न की थी। और कितना रुकता? ऐसे मामले में अधिक समय गँवाना भी ख़तरे से खाली नहीं होता है। वह क्षण पकड़ना जरूरी था सो मैंने किया। और मैं कितना भी रुकता तो ख़तरा था ही।

उस रात राम ने अपने आपको एक सौ सैंतीस बार पूछा, 'आख़िर कहाँ गलती हुई है?'

अब वह थक चुका है। गलती का पता तो नहीं चल रहा है। वह हुई तो जरूर है वरना इस कदर बदनामी का दौर न आता।

राम सोच रहा है इसका एक ही जवाब हो सकता है—नियति! मेरा नगरपाल बनना शायद नियति को ही मंज़ूर नहीं है। शापित यक्ष हूँ मैं। या शापित राजनीतिज्ञ या राजनीति में का शापित यक्ष? मैं असफल, निराश होकर मर जाऊँ! क्या नियति यही चाहती है? छठी पूजन में क्या मेरे ललाट पर यही लिखा गया है? वरना इतनी कम उम्र में मुझे इस कगार पर क्यों पहुँचाया गया? आध्यात्मिक गुरु, ज्योतिषाचार्य, मांत्रिक सभी गलत कैसे हुए? सब ठीक चल रहा था और अचानक नगरपाल जीवित कैसे लौट आया? इसका एक ही उत्तर है—नियति।

आधी रात का समय! अकेला राम! मन में अपमान, असफलता की भारी टीस। कल जो भुगतना पड़ेगा उसका भय। इतना इम्प्रेसिव राजनीतिक कॅरिअर इस कदर ख़त्म हो? ऐसी हालत में संवेदनक्षम, कर्तृत्वशील मन में आत्महत्या का विचार आना स्वाभाविक है। ध्यान रखा जाए कि राम कभी शराब नहीं लेता। राजनीति में होकर भी। उसके सहयोगियों में अक्सर इस बात को लेकर आश्चर्य व्यक्त किया जाता है। ऐसा राम भाव विवश होकर आत्महत्या संबंधी सोच रहा है।

राम को किसी काले विचार-वलय ने घेर रखा है। बदनामी से अच्छा है कि सम्मान से मर जाएँ। यह वाक्य किसी ऐतिहासिक नाटक में तालियाँ वसूल करने वाला लग सकता है लेकिन आत्महत्या की ताली बजने के पूर्व ऐसे वाक्य निराश फिर भी महत्त्वाकांक्षी मन में उभरते ज़रूर हैं।

राम स्वयं इस विचार पर चौंक गया है।

उफ्! मरना होगा?

उफ्।

आत्महत्या का विचार सबसे पहले मन में उभरने पर कोई भी ऐसी ही प्रतिक्रिया देता होगा। राम के मन ने भी यही कहा और बाद में अपने आपको सुव्यवस्थित करने, हड़बड़ खत्म करने में जुट गया। इस स्थिति से मेल खाता कोई पर्याय ढूँढ़ने लगा। उसे याद आया कि छह साल पहले 'विशिष्ट जमात' से होने वाला धोखा ध्यान में रखकर उसी ने नगरसभा की बैठक में प्रस्ताव पारित करा लिया था कि सुरक्षा हेतु सभी पदाधिकारियों को पिस्तौल दी जाएँ। वह खुद एक पिस्तौल घर ले आया था। उसने वह पिस्तौल ढूँढ़ निकाली। अब रात के तीन बजकर बीस मिनट हुए हैं। उसे यह भी याद आया कि पिस्तौल तो सभी लोकनियुक्त सदस्यों को बाँटे गए थे लेकिन अर्थ मंत्रालय ने कारतूसों के लिए रकम मंजूर नहीं की थी सो यह तय हुआ था कि कारतूस हर कोई अपने पैसों से खरीदे। राम ने पिस्तौल चलाने के लिए कारतूस खरीदे थे और वे ट्रेनिंग में खत्म हुए थे। अब दुकानें बंद थीं। किसी से माँगना यानी संशय जोड़ने-सा था।

इस कदर जीवन में पहली बार राम राजनीतिक लड़ाई में नगरपाल के विरोध में हार गया है। इस क्षणिक निराशा से ग्रस्त वह हाथ में पकड़ी पिस्तौल से खेल रहा है। पिस्तौल होकर भी कुछ फायदा नहीं। अन्य कोई मार्ग कि जो मुझे राहत, सफलता देगा—नज़र में नहीं है। मृत्यु का वैवर्थ्य उसकी समझ में आया है। मैं मर भी गया तो होने वाले आरोप-प्रत्यारोप, अपने साहस की उड़ायी जाने वाली धज्जियाँ इनको प्रत्युत्तर कौन देगा? मुझे ज़िंदा रहना ही होगा। अब पाँच बजकर सत्रह मिनट हुए हैं। राम में जीने की लालसा पुनः जाग्रत हुई है। आत्मघात की नकारात्मकता ज्ञात हुई है। अपने सम्मान के लिए, अपना पक्ष सक्षमता से प्रस्तुत करने के लिए मुझे जीना ही होगा। इतनी-सी हार से मरूँ क्यों? हार की बुनियाद पर ही तो जीत की इमारत खड़ी होगी। यह भीतरी आवाज़ राम को सुनायी दे रही है। (कभी-कभी यह देर से सुनायी पड़ती है।) अरे, अपने गुरु को चारों खाने चित करने के लिए तैयार हो जा। राम ऐसा सुन ही रहा था कि पिस्तौल चल पड़ी और बचा हुआ कारतूस अपना काम कर गया। (नियति) राम के मस्तिष्क का जो हिस्सा सोच रहा था वही ज़ख्मी हुआ और राम वहीं पर ढेर हो गया।

उपन्यास में घटनाएँ लेखक की मर्ज़ी से घटित होती हैं। यह कथन सच नहीं है। यदि ऐसा होता तो दुनिया के कई महान व्यक्तियों के जीवन उपन्यास की तरह

पढ़ने पड़ते। हाँ, यह बात अलग है कि इन महान पुरुषों के जीवन पर मराठी में या अन्य भाषाओं में उपन्यास लिखे गए हैं लेकिन इनके जीवन की ऐसी कई घटनाएँ अ-वास्तव, कल्पना के परे की लगती हैं। और इतिहास साक्षी है जोकि यह कहता है—ये घटनाएँ यथार्थ हैं। किसी की कल्पना से शब्दबद्ध हुई नहीं हैं। इसलिए सच यह है कि मानवीय जीवन में संजोग नामक जो हिस्सा होता है उसे समझ लेना चाहिए तब मन में कोई दुविधा शेष न रहेगी।

यह लिखते हुए मैं लेखक के नाते यह जानता हूँ कि राम पुरो कोई महापुरुष नहीं है। और न ही नगरपाल। हाँ, नगरपाल पद की प्रामाणिक आस लिए, नगरपाल की प्रदीर्घ काल सेवा करने वाला (विश्वास पात्र नहीं) असफल प्रतीक्षा का शिकार हुआ, नगरपाल के गायब होने की घटना का फायदा उठाने वाला, दुर्भाग्यपूर्ण दुर्घटनाग्ररत मृत्यु को प्राप्त एक व्यक्ति था। इतिहासकार यही कहेंगे। किसी को यदि राम पुरो के इस जीवन में महानता के अंश दिखेंगे तो इसे नकारा नहीं जा सकता।

तो यह बात है कि राम की मृत्यु एक दुर्घटना है जो सुबह साढ़े पाँच के लगभग घटित हुई है। शहर अभी नींद से जगा नहीं है। इतना ही नहीं राम की पत्नी भी पिस्तौल की आवाज़ से जागी नहीं है। एक मात्र जाग रहा था वह है राम का पालतू कुत्ता। जब वह जोर-जोर से भौंकने लगा तब राम का नेपाली सिक्यूरिटी गार्ड दौड़ते आया। उसे सबसे पहले राम की मृत्यु का पता चला। उसने राम की पत्नी को और पुलिस को ख़बर की। जो पुलिस सोचती है वही इन दोनों ने भी सोचा। हत्या! राजनीति में यह नई बात नहीं है। अतः सबसे पहले हत्यारे को ढूँढ़ा जाता है। ये हत्यारे शत्रु के भेजे रहते हैं वैसे मित्रों के भेजे हुए भी। दोनों का उद्देश्य एक-सा रहता है। 'हत्यारा' पर्याय उचित न बैठता हो तो प्राकृतिक, अप्राकृतिक मृत्यु-कारण तलाशे जाते हैं। यह भी कहा जा सकता है कि हत्यारे के द्वारा प्राप्त मृत्यु मृंत व्यक्ति के कर्तृत्व को दी गई रसीद होती है।

यहाँ दुर्घटना से मौत हुई है लेकिन सारे प्रमाण कुछ ऐसे हैं कि जिससे आत्महत्या का आभास हो। पाए गए निशान, सूँघनेवाले कुत्ते, साक्षी व्यक्ति सभी की दी हुई जानकारी के आधार पर पुलिस ने 'हत्यारे' फार्म्युला दूर रखा हुआ है। टेंपररी क्यों न हो। क्योंकि राम कर्तृत्ववान था। युवा था। ऐसे में उसके वरिष्ठ-कनिष्ठ ईर्ष्यालु शत्रुओं की कमी न थी। इस दिशा में भी पुलिस खोज करेगी लेकिन फिलहाल 'आत्महत्या' का लेबल लगाकर पोस्ट मार्टम किया जा रहा है। मुक्ति जो पानी है। हम जानते हैं कि वह आत्महत्या नहीं, दुर्घटना है लेकिन पुलिस कभी ठोस प्रमाणों

के परे जाकर सोचती हुई नज़र नहीं आती। अब भी यही हो रहा है।

इतना सब हो रहा है और सुबह हो गयी है। आकाशवाणी से प्रसारित समाचारों में 'अभी-अभी पता चला है कि...' के आरंभ से 'वह' समाचार फ्लू, सब्जियों की दरें आदि के बीच भारी आवाज़ में प्रसारित किया जा रहा है। इतने वर्षों से जिस शहर में 'चूहों के अत्याचारों' के अलावा और कुछ घटित हो नहीं रहा था उस नगर में इन दिनों कितना कुछ घटित हो रहा है। पाठक जरा इन्हें याद करें। आज की सुबह इन वारदातों भरी सुबहों में से ही एक और सुबह है। कुछ वर्षों बाद कोई शोधकर्ता 'राम पुरो की मृत्यु दुर्घटना या आत्महत्या' विषय पर शोधकार्य करेगा। कौन कहे। जिस राम ने जीवन के अंतिम क्षण में भी जिजीविषा कायम रखते हुए, आत्महत्या के विचार को दूर भगाते हुए धीरोदात्त नायक की तरह संघर्ष करने के लिए मन को तैयार किया था उस राम को भविष्य में न्याय मिलेगा या न मिलेगा आज कहना मुश्किल है लेकिन इतना सच है कि जिसका दुनिया में कोई नहीं होता उसका सहारा ऐतिहासिक उपन्यास, नाटक लिखनेवाला लेखक होता है। ऐसा कोई लेखक अपने उपन्यास-नाटक के लिए पात्र ढूँढ़ते-ढूँढ़ते राम पुरो तक पहुँच जाएगा और महान रचना लिख उसे न्याय देगा। इतिहास ऐसी कई घटनाओं का साक्षी है। राम के साथ यह हो सकता है। फिलहाल पुलिस ने इस वारदात पर आत्महत्या का लेबल चिपका दिया है।

अपेक्षा के अनुसार शहर के सभी को इस घटना से शॉक लगा है। अब तक की सारी घटनाएँ या अवलिया का आगमन ऐसी 'शॉक वाली' घटनाएँ थीं लेकिन राम पुरो का इस कदर चल बसना सबसे बड़ा हादसा था। अवलिया के आगमन की परिणति इस घटना में होगी यह कोई नहीं जानता था। राम युवा राजनीतिज्ञ था। (वैसे आजकल की राजनीति में सत्तर वर्ष की आयुवाले को भी युवा समझने का चलन है। राम ने तो पैंतालीस वर्ष भी पार नहीं किए थे।) नगरपाल चाहे जितना कर्तृत्व शील, लोकप्रिय हो, उसके जाने से शहर में भले ही हड़बड़ाहट मच गयी हो लेकिन नगरपाल के दिन अब लद चुके थे। नगरपाल पचपन पूरे कर छप्पन की ओर झुका हुआ है। सत्ता पर और लोगों के हृदय पर अधिराज्य कर चुका है। बेचारा राम अब कहीं नगरपाल की कुटिल छाया से बाहर निकलकर अपनी आइडेण्टिटी स्थापित करने जा रहा है। अपना साम्राज्य छाने के सपने देख रहा है। समाचार-पत्रों में छपे मृत्यु लेखों में उसकी अभी-अभी फैलने वाली लेजो किरणों का उल्लेख हुआ है। शहर को नव नेतृत्व का लाभ मिलने जा रहा था। इतने में नगरपाल लौट आया (भले ही वह दिखाता न हो।) इस हादसे से निराशाग्रस्त युवा राम के सामने आत्महत्या के

अलावा और कोई चारा न था। राम पुरो की मृत्यु संबंधी यह विश्लेषण जनता जनार्दन के कानों में धँसा और जनभावना बड़े पैमाने पर नगरपाल के विरोध में और राम के पक्ष में मुड़ गई। (लोकभावना के चंचल होने संबंधी सुज्ञ लोगों को अधिक कुछ कहने की आवश्यकता नहीं है। पूर्वजों ने इसीलिए तो उसे वारांगना कहा है।) समाचार सुनते ही शोकातिरेक से दो लोगों ने आत्मदहन किया और तीन लोगों ने नगर चौक में मुंडन। एक आदमी नगर सभा की छत पर चढ़ा है। उसका इरादा पता चलते ही आग बुझाने वालों ने उसे जबरदस्ती नीचे उतारा है। विद्यार्थी हड़ताल कर रहे हैं। मज़दूरों ने निषेध मोर्चा निकाला है। किसी के बिना कुछ बताए हुए भी शहर के दुकानदारों ने दुकानें बंद रखी हैं।

कल परसों तक, नहीं, कल शाम तक जो शहर नगरपाल पर अनुरक्त था उस शहर का मन रातोंरात इस समाचार के कारण पलट चुका है। दुनिया के कोने-कोने में घटित ऐसी कई घटनाएँ इतिहास में दर्ज़ हैं।

लोकमानस को उपमा देनी है तो वारांगना की अपेक्षा दलाल बाज़ार की देनी चाहिए। कभी इधर तो कभी उधर। चुनावों में इस पक्ष में, उस पक्ष में। इस नेता के साथ तो उस नेता के साथ। कोई तर्क शास्त्र काम नहीं कर सकता। बाद में विश्लेषण किया जाता है। लेकिन पूर्वानुमान लगा दें तो मुँह की खानी पड़ती है। इसी न्याय से अब भी जनमत राम पुरो से—नगरपाल से—राम पुरो तक की यात्रा करता रहा। यूँ कहें करवट बदलता रहा।

इनमें नगर के प्रतिष्ठित लोग प्रतिनिधि शांतिलाल, संभाजी बाप्पा, नगरसभा सदस्य हैं। विरोधी दल दुविधा में है। कार्तिकेय आज राम गुट में आया है। सभी दलों के लोगों में इधर-उधर हेरा-फेरी पिछले सात दिनों से चल रही है।

अब वृंदावनदास भी मन बनाकर राम गुट में आया है।

राम पुरो की विशाल अंत्ययात्रा निकली है। आकाशवाणी से गंडभीर शेरो-शायरी भरा आँखों देखा हाल उन लोगों को सुना रहा है। जो इसे देख नहीं सकते। वृंदावनदास कंधे झुकाकर चल रहा है। फूलों से सजी गाड़ी—नगरवासी—नगरपाल निवास से होती आगे बढ़ती महाप्रस्थान यात्रा—नगरपाल विरोधी घोषणाएँ...नगरसभा के आगे मानवंदना...(नगरपाल चबूतरे पर नहीं है।) श्मशान में चार घंटों से अधिक काल चली शोक सभा...आवेश...युक्त भाषण...हर वाक्य में राम पुरो...नगरपाल का उल्लेख...नगरपाल की निंदा...उसकी कुटिल नीति की निंदा...राम नगरपाल की सत्ता लोलुप प्रवृत्ति की बलि है...आदि आदि...तोपों की सलामी...पुलिसदल, आर्मी... अंतिम क्षण में उफना भावनाओं का समंदर... किसी का मूर्च्छित होना...वातावरण

राम नाम से भरा हुआ...राम को हुतात्मा उपाधि से नवाज़ा जाना...उसका पूर्णाकृति पुतला बनाने की योजना का घोष...पुतला नगरपाल के पिता जी के पुतले के पास होगा...अत्युच्च सम्मान-मरणोत्तर...नगरभूषण...अब से उसके नाम से पुरस्कार देने की घोषणा...(नगरपाल यह सब देख-सुन रहा है—दूर से)

जब श्मशान में यह सब चल रहा था तब शहर के दूसरे भाग में नगरपाल-वादियों के गुट ने दुकानें लूटने का और सार्वजनिक माल-जान को जलाने का उपक्रम आरंभ कर दिया है। ऐसा करने वाले आज सुबह तक राम-वादी थे।

उन्नीस

दो दिन बीत चुके हैं लेकिन राम पुरो की मृत्यु के कारण शहर में मची अशांति अभी भी भभक रही है। शहर में दंगल मचा है। पहले दिन पुलिस प्रमुख नारिंगे की देखरेख में पुलिस ने वह चंदन पिटारा वहाँ से हटाया है। अब सुबह-सुबह नगरचौक में नगरपाल के महाप्रस्थान की तैयारियाँ शुरू हुई हैं। उसकी उस तथाकथित लाश को जूतों की मालाएँ पहनाकर भीड़ ने नगरपाल 'हाय हाय' की घोषणाएँ दी हैं और यात्रा आरंभ हो चुकी है। समंदर किनारे पहुँचकर नगरपाल की प्रतिमूर्ति को 'हुतात्मा राम अमर रहे' के नारों के घोष में भड़ाग्नि दिया गया है। लौटते समय भीड़ ने दुकानें लूटी हैं। आगजनी की घटनाएँ हो रही हैं। सबसे बड़ी आग मार्किट में जल उठी है। फायर ब्रिगेड के लोगों ने अथक परिश्रम किए हैं फिर भी कल रात तक आग धू-धू कर जल रही थी। हुतात्मा राम पुरो की मृत्यु का शोक व्यक्त करने हेतु पानी कर्मचारी हड़ताल पर गए हैं। फायर ब्रिगेड के प्रमुख ने पानी कर्मचारियों की हड़ताल का कारण बताकर आग बुझाने में अपनी मजबूरी ज़ाहिर की है और अपनी हड़ताल की पार्श्वभूमि भी तैयार की है। अंदाज़ है कि मार्किट के व्यापारियों का तीस करोड़ से अधिक कीमत का माल आग में ख़ाक हुआ है।

पहाड़ी पर खड़ा नगरपाल के पिता जी का पूर्णाकृति पुतला (अंदाजन खर्च ढाई लाख) उस दिन दोपहर दंगलखोरों ने उध्वस्त किया और उसे वे जूतों से मारते रहे। तब पुलिस मात्र तमाशबीन बन खड़ी रही थी। उसी रात नगरपाल निवास को जलाने का प्रयत्न किया गया लेकिन रक्षक की सजगता के कारण यह प्रयत्न असफल रहा। सिर्फ आउट हाउस का नुकसान हुआ। अब वहाँ की सुरक्षा व्यवस्था में और बढ़ोतरी की गयी है। समाचार-पत्रों ने समाचार छापा है कि नगरपाल की माताश्री के नाम से चलाए जाने वाले वृद्धाश्रम (जो शहर के बाहर है) को दंगलखोरों ने तहस-नहस कर दिया है। वहाँ के वृद्धों को सुरक्षित जगह स्थानांतरित कर दिया गया है। आश्रम का प्रमुख फरार हुआ है। नगरपाल के साले का शहर के पासवाला अस्पताल फोन

पर दी गई बम विस्फोट की धमकी के कारण खाली कर दिया गया है। साला शहर छोड़कर कहीं अज्ञात स्थल के लिए रवाना हो चुका है।

चूहोत्तर काल में इस शहर में पहली बार अनिश्चित काल के लिए कर्फ्यू जारी की गई है। आकाशवाणी से प्र-नगरपाल नगरवासियों को हृदय से, विनम्र स्वर में प्रार्थना किए जा रहा है–शांतता–सुव्यवस्था–धीरज रखने के लिए। (विश्वास जाहिर कर रहा है कि मेरे नगरवासी इसका पालन करेंगे ही।) इस आवाहन के प्रसारित होने के ठीक समय पर शहर में तीन जगहों पर इकट्ठा हुई भीड़ हटाने के लिए पुलिस को गोली चलानी पड़ी। इसमें एक मर गया, तीन ज़ख्मी हुए। यह समाचार भी उस प्रार्थना के साथ प्रसारित किया जा रहा है। इसमें पाँच साल की एक बच्ची भी थी। वहाँ उपस्थित लोगों का कहना है कि मृत व्यक्तियों की संख्या अधिक हो सकती है। पुलिस की सारी कार्रवाहियों को पुलिस प्रमुख नारिंगे खुद सुपरवाइज कर रहा है। नगरपाल विरोध में वातावरण तप्त होते ही और शहर की स्थितियाँ बेकाबू होती हुई देखते ही नारिंगे अस्पताल के आई सी यू में से निकलकर ड्यूटी पर तैनात हुआ है। जल्दबाजी में बुलायी हुई पत्रकार परिषद में उसने कहा कि शहर के कानून और सुव्यवस्था के सामने मैं अपने स्वास्थ्य को तनिक भी महत्त्व नहीं देता हूँ।

नगरपाल को लेकर कई अफवाहें फैल गयी हैं। राम पुरी की आत्महत्या के बाद नगरपाल शहर में ही कहीं छिप गया है...वह नगरपाल निवास में ही है...लेकिन नियमानुसार पुलिस भी नगरपाल निवास में प्रवेश नहीं कर सकती...माओवादियों ने नगरपाल की हत्या कर उसका सिर सबको दिखेगा इस तरह से पेड़ पर लटका दिया है...शहर में माओवादियों के भित्ति-पत्र चिपके हुए हैं और उनमें नगरपाल के काले कारनामों का पाढ़ा लिखा गया है। इस अफवाह का सूत्र इसी में है। माओवादियों ने इस अफवाह का समर्थन अब तक किया नहीं है।...आज सुबह नगरपाल नगरसभा के पास दिखा था और उसका पीछा करते ही वह गायब हुआ है...जाँच करने पर पता चला कि जिसका पीछा किया गया था वह शहर का जाना-माना पागल है।

समाचार-पत्रों के कहने के अनुसार इस शहर ने ऐसा ऊधम इसके पहले कभी देखा नहीं है। 'नगर टाइग्रा' स्थानीय समाचार-पत्र ने माँग की है कि शहर में आपातकाल घोषित किया जाए।

आपातकाल के संदर्भ में नगरसभा सदस्यों की आपातकालीन सभा घंटों चली लेकिन कुछ ठोस निर्णय हो नहीं पाया। नई परिस्थिति का सामना करने के लिए आज सुबह स्थापित की गयी 'सर्वदलीय शांतता समिति' की सलाह से तय हुआ

कि हम नगर का कारोबार सँभालेंगे लेकिन नगरवासियों को चाहिए कि वे शांति बनाए रखकर हमें सहयोग दें। प्र-नगरपाल वृंदावनदास ने नए पत्रक द्वारा नए सिरे से विनम्र आवाहन किया है कि जनता शांति बनाए रखे। इसके तुरंत बाद ही शहर में चार खून और हो गए हैं और कई जगहों पर आग लगायी गयी है।

राम पुरो की आत्महत्या (जो कि मात्र एक दुर्घटना थी।) के बाद शहर में आतंकवाद के इस रूप को और बल मिला है और वह चूहेमार अवलिया कैद में है। आतंकवाद प्रतिबंध अध्यादेश के अंतर्गत राम पुरो ने उसे कैद कर रखा था और आरोप यह लगाया था कि यह नगरपाल का हत्यारा है। अब राम पुरो ज़िंदा नहीं है और नगरपाल को सभी ने जीवित देखा है। इसका मतलब यह कि अदालत में अवलिया को रिहा किया जाएगा और यदि अवलिया स्वयं ऐसी अर्जी देगा तो उसकी रिहाई को और समर्थन मिलेगा लेकिन ऐसा संभव नहीं दिख रहा है। सुनने में आया कि जेल में अवलिया लौकी की नई-नई प्रजातियों की पैदावार करने में लीन हुआ है। एक बार ऐसी रिहाई का केस आया था तब सारे वकीलों ने बार एसोसिएशन ने अपने लिए संरक्षण माँगा था और ऐसा न होने पर हड़ताल करने की धौंस जमायी थी।

आज शहर में सर्वदलीय समिति ने प्र-नगरपाल के नेतृत्व में शांतता मार्च किया और नागरिक विचार मंच ने चौक में धरना दिया। इनकी प्रमुख माँग है कि राम पुरो के आत्महत्या की उच्चस्तरीय जाँच हो। शहर का पुलिस प्रमुख नारिंगे नगरपाल का चेला होने के कारण यह जाँच निष्पक्ष रूप से होगी नहीं अतः उसे इस पद से हटाया जाए। इस दूसरी माँग को व्यक्त करने के लिए उन्हें और एक सभा आयोजित करनी पड़ी क्योंकि यह मुद्दा देर से सूझा था। नगरसभा के कई सदस्यों की राय भी यही है। नारिंगे को यह पद नगरपाल की मेहरबानी से मिला था अतः उसे हटाया जाए।

अब यह बात अलग है कि कल से वह नगरपाल के खिलाफ बोल रहा है और पिछले तीन दिनों से नए प्रशासन के पक्ष में कुछ ज्यादा ही अनुकूल काम कर रहा है। उनके सभी आदेशों का कुछ ज्यादा ही सख़्ती से पालन कर रहा है फिर भी कइयों के मन में उसे लेकर संशय है। इसमें शांतिलाल जैसा नगरपाल समर्थक भी है। उन सबकी नज़र में नारिंगे को अब भी इस पद पर रखना ख़तरे से खाली नहीं है।

इस संदर्भ में प्र-नगरपाल वृंदावनदास पर दबाव बढ़ रहा है। वृंदाबनदास की राय यह है कि नारिंगे नगरपाल का पेमरा आदमी है अतः नई परिस्थितियों में नारिंगे

अपने को बचाने के लिए कुछ ज्यादा ही इन लोगों का साथ निभाएगा अतः उसे इसी पद पर रखें लेकिन वृंदावनदास पर नारिंगे को हटाने के लिए दबाव बढ़ रहा है। वृंदावनदास को यह भी डर है कि कहीं इसका अर्थ वे सदस्य ऐसा न समझें कि मैं भी नगरपाल का आदमी हूँ। नारिंगे खुद यह बात जानता है कि अपने हाथों कभी भी पदावनति का नोटिस थमाया जाएगा। इसलिए वह स्वयं अवकाश ग्रहण करने के पूर्व की छुट्टी पर जाना चाह रहा है। वह यह नगर छोड़ने की मनःस्थिति में है क्योंकि वह जानता है ऐसे में नगरपाल-कालीन कई 'प्रकरण' खुल जाएँगे और मैं पुलिस प्रमुख नारिंगे फँस जाऊँगा।

संशय...डर...संप...हड़ताल...मोर्चा...धरना...आंदोलन...ऐसे वातावरण में शहर का रोज़मर्रा का काम ठप्प हो गया है। स्वास्थ्य ख़राब होने का अंदेशा है। शहर की सभी सेवाएँ ठप्प हो गयी हैं। सामान्य लोगों के मन में किसी छूत की बीमारी के फैल जाने का डर उभरा हुआ है।

ऐसे में कुछ ही क्षणों पूर्व शहर में चूहा दिखने की ख़बर हवा की तरह फैल चुकी है। यह चूहा एक सब्ज़ी बेचने वाले को शहर की सब्ज़ी मंडी से बोरेविके गली की ओर गटर में से बहते जाते हुए दिखा था। उसने दूसरे सब्ज़ी बेचने वालों का ध्यान भी आकृष्ट किया था लेकिन अन्यों को कोई चूहा नहीं दिखा। उस सब्ज़ी वाले के अनुसार चूहा मुट्ठी भर आकार का था। पुलिस प्रमुख ने होमगार्ड की मदद से उस भाग के सारे गटर छान मारे मगर चूहा नहीं मिला। सब्ज़ी वाला कसम खाकर कह रहा है कि उस वक़्त वह बिल्कुल होश-हवास में था बिल्कुल 'पिया' हुआ नहीं था लेकिन संभावना बतायी जा रही है कि वह उस वक़्त जरूर 'पीकर' देख रहा होगा अतः इसे अफवाह मान लिया जाए।

यह सच है कि सारे चूहे समंदर में डूब जाने के बाद शहर चूहे रहित हो गया था। और अब चूहे के दिखने के कारण कुछ विसंगति और चिंता का वातावरण पनप रहा है। भले ही दिखायी दिया गया चूहा छोटा, निरुपद्रवी, घरेलू किस्म का हो लेकिन पहले से फैले तनाव-माहौल में इससे और तनाव, भय, आशंकाएँ फैल गयी हैं। अतः वह दिखा होगा इसे मान लिया गया है और शहर में रेड अलर्ट घोषित कर दिया गया है। राम पुरो की आत्महत्या के निषेध स्वरूप स्वास्थ्य कर्मचारी, हड़ताल पर गए हैं—बाकी तनख़्वाह मिलने की माँग कर रहे हैं। अतः होम गार्ड कमांडेंट एस.पी. बोबडे ने पत्रक द्वारा जाहिर किया है कि हम सभी गटर पर नज़र रखे हुए हैं। फिर भी तमाम शहर वासियों में—होमगार्ड्स भी—भय की भावना बढ़ गयी है।

पहले ही शहर में आतंक! तिस पर चूहे का दिखना। शहर के ज्योतिर्भास्कर

वकसंगेकर जी ने भविष्य में उपस्थित होने के ख़तरे से जनता को आगाह कर दिया है। और उनकी सलाह से इस ख़तरे से मुक्त होने के उपाय हेतु युद्ध स्तर पर ज्येष्ठ नागरिकों ने शहर में संकट मोचन महायज्ञ करने की ठान ली है। अब नागरिकों से चंदा इकट्ठा किया जा रहा है।

शहर के बुद्धिवादी (रेशनोलिस्ट) लोगों की राय यह है कि इस संकट निवारण का उपाय महायज्ञ जैसी बचकानी हरकत नहीं हो सकता। इसके लिए अवलिया को कैद से आज़ाद कर चूहों को खत्म करने का कॉन्ट्रेक्ट दिया जाए। नागरिक चंदा न दें और ऐसी बचकानी बातों को पुष्टि न दें। इन्होंने अपने पत्रक में यह भी कहा है कि अवलिया चूहेमार भी कोई सुजान (अवेअर) नागरिक नहीं है अतः यदि कोई उसका नव-चूहा-निर्मूलन योजना के अलावा और गैर प्रशासनिक कृत्यों के लिए इस्तेमाल करेगा तो हम उस बात का विरोध करेंगे। इस मंडल के कुल छह सदस्य हैं। इनमें चार की आयु सत्तर के ऊपर है और अध्यक्ष की आयु सत्तासी वर्ष।

शहर में इतना कुछ हो रहा है और एक पत्रकार जेल में जाकर अवलिया से साक्षात्कार करता है। अवलिया लौकी की पैदावार में मग्न है। यह पत्रकार चोरी कर जेल में दाखिल हुआ है। नगर टाइम्स ने यह साक्षात्कार पहले पृष्ठ पर छापा है। चूहा दिखने के ठीक तीसरे दिन। पत्रकार ने कैसे खुद को कैद कराया। कैसे टेप स्मगल्ड की आदि की रोमांचित कहानी कल के अख़बार में पढ़िए का आह्वान भी किया गया है। यह भी अधोरेखित कर छापा है कि पाठकों को पढ़ने के लिए सुविधा हो इस हेतु अवलिया के वाक्यों को जोड़ते हुए संपादक ने ब्रेकेट में सूत्र पिरोया है। हालाँकि मूल वाक्यों में कोई परिवर्तन नहीं किया गया है।

साक्षात्कार इस प्रकार है–

जेल के कैम्पस में अवलिया लौकी के उत्पाद हेतु चौबीसवाँ गढ़ा खोद रहा है।

साक्षात्कार-कार (गढ़ों में से रास्ता निकालते हुए कैदी के कपड़ों में) नमस्कार! मैं नगर टाइम्स समाचार-पत्र का प्रतिनिधि हूँ। शहर की नई परिस्थितियों को जानने हेतु चोरी कर खुद को पकड़वाकर यहाँ आया हूँ।

अवलिया–(खाद का गमला आगे कर) चोरी बाद में। पहले ये पकड़ो। मैं लौकी की नई प्रजातियों की पैदाइश कर रहा हूँ।

सा. का–(गमला पकड़कर) शहर के इन ताज़ा समाचारों के प्रति आपकी प्रतिक्रिया क्या है?

अवलिया–(खोदा हुआ गढा और खोदते हुए)–ये नई प्रजाति ठीक से उगेगी

तो लौकी की पैदावार में क्रांति होगी। ये गमला ठीक से पकड़ना। गिरेगा।

सा.का–राम पुरो के आत्महत्या की ख़बर आप तक पहुँची होगी ही।

अवलिया–अपने यहाँ की लौकी अंदाजन एक से डेढ़ फीट लंबी होती है। यह इतना (हाथ दिखाकर) यदि मेरा प्रयोग सफल हुआ तो वह तीन फीट लंबी बनेगी। ला गमला दे। नाक में लगी मिट्टी पोंछ दे। (प्रतिनिधि अपनी नाक साफ करने लगता है।) अबे तेरी नहीं मेरी नाक साफ कर। मेरे दोनों हाथ मिट्टी से सने हैं न? नाक साफ कैसे करूँ? (बिजली चमकने जैसा) क्या बोले? चोरी करने जेल आए हो?

सा.का–नहीं, चोरी कर जेल आया हूँ। साक्षात्कार करने। वह आज की नगर स्थिति में लाभप्रद होगा।

अ–क्या? चोरी?

सा.का–नहीं, साक्षात्कार।

अ– लौकी में क्रांति हुई तो शहर की क्या सारी दुनिया की स्थिति सुधरेगी।

सा.का–इस समय आपके नेतृत्व की ज़रूरत है।

अ–लौकी की पैदावार बढ़नी चाहिए लेकिन सबूरी! पहले उसकी लंबाई बढ़ने दो–ला कुदलिया पकड़ो।

सा. का–आप बात टाल रहे हैं लेकिन पिछले कुछ दिनों से शहर में आतंक फैला हुआ है। यदि आप नहीं जानते तो ये लीजिए–पढ़िए–मैं बड़ी मुश्किल से पिछले दिनों के समाचार-पत्र ले आया हूँ। (अंडर वीअर में छिपाए समाचार-पत्र निकालकर देता है।)

अ–सब इकट्ठा नहीं। एक-एक दो! लौकी के लिए कागज़ की खाद अच्छी साबित होगी।

सा.का–मैं इन्हें आपके पढ़ने हेतु लाया हूँ।

अ–लौकी बचेगी तो दुनिया बचेगी। तूने क्या कहा? नगर स्थिति के बारे में कुछ...।

सा.का–आज एक चूहा दिखा था।

अ–(चौंककर) क्या चूहा? याने चूहा?

सा.का–हाँ शहर में

अ–शहर में...

सा.का–हाँ शहर में।

अ–(झट् से खड़ा हो जाता है।) तब मुझे आना होगा। (फिर से नीचे बैठते

हुए) लेकिन इसके पहले लौकी...इसकी लंबाई बढ़नी चाहिए। कागज़ की खाद अच्छी होती है...(गढ़े में कागज़ डालता है।)

सा. का—आप याचिका दाखिल करेंगे तो आपको रिहा किया जाएगा।

अ—(मिट्टी में काम करता हुआ) पहले ये काम...साले फिर से आए। (याने चूहे) फिर से काम में लग जाता है।

ऐसे प्रश्नोत्तर होते रहे लेकिन कोई आश्वस्ति नहीं मिल पायी। साक्षात्कार कार ने अंत में कहा है और उच्च स्तर पर प्रयत्न होंगे तो अवलिया जेल से बाहर आने को तैयार हो जाएगा। मैं भी अपने जेल के दिनों में उसे बाहर लाने के लिए उसका मन तैयार करूँगा। इस आशावाद और आश्वस्ति से साक्षात्कार समाप्त हुआ।

इतना सब हुआ। हमने देखा! चलिए अब देखते हैं नगरपाल के हाल हवाल। इतने वर्ष जिस नगरपाल की कीर्ति वधिष्णू होती रही थी और पिछले कुछ दिनों में उसे ग्रहण लग गया था—वह नगरपाल।

अपने अंध स्कूल के वास्तव्य के बाद नगरपाल अब नगर से दूर पूर्व की ओर बसी तृतीय पंथियों की बस्ती में साड़ी-ब्लाउज पहने हुए दिन-रात बिता रहा है।

पौरुष युक्त प्रतिमा जिसका अभिमान स्थान। युवाओं को लजानेवाली अदाएँ जिसका (मध्य आयु में भी) राजनीति में बलस्थान। भारत के भाग्य विधाता, चिर तरुण, साहसी नेहरू (समाजवाद) छोड़कर जिसका आदर्श व जिस पर शहर की तमाम राजनीतिज्ञों की औरतें रात-दिन बलिहारी होने के लिए उतावली ऐसा अपना यह नायक। जिस नियति की इच्छा पहले कोई नहीं जान सकता उस नियति की इच्छानुसार आज तृतीय पंथी बन, स्त्री भेस धारण कर, तृतीय पंथी समाज में घुलमिलकर जी रहा है। जो नगरपाल चुनाव के कुछ ही दिन छोड़कर हमेशा सत्ताधीश बना रहा। नगरपाल निवास जिसका अपना घर बना। जिसकी सेवा में नौकरों-चाकरों की पलटनें सतत रहीं। शिशिर ऋतु में भी जिसने अपनी रातें वातानुकूलित कक्ष में गर्म बनाए रखीं। ऐसा अनभिषिक्त नगर स्वामी, आज मिट्टी की ज़मीन पर, एक साड़ी बिछाकर, चूड़ियों भरा मर्दानी हाथ सिरहाने लिए, पसीने की धाराएँ साड़ी से पोंछते हुए, मच्छरों से झगड़ते हुए 'ये भी दिन लद जाएँगे' मानकर तृतीय पंथी बन शहर से दूर इस बस्ती में रातें बिता रहा है।

इस बस्ती में आए हुए दो दिन भी बीत नहीं पाए हैं। इस पंथ में जिस विधि का बड़ा महत्त्व है वह विधि नवागत के बारे में सम्पन्न कर उसे आज रात ही 'दीक्षा' दी जाने का कार्यक्रम इस बस्ती की प्रमुख गिरिजा देवी ने तय किया है। इस स्थानिक तृतीय पंथियों के रस्म-रिवाज़ के अनुसार दाखल हुए नवागत के लिंग होने

पर उसका विधिवत् छेद लिया जाता है। अपने इस नायक ने अपनी होशियारी से (जो अब भी काम कर रही है।) स्वास्थ्य ठीक न होने का बहाना कर इस विधि को दो दिन के लिए स्थगित कराया है। प्रतिकूल परिस्थिति में भी प्राप्त इस सफलता से वह खुश हुआ है और अब निद्रा देवी की आराधना करते हुए, मच्छरों के साथ संघर्ष करते हुए साड़ी के बिछौने में करवटें बदल रहा है। निराश न होने के प्रयत्न में बार-बार कहे जा रहा है—इससे तो वह अंधशाला अच्छी थी। आस-पास सजातीय (!) सोये हैं और अलग-अलग स्वरों में खर्राटे भर रहे हैं। जंगल में भटकने वाले जीव-जंतु-प्राणी यहाँ आते हैं—कल ही उसे इस बात का पता चला है। सर्पदंश से मरने वालों की संख्या अधिक होती है। यह भी ख़बर उसे है।

लिंगच्छेद का प्रश्न आज रात के लिए भले ही टल गया हो लेकिन गिरिजादेवी प्रमुख का मन फिर गया तो (भले ही वह स्वयं को देवी कहलाता हो लेकिन है तो पुरुषधारी शरीर का और स्त्री सदृश्य आदतों का) कल ही वह ख़तरनाक विधि सम्पन्न किया जा सकता है और तब स्वास्थ्य ठीक न होने का बहाना भी काम नहीं आएगा। अब नया बहाना क्या हो सकता है? इसका उत्तर पाना आसान नहीं है। उत्तर भले प्राप्त ही हो लेकिन देवी नामक हिजड़े को पसंद आना चाहिए। देवी बढ़ती आयु के कारण और सिर पर के चाँद के कारण कुछ सनकी बना है। इसी सनक में उसने अपने पालतू शिकारी कुत्ते का नाक-मुँह दबाकर उसे खत्म कर दिया है। और दो दिन पूर्व अपने रक्षक पर कातिलाना हमला किया था। लेकिन वह अन्य रक्षकों की मदद से बच गया। ये सारे रक्षक लिंगविच्छेद किए हुए बलशाली पुरुष हैं।

कल से नगरपाल को और एक मुसीबत का सामना करना होगा। यहाँ का और एक रिवाज़ है। बस्ती के तृतीय पंथियों के लिए अनिवार्य है कि वे रोज शहर के दुकानदारों के सामने खड़े होकर पारंपरिक पद्धति की तालियाँ बजाकर, दुकानदारों के गाल सहलाकर, उन्हें चूमकर, हो सके तो उनके संवेदनशील अंग का स्पर्श कर भीख माँगकर लाएँ। सार्वजनिक स्थल पर यदि कोई दंपति मिल जाता है तो उस प्रतिष्ठित पुरुष का मज़ाक उड़ाते हुए कपड़े उतारने का नाटक कर उसे शर्मिन्दा करें। उससे पैसे वसूलें। ऐसा करने का खास प्रशिक्षण उन्हें दिया जाता है। यह सारी कमाई गिरिजा देवी के पास जमा की जाती है। अपने इस नायक ने यह जानकारी भी प्राप्त कर ली है।

इस नायक के लिए लिंगविच्छेद विधि टालना जितना अनिवार्य हो गया है उतना ही अनिवार्य हो गया है इस कदर भीख माँगने के कार्यक्रम को टालना। चाहे जो भी वह कल-परसों तक इस शहर का नगरपाल रह चुका है। कोई उसे ना पहचाने

लेकिन इस कदर भीख माँगना, दुकानदारों को उद्दीपित करना उसकी शान, इज्जत, आदर के ख़िलाफ है। अशोभनीय है। इस संकट से छुटकारा कैसे पाएँ? नायक के पास इसका भी उत्तर नहीं है।

इस बस्ती से दूर जाना, यहाँ आने से भी अधिक मुश्किल है। यहाँ से मुक्त होने का प्रयत्न करने वालों के लिए कम से कम सज़ा नाक काटने की है और कठोर से कठोर सज़ा प्राण छीनने की। यह जोखिम उठाकर भाग भी जाएँ तो वह भी असंभव। ना भागने के लिए राह, ना घूँटभर पानी। इतनी दूर यह बस्ती है कि सवारी के बिना यहाँ से शहर पहुँचना असंभव।

नियति ने अपने इस नायक को ऐसी मुश्किल में डाला है कि वह बेचारा 'ताड़ से गिरा खजूर पर अटका' है। शहर जाएगा तो वहाँ जनसागर उस पर टूट पड़ेगा। तृतीय पंथी होने का नाटक करें तो पौरुष त्यागना पड़ेगा।

इधर आग है और उधर मगरमच्छों से लदा नद।

अब बेड़ा पार कैसे होगा?

अपना नायक अब किस रास्ते चलेगा? या उसकी धीरोदात्त जीवन गाथा यहीं पर समाप्त होगी?

ऐसे में उसके दिमाग में रह-रहकर राम पुरो की मृत्यु का रहस्य कौंध रहा है। इस संदर्भ में अचरज भाव का अब शमन हुआ है। लेकिन कई बातों में संगति बिठाना मुश्किल हो रहा है। राम पुरो को नगरपाल बरसों से जानता है। अतः विश्वास से कह सकता है कि वह आत्महत्या जैसा कुछ कभी नहीं करता। राम इतना अविवेकी कैसे हो सकता है? यदि उसकी यह दुर्बलता मैं जानता तो उसके लिए कुछ और सोचता। राम की आत्महत्या का दुख उतना नहीं है जितना कि उस कारण भड़की हुई जनमानसिकता का। इसी कारण तो एक रात में इस कदर निर्वासित हुआ हूँ। अपने ही राज्य-शहर से। शहर में जाकर मैंने पासा पलट दिया था लेकिन यह आनंद भी क्षणिक निकला। सत्ता तब कितनी नज़दीक आयी थी। उफ्! मैं समझा था बस मैंने पुनः सब कुछ पा लिया लेकिन इतने में पुनः दुम दबाकर इस कदर भागना पड़ा? इधर स्त्री भेष में, तृतीग पंथियों के बीच? साला राम गुरु से—मुझसे दगाबाज़ी कर खुद हुतात्मा बना। मरकर हीरो बना और मैं...।

सात्त्विक संताप की ऐसी लहरें उभर-उभरकर बिफर रही हैं। और वह राम का कुछ भी भला-बुरा नहीं कर सकता। राम चल बसा है।

अब भी वह सोच रहा है—राम आत्महत्या करने वालों में से नहीं है। तो फिर क्या हुआ होगा?

नगरपाल के दिमाग में बिजली कौंध जाती है। राम का खून? (यह असत्य है।)

अब नगरपाल का मस्तिष्क दौड़ने लगा है। राम नगरपाल बनने जा रहा था। सत्ता प्राप्ति की घुड़दौड़ करने वालों में ईर्ष्या भभक उठी होगी। एक या दोनों या कइयों के मन में...

साजिश रची गयी होगी।

राम के हत्यारे कौन-कौन होंगे?

यदि यह साजिश नहीं है तो वह इकलौता हत्यारा कौन?

शांतिलाल से आरंभ कर पुलिस स्टेशन में चलनेवाली 'पहचान परेड' की तरह नगरपाल की आँखों के सामने सभी संशयित अपने-अपने पूर्व चरित्र के साथ उभरने-मिटने लगे।

सुबह तक नगरपाल के दिमाग में इसका उत्तर तैयार हो चुका है।

टकलू गिरिजा देवी की हत्या! हिजड़ों की बस्ती से चाहे जिस कीमत पर अपना छुटकारा। इसलिए चाहे तो असंतुष्ट हिजड़ों को ढूँढ़कर उनकी मदद से साजिश! उनके हाथों गिरिजा देवी की हत्या।

उन्हें स्वतंत्रता! अपनी मुक्ति

यह कल ही होना चाहिए। अपने पास समय नहीं है। लिंग विच्छेद के पहले, शहर में भीख माँगने की नौबत आने के पहले...

मानवीय विचार चक्र किस तरह घूमता है।

इसका नमूना है नगरपाल का दिमाग। कहाँ से शुरू किया उसने सोचना और कहाँ पहुँचा। राम का हत्यारा ढूँढ़ने चला था और गिरिजादेवी का हत्यारा तय कर बैठा।

यहाँ से मुक्ति! राम के खून के पार्श्व में जो असंतुष्ट हैं उनसे संपर्क! उनकी सत्तानीति को अपनी सशर्त मंजूरी। तभी शहर की राजनीति में पुनः प्रवेश संभव है। इसके लिए अवधि कुछ दिनों या महीनों या...यह अपनी वीरता की कसौटी पर निर्भर है। और ऐसी वीरता अपने खून में बहती चली आयी है।

नगरपाल ने संकल्प लिया। किसी को यह अवास्तव-असंभव लग सकता है। लेकिन जिसने राजनीति में अपना जीवन व्यतीत किया है उसके लिए यह मुश्किल हो सकता है लेकिन असंभव नहीं! और ऐसा करने के अलावा और कोई चारा भी तो नहीं। मुश्किलों को आसान करने में ही तो उसकी उम्र बीत गयी है। इस विचार से नगरपाल को वर्तमान दुरवस्था का विस्मरण हुआ है और नींद आयी है।

नियति के मारे नगरपाल पर क्या बीत रही है, वह कहाँ है, क्या कर रहा है यह तो हमने देख लिया है। अब हमें यह देखना है कि नगरपाल-हीन नगर में क्या-क्या हो रहा है।

नगर में लूटमार, आगजनी, दंगा! कर्फ्यू! कर्फ्यू भंग कर रामवादियों के झुंडों का रास्तों पर घूमना। नगरपाल पक्ष के लोगों को घर-घर से ढूँढ़-ढूँढ़कर जान जाने तक मारना। तीन लोगों को मौत के घाट उतार दिया गया है। एक को ज़िंदा जला दिया गया है। उसकी हालत गंभीर है। आकाशवाणी से समाचार! पुलिस समय पर पहुँची। प्र-नगरपाल वृंदावनदास के अत्यावश्यक सेवा अध्यादेश जारी करने पर चौबीस घंटों में पुलिस और फायरब्रिगेड वालों ने हड़ताल वापस ली। अतः जलाया गया बचा है।

सबसे दुःखद घटना यह हुई है कि दंगलखोरों ने आज सुबह तथाकथित नगरपाल वादी शहर सेवक की गर्भवती स्त्री को रास्ते पर खींचकर उसे निर्वस्त्र कर उस पर सामूहिक बलात्कर किया है और गर्भ गिराकर उसके टुकड़े कर दिए हैं।

'विशिष्ट जमात' को भी शर्मिंदा करने वाली इस हरकत ने सभी को (इसमें इन दंगलखोरों से संबंधित जो दंगलखोर नहीं हैं वे भी, शामिल हैं।) धक्का पहुँचा है।

यह घटना (गर्भ के टुकड़े करना) शहर की शान में लगा धब्बा है। (सभी के मतानुसार)

अंततोगत्वा प्र-नगरपाल वृंदावनदास ने शहर में आपातकाल घोषित किया। आकाशवाणी से इस बात को घोषित करते हुए उसकी आवाज़ काँप रही थी और शब्द फिसल रहे थे। संशयित या ऐसी कुछ गड़बड़ करने वालों को दिखते ही गोली मारने के आदेश दिए गए हैं।

'विशिष्ट जमात' के काल में जो मार्जार-पथक दिखते थे वे रास्तों पर फिर दिखने लगे हैं।

आकाशवाणी से प्रसारित किए जा रहे साक्षात्कार में पुलिस प्रमुख नारिंगे ने इन दंगल वादियों के पीछे अंतर्राष्ट्रीय ताकतों के होने का संशय व्यक्त किया है।

इन परिस्थितियों में भी शहर के चार चिंतक विद्वान अपने-अपने घरों के दरवाज़े बंद कर इन घटनाओं का विश्लेषण करने में जुटे हैं। नागरिकों की मनःस्थिति में अचानक बदलाव क्यों और कैसे आया? जो लोग कल तक नीचे मुंडी डाल अपना-अपना काम करने में मग्न थे वे अचानक राम की आत्महत्या के बाद इतने हिंसक क्यों बने? कौन-सा पागलपन उन पर हावी हुआ है?

गर्भवती स्त्री पर का वह अत्याचार याने 'विशिष्ट जमात' की याद दिलाने वाला चरम बिन्दु है। आदि मुद्दों पर वे गहन चिंतन कर रहे हैं।

शहर के लोगों को आख़िर हुआ क्या है?

राम पुरो की आत्महत्या (जो दुर्घटना मात्र थी) मात्र कारण भर है। 'विशिष्ट जमात' का शहर से अचानक गायब होना, हिंसाचार एक पल में खत्म होना और अब शहर-मानसिकता में जो परिवर्तन दिख रहा है वह इन दोनों में ज़रूर कुछ समान सूत्र है। इस पर गहराई से सोचना चाहिए। वे विद्वान इस तरह आपस में बात कर रहे हैं। इन वर्तमान घटनाओं, वारदातों और इनमें व्यक्त शहरवासियों का व्यक्तित्व उन बलशाली चूहों की याद दिलाता है। घर की अधभिड़ी खिड़कियों की दरारों से झाँककर किए गए इस निरीक्षण से उनके उक्त कथन को पुष्टि मिल गयी है। यह भी उन्हीं की राय है।

पहले छोटे चूहों की कई अदाएँ बड़े चूहों के जमाने में नगरवासियों में साफ दिखाई देती हैं। वही संदर्भ वे आज के अपने कथन में पुष्टि स्वरूप जोड़ रहे हैं।

आपात्काल घोषित करने के उपरांत भी दंगल काबू में नहीं आ पायी है। ऐसी स्थिति और कुछ काल तक रही तो अपना प्र-नगरपाल पद ख़तरे में आ जाएगा। इस चिंता से वृंदावनदास की नींद रफू-चक्कर हो गयी है। वृंदावनदास को नगरपाल पद की आस कभी न थी। वह जानता था कि राम पुरो के अलावा और पाँच लोग इस पद पर काबू पाने के लिए मैदान में उतरे हुए हैं। प्र-नगरपाल पद कभी निर्माण किया जाएगा और उस पर मुझे ही नियुक्त किया जाएगा यह बात भी उसने कभी सपने में नहीं सोची थी। अन्य ज्येष्ठ व पात्र उम्मीदवारों के रहते हुए मुझे इस पद पर बिठाया गया है क्योंकि वे सभी जानते हैं कि मैं कभी उनकी सत्ता-होड़ में आड़े नहीं आऊँगा। मुझे वह सब चाहिए भी नहीं! प्र-नगरपाल पद झोली में आ ही टपका है तो अधिक से अधिक समय तक बस इसे भोगना है। आगे का किसने सोचा है? वृंदावनदास का इस कदर सोचना मनुष्य स्वभाव के और राजनीतिक व्यक्तित्व के ठीक अनुकूल है। अतः उसका 'दंगल जल्दी काबू में आए' की कामना करना स्वाभाविक है। लेकिन ऐसा न होते हुए दंगल अधिक उग्र बनते देख वह देर-सबेर, रात-बेरात हाथ आयी हुई सत्ता हाथ से फिसल जाने के दुःस्वप्न देख रहा है और हड़बड़ा के नींद से जाग रहा है।

सुधी पाठकों के ध्यान में अब तक यह बात आ गयी होगी कि अचानक सत्ता जिसके हाथ से फिसल गयी है वह (पूर्व) नगरपाल और अचानक-सत्ता जिसके हाथ आयी है वह (वर्तमान) प्र-नगरपाल दोनों को कथा में अत्यधिक महत्त्व प्राप्त होते

जा रहा है। अब ध्यान देने वाली बात यह है कि ये दोनों आगे क्या-क्या करने जा रहे हैं।

आरंभ में इस कथा को गति देने वाला अवलिया चूहेमार फिलहाल जेल में लौकी की नई प्रजातियाँ पैदा करने में रममाण हुआ है। अतः कुछ समय के लिए वह गौण पात्र बनकर कथा के पार्श्व में रहने वाला है।

समय के फलक पर नियति इस कदर मनुष्य-मोहरे आगे-पीछे करती रहती है और अपना अविरत, असीम, बुद्धि के परे का खेल खेलती रहती है। यही सच है।

नए दिन की सुबह हो रही है।

जबरदस्त आलस झटकते हुए अँगड़ाइयाँ लेते हुए, ऊपर खिसकी हुई साड़ी जल्दी-जल्दी नीचे सरकाते हुए नगरपाल जाग गया है। वैसे उसके जागने का सवाल ही नहीं आता क्योंकि वह सोया ही नहीं है। गर्मी इतनी थी कि बदन पर कुछ कपड़ा रखने की इच्छा न थी। (अपने नगरपाल निवारा के वातानुकूलित शयनकक्ष में वह कई बार ऐसा ही सोया करता था) यहाँ गिरिजा देवी हिजड़े के अलावा अन्य सभी खुले में सोते हैं। भले ही आज नगरपाल स्त्री भेस में इन हिजड़ों में है लेकिन अपनी थोड़ी बहुत सभ्यता, निजीपन सँजोए रखते हुए यहाँ का प्रतीक साड़ी त्यागना (भले ही कोई देख नहीं रहा हो) उसे गवारा नहीं हुआ। सारी रात वह तड़पते हुए, मच्छरों से लड़ते हुए, ऊपर खिसकती साड़ी नीचे करते हुए बिता चुका है। अब वह बैठ चुका है और रात भर चेहरे पर, गर्दन पर चिपकी हुई पसीने की पर्तें खसक से पोंछ रहा है। रातभर मच्छरों के काटने से छलनी हुई बालों वाली जंघाएँ, पैर वह साड़ी के भीतर हाथ डालकर खर-खर खुजला रहा है। रातभर मुँह में जमी तीती थूक वहीं पर थूक रहा है। (यहाँ बेसिन और लिस्टरीन कहाँ होगा?) आदतवश ठुड्डी पर हाथ फेरता है। लगता है किसी और के चेहरे पर हाथ घूमा है। चार दिनों में इतनी दाढ़ी बढ़ गयी है? वह काँप जाता है।

रात में कितना भी जागना क्यों पड़े। सुबह दाढ़ी बनाने की उसकी आदत। (यह संस्कार भी नेहरू जी के चित्र देखकर हुआ है।) अतः कभी भी चेहरे पर हाथ फेरे तो चेहरा, ठुड्डी नेहरूजी की तरह मुलायम, चिकना लगना चाहिए। ऐसा लगने पर उसे युवा और सुंदर और साफ होने का अनुभव होता। अंधशाला में भी उसने कभी दाढ़ी बनाने का नियम भंग होने नहीं दिया था। अब ये दाढ़ी के खुरदरे बाल। उसे अपना चेहरा पराया लगने लगा। मन में न जाने क्या होने लगा। कल किसी बूढ़े हिजड़े के चुराए हुए आईने के टुकड़े में यह हमारा नायक अपना चेहरा देख रहा

है और दुखी हुए जा रहा है। कान में लटके इयरिंग, दाढ़ी के बढ़े बाल गाल के पास झूल रहे हैं। वह पक्का हिजड़ा लग रहा है। उफ़्! कभी इस भेस में भी रहना पड़ेगा। सोचा तक न था। हाँ, अपना यह नायक खुद को अहसास दिला रहा है। भूलो मत तुम हिजड़े नहीं हो। और जल्द से जल्द यहाँ से छुटकारा पाने की सोच रहा है यह पुरुषोत्तम।

लेकिन यह इतना आसान नहीं है। यहाँ के सख़्त कायदे-कानून, गिरिजा देवी नामक तानाशाह हिजड़े की सत्ता ये सारी बातें वह जान चुका है और ये बातें उसके उत्साह पर पानी फेर रही हैं। यहाँ से भागने पर फिर इनके चंगुल में फँसना नहीं है। और यहाँ के लिंगविच्छेद विधि का शिकार होने के पहले ही भाग जाना है।

यह कैसे होगा? नगरपाल के उत्तेजित मन में विचार कौंध रहे हैं। लेकिन इस पर अमल कैसे किया जाएगा? वह भी कम समय में? गिरिजा देवी की हत्या? या फिर बस्ती में आग? हड़बड़ाहट का फायदा उठाकर भाग जाना। उफ़्! यह कैसे संभव होगा? शहर से इतनी दूरी! पानी तक नहीं मिलेगा। सवारी का सवाल ही नहीं। पकड़ा जाऊँगा तो उन भगोड़ों की तरह मेरे भी हाल...या तो गिरिजादेवी नामक साड़ी की हवस का शिकार...या कान काटने की सज़ा! फिर?

इससे यह समझ में आता है कि इतने ख़तरे जान लेने के बाद, कुछ ख़तरों को कल्पना से देख लेने के बाद भी यह नायक थका-हारा या निराश नहीं हुआ है। बल्कि अत्यधिक विपरीत स्थिति में पुरुषोत्तम व्यक्ति की सभी सामर्थ्य जिस कदर उफनकर बाहर आती है। वैसा ही कुछ इसके बारे में हुआ है। इसकी संवेदनाएँ मर चुकी हैं। राक्षसी इच्छा शक्ति हावी हुई है। इससे प्राकृतिक भय दब गया है। मन आशावादी बन गया है। सभी पुरुषोत्तमों के साथ यही होता है।

हमें यह नहीं भूलना चाहिए कि यह नायक कच्चे गुरु का चेला नहीं है। अपनी उम्मीदवारी के काल में उसने गुरु-मार्गदर्शन में ऐसी कई असंभव बातें की हुई हैं। अपने राजनीतिक अल्पकाल में वह इन तिकड़मों में माहिर बना है। यदि हम उसकी यह पार्श्वभूमि नज़रअंदाज करेंगे तो हमारे आगे के अंदाज़ ठीक नहीं रहेंगे।

चौबीस घंटों की कड़ी सुरक्षा में रहने वाली गिरिजा देवी की हत्या या आग लगाने की बात न करने पर नगरपाल का लिंगविच्छेद पक्का है इसका मतलब उसके पौरुष भरे दिनों के लद जाने का समय। लेकिन नियति को इसी शख़्स के द्वारा नगर-इतिहास का कुछ शेष अंश रचना है। यह नगरपाल का मानना! यह पहेली कैसे बूझेगी? नगरपाल का प्रत्यक्ष अंत या सांकेतिक अंत? या इससे कुछ अलग?

नगरपाल का पुरुष और स्त्री दोनों रूपों में का यह विश्वास कि अभी इतिहास बाकी है हम इस विश्वास को नज़रअंदाज़ नहीं कर पाएँगे।

सूरज निकलने को है। यहाँ के साड़ी और सलवार धारी पुरुष सदृश्य नागरिक सुबह की शीतल बयार के झोंकों में नहाते हुए अस्त व्यस्त देह फैलाए हुए खर्राटे भर रहे हैं।

एक हिजड़ा उठ बैठा हुआ नगरपाल को दिखता है।

उसका नाम हम रखेंगे मुन्नाबी। उसका असली नाम ना हम जानते हैं और ना ही नगरपाल। अपनी अनुभवी आँखों से उसने जान लिया है कि मुन्नाबी असंतुष्ट है इतिहास ऐसे असंतुष्टों के ज़रिए ही करवट बदलता रहता है हो सकता है मुन्नाबी के दिमाग में भी ऐसा कोई कीड़ा रेंग रहा हो। वह मुन्नाबी की ओर चल पड़ा है। दोनों में इस तरह संवाद होने लगा है।

नगरपाल–(उसके पास बैठते हुए) क्यों? रात में नींद आयी?

मुन्नाबी–काहे की? आँख कू आँख नहीं लग्या।

न.पा–(चूहेमार की हिंदी याद आती है।) हाँ, गर्मी कुछ ज्यादा ही है। और मच्छर।

(मुन्नाबी कुछ न कहते हुए झूल रहा है।)

न.पा–यहाँ सब मुश्किल है। लिविंग कंडिशन्स।

(ध्यान मुन्नाबी के चेहरे पर)

मुन्नाबी झूलने में खुद को व्यस्त दिखाता है।

न. पा–कुछ करना चाहिए–

मुन्नाबी–(आँखें न खोलते हुए) क्या?

न. पा–(ध्यान मुन्नाबी के चेहरे पर) ऐसा कितने दिन चलेगा? कुछ करना चाहिए।

मुन्नाबी–(आँखें खोलकर-बंदकर) तू कालच आया! पयले किधर था?

न. पा–(बात टालते हुए) कुछ करना चाहिए।

मुन्नाबी–(ताली बजाकर) क्या बकबक करता है रे (गाली बकते हुए) गिरिजा कु बोलूँ क्या?

यहाँ अपनी दाल गलने वाली नहीं है। नगरपाल ने जान लिया है और मुन्नाबी से पिंड छुड़ाते हुए मैदान चला गया है। यहाँ उसे नगरपाल के निवास के कमोड और प्रायवेसी–जहाँ वह घंटों साजिशें रचता रहा–की याद आना स्वाभाविक है।

आरंभ में नई जगह, एकांत का अभाव इससे उसे मुश्किल हुई लेकिन बाद

में समूह में के एकांत का उसे अनोखा और संतोष दिलाने वाला अनुभव आया। अब उसे कोई परेशानी नहीं है। बल्कि अपना होने पर वह यहाँ घंटों बैठकर आने-जाने वाले हिजड़ों का अध्ययन कर रहा है—नहीं उससे अपने आप अध्ययन हो रहा है। ध्यान में रखने वाली बात है कि महान कार्यशील लोग स्वयं कुछ करते नहीं हैं। उनसे वह सब अपने आप हो जाता है।

कुछ दूरी पर आकर बैठे हुआ युवा हिजड़े ने नगरपाल का ध्यान आकर्षित किया है। काश! यह लड़की होती तो मैंने इसे अपना निजी सचिव नियुक्त किया होता। नगरपाल जानता है कि यही वह उम्र है जिस उम्र में दंगा, खून, हत्या सब कुछ करने का हौसला रहता है।

नगरपाल की नज़र पड़ते ही वह हिजड़ा उठकर चल पड़ा है। नगरपाल ने ठान लिया है कि उसका पीछा कर समय पर उससे कुछ करवा लेना है। नगरपाल उससे मिल चुका है।

उन दोनों में जो होना है वह होने दो। उन दोनों की नियति है वह। हम बेचारे लिखने-पढ़नेवाले। हम चलेंगे अब शहर की ओर। शहर में झाँकने के लिए।

कल रात तक शहर में 'न भूतो' जैसा चलने वाला हिंसाचार आज सुबह अचानक मियादी बुखार उतरने-सा उतर चुका है।

रात के बारह घंटों में इक्की-दुक्की घटना छोड़कर बाकी कुछ अनुचित हुआ नहीं है।

आज सुबह पहली बार कुछ घंटों के लिए कर्फ्यू में ढील दी गयी है और लोग हिंसाचार के लिए नहीं बल्कि अपने रोजमर्रा के कामों के लिए रास्ते पर आए हैं। प्र-नगरपाल ने इस नई सूझ-बूझ हेतु नगरवासियों का अभिनंदन किया है और पुलिस दल, नगरसभा को धन्यवाद दिए हैं। (दो दिन पहले प्र-नगरपाल ने बढ़ते हिंसाचार के कारण निषेध व्यक्त किया था)

शहर के उन चार विद्वानों को प्र-नगरपाल का पुलिस-दल, नगर प्रशासन को इस कदर श्रेय देना नागवार गुज़रा है। उनका मत यह है कि दंगल बेकाबू होने के कारण ही प्र-नगरपाल को कर्फ्यू, आपातूकाल घोषित करना पड़ा। नगरप्रशासन, पुलिस तब भी थी। दंगा शुरू होने के जैसे कुछ कारण थे वैसे दंगा रुक जाने के भी कुछ कारण होंगे। बिना कारण कुछ नहीं होता। या तो दंगाखोर थक गए होंगे या कुछ और हुआ होगा। अपने इस विचार के पुष्ट्यर्थ प्रा. तिडके ने बंगाल विभाजन के पूर्व उभरे दंगा का उदाहरण प्रस्तुत किया है। तब म. गाँधी के उपोषण से दंगल गया था। 'यह दंगा दंगाखोरों के थक जाने से थम गया है।' इसका श्रेय नकारते

हुए गाँधी जी ने कहा था, प्रा. तिडके ने यह वाक्य भी उद्धृत किया है।

दिन ऊपर चढ़ रहा है। सार्वजनिक संडासों की दीवारों पर चिपके अधफटे राम पुरो के चित्र और 'अमर रहे' के नारे, लूटी गयी दुकानें, जले हुए घर, जख़्मी और मृतों से खचाखच भरे अस्पताल, ठेला गाड़ी पर पड़ी लाशें, लापता लोग इतना सब छोड़ दें तो अब शहर में स्थितियाँ सामान्य-सी और पूर्ववत् हो रही हैं।

स्कूल, कॉलेज खुल गए हैं। वहाँ की उपस्थिति पूर्ववत् नहीं है लेकिन कुछ शुरू हो रहा है।

जो कुछ हुआ उसके निशान जब तक शहर में हैं तब तक हादसों को भूलना मुश्किल होगा यह जानते हुए प्र-नगरपाल ने सुबह से ही अपनी देखरेख में युद्धस्तर पर फायरब्रिगेड की सहायता से सारे निशान मिटाने की मुहिम जारी की है। (ऐसा सफाया करने में फायरब्रिगेड होशियार है ही) शहर भर की दीवारें साफ हो रही हैं। नगरपाल के साले का वृद्धाश्रम नगर प्रशासन की मिल्कियत समझकर चलाया जाएगा। (यह सब नगर सभा की खास बैठक में तय हो रहा है।) नगरपाल के पिता जी का अश्वारूढ़ पुतला (जिसका उपयोग नगरवासी पता समझाने के लिए किया करते थे—जैसे घोड़े के दाईं ओर, बाईं ओर, घोड़े की पूँछ से पाँचवाँ घर, घोड़े के ऊपर उठे पैर से दाईं ओर आदि) पुनः खड़ा करने की योजना (उसकी उपयुक्तता जानकर) युद्धस्तर पर कार्यान्वित की जा रही है। लेकिन इससे नगरपाल की स्मृति जाग्रत होगी अतः मंच इसे तोड़ेगा की धमकी मिल चुकी है। समझौता यह किया गया है कि पुतले के नगरपाल के पिता जी का शरीर वहीं रखा जाएगा ऊपर सिर जोड़ा जाएगा। शहर के पितामह परम पूज्य अप्पा साहब मान नवरे का। (वैसे भी मूल पुतला डच शिल्पकार की उत्तम रचना है उसके लिए अड़तीस लाख रु. खर्च हुए थे। नगरपाल के पिता का सिर बाद में उस पर चिपकाया गया था।)

अपने तत्कालीन-अल्पकालीन पदभार समय में दंगा बिना नुकसान रुक गई इससे प्र-नगरपाल वृंदावनदास सुबह से ही उत्साहित हुआ है। वह यह नहीं मानता कि दंगा उसी के कार्यकाल में भड़का था। वह मन को समझा रहा है कि भड़कता नहीं तो बुझता कैसे और मेरा कार्य दिखता कैसे? अब वह न चौंकते हुए नगरपाल पद के स्वप्न देखे जा रहा है। हालाँकि वह जानता है कि यह रास्ता कितनी मुश्किलों-ईर्ष्याओं से भरा पड़ा है। इतने लंबे वर्ष उसने (बाईस वर्ष ग्यारह महीने) नगरपाल के साथ इसी इमारत में वे सभी काँटे देखते हुए बिताए जो हैं।

प्र नगरपाल वृंदावनदास नगर सभा की बोरियत वाली सभा के अध्यक्ष स्थान पर बैठे-बैठे, कान खुजलाते-खुजलाते अंदाज़ा लगा रहा है कि कौन-कौन खुले रूप

में और गुप्त रूप में नगरपाल पद पाने में उसका समर्थन करेगा।

दूसरी कतार में बाएँ बैठा हुआ काला कलूटा एम. कार्तिकेय। परभाषी! परप्रांतीय अभी नाक कुरेदते बैठा है पर सोच तो वही रहा होगा जो मैं सोच रहा हूँ लेकिन उसे समझाना होगा कि यह पद उसे नहीं मिल सकता। उसे बड़ी रकम देने पर वह रास्ते से हट जाएगा। कितनी रकम देनी होगी? वृंदावनदास उँगलियों पर गिन रहा है। ऐसी तिकड़मों से नगरपाल पद झोली में ठूँसा जा सकता है। वह संभाजी बाप्पा। मतिमंद लेकिन छह अखाड़ों का मालिक। अतः उपयोगी! उसके मन में भी नगरपाल पद की आस जगी होगी। नहीं मिलने वाला। यह बात वह भी जानता होगा। उसे भी उसकी अपनी हैसियत दिखानी होगी और एकाध कमेटी का अध्यक्ष पद देने से वह मुट्ठी में आ सकता है।

इस कदर भरी सभा में वृंदावनदास अध्यक्ष पद सँभालते हुए, दूसरों के भाषण सुनते-सुनते (वह खुद कम बोलता है।) भविष्य का हिसाब-किताब ठीक करने में जुटा है। इतने में कुछ दूरी पर बैठा हुआ विरोधी दल का घनश्याम राठौर बाहर चला गया है। उसके पीछे तुरंत सत्ताधारी गुट का शांतिलाल दूसरे सदस्य को करांगुली दिखाकर बाहर खिसका है। सत्ता स्पर्धा में इसे ही जोड़-तोड़ कहते हैं। यह देखकर वृंदावनदास बुदबुदाया है--शायद 'यह बात है? ठीक है।' ऐसा ही कुछ।

घनश्याम और शांतिलाल विरोधी दलों में बैठते हैं लेकिन उनमें अक्सर इशारेबाजी चलती है। वृंदावनदास ने इस पर गौर किया है अतः अब का इन दोनों का बाहर जाना उसे अख़रा नहीं। हाँ, उसके मन में उत्सुकता ज़रूर जाग्रत हुई है कि वे दोनों क्या सोच रहे हैं? लेकिन यह जान सकने के लिए उसे कुछ रुकना होगा। घनश्याम का साला वृंदावनदास के गुट में है। बाद में उससे पता चलेगा।

यहाँ तक हमने यह देखा कि इस चलचित्र के दो प्रधान क्रियाशील पात्रों--(पूर्व) नगरपाल और (वर्तमान) प्र-नगरपाल का क्या-क्या कार्य चल रहा हैं।

दोनों भी स्वतंत्र रूप से वर्तमान जटिल स्थितियों में से रास्ता ढूँढ़ने में रत हैं। नगरपाल अस्मानी-सुल्तानी संकटों के कारण पद गँवा बैठा है। और वृंदावनदास प्र-नगरपाल बनते ही जान गया है कि अब नगरपाल बनना दूर नहीं है। जब तक वह कुछ भी न था तब तक यह पद उसे कल्पना के परे लग रहा था लेकिन संजोग-समझौते से जब उसे प्र-नगरपाल बना दिया गया है तो अब वह सोच रहा है इस पद को नगरपाल पद में रूपांतरित कैसे किया जा सकता है।

दो मकड़ियाँ एक ही जाल बुन रही थीं...यह कहानी सर्वज्ञात है। यहाँ दो नहीं कई मकड़ियाँ एक-दूसरे से बेख़बर एक ही जाल बुन रही हैं। 'मैं क्या कर रहा हूँ

कोई नहीं जानता' के भ्रम में सभी हैं। अब ये सभी जाल बुनते-बुनते नीचे आने वाले हैं—ऊपर चढ़ने का प्रयत्न करने वाले हैं।

इसे ही राजनीति कहा जाता है।

राजनीति नशा लाने वाली चीज होती है। और नशा चढ़ाती है! यह सच है। और यह भी सच है कि पढ़ने वाले-देखने वालों को यह एक निहायत उबाऊ अनुभव होता है। अतः हम अपने पाठकों को कुछ घटनाएँ सारांश रूप में कथन कर अगली महत्त्वपूर्ण घटना की ओर ले जाने वाले हैं।

नगरपाल उस युवा को गिरिजा देवी का वध करने के मामले में उकसाने में कामयाब हुआ है। लेकिन वह युवा पकड़ा गया और देवी रक्षकों ने उसे उसी वक्त खत्म किया। ऐसा होगा नगरपाल इसे पहले से जानता था। यह साजिश रचने में एक रात और आधा दिन बीत चुका है। अब एक ही रास्ता है—आग! कुछ रक्षकों को नगरपाल ने वश में कर लिया है। ये रक्षक देवी के क्रोध के शिकार हुए थे अतः तुरंत फितुर हो गए हैं। उन्हें पैसों का लालच भी दिखाया गया है। (नगरपाल ने तब दिमाग लड़ाकर कुछ पैसे अपने साथ लिए थे और वे अंडरवेअर में रखे थे।) हिजड़ों की बस्ती के पास किसी ने अपनी बंद पड़ी कार छोड़ दी है। अब वह इसी वक़्त कहाँ से आयी? ऐसे प्रश्न पूछना बेमानी है। ऐसे रहस्यों के बल पर ही तो इतिहास आगे बढ़ता है और इतिहासकार, ऐतिहासिक उपन्यासकार आदि लोगों को माल मसाला मिलता है। कभी-कभी एक ही रहस्य में कई रहस्य छिपे रहते हैं। अब उस गाड़ी में पेट्रोल नहीं है लेकिन नगरपाल जानता है कि आग लगाने के लिए लाए गए पेट्रोल से कुछ पेट्रोल बचा है। वह तुरंत लेकर आता है। गाड़ी में भरता है। पैसे देने की बात में भी उसने हेराफेरी की है। गड़बड़ में आधे पैसे ही दिए हैं। क्योंकि वह जानता है इस धूमधाम में कोई पैसे गिनकर नहीं लेगा। और नगरपाल उन हिजड़ों की बस्ती में से पलायन करने में सफल हुआ है।

यह सब कुछ कितना आसान-सहज लग रहा है। हिंदी सिनेमा में ही सिर्फ ऐसा हो सकता है। लेकिन सुधी पाठक जान गए होंगे कि यह सब कितना मुश्किल था।

नगरपाल वहाँ से कहाँ गया? ज़ाहिर है कि शहर की ओर। उसे स्त्री भेस उतारने के लिए पर्याप्त समय न मिलना यह भी नियति का सुनियोजित कार्य है। क्योंकि इसी कारण उसे शहर की सीमा पर किसी ने पहचाना नहीं। स्त्री भेस में हिजड़े का गाड़ी चलाना कोई आम बात तो है नहीं। लेकिन सुबह गाने भोर के मंद प्रकाश में इस बात की ओर किसी का ध्यान नहीं गया। बीच में रुककर उसने

समाचार-पत्र खरीदे। पढ़कर उसे पता चला कि वृंदावनदास प्र-नगरपाल पद पर से शहर सँभाल रहा है। नगरपाल पद पर रहते हुए इतने दिनों में उसने सभी नगर सभा सदस्यों को एवं वृंदावनदास को पूरी तरह से पढ़ा है। अतः उसे जानने में देर नहीं लगी कि यह टेंपररी योजना है। वह यह भी जान गया है कि वृंदावनदास के मन में अब नगरपाल बनने की इच्छा जाग्रत हो गयी है। नगरपाल वृंदावनदास के निवास से कुछ दूर खड़ा है। और वे विशिष्ट तालियाँ पीट रहा है। (इस समय वह स्त्री भेस में है और दाढ़ी सात दिन की बढ़ी हुई है।)

सुबह का समय! वृंदावनदास पूजा-पाठ में लीन। जिनकी क्षमता कम उनका देव-नियति पर भरोसा ज्यादा। पूजा में वह सोच रहा है कि एम.कार्तिकेय और घनश्याम को कितनी रकम का लालच दिखाया जाए? इतनी रकम पत्नी के गहने गिरवी रखकर ही संभव है। वृंदावनदास की पत्नी पति भक्त। धार्मिक! पति के शब्द का पालन करने वाली। दरवाज़े पर खड़े याचक को दान दिए बगैर कैसे रहती। दरवाजे पर तालियाँ पीटते खड़े लेकिन नज़र घर के भीतर गड़ाए हुए इस हिजड़े को उसने दूर से ही (डर के मारे) भीख में कुछ सिक्के दिए। हिजड़े ने वे पकड़ने की कोशिश नहीं की और सिक्के नीचे गिर गए। हिजड़ा अब घर में कुछ ज्यादा ही झाँक रहा है। अब पत्नी से रहा नहीं गया और उसने पति को पुकारा। हिजड़ा अब घर के कोने में बाहर बैठा था और घर पर नज़र रखे हुए था।

राम पुरो के खून (?) के बाद वृंदावनदास भी डरा हुआ-सा था। क्या पता! किसी ने हिजड़े के भेस में हत्यारा भेजा होगा। यह सोचकर उसने सुरक्षा रक्षक को आदेश दिया कि उस हिजड़े को तुरंत ले जाया जाए।

हिजड़ा यह नहीं जानता। वह चोरी छुपे घर के भीतर देख रहा था। उसे वृंदावनदास दिखा। तुरंत उसने पिछवाड़े के दरवाज़े पर दस्तक दी। मेहतर आया होगा समझकर वृंदावनदास की पत्नी ने दरवाज़ा खोला और हिजड़ा भीतर घुसा। उसे देखकर चीखने वाली वृंदावनदास की पत्नी के मुँह में उसने कंचुकी ठूँसी और बालों का विग साड़ी हाथ में थामे वृंदावनदास के सामने खड़ा हो गया। वृंदावनदास बेहोश होने ही वाला था कि हिजड़े ने रसोई से आते हुए लाया हुआ प्याज (इसे दूरदृष्टि कहते हैं जो पटु राजनीतिज्ञ के पास होती है।) सूँघने दे दिया। उसे सँभाला और झट से कहा यदि तुम नगरपाल बनने पर जोर दो तो मैं तुम्हारे साथ हूँ। इसी वक्त श्वान पथक के सहारे हिजड़े को ढूँढ़ा जा रहा है।

जो सपने में भी न सोची हो वह साक्षात् घटित होते हुए देख भले-भलों को बेकाबू होते देखा गया है। यहाँ वृंदावनदास नगरपाल की सावधानी के कारण बेहोश

होते-होते बचा लेकिन अब नगरपाल की जबानी यह प्रस्ताव सुनकर उसने साष्टांग प्रणिपात किया है। (ध्यान रहे कि यह वही वृंदावनदास है कि जो पत्नी से भी प्र-नगरपाल पद का सम्मान कराता आया है।) उसकी समझ में नहीं आ रहा है कि यह सत्य है या भ्रम! नगरपाल ने उसे सहारा देकर खड़ा किया है और अब वे दोनों हॉल में स्थानापन्न हो गए हैं।

समय सूचकता का ध्यान रखते हुए नगरपाल ने वृंदावनदास को चने के पेड़ पर चढ़ाया है। दो राजनीति-वीर लोगों में लंबी बातचीत गुप्त रूप में सम्पन्न हुई है। युक्ति इसे ही कहते हैं। यह बातचीत वृंदावनदास के घर के तहखाने में सम्पन्न हुई है और बाहर श्वान पथक के साथ रक्षक उस गायब हिजड़े को खोज रहे हैं। श्वान बार-बार वृंदावनदास के निवास की ओर बढ़ रहा है। और पथक उसे रोके हुए हैं।

जिसकी कल्पना भी न की थी ऐसी ऑफर। स्वयं नगरपाल भेस बदलकर घर आकर स्नेहवश मुझे नगरपाल बनाने पर उतारू हुआ है। कोई शर्त नहीं, लेन-देन नहीं। इस अद्‌भुत संजोग से वृंदावनदास बाग़-बाग़ हुआ है। लेकिन ऐसा न दिखाते हुए वे दोनों बातें और नाश्ता कर रहे हैं। फिर नगरपाल को उसने अपने कपड़े पहनने को दिए हैं और अपनी लालबत्ती की वातानुकूलित काले काँचों वाली कार से उसे नगरपाल निवास—जहाँ नगरपाल की पत्नी अब भी पति के इंतजार में रह रही है—रवाना कर दिया है। इतना होने पर अब वृंदावनदास सोच रहा है। ऐसा दाँव खेलने के पीछे नगरपाल का क्या उद्देश्य होगा? इस ऑफर के पीछे राज़ क्या है? यह राज़ या दाँव उसकी समझ में नहीं आ रहा है लेकिन उसे इतना ज़रूर लगने लगा है कि वक़्त आने पर नगरपाल को मात देने के लिए अभी से दलनीति खेलनी होगी। थोड़ी होशियारी और सावधानी बरतने पर नगरपाल पद दूर नहीं है—उसका मन उससे कह रहा है। एक बार पद हाथ आने दो। फिर बीस बरस तक (नगरपाल की तरह) भोगूँगा। इस विचार के दृढ़ होते ही मन में लकीर कौंध रही है। जिस नगरपाल ने मुझे हमेशा उपेक्षित रखा वही नगरपाल आज मुझ पर इतना मेहरबान क्यों? उसकी क्या साजिश है? वृंदावनदास की समझ में भले ही वह न आती हो लेकिन यह छोटा राजनीतिज्ञ इतना जान गया है कि सावध रहना है।

समय आते ही अपाहिज पहाड़ चढ़ने निकलता है सो ऐसे।

शहर की राजनीति की चौसर पर एक-दूसरे से अनजान एक ही दिशा में चलने वाला एक मामूली प्यादा, एक पदच्युत राजा इस तरह साथ हो लिए हैं। बाकी मोहरों को इसकी भनक तक नहीं है। लंबी गर्दन वाला ऊँट (शांतिलाल) हमेशा की ठडाई से टेढ़े-मेढ़े चल रहा है। मोटे हाथी (संभा जी बाप्पा) आँखें मूँदे हुए सीधे जा

रहे हैं। राम के गुट के युवा तुर्क ढाई घरों को आँखें मूँदकर फाँद रहे हैं। वजीर (सरोदिया, स्पीकरा) अपने लिए कोई ख़तरा नहीं यह मानकर आराम से बैठकर ऊँघ रहे हैं।

सच की चौसर पर जो नहीं होता वह सत्ता की चौसर पर होता है। यहाँ हमेशा के लिए कोई राजा नहीं होता और न प्यादा। देखते-देखते प्यादा राजा बन जाता है और राजा प्यादा। प्यादा राजा बनकर मान सम्मान पाता है। हारे हुए दो प्रतिस्पर्धी एक होकर गुप्त रूप से राजपाट काबिज कर सकते हैं। अतः सत्ता के चौसर में दो नहीं कई पक्ष हुआ करते हैं और रंग भी। किसी सजातीय को सजातीय मार सकता है। हर दाँव में नए नियम! नए कानून! यही तो इस खेल की खासियत है। जो जीता वह सिकंदर। और सिकंदर को यह सिकंदरी सुरमा लगाकर सँजोनी पड़ती है। वरना सिकंदर के बाहर फेंके जाने में देर नहीं लगती।

खैर! अब हम सत्ताधीशों का अखाड़ा छोड़ कुछ समय के लिए घरेलू वातावरण में जाएँ?

नगरपाल हिजड़ा भेस त्यागकर प्र-नगरपाल की वातानुकूलित कार से उसी के कपड़ों में अपने निवास—नगरपाल निवास, जो अभी तक उसने छोड़ा नहीं है—पहुँच गया है। उसे इस तरह अचानक देखकर नगरपाल पत्नी की प्रतिक्रिया भी वृंदावनदास जैसी ही थी लेकिन समय पर चेत कर उसने उसे पहचाना है और अब पति को पाकर उस पतिव्रता नारी के लिए स्वर्ग के द्वार खुल गए हैं।

पति को मुख्य द्वार ले जाकर, उसकी आरती उतारकर विधिवत् धार्मिक गृह प्रवेश करा कर उसे घर लाने की इच्छा उस पतिव्रता के मन में जाग गयी है लेकिन नगरपाल ने ऐसा करने से उसे मना कर दिया है। नगरपाल अब तक भूमिगत है। वह चाहता है घर के नौकर तक न जान पाएँ कि उनका नगरपाल यहाँ है। अतः अपने ही घर में चोरी-छिपे रहना उसने पसंद किया है।

स्वगृह में अपने अंतर्गृह में (जिसमें अब नौकरों का प्रवेश भी मना होगा।) पत्नी के साथ दाखिल होने पर और सुस्थिर होने पर सबसे पहले नगरपाल ने दीर्घकाल और दीर्घ विरह के उपरांत पत्नी के साथ आकंठ रति सुख का उपभोग लिया। कई दिनों तक भूखा रहने के बाद भुक्खड़ को अपनी पत्नी भी परस्त्री समान चाहत भरी लगती है। इस तूफानी शरीर सुख में बीच-बीच में उसे तृतीय पंथियों में बिताए हुए दिन, वृंदावनदास से भेंट आदि कुछ बातें व्यवधान पैदा कर रही थीं लेकिन मिलन की बेलौस चाह ने इन विचारों पर विजय पायी।

इस तरह कई दिनों के बाद अपने पुरुषार्थ का अलग अर्थ में अनुभव लेने

के बाद, संतुष्ट मन से नगरपाल ने शयनकक्ष के शीतयंत्र से बहती हवा में अपने शरीर को मुलायम गद्दे पर लिटा दिया है। अब नींद की अपेक्षा एक तरह की बेचैनी ने उसे ग्रस लिया है। पिछले कुछ दिनों में उसने भोगी हुई अपमान-विषाद युक्त स्थितियों को याद कर वह उदास हुआ है। तिस पर अब अपने ही घर में चोरी छिपे रहने की मजबूरी। जनानखाने में छिपे रहने की मजबूरी चुभनभरी है। इतने में उसे याद आया कि ऐसे मजबूरियों के दौर से कई महान लोग गुज़र चुके हैं। उसे याद आया सावरकर जी को वह ऐतिहासिक छलाँग संडास में से लगानी पड़ी थी। लेनिन को स्त्री भेस में जार के सैनिकों में से भागना पड़ा था। उनकी तुलना में अपना अंधशाला में, हिजड़ों की बस्ती में और अब पत्नी के शयनकक्ष में रहना कुछ भी नहीं है। नगरपाल ने इस कदर अपने आपको राहत दिलायी।

अब खुलकर सामने आने का दिन दूर नहीं है। मैं पुनः सत्ता पर आरूढ़ होऊँगा। उसने अपने आपको भरोसा दिलाया। जो हैं उनके साथ या उनके बगैर। विरोधकों की राजनीतिक पराजय कर मैं सत्ता पर विराजमान होऊँगा। सोचते-सोचते अब दिनो भर की शारीरिक-मानसिक थकान के कारण वह नींद के कब्जे में चला गया है।

इस तरह नगरपाल नींद में खोते ही नगरपाल पत्नी—जिसने बीच की उस तथाकथित नगरपाल मृत्यु की ख़बर के बाद निवास में के नौकरों में से युवा-सुंदर नौकर से संबंध स्थापित किए थे और ज़ारी रखे थे। (आखिर शरीर धर्म से कौन मुक्त हुआ है?)—जल्दी-जल्दी धड़कते दिल से अपने यार के पास पहुँची है और उसे अब ये संबंध बनाए रखना संभव नहीं है की बुरी ख़बर दे रही है। वह बेचारी उसे कारण बता नहीं पा रही है क्योंकि पति के पुनरागमन की ख़बर गुप्त जो रखनी है। उसने हड़बड़ाहट में झूठा कारण बता दिया कि अब वह पेट से है। इसका परिणाम उल्टा हुआ। नगरपाल घराने में मेरा पुत्र या पुत्री जन्मेगी पलेगी इस ख़बर से उस नौकर ने नगरपाल पत्नी को ब्लैकमेल करना शुरू किया। बड़ी रकम देने के लिए उसे धमका रहा है। यह भी कहा कि शरीर संबंध आगे भी न रखने पर यह लफड़ा सब को बताएगा। इन धमकियों के कारण नगरपाल पत्नी झुँझला गयी है। ऐरो लफड़ों में फँसने वाले सभी को जैसे लगता है कि क्यों मैं इसमें फँसा? ठीक वैसे ही नगरपाल पत्नी सोच रही है। लेकिन जो हो गया है। उसे बदला कैसे जा सकता है।

इस कदर नगरपाल के राजनीतिक जीवन में जो गुत्थमगुत्था स्थितियाँ थीं (जो हम विस्तार से देख चुके हैं।) वे शायद कम थीं इसलिए उसके निजी जीवन में ये नया संकट आया है। इससे बेख़बर नगरपाल सुख की निद्रा में डूबा हुआ है। आराम

से खर्राटे भर रहा है।

अपनी गलती के कारण उत्पन्न इन चक्रव्यूहों में फँसी नगरपाल पत्नी को मजबूरी में यार के साथ अनैतिक सम्बन्ध जारी रखने पड़े हैं और बड़ी रकम देने के वादे पर वादे करने पड़ रहे हैं। इतना होने पर भी स्थितियाँ पहले जैसी नहीं हैं। शयनकक्ष में यार को क्या किसी को भी प्रवेश नहीं है। इसका अर्थ यार ने यह निकाला है कि नगरपाल पत्नी ने किसी और को रखा है क्या? शयनकक्ष में छिपाकर? वह कौन है?

अब ईर्ष्या से जल उठे यार ने शयनकक्ष के रहस्य को जानने की ठान ली है। सत्य कभी-कभी इस कदर फैंटेसी बन जाता है।

हमने अपने पाठकों को फैंटेसी के पीछे का सत्य बता दिया है। अब आगे इसमें क्या मोड़ आएँगे वे अपनी कल्पना से रंग लें। हम आगे घटित हुई घटनाओं की ओर रुख कर लेते हैं।

इसके तीसरे या चौथे दिन ही प्र-नगरपाल वृंदावनदास के यहाँ की सत्यनारायण पूजा के आमंत्रण पत्र सभी नगर सभा सदस्यों को प्राप्त हुए हैं।

कभी कोई धार्मिक विधि न करने वाले और अपने घर किसी को न बुलानेवाले वृंदावनदास के ठीक इसी वक़्त यह सब करने के पीछे राज़ क्या है? इसकी चर्चा सभी सत्ता इच्छुकों के बीच चली है। हर एक के मन में संशय उभरा है। दाल में ज़रूर कुछ काला है। सभी का इस बारे में एकमत है।

ऐसी चर्चाएँ चर्चा-विषय की अनुपस्थिति में हों—सार्वजनिक जीवन का शिष्टाचार है यह शायद!

गलती से कोई वृंदावनदास को पूछ बैठा है तो उसका उत्तर रटा-रटाया है—जब से मैं इस नए पद पर आया हूँ 'इनके' मन में सत्यनारायण पूजा करने का था। मैंने सोचा इस मामूली बात के लिए मैं धर्मपत्नी को नाराज़ क्यों करूँ? और इस बहाने आपके चरण मुझ गरीब के गरीबखाने को पवित्र कर देंगे बस इतना ही।

इस उत्तर पर किसी ने विश्वास नहीं रखा यह बात अलग। राजनीति में ये बहाने सकारण पूर्व नियोजित होते हैं। कोई नई योजना, कोई अंदाज़, कोई रहस्य पुष्टि के लिए ऐसे घरेलू धार्मिक कार्य फायदेमंद रहते हैं। वृंदावनदास के घर की यह पूजा राजनीतिज्ञों के लिए, नगरसभा के सदस्यों के लिए मात्र एक संदेश है—राजनीति की नई सत्ता-प्रतियोगिता में कुछ नया पक रहा है।

कोई नहीं मानने को तैयार कि वृंदावनदास की इच्छा केन्द्र में है। वृंदावनदास अति सामान्य। नए सिरे से निर्माण हुआ प्र-नगरपाल का यह पद याने उसके सिर

से पानी गुज़रा है। उसके जीवन में का अत्युच्च सम्मान है यह। इसके परे का वह न सोचेगा न चाहेगा। तो फिर उसके पार्श्व में कौन है? कौन यह चाल चल रहा है? सभी के लिए यह जिज्ञासा का विषय है।

पूजा के लिए सभी नगरसभा सदस्य बिना भूले आए हैं। छोटी-बड़ी बातों पर नज़र रखे हुए हैं। सभी गुट और गुट सदस्य एकदम सजग हैं। पूजा स्थल के कोने-कोने नज़र दौड़ा-दौड़ा कर सूँघ रहे हैं। कोई भटार खाने में चला गया है। कोई पूजा घर की निगरानी कर रहा है कोई घर में के और पिछवाड़े की अँधेरी जगह छान मार रहा है। कोई प्रसाधन कक्ष, स्नानगृह के चक्कर लगा रहा है। प्रसाद लिया गया है। प्रीतिभोज हो चुका है। लेकिन कहीं कोई रहस्यमयी हलचल नहीं। पर्दे के पीछे कुछ नहीं। ना मुलाकात ना चिट्ठी-पत्री ना इशारे, ना खुसुर-पुसुर। ना सांकेतिक शब्दों का आदान-प्रदान। अब लोगों में अपेक्षा भंग की लहर उभर रही है। ऐसी निरुद्देश्य पूजा के लिए क्यों आए हैं हम? समय बरबाद। सौंफ हाथ में थमा दी गयी है। अपने-अपने घर लौटने का समय आ पहुँचा है और कहीं कोई रहस्य-भेद की गुंजाइश नहीं है। सबके चेहरे पर अपेक्षा भंग की टीस उभरी है। वृंदावनदास मन में खुश है। भोजन में उसने स्वयं सबका ध्यान रखा है। जबरदस्ती परोसा है। सबसे विनम्रता से पेश आया है। उसमें उम्मीदें जागी हैं। इस निर्हेतुक भोजन की सफलता के कारण वह सोच रहा है भविष्य में सहेतुक भोजन आयोजित करने का रास्ता खुल गया है। आरंभ उत्तम हुआ है। आगे नए संबंध जोड़ने के लिए गुप्त सलाह मशवरा करने पर यह भोजन-परंपरा काम आएगी। नगरपाल का दिया हुआ सपोर्ट—उसके पीछे का कारण न समझने के कारण प्र-नगरपाल वृंदावनदास को राजनीति के दाँव-पेंच लड़ने के लिए भोजन-परंपरा का यह हथियार अच्छा लगा है।

अब वृंदावनदास अपनी पत्नी की बढ़ती धार्मिकता, उसके स्वप्न, उसमें दर्शन देने वाले साधु पुरुष आदि को लेकर ज़रूरत हो या न हो लोगों से काफी विस्तार से बात करता है। वृंदावनदास की पत्नी धार्मिक है लेकिन अपने तहत। सत्यनारायण की पूजा वृंदावनदास का आग्रह था और पत्नी के नाम पर खपा दिया गया। पाठक जान गए होंगे कि वृंदावनदास धार्मिक राजनीति की अनुकूल बैकग्राउंड तैयार कर रहा है। सट्टेबाजों की तरह राजनीतिज्ञ अपना ध्येय पाने के लिए अपनी पत्नियों का इस्तेमाल करते हैं यह कोई नई बात नहीं है। (उदाहरण—भारत के गवर्नर जनरल लॉर्ड माउंटबेटन पढ़िए—नेहरू, लेडी इड्विना माउंटबेटन प्रेम संबंध) नगर का कामचलाऊ गवर्नर जनरल उर्फ प्र-नगरपाल वृंदावनदास माउंटबेटन के बारे में कुछ भी न जानते हुए उन्हीं के नक्श-ए-कदम चल रहा है। उसके मन में जागत हुई

नगरपाल पद की नव-आशा पूरी करने हेतु उसे जो-जो करना होगा, जो गुप्त सम्बन्ध स्थापित करने होंगे, जो अनैतिक समझौते करने होंगे, जो गद्दारी करनी होगी वह सब कुछ करने के लिए रास्ता बनाने के लिए पत्नी की धार्मिकता का पवित्र माध्यम उसने अपनाया है। सफल राजनीति कुशल वेश्या की तरह होती है लेकिन अपेक्षा यह रखी जाती है कि कम से कम वह खानदानी दिखे। वृंदावनदास का राजनीतिक रियाज नगरपाल की छत्रछाया में सम्पन्न हुआ है। अब गुरु का सहारा लेकर वह उसी पर अनपेक्षित रूप से सवार होने वाला है। कैसे? वह भी नहीं जानता।

इसी वक़्त ज्योतिषाचार्य बाळेकुंद्रीकर जी ने पक्का बताया है कि ग्रह-दशा बेहद अनुकूल है। बाळेकुंद्रीकर शहर के ऋषितुल्य व्यक्तित्व हैं। राम पुरो को यही भविष्य उन्होंने बताया था।

मृत आत्मा को शांति मिले।

वृंदावनदास के यहाँ भोजन निबटाकर घर पहुँच कर रोज की तरह शराब पीते हुए नगर सभा सदस्य संभाजी बाप्पा को अचानक बोधिज्ञान प्राप्त हुआ कि वृंदावनदास के पीछे और कोई नहीं बल्कि नगरपाल की चापलूसी कर सभापति पद पाने वाला बूढ़ा कुंदनमल सरोदिया है। एक पाँव श्मशान में पहुँचा है। तब भी कुर्सी का मोह नहीं छूटता। वैसे यह अक्षम घोड़ा है। तीस साल पहले बाहर से इस शहर पहुँचा हुआ। नगरपाल का हाथ! अपनी आयु भुलाकर या याद दिलाकर इसने काफी कुछ पाया है। नगरपाल के जाते ही यह भी डाँवाडोल हो जाता लेकिन उसके पहले ही स्पीकर बना। बूढ़ा अब वृंदावनदास के पीछे से कुर्सी पाना चाहता है। बाप्पा ने अपने तहत निष्कर्ष निकाला। ऐसा निष्कर्ष तय करते समय उसके पास कोई प्रमाण नहीं था लेकिन उसका कहना यह है प्रमाण की क्या जरूरत। अन्दाज़ नाम की भी कोई चीज़ होती है। कुंदनमल सरु (सरोदिया को संभा जी बाप्पा सरु कहता है। नामों के अपभ्रंश करने में वह माहिर है। राम पुरो नाम उसी का दिया हुआ है।) वृंदावनदास के यहाँ सत्यनारायण पूजा में अनुपस्थित क्यों रहा? तबीयत खराब होने के कारण न आ सकने का संदेश लेकर सरु का बेटा आया था लेकिन कितना नॉर्मल था। उसके चेहरे पर ना तनाव ना चिंता। तबीयत ख़राब है याने क्या हुआ है? बेटे के कहने से यह बात बिल्कुल नहीं पता चली कि हार्ट अटैक, पैरालिसिस, रक्तस्राव जैसी भयानक बीमारी हो। होती तो बेटा इतनी देर रुकता क्या? चेहरा ऐसा तंदुरुस्त लगता क्या? वृंदावनदास के कहने पर कि 'आए हो तो पिता जी के लिए प्रसाद ले जाओ' वह पंद्रह मिनट रुका था। नली से शीतपेय भी पिया उसने। अब बताओ बाप बीमार होगा क्या? गप! सच तो यह है कि यदि वह आता तो साँठगाँठ की पोल

खुल जाती। इसीलिए आया नहीं।

दरअसल बूढ़े और छोटी-बड़ी बीमारियों से त्रस्त कुंदनमल का वृंदावनदास के साथ कोई समझौता नहीं है। पाठक इस बात को जानते हैं। लेकिन संभाजी बाप्पा ने मान लिया है सो वह पत्थर की लकीर बनी। ऐतिहासिक नाटकवाला होने से बाप्पा हर प्रतिज्ञा 'भारी' करता है। इस बार भी उसने प्रतिज्ञा की—सरु को नगरपाल पद को छूने नहीं दूँगा। कारण? कुछ नहीं। ईर्ष्या! ईर्ष्या बिना कारण की ही होती है। न जाने कितने गिलास वह खाली कर चुका है। बलशाली शरीर का संभाजी बाप्पा नगरसभा बैठक में पिछले बेंच पर बैठता है। पान तंबाखू मंडल में उसे उस्ताद कहा जाता है। जारण मारण विद्या के प्रयोग कराता है। घर पहुँचते ही उसने जारण मारण विशारद को पाचारण किया है। कुंदनमल पर जारण मारण प्रयोग करने की और उसे नगरपाल पद न मिलने की सुपारी उसने दी तभी जाकर वह सो पाया है। इस कॉन्ट्रेक्ट में सत्य नारायण की पूजा का बहाना करने वाले प्र-नगरपाल वृंदावनदास पर 'मूठ मारने' का उपकॉन्ट्रेक्ट भी है।

अब सुधी पाठक पूछेंगे ऐसे जादूटोने से कुछ होता है क्या? उनके लिए यह घटना बता देना चाहता हूँ। यह सिक्रेट सिर्फ बाप्पा जानता है। उसने होशहवास में किसी को नहीं बताया है और शराब में धुत् होकर जब दोस्तों को बताया है तब वे होशहवास में न थे। अतः वह अब तक सिक्रेट रहा है। वह यह कि राम मरा वह हत्या, आत्महत्या से नहीं बल्कि संभाजी बाप्पा के जारण मारण से। याने रात में संभाजी बाप्पा के मांत्रिक ने यह प्रयोग किया और दूसरे दिन सुबह राम मरा। पुलिस ढूँढ़ नहीं पायी कि वह कैसे मरा? इसका अर्थ ही वह जारण मारण के कारण मरा।

जो जारण मारण विद्या में विश्वास रखते हैं वे ज़रूर इस बात से सहमत होंगे।

यहाँ एक ताज़ा खबर पाठकों को देना ज़रूरी है।

नगरपाल निवास के मैडम की खास मर्जी के उस युवा सुंदर नौकर की नौकर क्वार्टर में पिछली रात गूढ़ मृत्यु हुई है। पुलिस तलाश कर रही है। पुलिस प्रमुख नारिंगे कुछ ज्यादा ही रुचि लेकर काम कर रहा है।

देखा जाए तो यह मामला एकदम मामूली है। वह नौकर कोई राम पुरो या वी.आई.पी. न था। मामूली आदमी। ऐसे तो कितने आए दिन मरते हैं। फिर भी नारिंगे इसमें इतनी दिलचस्पी क्यों ले रहा है? यह जानना हो तो पुलिस प्रमुख के मन में प्रवेश करना होगा। मनुष्य का मन जंगल है। पुलिस प्रमुख का मन याने घना जंगल। उसमें प्रवेश करना आसान नहीं है। और बाहर आना उससे भी मुश्किल।

बीस

समय बीत चुका है। नगर की परिस्थितियाँ और बद्तर हुई जा रही हैं। शहर के चार चिंतक, पाँच संपादक जो स्वयं को ज्ञानी समझते हैं—मानते थे कि कुछ जादू होकर 'विशिष्ट जमात' गुंडा-चूहे यदि खत्म होंगे तो शहर की सभी समस्याएँ हल हो जाएँगी। अब यह सब गलत सिद्ध हुआ है।

अब वही ज्ञानी कह रहे हैं। विश्लेषण कर रहे हैं कि यह आशावाद बेबुनियादी और इतिहास की समझ से रहित था। अतः असफल होने ही वाला था।

शहर में ही नहीं, कहीं भी जाइए। ज्ञानी लोगों का यही हाल है।

एक बात सच है कि भुक्खड़, चूहे समंदर में जाने के उपरांत शहर में छोटी-बड़ी समस्याएँ हनुमान की पूँछ की तरह फैलती जा रही हैं। उदाहरण प्रस्तुत करना हो तो लीजिए—'विशिष्ट जमात' जिसे कहा जाता था वह पहलवान चूहे समंदर में डूब मरने पर नगरवासियों ने चैन की साँस ली लेकिन यह क्षणिक आनंद रहा। चूहों को खत्म करने के लिए जो मार्जार पथक तैनात किए थे उन्हें याने उन पथकों में के मार्जारों को अब कोई काम न रहा। लेकिन उनका खान-पान पहले जैसा ही रहा। शहर अनपेक्षित रूप से सामने आयी हुई समस्याओं में उलझा रहा। ये मार्जार अब अत्यधिक बलशाली, आक्रामक और बेचैन (काम न होने से) बने हैं। अब शहर में दंगा हुआ है। तब जाकर नगर प्रशासन को मार्जार-पथकों की याद आयी। इन पथकों को रास्ते पर उतारा गया तब निष्क्रियता से हिंसक बने इन मार्जारों ने रक्षकों पर ही खूनी हमले किए। एक दिन में तीन रक्षकों की चिंधियाँ कीं। एक को आधा खा डाला। उन्हें बचाने के लिए गए दूसरे रक्षकों को गंभीर रूप से ज़ख्मी बनाया। अब शहर में क्रोधाग्नि भड़क उठी है। दंगा टेंपररी रोक दिया गया है। तमाम दंगाखोरों ने मृत रक्षकों के लिए संयुक्त शोक प्रदर्शन किया है। इन दंगाखोरों में राम पुरो के दल के, नगरपाल दल के और जिन्हें पुलिस कई हत्याकांडों के हत्यारों के रूप में ढूँढ़ रही थी वे सभी दंगाखोर शामिल हुए हैं। जो छुपे थे वे खुलकर सामने आए हैं।

उन सबने सरकारी मार्जारों के क्रूरता का निषेघ किया है और दो दिनों में इनका बंदोबस्त करने का दबाव प्रशासन पर डाला है। इनमें से एक सभा का अध्यक्ष प्र-नगरपाल वृंदावनदास था। उसने भी इस सरकार विरोधी प्रस्ताव का समर्थन किया। जब बाद में समाचार-पत्र वालों ने उसे पूछा तो उसने कहा, 'वह मेरा निजी मत था। प्र-नगरपाल के रूप में वह मत मुझ पर बंधन कारक नहीं है।' रक्षकों की हत्या के कारण शहर में भड़का दंगा शांत हुआ इस आनंद में प्रशासन था कि तुरंत उनके इस आनंद को ग्रहण लग गया। दूसरे दिन जब मार्जार पथक के बदतमीज मार्जारों को गोली से उड़ा दिया गया तब शहर में नए सिरे से पुरानी आक्रामकता के साथ दंगा उभरा। अब कहीं जाकर वह रुका है लेकिन पता नहीं कब भड़क उठेगी।

समस्या से समस्या बढ़ते जाने का यह एक नमूना।

प्रशासन को एक और नए काम में उलझना पड़ा है। आए दिन ख़बर फैलती है कि 'चूहा दिखा' ऐसी गप पर भरोसा मत कीजिए। इसका प्रसार करने के साथ ही चूहा है या नहीं की जाँच-पड़ताल करना एक नया 'उद्योग' बना हुआ है।

तिस पर इन दिनों शहर में कोई रहस्यात्मक बीमारी फैली हुई है। वह फैलती ही जा रही है। इस बीमारी के होते ही अत्यधिक बुख़ार चढ़ जाता है। कमर में पीड़ा होने लगती है। बच्चा जननेवाली को होने वाली पीड़ा जैसी पीड़ा। एक-दो दिनों बाद कमर में गाँठ उभरी हुई दिखती है। लेकिन वह फोड़ा फटता नहीं है। अब तक डॉक्टर कह नहीं पा रहे हैं कि यह कौन सी बीमारी है। कमर का दर्द छोड़ दें तो सारे लक्षण पुराने जमाने के प्लेग जैसे ही हैं। प्लेग पहले चूहों में फैलता था फिर आदमियों में। आश्चर्य की बात यह है कि अब तो शहर में चूहे भी नहीं हैं। आयुर्वेद के जानकार कह रहे हैं कि यह प्लेग नहीं बल्कि योग वशिष्ठ में जिसका उल्लेख है वह 'कमरबंध' नामक विरला रोग है। कोई नहीं बता पा रहा है कि समंदर में डूबे हुए चूहे इस बीमारी की जड़ हैं अथवा नहीं। पालिका कर्मचारियों का कहना है कि शहर में कचरे के जो ढेर (कर्मचारियों की हड़ताल के कारण) जमा हो गए उससे अत्यधिक मात्रा में पोल्युशन बढ़ गया है और यह बीमारी उसी से फैली होगी। सभी संभव उपाय करने के बावजूद रोज नए-नए रुग्ण अस्पताल में भर्ती हुए जा रहे हैं।

नगरपाल का गायब होना, शहर में मची हुई हड़बड़ियाँ, राम पुरो की बदनसीब मौत, उसके बाद का भयावह दंगा, हड़ताल, मोर्चे और अब यह नई रहस्यमयी बीमारी।

शहरवासियों के मनोधैर्य के बारह बजना स्वाभाविक है। इसी में (समाचार

पत्रीय भाषा में कहें तो) नगर में स्थायी रूप में नगरपाल नहीं है।

प्र-नगरपाल पद मात्र राजनीतिक समझौता है। कुछ दिनों के लिए। अतः वृंदावनदास कोई भी ठोस, महत्त्वपूर्ण निर्णय ले नहीं पाता है। भले ही वह अपने आपको कुछ दिनों का मेहमान कहलाता है। लेकिन मन में आस लिए है कि दीर्घ काल इस पद पर बना रहे।

चुनाव जल्द ही होंगे। यह आशा भी बेकार सिद्ध होगी क्योंकि चुनाव नगरसभा, नगर की भलाई का सोचकर होने की अपेक्षा प्रतिपक्ष को मुसीबत में डालने हेतु, आरोप प्रत्यारोपों की होली खेलने में सुख पाने हेतु, सभा त्याग, तोड़-मरोड़ सभापति का राजदंड गायब करने जैसे कार्यों से सने हैं। निर्णय की अपेक्षा रुकावटें ही ज्यादा पैदा की जा रही हैं।

जिस तरह दंगा (राम पुरो की मृत्यु के बाद) अचानक भभक उठा था उसी तरह अचानक ठंडा पड़ा है। अतः नागरिकों के मन पर आतंक छाया हुआ है कि न जाने कब पुनः आरंभ होगा। माओपंथी नक्सलवादी बीच-बीच में ही दीवारें रंगाकर, पत्रक चिपकाकर आग में घी उँड़ेलने का काम कर रहे हैं।

राम पुरो की मृत्यु खून या आत्महत्या? यह वाद-विवाद अब भी समाचार-पत्र के पन्ने रंगा रहा है।

समाचार-पत्र कहे जा रहे हैं—नागरिकों में अस्थिरता की भावना बढ़ती जा रही है।

सच्चाई यह है कि समाचार-पत्र ही यह सत्कार्य कर रहे हैं।

'दंगे के बाद आज छत्तीसवाँ दिन' शीर्षकांतर्गत एक समाचार-पत्र ने यह लिखा है कि इससे तो अच्छा वह चूहों वाला जमाना था। 'यह बात कुछ नगरवासियों की कही है' कहकर समाचार-पत्र ने हाथ झटक दिए हैं। 'कोई नगरवासी' का मतलब पाठक जानते हैं कि कोई नहीं या लिखने वाला खुद ही। ऐसा सोचना सद्यः स्थिति में कितना ख़तरनाक हो सकता है। लिखने वाला शायद जानता न हो।

और एक बात बताना रह गयी है। जिसके अचानक आगमन के कारण शहर के चूहों का संकट दूर हुआ था वह अवलिया चूहेमार नगरपाल के खून के आरोप (जो नगरपाल जीवित है) में कैद में है और जेल में लौकी की परिवर्तित-वृद्धित प्रजाति की पैदावार में निमग्न है। परिवर्तित स्थितियों में उसके खिलाफ कोई गुनाह साबित न हो सकने के कारण गृह मंत्रालय ने उसे रिहा करने का निर्णय लिया लेकिन अवलिया ने इस रिहाई आदेश के विरोध में आमरण उपोषण की धमकी दी। छह दिन अन्न त्याग किया। आखिर गृहमंत्रालय, नगरप्रशासन को अपना आदेश

खारिज करना पड़ा। यह ख़बर सुनाने गए जेल-प्रमुख के हाथों उसने लौकी की सब्ज़ी खाकर अनशन खत्म किया। इस संदर्भ में पत्रकारों ने जेल में जब उससे जानना चाहा तो उसे शुद्ध संस्कृत निष्ठ हिंदी में चालीस मिनट तक लौकी की संशोधित प्रजाति पैदावार पर भाषण दिया। पत्रकार उसके शोध-कार्य से अधिक प्रभावित उसकी भाषा से हुए। (पहले वह धेड़ गुजरी हिंदी बोलता था) जिज्ञासावश पूछने पर उसने कहा कि जेल में जो संस्कृत महापंडित घोटाले की सजा भुगत रहा है उससे उसने हिंदी सीखी है और योगविद्याभ्यास भी कर रहा है। लंबी अवधि की सज़ा भुगतने वाले चोर से योगविद्या सीख रहा है। प्रात्यक्षिक के तौर पर उसने सबसे मुश्किल आसन-पद्मासन में शरीर की मुश्किल से मुश्किल हलचल-अंतराल में चक्राकार घूमना, पद्मासन में शीर्षासन, आदि दिखाया जिससे पत्रकारों के आश्चर्य का कोई ठिकाना न रहा। 'आपको अपनी मर्जी से जेल में रखने की बात आपकी नज़र में गृहमंत्रालय की हार है क्या?' आदि प्रश्नों के उत्तर में उसने कहा कि वह जेल के स्वच्छता गृह के सुधार, पुनर्रचना पर सोच रहा है। इस रांदर्भ में उसने अपने विचार पैंतालीस मिनट शुद्ध संस्कृतनिष्ठ हिंदी में व्यक्त किए।

सारांश यह कि आसमान से टपका हुआ यह अवलिया शहर के चूहों का यम बना अतः नगरवासियों के मन में आशा जाग्रत हुई कि भविष्य में भी वह शहर की मदद करेगा। लेकिन उसके जेल में लौकी पर के शोध और योगविद्याभ्यास और जेल के स्वच्छता गृहों पर मौलिक विचार आदि के कारण उसकी जेल से बाहर न आने की इच्छा भी आशा को बल देती गयी।

नगरपाल के नगर त्यागने के बाद नगरवासियों के मन में अवलिया को लेकर आस जगी थी लेकिन उसके इस कदर अपेक्षाभंग करने से लोग अब किसी दूसरे 'अवतार' की प्रतीक्षा में हैं। कोई अवतार ही उन्हें इन सबसे बचा पाएगा ऐसा उनका कहना है। इतने में शहर के एक हिस्से में पिछले दिनों एक मंदिर बाँधा गया है। इस मंदिर की मूर्ति की दाईं आँख से हर गुरुवार के दिन पानी बहता है। यह किंवदंती शहर गें फैली हुई है। हर गुरुवार के दिन 'यह पानी' देखने के लिए लंबी कतारें लगी रहती हैं। भजन होता है। मूर्ति किस देवता की है? पूछने पर जो उत्तर मिला वह बेहोश करने के लिए पर्याप्त है। यह मूर्ति (एक हाथ में हनुमान की तरह पहाड़ उठाए है, दूसरे हाथ में राम की तरह धनुष पकड़े है, और तीसरे हाथ में त्रिशूल और चौथे हाथ में शंख धारण किए है। इसके तीन मस्तक हैं।) लोगों के अनुसार नगरपाल की है। (श्रद्धा से दिया गया उत्तर)

सुनने के बाद हम उस मूर्ति का निरीक्षण करने गए तब हमें भी मूर्ति के एक

चेहरे में नगरपाल का आभास हुआ।

कुछ देर से दूसरे कोने से देखने पर दूसरे चेहरे में राम पुरो दिखा और अंत में तीसरे चेहरे में हम खुद दिखे। जाने दो! सत्ता स्पर्धा में आतंक डूबे हुए राजनीतिक लोगों को और नगरपाल निवास के शयन कक्ष में भूमिगत बन रहने वाले नगरपाल को (जिसके दो हाथ और एक मस्तक है) शहर के किसी कोने में घटित इस 'चमत्कार' की ख़बर नहीं है। नगरपाल अपनी जगह स्थायी रूप से चुनकर आने वाले वृंदावनदास के आने की और विरोधियों से मिलकर उसे कुर्सी से खींचकर खुद उस पर विराजमान होने की सोचता रहता है और इससे ऊब जाने पर मक्खियाँ मारता रहता है।

यहाँ यह बता दूँ कि उपन्यासकार की पात्रों के मन में झाँकने की स्वतंत्रता के अधिकार का उपयोग कर मैं बताना चाहता हूँ कि प्र-नगरपाल वृंदावनदास स्थायी रूप से नगरपाल पद के लिए अपात्र हैं भले ही वह और घटक का प्र-नगरपाल होते हुए नगरपाल बनने के स्वप्न देखता क्यों न हो। इस पद की जिम्मेदारियाँ निभाने में अक्षम और पद पाने के लिए लड़े जाने वाले दाँव-पेंच लड़ने में डरपोक वृंदावनदास किसी न किसी तकनीकी कारण से चुनाव आगे घसीटता जाने वाला है। मन में नगरपाल बनने की कल्पना करने वाले वृंदावनदास की चाल कभी चलनेवाली नहीं है। और हाथ में थमा हुआ प्र-नगरपाल पद भी गँवाकर वह हाथ मलते बैठनेवाला है। नगरपाल (पूर्व) का वृंदावनदास को नगरपाल बनाने का और फिर घसीटने का और खुद पुनः नगरपाल बनने का सपना साकार होने वाला नहीं है। वह अभी कई दिनों तक अपने ही शयन कक्ष में छुपकर रहने वाला है। अज्ञानी समाज मंदिर के सामने कतारें लगाकर खड़ा रहने वाला है। उसे 'अवतार' बनाकर (या और किसी को) नारियल तोड़नेवाला है, मिन्नतें माँगनेवाला है। एक दिन पत्नी के शयनकक्ष से निकलकर जब वह सामने आएगा तो कोई उसे पहचानेगा नहीं। मंदिर की मूर्ति में का नगरपाल ही असली होगा और हर तरह के संकटमोचन के लिए श्रद्धालु उस की मिन्नतें करेंगे।

उपन्यासकार की भविष्य में झाँकने की स्वतंत्रता को फिलहाल यहीं छोड़कर पाठको, चलिए हम पुनः नगर में प्रवेश करेंगे। क्योंकि भविष्यकाल भले-भलों को यूँ चकमा देकर कुछ और ही करता रहता है। सो अच्छा होगा कि हम शहर के वर्तमान में ही झाँकें।

चौबीसों घंटे शयनकक्ष में रहने के कारण नगरपाल के स्वभाव-व्यवहार में इन दिनों अजीब-सा परिवर्तन दिखने लगा है।

उदाहरणार्थ रात में शयनकक्ष के दरवाजे पर दस्तक देने के कारण उसने उस नौकर को गोली का निशाना बनाया। नगरपाल पत्नी ऐन समय पर जाग जाने से और बीच में आने से वह बच गया लेकिन उसी रात उस नौकर का रहस्यमयी अंत हो गया। पुलिस प्रमुख नारिंगे इसी वारदात की कुछ ज्यादा ही छानबीन कर रहा है और इस सिलसिले में नगरपाल के शयनकक्ष की तलाशी लेना चाहता है जिसे नगरपाल पत्नी ने 'वह मेरी प्राइवेट जगह है' कहकर मना किया हुआ है। नारिंगे इससे दुखी हुआ है और सोच रहा है कि यह झूठा कारण बताया गया है।

छुपा हुआ नगरपाल हाल ही में रात के वक़्त शयनकक्ष का दरवाज़ा खोलकर निवास के मुख्य द्वार की ओर जाने लगा था। पत्नी ने ऐन मौके पर उसे रोक दिया और जाने से मना किया। तब उसने कहा कि 'मुझे जाना है। शपथविधि में पहुँचने में देर हो रही है।' तब जाकर पत्नी समझ पायी कि वह नींद में है और उसे वापस शयनकक्ष में ले आयी। आजकल वह बीच-बीच में (नींद में) धेड़ गुज़री हिंदी, मराठी में गंदी गालियाँ बकता है। अपने पति के मुँह से ऐसी गंदी बातें सुनना उसे क्लेश देता है क्योंकि उसने अपने पति की शुद्ध हिंदी, मराठी और समय की माँग हो तो अंग्रेजी भी सुनी है। नगरपाल पत्नी सोच रही है पति की ऐसी सड़क छाप भाषा का कारण पति को किसी का 'मूठ मारना' है। उसने पता किया कि ऐसे काले जादू के प्रयोग संभाजी बाप्पा करता है। वह चाहती है कि इस असर को मांत्रिक के द्वारा लौटाया जाए लेकिन उसके लिए अमावस की रात श्मशान में जोड़ी से जाकर नंगे बदन पूजा करनी होगी। नगरपाल पत्नी को अपना इरादा बदलना पड़ा है क्योंकि उसका पति अंडरग्राउंड है। 'क्यों?' का कारण पति ने उसे बताया नहीं है।

यहाँ तक हमने प्रमुख पात्रों के हाल-हवाल देखे हैं। अब चलिए, देखते हैं गौण पात्र पुलिस प्रमुख नारिंगे के क्या हाल-चाल हैं।

भले ही उपन्यास में नारिंगे गौण है लेकिन प्रत्यक्ष वह कतई गौण नहीं है। दीर्घकाल उसने सारी उथल-पुथल देखी है, पचायी है, संकट-सत्तांतर पार कर, अपनी संपत्ति की इन्क्वायरी जैसे ख़तरों के मँडराते हुए भी वह स्वस्थ-सानंद, हट्टा-कट्टा है और आज भी पुलिस प्रमुख बना हुआ है।

इसके लिए भी 'राजनीतिक भेजा' होने की ज़रूरत होती है। नारिंगे यदि राजनीति में जैसे कि वृंदावनदास होता तो अब तक भले भलों की छुट्टी कर चुका होता। लेकिन ऐसी कल्पना करने में कोई तुक नहीं है। हर एक की अपनी विधि लिखित ज़िंदगी होती है! और ज़िंदगियाँ इस कदर एक्सचेंज नहीं की जा सकतीं।

नारिंगे को क्या इस कारण का पता नहीं होगा कि नगरपाल पत्नी शयनकक्ष

में उसे तलाशी लेने प्रवेश क्यों नहीं दे रही है। सौ फीसदी भले ही न हो नारिंगे कारण जान चुका है।

खून शयनकक्ष में ही हुआ है। लाश को बाद में सर्वेंट क्वार्टर में रखा गया होगा। अब शयनकक्ष में खून किसका किया जाता है? यह कारण जहाँ मामूली कॉन्स्टेबल जान सकता है वहाँ पुलिस प्रमुख नहीं जान पाएगा क्या? खून के निशान, प्रमाण शय्याकक्ष में मिलेंगे का डर नगरपाल पत्नी के मन में जरूर होगा।

सच्चाई यह है कि शय्याकक्ष में खून के सूत्र छुपे हुए नहीं हैं। बल्कि नगरपाल छुपा हुआ है। नगरपाल को कुछ पता नहीं चलना चाहिए और नगरपाल यहाँ है यह किसी को, पुलिस प्रमुख को भी पता नहीं चलना चाहिए। सच्चाई यह है। अतः पुलिस प्रमुख को प्रवेश नकारा गया है।

होशियार आदमी जल्दी गुमराह होते हैं। नारिंगे भी अब गुमराह हुआ है लेकिन इसका यह मतलब नहीं कि उसकी होशियारी कम हुई है।

जो होशियार है वह होशियार ही होता है।

विनम्रता से अनुमति माँगकर 'निजी कक्ष' का कारण दिखाकर अनुमति अमान्य कर दी गयी है। लेकिन सच्चे पुलिस प्रमुख नारिंगे ने शय्याकक्ष में प्रवेश पाने का इरादा त्यागा नहीं है। इसके लिए पुलिस 'टाइमटेस्टेड' (काल सिद्ध) तकनीक इस्तेमाल करती है। गुनाह तलाशने में पुलिस तकनीक स्वातंत्र्य वीर सावरकर की तरह होती है--आएँगे तो बताकर, न आएँगे तो तुम्हें अँधेरे में रखकर और विरोध करोगे तो तुम पर कानून बरपाकर। लेकिन कहीं भी प्रवेश करके ही रहेंगे। नारिंगे को शहर की कानून व्यवस्था को सुस्थित रखने की अपनी कसम याद है।

नारिंगे नगरपाल पत्नी के शयनकक्ष में प्रविष्ट होने वाला है और वहाँ छिपे सूत्र तलाशने वाला है।

उसने मन के अजेंडा पर इस बात को प्रथम क्रमांक पर रखा है।

आधीरात बीत चुकी है। नारिंगे अपने कार्यालय में बैठा है। सामने सिक्सटीनाइन की आधी खाली बोतल खुली है। यह तीसरा सिगरेट है--वह चबाए जा रहा है और नगरपाल निवास के शयनकक्ष में प्रवेश पाने का प्लान बना रहा है। कल ही तयशुदा रद्दी की दुकान से खरीदे हुए जासूसी उपन्यासों का ढेर इतस्ततः फैला हुआ है। दुनिया के नामचीन डिटेक्टिव लोगों ने अपना दिमाग न चलने पर ऐसे उपन्यासों में की आइडियाज का उपयोग कर तलाश फतेह की है।

पिछले दो दिनों से नारिंगे के आदमियों ने जो खबरें पहुँचायी हैं उनका कोई

खास उपयोग नहीं हो सकता। वे सारी बातें उसने अपने पास रखी हैं जिनमें नगरपाल पत्नी के सभी व्यवहार दर्ज किए हुए हैं। लेकिन शयनकक्ष में किसी का प्रवेश न होने से वे बातें कुछ खास काम की नहीं हैं। इतना ही पता चल पाया है कि शयनकक्ष के दरवाज़े-खिड़कियाँ दिन-रात बंद रहती हैं और भीतरी बातें बाहर न सुनायी दें इसलिए बाहर चौबीसों घंटे रेडियो, भक्ति संगीत बजाया जाता है। अब वहाँ का कोई नौकर ही और जानकारी दे सकता है। लेकिन वह भी शयनकक्ष के भीतर की जानकारी नहीं दे पाएगा।

उपलब्ध जानकारी और अनुपलब्ध जानकारी के अनुसार (रहस्य कथाओं का आधार लेकर) नारिंगे ने रात के दो बजकर सैंतीस मिनट पर यह निर्णय किया है कि वह शयनकक्ष की छत में सूराख बनाकर वह स्वयं भीतर प्रवेश करेगा।

निर्णय पक्का होने पर सफल आदमी तुरंत उस पर अमल करता है। नारिंगे रात में सफल होता है क्योंकि नशे में वह कोई भी काम करने के लिए तत्पर रहता है।

नारिंगे ने यूनिफार्म उतारकर ठाने के जेल में बंद किसी चोर के कपड़े पहने हैं और वह पक्का चोर दिखने लगा है। छत में सूराख बनाने के लिए उसने आज ही अंदर किए हुए कुशल चोर बढ़ई को साथ लिया है। यह बढ़ई शहर के वस्ताद चोरों की टोलियों को आवाज़ न होने देते छत काटकर देता है। अब यह बढ़ई पुलिस प्रमुख के नेतृत्व में पुलिस विभाग के लिए वही काम करने वाला है। उसके जीवन का यह महत्त्वपूर्ण दिन-रात है। नगरपाल निवास के अंतः भाग का मानचित्र उसके पास है। उसने स्नानगृह की छत इस काम के लिए चुनी है। उत्तररात्रि में इस कक्ष में तुलना में कम लोग आते-जाते हैं।

घने अंधकार में नीरव वातावरण में नींद में खर्राटे भरते रक्षकों को टालकर वे दोनों नगरपाल निवास की छत तले दाखिल हुए हैं। योजनानुसार बढ़ई अपने औजारों सहित पाइप लाइन से गिलहरी की तरह ऊपर चढ़ चुका है। उसके पीछे नारिंगे जाने वाला है। आवास के आस-पास सुंदर शांति फैली हुई है। आसमान में चतुर्थी का चंद्रमा पश्चिम की ओर झुका है। हवा शीतल है। पुलिस प्रमुख नारिंगे के विशाल पेट में आधा बेट सिक्सटी नाइन की ऊब है। नारिंगे भी आखिर मनुष्य है। ऐसे सुहाने मौसम में घूँट-घूँट पीते हुए यहीं लुढ़क जाने का उसका मन हो रहा है लेकिन तुरंत उसने अपने पद को याद किया है और मोह पर विजय पायी है। अब वह पाइप के सहारे छत पर जा रहा है लेकिन उसकी तोंद इस पाइप में आड़ी आ रही है। इससे उसकी गति धीमी पड़ रही है और साँस फूल रही है।

ऊपर चढ़े हुए इस बढ़ई ने देखते-देखते (देखने के लिए कोई है नहीं) पुलिस प्रमुख नारिंगे के आकार का छेद बना दिया है। आवाज न होने देते हुए नारिंगे रुकते-रुकते, बची हुई सिक्सटीनाइन पचाते हुए वहाँ पहुँचा है। अगले साहस के लिए उसने अपने आप को तैयार कर रखा है। बढ़ई बाद में औजारों सहित छत से उतरकर दूर खड़ा रहेगा और नारिंगे शय्या गृह में प्रवेश करेगा। ये सारी बातें युद्धस्तर पर आरंभ में ही तय की गयी हैं।

नारिंगे छत से भीतर उतरते ही बढ़ई नीचे आने लगा लेकिन पता नहीं रक्षकों को कैसे इनके वहाँ होने की भनक पड़ी सो वे उनकी पिटाई करने हेतु उनके नीचे उतरने की राह देख रहे हैं। अब बढ़ई उनके हाथों लग गया है। उसकी खूब धुलाई हो चुकी है। अब मजबूरी में उसे प्रमुख पुलिस का नाम बताना पड़ा है।

बढ़ई को इस अभियान का कारण पता नहीं है और स्वामिभक्तों पर इस ख़बर से भयावह आघात हुआ है।

नगरपाल पत्नी के शय्याकक्ष में नगरपाल के न रहते हुए पुलिस प्रमुख रात-बेरात छुपकर छत के रास्ते उतरता है। इसका मतलब क्या हो सकता है? छी! छी!

जब स्वामिनिष्ठा कचोटने लगती है तब आदमी चुप नहीं रह सकता। उसकी सोयी हुई नैतिकता भी ऐसे में जाग उठती है। इस घृणास्पद अनैतिक संबंधों का पर्दाफाश करने के इरादे से अब ये रक्षक आतुर बने हुए हैं।

बढ़ई के बनाए हुए सूराख से नारिंगे जब स्नानगृह में दाखिल हुआ तब सुबह के चार बजकर ग्यारह मिनट हुए हैं। उसने यही समय चुना है क्योंकि लोग मीठी नींद में होते हैं और सपनों में खोये रहते हैं। अतः कुछ तलाशने के लिए यह समय काफी अच्छा रहता है।

स्नानगृह का ठंडा वातावरण नजरअंदाज कर (सिर्फ ठंडे पानी से आँखें धोकर) और इन अडव्हास पेशाब कर वह सीधा शयनकक्ष पहुँचा है। वहाँ अँधेरा है। कान लगाकर सुनने पर उसे किसी का खर्राटे भरना सुनायी दिया है। तो नगरपाल पत्नी गहरी नींद सोयी है। लेकिन औरत पुरुष की तरह खर्राटे भरती है? यह बात नारिंगे के लिए नई है। वह छोटा टार्च निकालकर सबूत ढूँढ़ रहा है और सबूत मिलते ही रूमाल में उसे पकड़कर, लपेटकर जेब में रख रहा है। उसने पैरों में बिना आवाज़ के जूते पहन रखे हैं। वह ढेरों रूमाल लाया है। पाठक प्रश्न पूछ सकते हैं। इतनी चीजें? इसका उत्तर उन्हें अंग्रेजी या अंग्रेजी से चुरायी मराठी रहस्य कथाओं में मिल सकते हैं।

नारिंगे सबूत ढूँढ़ने में इतना खोया हुआ है कि किसी का खर्राटे भरना बंद होने की बात भी उसकी समझ में नहीं आयी। और किसी ने अचानक पीछे से उसे मगरमच्छ की तरह जकड़ लिया है। पुलिस प्रमुख इस अचानक हुए हमले से हड़बड़ाया है। इतने में शयनकक्ष की बत्ती जल उठी है। अब जकड़ने वाला और जिसको जकड़ा गया है वह दोनों की आँखें चार हुई हैं। कुछ पल एक-दूसरे को पहचानने में बीत गए हैं। दीर्घकाल लापता हुआ नगरपाल जांघिया पहने हुए हैं और उसका किसी जमाने का विश्वास पात्र नारिंगे चोर के भेस में। दोनों अनपेक्षित रूप से मिले हैं। ईश्वर-भक्त की भेंट।

और बत्ती जलाने वाली नगरपाल पत्नी इसकी साक्षी है।

और अचानक स्वामिभक्ति, नैतिकता के हावी होने से शयनकक्ष में प्रहरी रक्षक पहुँच चुके हैं।

अब इस दृश्य का वर्णन करने के लिए हमारे पास शब्द नहीं हैं। सुधी पाठको, आप अपनी कल्पना से इसे जान-समझ-देख लीजिए। हम अगली घटनाओं की ओर मुड़ते हैं।

यदि पाठक हम से यह अपेक्षा रखते होंगे कि यहाँ हम यह लिखें कि कल रात में नगरपाल-निवास में जो हुआ उसकी ख़बर चारों तरफ फैल गयी है...तो शायद हमें यह कहना पड़ेगा—कि किसी भी शहर की राजनीति का उसका अध्ययन-अभ्यास कमज़ोर है।

वैसा कुछ भी नहीं हुआ है इतना ही नहीं तो वह सारा जो घटित हो चुका है उसकी ख़बर सिर्फ पुलिस प्रमुख, नगरपाल और उसकी पत्नी के अलावा किसी को भी नहीं है। शयनकक्ष में घुसे हुए वे रक्षक—जिन्होंने जो कुछ देखा वह देखा ही नहीं है। वे भी कुछ मालूम न होने वालों में हैं। यदि कोई उनसे पूछेगा तो वे साफ कहेंगे कि ऐसा कुछ हुआ ही नहीं है और ना वे शयनकक्ष में गए थे। क्योंकि उनके अपने और बीवी-बच्चों के पेट हैं। ये पेट भरने का उत्तरदायित्व इन्हें निभाना है। पेटार्जन करने वालों की निष्ठाएँ सीमित होती हैं। इस संदर्भ में कोई कुछ जान न पाए यह स्वामि इच्छा उन्हें वैसे भी निभानी है क्योंकि उन्हें गालियों सहित समझाया गया है कि यदि किसी को कोई ख़बर हुई तो इन्हें गोलियों से मार दिया जाएगा।

चाहे जो करें सत्य पूर्णतः कभी छिपकर नहीं रह सकता। वह कहीं से न कहीं से 'लीक' होता ही है। यह कैसे हुआ? इसकी जाँच पड़ताल के लिए बाद में चाहे कितने कमीशन, कमिटियाँ बिठाओ कुछ हाथ नहीं लगता। गुप्तता की तमाम दीवारें लाँघकर आधा-अधूरा सत्य बाहर खिसक कर फैल ही जाता है। हम चाहें तो इसे

सत्य की बुरी आदत कह सकते हैं। अब की बार भी नगरपाल निवास में उत्तररात्रि के समय जो घटित हुआ उसका आधा-अधूरा अंश विकृत होकर फैल गया है। यह दूसरे दिन नहीं तीसरे दिन फैला है। एक केश कर्तक को इसकी ख़बर मिली और सत्य का अंश इस कदर भ्रष्ट हुआ कि नगरपाल निवास में वह नकली नगरपाल रहता है। नगरपाल की बीवी के साथ एक ही शय्यागृह में एक ही बिछौने में सोता है। नगर का पुलिस प्रमुख नारिंगे देर रात में पीकर धुत्त बना हुआ उस नकली के साथ रक्षकों को मिल गया।

यह शॉकिंग न्यूज उस केशकर्तक ने कहाँ से पायी? अरबी भाषा इतना पुराना इतिहास है कि केशकर्तक जमात को ऐसे रहस्य सहज ही पता चलते हैं और हजामत बनाते-बनाते वे अपने ग्राहकों से कहते जाते हैं। केशकर्तकों की यह परंपरा होने पर भी इस केशकर्तक ने तुलना में संयम बरता। जो आधा सत्य उसे पता चला था वह उसने उस दिन अपने ग्राहकों से निग्रह कर छिपाकर रखा। बेचारा मुँह न खुले इसलिए दिनभर मुँह में पान दबाकर काम करता रहा। लेकिन गुप्त रखने की कसम दिलाकर उसने अपनी बीवी से रात में कह दिया और उसने गुप्तता की कसम दिलाकर नमक-मिर्च लगाकर अपनी पड़ोसनों से कहा! फिर कई संस्करण (कसम दिला-दिलाकर) छप गए। सभी के जबान पर चढ़ गए। बाद में यह सुना गया कि नगरपाल, पुलिस प्रमुख, नगरपाल पत्नी तीनों पीकर धुत्त बने हुए रक्षक को मिल गए थे।

केशकर्तक जानता था कि उसकी बीवी ऐसा करेगी। सो उसने भी अपना परिष्कृत संस्करण ग्राहकों को बताना शुरू किया। (कसम दिलाकर) अब नगरपाल निवास का गुप्त रहस्य गुप्तता की कसम दिला-दिलाकर शहर भर में फैल चुका है। और समाचार-पत्र वालों ने उसमें अपने मन के किस्से जोड़कर (उदा. इस मामले को गुप्त रखने के लिए रक्षकों को रिश्वत दी गयी है।) समाचार पत्रीय स्वतंत्रता का फायदा उठाकर छाप दिया है। 'हमारे प्रतिनिधि से' कहते हुए स्तंभ भर दिए हैं। यह सब तीसरे दिन किया गया है। उसके पहले शहर में खबर फैल चुकी थी। फिर भी लोग और कुछ नया पता चलता है क्या देखें, के हेतु से समाचार-पत्र पर टूट पड़े हैं।

उन्हें नया कुछ भी पता नहीं चला है।

हमारे पाठक जानते हैं कि रक्षकों ने जिस नगरपाल को वहाँ देखा है वह असली है। वह वहाँ कैसे पहुँचा हमारे पाठक इसे भी जानते हैं।

फैली हुई अफवाह में 'नकली नगरपाल' शायद इसलिए आया होगा क्योंकि

नगरवासियों की दृष्टि से असली मर गया है। और दंगा छिड़ते ही नकली गायब हुआ है। इसका मतलब नगरपाल निवास में जो दिखा वह नकली ही होना चाहिए।

नकली नगरपाल विरोधी मोर्चा, क्षोभ, उफनकर आया है। 'मुर्दाबाद' नारे लगाते, मुट्ठियाँ ताने हुए लोग नगरपाल निवास पहुँच गए हैं। वहाँ डयूटी पर तैनात पुलिस प्रमुख नारिंगे को देख उन्हें 'तब का नशे में धुत्त नारिंगे' याद नहीं आया है। नगरपाल पत्नी के नकली के साथ के संबंध याद कर उन्होंने उसे गुनहगार कहा नहीं है। हो सकता है भीड़ ने 'नकली को पहचानने में वह धोखा खा गया' का बोनस उसे दिया होगा। लोक क्षोभ का तर्कशास्त्र आज तक ना कोई समझ पाया है न बूझ पाया है।

सारांश कि भीड़ नगरपाल निवास के सामने नकली नगरपाल की माँग कर रही है।

एक बार वह हाथ लगे तो भीड़ उसे सबक सिखाएगी। लेकिन वह नगरपाल असली और (भीड़ की नज़र में नकली) वहाँ है ही कहाँ? वह तो कब का चोर दरवाज़े से नए अज्ञातवास में चला गया है।

कुंडली-पत्री की भाषा में कहें तो अब तक नगरपाल की साढ़े साती खत्म हुई नहीं है।

भीड़ ने जब नगरपाल निवास में प्रक्षोभक स्थिति में प्रवेश किया तब नगरपाल नगरपाल निवास के रक्षक के भेस में नगर के बाहर की टपरी में बैठा हुआ चाय पी रहा है। वहाँ से वह कहाँ जाएगा? हम नहीं जानते।

इक्कीस

नगरपाल के पुनरागमन से (पूर्व और असली) अल्पकाल वृंदावनदास नगरपाल होगा, बाद में नगरपाल (पूर्व) उसे हटाकर सत्ता हथिएगा और नगर का कारोबार कुछ तो ठीक होगा। नगरवासी याने कि हम यह सोच रहे थे। लेकिन वह भी मृगजल सिद्ध हुआ है।

दूसरी एक गंभीर घटना या उथल-पुथल शहर में इन दिनों तनाव पैदा किए हुए है। उसको देखे बिना हम आगे नहीं बढ़ सकते। इसके पूर्व हमने बताया था कि शहर में लोग बुखार, फिर कमर दर्द, गाँठ आदि लक्षणों से बाज आए हैं। आरंभ में ये सारे प्लेग-सदृश्य लक्षण लग रहे थे। लेकिन पिछले कुछ दिनों में इन लक्षणों में कुछ और नए लक्षण जुड़ गए हैं। और अब यह गहन चिंता का विषय बन चुका है। इस बीमारी से ग्रस्त व्यक्ति के कमर दर्द, बुखार कुछ दिनों में कम होता है और कमर में निकली गाँठ में से रस्सी के आकार का कुछ बाहर आने लगता है। हिलता रहता है। लोगों ने शुरू-शुरू में 'तेरी भी चुप मेरी भी चुप' किया। किसी को लगा यह अपने आप गिर जाएगा। जब ऐसा नहीं हुआ तो लोगों ने घरेलू उपाय कर इसे कसकर बाँध रखा या काटने, तोड़ने के उपाय घर में ही किए। लेकिन इन उपायों से वे गंभीर बीमार हुए और उन्हें अस्पताल में भर्ती करना पड़ा। अब इन सबका भंडाफोड़ हो गया है।

जिन्होंने इसे गुप्त रखा और पिछले हिस्से की बढ़ती लंबाई को बाँधकर रखा लेकिन जब ऐसा करना असंभव हुआ तो उनकी समझ में आया कि अपने घर के या पड़ोस के कइयों में भी यही संकोच है। वे भी इस बीमारी को छिपाने की भरसक चेष्टा कर रहे हैं। लेकिन जब यह अपने बस में नहीं रहा तो लोगों में का वह आरंभवाला संकोच दूर होने लगा और वे एक-दूसरे से पूछते नज़र आने लगे हैं, 'आपका कितना लंबा है? मेरा अभी छोटा है, अभी निकला है' आदि पूछताछ होने लगी। समाचार-पत्रों में 'पाठकों के पन्ने' तक यह विषय पहुँच चुका है। अपने

रिश्तेदार को यह कुछ हो गया है इस तरह नाटक कर लोग उपाय पूछ रहे हैं। बाद में यह संकोच भी हट गया। और अब इसे शहर की गंभीर समस्या के रूप में देखा जा रहा है। लोग अपने-अपने डॉक्टरों के पास जाने लगे हैं। लेकिन डॉक्टरों के पास इसका एकमात्र इलाज है—ऑपरेशन। और ऑपरेशन में जान का खतरा हो सकता है। स्वयं डॉक्टर आगाह कर रहे हैं। इस बढ़ते हिस्से का इलाज आयुर्वेद में या यूनानी चिकित्सा पद्धति में ढूँढ़ा जा रहा है। समाचार-पत्र के वैद्यकीय स्तंभ लेखन में सलाह दी जा रही है। हल्दी व काले नमक का मिश्रण कर तिल के तेल में गर्म कर पुल्टिस बाँधने पर (छह रातें) इस हिस्से पर मुलायम बाल उग सकते हैं। और वह हिस्सा 'प्रेजेंटेबल' हो सकता है। इस अतिरिक्त हिस्से के लिए मफलर जैसा वस्त्र उपलब्ध होने का विज्ञापन भी झलकने लगा है। इस हिस्से को हाथ में पकड़कर आवरण के साथ दिखाने वाले हँसमुख चेहरे का विज्ञापन जगह-जगह दिखने लगा है। डीलक्स, सुपर डीलक्स दो प्रकारों में यह आवरण उपलब्ध होने की जानकारी कीमत के साथ विज्ञापन में दी गयी है। 'इस्तेमाल करो और शान से घूमो' वाले विज्ञापन का और कमाल यह कि विवाह-मौसम के दिनों में खास नववधू-वरों के लिए अलग-अलग आकारों में, अलग डिज़ाइनों में 'ज़िप आवरण' बाज़ार में आए हैं और उनकी खासी बिक्री भी हुई है।

इस हल्ला मचाने वाले, बाद में चर्चा का विषय बनी 'हॉट' घटना पर किसी ने नगर सभा गृह में परिचर्चा रखी जिसमें दो अभिनेत्रियों और दो राजनीतिज्ञ सहभागी हुए थे। टिकट काटकर ऐसी भीड़ उमड़ी कि हॉल के बाहर भी पूँछधारी श्रोता भाषण सुन रहे थे। शहर के मानव वंश शास्त्र के ज्येष्ठ प्राध्यापक सर्वपित्रे का अक्सर बोरियत वाला भाषण इस बार काफी स्फूर्तिप्रद रहा। उनके लिखित भाषण में अंग्रेजी कोटेशन, संख्याशास्त्रीय जानकारी भरी पड़ी थी। किसी को इसमें रुचि न थी। यह वे भी जानते थे सो पढ़ते जा रहे थे। अचानक उनका मुँह माइक के पास आया तब सभी ने उनका वाक्य सुना, 'आजकल शहर के अनेक लोगों के पिछले हिस्से में 'पूँछ' जैसा जो हिस्सा विकसित हुआ है वह कोई बीमारी नहीं है बल्कि मानवीय उत्क्रांति में का महत्त्वपूर्ण मोड़ है। मैं मानता हूँ कि मनुष्य विकास की परिपूर्ण अवस्था में प्रवेश कर रहा है। अतः उसका 'आदि-चिह्न' पुनः उसे प्राप्त हो रहा है। मानवीय संस्कृति में होने जा रहे परम उत्कर्ष के इस 'प्रसाद चिह्न' के दृश्य हो जाने का आरंभ हमारे शहर से, हमारे शहर के नागरिकों से हुआ है। इस ऐतिहासिक घटना के हेतु हमें अभिमान लगना चाहिए। यह हमारा परम भाग्य है। इसलिए इस 'चिह्न' को अभिमान से धारण करना चाहिए।

ये शब्द गलती से श्रोताओं को सुनाई दिए और श्रोताओं को प्राध्यापक महोदय के भाषण में रस लगने लगा। तालियाँ गूँजीं। परिचर्चा का मुख्य आकर्षण अभिनेत्री कनकलता का भाषण होने को है। (आधी भीड़ उसे देखने के लिए उमड़ पड़ी है।) प्राध्यापक महोदय के इन वाक्यों से लोग कनकलता को भूल गए हैं और कान लगाकर भाषण सुन रहे हैं। दाद दे रहे हैं। अपने भाषण को मिलने वाली दाद ये तालियाँ हमेशा की तरह 'नीचे बैठ जाओ' का इशारा समझकर प्रा. सर्वपित्रे नीचे बैठे—बीच में ही अपनी बात रोककर। लेकिन तालियों की गूँज बढ़ती गयी। मंच पर के अन्यों ने प्राध्यापक महोदय को 'भाषण आगे ज़ारी रखने की श्रोताओं की माँग है' इन शब्दों में समझाया लेकिन प्राध्यापक इस पर विश्वास कर नहीं पा रहे हैं। श्रोता जब 'आगे बोलो' कहने लगे तब उन्होंने अपना भाषण पुनः शुरू किया। तब और तालियाँ गूँजीं। 'हिअर-हिअर' के नारे भी लगाए गए। इससे उत्साहित हुए प्राध्यापक महोदय हाव-भाव अभिनय के साथ, आवाज़ बुलंद कर अपना 'पुच्छ सिद्धांत' प्रस्तुत करने लगे और श्रोता अति उत्साहित हुए। अब प्रा. सर्वपित्रे हिटलर की तरह दोनों मुट्ठियाँ तानकर चिल्लाए, 'माय ब्रेद्रेन। आई टेल यू बी प्राउड ऑफ युअर हे....याने टेल! देखिए मेरे भी है' कहकर उन्होंने सभा को मुड़कर अपने पीछे का ऊपर उठा हिस्सा दिखाया। 'आई टेल यू....हिअर आफ्टर वी हैव नथिंग टु लूज बट अवर हे....याने टेल...अँड हे.... याने द वर्ल्ड...टु गेन।' जिनके पुच्छ नहीं उनका भविष्य काल नहीं। उत्क्रांति ने उन्हें नकारा है। आपको भविष्य है। वह आपके पुच्छ में है। दुनिया आपकी है।

तालियाँ भाषण खत्म होने पर दस मिनट गूँजती ही रहीं। श्रोता खड़े होकर प्राध्यापक महोदय को ओव्हेशन दे रहे थे। पुच्छ ज़िंदाबाद। बिन पुच्छ हाय हाय। दुनिया हमारी है। इन नारों के साथ सभागृह थर्रा उठा। प्रा. सर्वपित्रे को घेरे तूफानी भीड़ थी। जिनके लेक्चर में दो छात्र भी नहीं बैठते थे उनके भाषण से अनगिनत श्रोता एक्साइट होते हों यह केवल अद्भुत है। परिचर्चा यहीं पर समाप्त हुई और भीड़ प्राध्यापक महोदय के घर तक गयी। आधी रात तक नगरवासी इस भाषण की गुटों-गुटों में चर्चा कर रहे थे। रास्तों पर खड़े थे। पटाखे छोड़ रहे थे। थालियाँ बजाकर आनंद व्यक्त कर रहे थे।

नगरपाल के सहसा अदृश्य होने पर शहर ने जो अस्मिता खोयी थी वह अस्मिता सहसा प्राध्यापक सर्वपित्रे के भाषण से जाग्रत हुई और कल तक जो पूँछ छिपाने की चीज़ थी आज वह शहर की अस्मिता का चिह्न बन गयी।

उसी रात शहर के पुराने हनुमान मंदिर में शहर के लड़ाकू सौ युवाओं

ने—जिन्होंने दंगे में भारी काम किया था—'उत्क्रांतिवादी पुच्छ सेना' नाम से नया लड़ाकू (मिलिटण्ट) संगठन स्थापित किया और हनुमान मूर्ति को साक्षी रख अपने खून से प्रतिज्ञा पत्र पर हस्ताक्षर किए।

तनकर खड़ी पूँछ, भाले की नोक नुकीली! यह चिह्न तय किया गया।

अब तक नगर का कोई 'नगर-गीत' नहीं है। प्रशासन से माँग की जा रही है कि 'भीमरूपी महारुद्र' इस पुच्छधारी मारुति स्रोत को 'नगर-गीत' के रूप में मान्यता प्रदान की जाए।

शहर का नामांतर 'हनुमान नगर' किया जाए अन्यथा जबरदस्त आंदोलन छेड़ा जाएगा। इन शब्दों में धमकाया गया है।

स-पुच्छ नागरिक शहर के प्रथम नागरिक माने जाएँ। —दूसरी माँग।

पुच्छ रहित नागरिकों को इस शहर के अनधिकृत नागरिक मान लिया जाए। नौकरी में, शिक्षा में उन्हें मिलनेवाली सारी सुविधाएँ खत्म कर दी जाएँ। उन्हें शहर के बाहर सीमित बस्ती में रहने के आदेश दिए जाएँ और आगामी चुनाव 'एक पुच्छ एक वोट' के आधार पर लड़े जाएँ। यह सब छह सप्ताहों के भीतर होना चाहिए। अन्यथा संगठन रास्ते पर उतर आएगा और आंदोलन छेड़ेगा। नगर प्रशासन को चेता दिया गया है।

जल्द ही जल्द पुच्छ हीन नागरिकों को तलाश कर उनकी संपूर्ण फेहरिस्त बनायी जाएगी।—संकल्प लिया गया है।

'पुच्छ सेना जिन्दाबाद!' 'आए रे आए पुच्छ वाले आए।' 'यह आवाज़ किसकी? पुच्छ सेना की!' रात के सुनसान रास्तों पर ये नारे लगाते हुए रास्तों को कँपाते हुए, सोये हुओं को जगाते हुए ये लोग अपने-अपने घर चले गए हैं।

यह सब इतनी शीघ्र गति से हुआ है कि सुबह समाचार-पत्र देखने वालों को पूँछ रहितों को (इनकी संख्या भी कम नहीं है।) यह ईश्वरी कोप प्रतीत होने लगा है।

कल तक ये पूँछविरहित लोग खुश थे। वे आज पूँछ न होने के कारण दुखी हुए हैं। चिंताग्रस्त हुए हैं। कल तक वे अपने आपको खुशकिस्मत समझ रहे थे। आज वे स्वयं को बदनसीब समझकर कोस रहे हैं। नकली पूँछ की तलाश में ड्रेपरी वालों के पास दौड़े हैं।

पूँछ रहितों के दिमाग में पुच्छवालों के विरोध में लड़ाकू संगठन स्थापने की बात उछल रही है लेकिन बुजुर्ग लोगों ने जैसे-तैसे समझाकर कि देखो, विशिष्ट जमात अल्पसंख्यांक थी, उसका हश्र क्या हुआ है, हम भी अल्पसंख्यांक हैं। ये दिन

हमारे लिए—अल्पसंख्यांकों के लिए बुरे दिन हैं—जैसे-तैसे काबू में रखा है।

जिन नगर सेवकों के अभी पूँछ नहीं निकली है उन्होंने आपात्कालीन सभा आयोजित कर प्रस्ताव पारित कर दिया है कि जिनके अब तक पूँछ नहीं है उनके निकल भी सकती है अतः जल्दबाजी करना व्यर्थ है। पुच्छल संगठन यदि प्रशासन पर दबाव डालता है तो प्रशासन को चाहिए कि वह इनका विरोध करे और यह भी कि प्रशासन को चाहिए कि वह 'पुच्छ निरपेक्ष' रहें।

इसमें और बात जुड़ गयी है। माओवादी संगठन की। इन्होंने लाल पत्रक शहर में लगाए हैं और समझा दिया है—बिन पुच्छ नव दलित वर्ग की शिकार करने निकले हे पुच्छ पतियो! ध्यान रखो। ऐसा कोई काम करोगे तो तुम्हारी मदभरी पूँछ काटकर तुम्हारे गले में ठूँस दी जाएगी। हम माओवादी क्रांति सैनिक तैयार हैं। जय माओ। हुतात्मा राम पुरो अमर रहे।

पत्रक में 'राम पुरो अमर रहे' वाक्य कैसे आया? विद्वानों में चर्चा का विषय छिड़ गया है। वृंदावनदास के मन में भी खटका हुआ है। यह धोखे का संकेत है कि ये लेफ्टिस्ट सख़्त लोग राम पुरो के नाम का इस्तेमाल करने लगे हैं। (वृंदावनदास के पार्श्व में दो दिन पूर्व गाँठ उभरी है लेकिन वह अभी सख़्त नहीं हुई है लिजलिजी है!)

अपने कार्यालय में बैठा हुआ पुलिस प्रमुख नारिंगे (जिसे हाल ही में डॉक्टर ने अंजिओप्लास्टि की सलाह दी है।) समाचार-पत्र में यह सब पढ़ चुका है। और उत्स्फूर्त रूप से कह गया है 'साला यह नई मुसीबत।' झट से उसने हार्ट अटैक प्रतिबंध टिकिया निगल ली है। झट से इसलिए कि अटैक न आए। और दूसरा कारण यह कि कोई देख न ले वरना अपनी धीर गंभीर पुलिस प्रमुख की इमेज को समाचार पत्र में मैला कर दिया जाएगा और इससे शहर की बड़ी मुश्किल से अभी-अभी हाई बना हुआ मोराल झट से दब जाएगा और ऐसा होना नहीं चाहिए। शहर प्रेम की मिसाल नारिंगे को ऐसा लगना स्वाभाविक है लेकिन अंदर की बात यह है कि अब तक नारिंगे के पूँछ नहीं निकली है।

कल तक वह इस कोशिश में था कि पूँछ न निकले और आज पूँछ निकले इसलिए क्या प्रयत्न किए जाने चाहिए को लेकर चिंता कर रहा है। पूँछ न होने का कटु सत्य डिपार्टमेंट के और बाहर के लोगों से गुप्त रखना होगा।

शहर में और पीछे सब ऐसा ही चलता रहा तो मैं हार्ट अटैक से जरूर मरूँगा। पहली बार नारिंगे ने निराशायुक्त विचार किया है।

ऐसा हुआ तो शहर मुझ जैसे कार्यतत्पर पुलिस प्रमुख से वंचित हो जाएगा।

इस विचार से वह भाव विह्वल हो रहा है। लेकिन इससे हृदय पर वजन पड़ता है यह सोचकर वह इस विचार को झटकता है। संयम से बेल बजाता है। सहसा उसका दूसरा हाथ पिछला हिस्सा टटोलता है। दीर्घ उसाँस बाहर निकलती है। डिपार्टमेंट में पूँछ धारी है। नारिंगे सावधान रहो। अब तक तुझे पदच्युत करने की साजिश वे रच चुके होंगे। नारिंगे खुद को सजग कर रहा है।

नगर में घटित ये सब बावेले प्र-नगरपाल रात के ढाई बजे नगरसभा भवन के अपने कार्यालय में बैठकर मन की आँखों से देख रहा है।

आजकल वृंदावनदास को घर में चैन नहीं आता। वह रात भी अपने कार्यालय में गुज़ार देता है। पार्श्व में गाँठ है लेकिन वह सख़्त नहीं हो रही है। पूँछ न निकलेगी तो कुर्सी भी छीन ली जाएगी। इन्हीं दुःस्वप्नों से उसे नींद नहीं आती और इसीलिए वह अपनी प्र-नगरपाल की कुर्सी में धँसकर, चिपककर बैठ जाता है। इससे दुःस्वप्नों से छुटकारा मिलता है। और नींद भी आती है। अब जो सपना उसने देखा है वह पुच्छल सेना के हुल्लड़बाजों ने उसे नंगा कर देखा है कि उसके पूँछ नहीं है। अब वे उसे कुर्सी से नीचे घसीटे जा रहे हैं। इससे वह धक्का लगने-सा हड़बड़ाकर उठ गया है। नींद उचट गयी है। मन में तरह-तरह के विचार आ रहे हैं। इन नए पूँछ वालों की आए दिन बढ़ती माँगों और धमकियों से वह परेशान है। इन मूर्खों की इतनी भी समझ में नहीं आता कि मैं प्र-नगरपाल हूँ। नामधारी हूँ? मुझे ऐसी तकलीफ नहीं देनी चाहिए। तकलीफ तो पक्के नगरपाल को दी जाती है। यह क्या झंझट है? मेरे नगरपाल पद पर पहुँचने में कितनी रुकावटें हैं। नगरपाल निवास में घटी वह रात की घटना... नगरपाल का फिर अंडरग्राउंड हो जाना...और अब यह दूसरा हादसा. ..इस माथे फिर मिलिटंट सेना का बढ़ता प्रभाव...मेरी सफलता के मार्ग में ये सब क्यों रोड़े अटकाए हुए खड़े हैं? ये माँगें नगरपाल के रहते करते तो बात अलग थी। वह माँगें पूरी भी करता और इनकी 'वाट भी लगा देता।' मुसीबतों से छुटकारा पाना उसके हाथ का मैल था। मैं अन-अनुभवी! नियति ने कुर्सी में बिठा दिया। जैसे-तैसे सत्ता मिल गयी है। और ये बंदर ऊधम मचा रहे हैं। कमीने कहीं के।

इसमें से सही सलामत छूटने का रास्ता कौन-सा है? किसकी सलाह लूँ? नगरपाल होता तो बात अलग थी। अब किसी से सलाह लूँ तो नगरपाल चुनाव में अपना ही उल्लू सीधा करेगा।

वृंदावनदास कुर्सी में बैठा छटपटा रहा है। जब पृथ्वी पर अधर्म का बोलबाला होता है। तब धर्म संस्थापन हेतु ईश्वर अवतार लेता है। (भगवद्गीता) जब मनुष्य—विशेषतः राजनीतिज्ञ की मति कुंठित होती है तब उसकी भीतरी आवाज़ उसे

मार्ग दिखाती है। (महात्मा गाँधी) यह भीतरी आवाज़ भी एक ख़ास चीज़ है। वह कभी भी, कहीं भी प्रकट होती है। अनपेक्षित क्षण में अनपेक्षित मन में! पाठको, सजग रहिए। पहली बार वृंदावनदास के मन में यह भीतरी आवाज़ साकार होने जा रही है। उसे कुंडलिनी जाग्रत होने-सा आभास होगा। अननुभूत लहरें अंतर्यामी दहाड़ें मारेंगी और इस आवाज़ से ऐसे लगेगा शायद मस्तिष्क में विस्फोट होने जा रहा है। मन में ऐसी हलचल होगी कि उसे लगेगा क्या करूँ। क्या न करूँ। उड़ूँ। डूबूँ? आंदोलन छेड़ूँ आमरण उपोषण करूँ? ऐसी ही कोई अदम्य इच्छा जाग्रत होगी और परिणामों का विचार न करते हुए उसके हाथों से कार्य किया जाएगा।

वृंदावनदास ने ये सारे अनुभव लिए हैं। ऐसे में पेशाब का तकादा भी पूरा किया है। अब भीतरी आवाज़ ने आदेश दिया है—

आदत न होने से वह गड़बड़ा गया है। उसे वह आदेश ठीक से सुनायी नहीं दिया है। 'वह' कुछ करने के लिए कहे जा रहा है। लेकिन क्या करें? वह कानों में प्राण लिए हुए उस आदेश की पुनरावृत्ति सुनने के लिए आतुर है। लेकिन ऐसा हो नहीं पा रहा है। वह आवाज़ रुक गयी है। एक ओर वह नाभि स्थान के नीचे अवर्णनीय उफनती संवेदनाओं से एक्साइट हुआ है। और दूसरी ओर मस्तिष्क में गूढ़ नाद होने के कारण। उसी वक्त आदेश ठीक से न सुन पाने के कारण आयी हुई बेचैनी। अब की बार वे शब्द पुनः उभर रहे हैं। इस बार एकदम शांत, धीर गंभीर, खनखन करते हुए गूँज रहे हैं—शुद्धलेखन की शैली में या पत्रकार परिषद में के निवेदन स्वरूप।

खेल में शामिल हो।

खेल में शामिल हो।

कौन-सा खेल?

वृंदावनदास इन शब्दों से चकरा गया है। यहाँ तो कोई खेल चल नहीं रहा है। शामिल हो याने क्या करे?

कुछ देर मानसिक अस्वस्थता। फिर बादलों भरा आकाश देखते-देखते आकाश साफ-सुथरा होकर सूरज दिखेगा वैसे अर्थ स्पष्ट हुआ है—

खेल—उत्क्रांतिवादी पूँछ सेना का।

उसमें शामिल हो याने सेना में शामिल हो।

भीतरी आवाज़ का भी एक 'डी-कोडर' होता है। जब आदेश सांकेतिक होता है और सुननेवाला वृंदावनदास की तरह होता है तब आदेश को विशद करने का काम यह 'डी-कोडर' करता है। हाँ, यह खुलासा और किसी को बताना नहीं चाहिए। वह

सिर्फ सुनने वाले 'नायक' के लिए ही होता है। बिल्कुल निजी। अन्य लोग चाहे जो सोचें, गलतफहमियाँ फैलाएँ लेकिन यह आवाज़ जिसकी सम्पत्ति है उस 'स्वामी' को चाहिए कि इस संदर्भ में अपना मुँह न खोले।

अब की बार इस भीतरी आवाज के 'डी-कोडर' ने अपना काम किया है। और वृंदावनदास के जीवन में इस दैवी आदेश के कारण क्रांतिकारक परिवर्तन हुआ है। अब वह सोच रहा है। मैंने इतने वर्ष सभा में पिछले बेंच पर बैठकर क्यों गँवा दिए? अब वह इस नई दिशा में अग्रसर होने वाला है, नहीं, हो चुका है। अब यह यात्रा 'दांडी यात्रा' जैसी महान होने वाली है। आज तक वह सिर्फ दिवास्वप्न देखता रहा है। अब क्रियाशील बनकर वह नियति को अपने पीछे घसीटकर ले चलने वाला है। अब तक जो स्वप्न—स्थायी नगरपाल बनने का—आँखमिचौली खेल रहा था उसे अब प्रत्यक्ष साकार करने वाला है वृंदावनदास। आज तक वह 'ऑल्सो रन' की भूमिका में था। अब अपने आदेश और अपने कामों से वह शहर को हिलाकर रखने वाला है। अब से उसकी नई पहचान होगी—

भाले की नोक पर तनकर खड़ी पूँछ। यह निशान वह अपनी गाड़ी पर भी लगाने वाला है। भीमरूपी महारुद्रा-मारुति स्तोत्र नगर-गीत होगा। रोज सुबह चलती गाड़ी से वह लोगों को सुनाया जाएगा।

शहर का नया नाम होगा—हनुमान नगर। अपने लेटरहेड पर वह कल ही छपवाएगा।

जिनकी पूँछ निकली हैं वे ही इस शहर के असली नागरिक होंगे। बगैर पूँछवालों को अनधिकृत समझा जाएगा। उन्हें शिक्षा और नौकरी में मिलने वाली सुविधाएँ भविष्य में नहीं मिलेंगी। चुनाव 'एक पूँछ एक मत' के सिद्धांत पर लड़े जाएँगे। सेना प्रवेश करते ही वह यह माँग करने वाला है।

इन माँगों को छह हफ्तों की कालावधि में मंजूर न करने पर वह अपनी सेना लेकर नगर प्रशासन के खिलाफ (याने आज शाम तक जिसका वह प्र-नगरपाल था) रास्ते पर उतर आएगा।

'नगररोबको माँगें पूरी करो अन्यथा कुर्सी छोड़ो।' वह भाषण में चिल्लाने वाला है।

'मेरे वीर बंधुओ।' मेरे साथ नारे लगाओ—'उत्क्रांतिवादी पुच्छ सेना...' लोग कहेंगे—'ज़िंदाबाद!'

उसके बाद शहर में ध्वंस का सलामी राउंड लगेगा। इससे नागरिकों में दहशत फैलायी जाएगी। फिर पत्थर फेंक—तोड़ मरोड़...बिना पूँछवालों को चुन-चुनकर

उनकी पिटाई। बाज़ार बंद। स्कूल बंद। ऑफिसों में सन्नाटा। बंद सौ फीसदी सफल। सेना सैनिकों की धरपकड़। पकड़े जाने वालों में 'वह'। पुलिस चौकी के आगे और एक ज्वालाग्रस्त भाषण। पुलिस की अमानुष लाठी चार्ज का निषेध। धरना! नारिंगे माफी माँगो वरना कुर्सी छोड़ो। नारिंगे मुर्दाबाद। माफी जब तक नहीं माँगी जाती तब तक आमरण उपोषण। (पहला) बाद में और भी होते रहेंगे।

इसके बाद वृंदावनदास को नज़रअंदाज करना संभव न होगा शहर के लिए। शहर की नई मिलिटंट का युवा नेता! (नेताओं की आयु पूछी नहीं जाती।) तमाम स-पुच्छ वालों का रक्षक और न-पुच्छ वालों का यमराज।

फिर भी 'वह' यूनिफार्म वाली पुलिस से डरता है। बचपन का संस्कार है! (यह राज़ की बात है।) मिलिटंट लोग हर पल मिलिटंट नहीं होते। उनमें से कुछ छिपकली, तिलचट्टे से भी डरते हैं। इस तुलना में हमारा यह गौण नायक (अब पूर्व प्र-नगरपाल) वीर कहलाएगा।

दूसरे दिन पत्रकार परिषद बुलाकर (नए मिलिटंट नेता) वृंदावनदास ने घोषित किया है कि उसने कल रात नगर सभापति के पास अपने प्र-नगरपाल पद का त्याग पत्र दिया है।

अपेक्षानुसार पत्रकारों में हड़बड़।

—त्यागपत्र देने का कारण?

—कुछ नहीं! दे दिया।

—क्या घटित हुआ?

—कुछ नहीं।

—फिर अचानक त्याग पत्र क्यों देना पड़ा?

—देना पड़ा नहीं। दे दिया। कुछ दिनों से सोच रहा था।

—ऐसा विचार मन में क्यों आया?

—भीतरी आवाज़।

—गाँधी जी की।

—नहीं, मेरी ही।

—भीतरी आवाज़ को ऐसा क्यों लगा?

—भीतरी आवाज़! उसके बारे में क्या कहें?

—कुछ तो हुआ होगा।

—कुछ नहीं।

—फिर भी।

—कहा न कुछ नहीं।

—त्यागपत्र देने के बाद कैसा लग रहा है?

—बढ़िया! हल्का-हल्का!

—आगे के प्लान्स?

—दो साल से घर को पेंट नहीं किया है।

अब समय मिलेगा। प्र-नगरपाल पद के कारण श्रीमती जी को समय दे नहीं पाया था। उसे समय दूँगा। बीवी-बच्चों के साथ कहीं गया नहीं हूँ। घूम आऊँगा। काफ़ी कुछ पढ़ना है। आत्मकथा लिखनी है। करने के लिए बहुत कुछ है। (वृंदावनदास यह सब अपने दिमाग से बोल नहीं रहा है। एक बार जब नगरपाल चुनाव हार गया था तो उसने ऐसे ही कहा था।)

पाठकों को अलग से कहने की आवश्यकता नहीं है कि वृंदावनदास ने इसके पूर्व ही उत्क्रांतिवादी पुच्छ सेना के युवा लीडर से बात कर अपना सेना-प्रवेश पक्का कर रखा है। जब यह प्रवेश समारोहपूर्वक सम्पन्न होगा तो समाचार-पत्र वाले इसी भीड़ से उससे साक्षात्कार करेंगे। फिर नए प्रश्नोत्तर! फिर पहले पृष्ठ पर बड़ी-सी तस्वीर! (अवकाश ग्रहण कर दो ही दिन हुए हैं और पुनः राजनीति में प्रवेश क्यों? वह भी मिलिटंट संगठन में? आदि-आदि)

यह भी नगरपाल की ही अदा। अधूरा निर्णय घोषित कर पत्रकारों को दौड़ाने का। फिर एक-दो दिन रुककर शेष निर्णय की घोषणा। दुगुनी शोहरत! वृंदावनदास उसी की नकल उतारे जा रहा है।

वृंदावनदास भले ही नगरपाल के तकनीक और बातें करने की अदा की नकल उतारता हो लेकिन नगरपाल की चालबाजी उसके पास नहीं है। पत्रकारों ने कुछ ही घंटों में पता लगाया है कि प्र-नगरपाल ने उत्क्रांतिवादी पुच्छ सेना में गुप्त रूप से प्रवेश-नियोजन किया है। समाचार-पत्र में हेड लाइन का न्यूज यही है और उसके नीचे छोटे अक्षरों में प्र-नगरपाल के पद के त्यागपत्र का समाचार इस टिप्पणी के साथ छपा है—कि कुछ विशेषज्ञों ने नामोल्लेख न करने की शर्त पर प्रतिक्रिया व्यक्त की है—इतने साल शहर की विधिवत राजनीति में दाल न गलने से अब इन्हें मिलिटन्सी याद आयी है।

नाटक की घटनाओं की तरह चरमबिंदु की ओर जाने वाला मौका समाचार-पत्र वालों की होशियारी के कारण भले ही चूक गया हो लेकिन नई लड़ाकू भूमिका धारण किया हुआ वृंदावनदास बिल्कुल नाउम्मीद या निराश नहीं हुआ है। बल्कि नवइच्छाशक्ति, नव सामर्थ्य धारण कर सेना प्रवेश के क्षण से ज्यादा से ज्यादा लाभ उठाकर इस

नुकसान भरपाई करने की ठान बैठा है। हारी हुई बाजी से भी फायदा उठाकर नुकसान कैसे भर निकाला जाए इसका प्रात्यक्षिक नगरपाल ने हाल ही दिखा दिया है। वृंदावनदास भी यही तकनीक अपनाना चाह रहा है। विशिष्ट जमात के समंदर जाने की घटना को नगरपाल ने कैसे वक्रोक्ति युक्त भाषण से, नाट्यमय बर्ताव से, निर्गमन से अपने पक्ष में कर लिया है। यह ताज़ा उदाहरण याद कर वृंदावनदास के बदन पर आज भी रोंगटे खड़े हो जाते हैं। अब सेना प्रवेश के वक़्त वृंदावनदास ऐसा आवेश युक्त भाषण ठोंकने वाला है कि तमाम दंगलखोर, युवा चौंक जाएँगे। अपने मिलिटंट भाषण से वह पत्रकारों को, नगर सेवकों को, संगठन के नेताओं को 'शॉक' देने वाला है। वह कुछ ऐसी बातें करने वाला है कि नगरसभा, नगरध्वज, लोकतांत्रिक परंपरा, याने कि जो-जो शिरोधार्य वंदनीय है उन सबका ऐसा अपमान करने वाला है कि उस पर कई 'केसेस' दाखिल किए जाएँगे। प्रस्थापितों की ओर से निषेध पत्रक छपेंगे। 'वृंदावनदास को जेल में रखो' की माँग होगी। तब वह कहने वाला है—मुझे कैद करके देखो। शहर ख़ाक कर दूँगा। इस नई दंगल का धोखा प्रशासन के बस के बाहर का होने से उसे ही पूछा जाएगा—वृंदावनदास जी आप को कब-कहाँ अटैक करें? फिर वह अपनी सुविधाजनक कैद और छुटकारा करवा लेगा...

भीतर की आवाज़ के कारण अब वृंदावनदास को नगरपाल पद का मार्ग साफ दिखायी देने लगा है। वह मार्ग उसके अपने बलबूते पर तय किया हुआ होगा। अतः नगरपाल-सा डर उसे नहीं रहेगा और नगरपाल का भी डर नहीं रहेगा। क्योंकि यह गुप्त समझौतों की बैसाखियों पर टिका हुआ नहीं है। अतः जब वह नगरपाल की कुर्सी पाएगा तब कोई वहाँ से उसे हटा नहीं पाएगा। नगरपाल लौट भी आए तो उसका कुछ बिगाड़ नहीं पाएगा।

कल्पना की ऐसी नगरी में खोया हुआ वृंदावनदास आजकल 'तूफानी भाषण' की तैयारी हेतु खुद को स्टडी रूम में कैद किए हुए हैं। और शॉक देने वाले वाक्यों के सूझते ही खुद शॉक्ड हो रहा है। मैं इतने साल आखिरी बेंच पर क्यों बैठा रहा? नगरपाल की इच्छानुसार फालतू प्रस्तावों पर (उदा. शहर के भिखारियों का प्रश्न, बढ़ते मच्छर, खुले ड्रेनेज, हजामत की बढ़ती दरें, बजट की कमियाँ आदि।) क्यों बोलता रहा? नीरस, उबाऊ क्यों बोलता रहा? क्यों नहीं उसकी इजाजत लिए बगैर किसी पर हमला किया? खुद नगरपाल को ही किसी बिल को लेकर क्यों नहीं संकट में डाला? मैं तब ऐसा करता तो वह भी जान जाता कि वृंदावनदास मरी हुई माँ का दूध नहीं पिया है। तब मैंने राम पुरो को पीछे ढकेला होता। नगरपाल के गुट में नंबर टु होता। क्यों इतने साल आखिरी बेंच पर बैठे रहा? यही सच है कि समय नहीं

आया है। हर चीज़ का वक़्त होता है। अब सेना प्रवेश के बहाने वह वक़्त आ धमका है। आरंभ ही मैं चकाचौंध, आक्रामकता से करने वाला हूँ। वैसे भी सेना दंगाखोर छोकरों का संगठन है। सभी रास्ते पर उतरने वाले। हाथ-पैर चलाने वाले! उन्हें भी मुझ जैसा अनुभवी, संयमी, नेतृत्व चाहिए ही चाहिए। किसी भी आंदोलन के लिए वैचारिक अधिष्ठान ज़रूरी होता है। वह मैं ही दे सकता हूँ। मैं सलामी का दाँव ही जीतने वाला हूँ। 'मित्रो! (यह भी नगरपाल का ही स्टाइल! वह कभी कागज देखकर बोलता नहीं।) कल तक का आप सबका, शहर का प्र-नगरपाल मैं वृंदावनदास आज प्र-नगरपाल के पद से मुक्त होकर आपके सामने यह बताने के लिए खड़ा हुआ हूँ कि इस नगर के शिल्पकार, प्रगति के प्रणेता नगरपाल के दुर्भाग्यपूर्ण निधन के बाद इस शहर की सभी व्यवस्थाएँ सड़-गल गयी हैं। क्योंकि इस नगर के नगर सेवक, करप्ट हैं। गैर जिम्मेदार हैं। उन्हें अब इस नगर के भले की चिंता नहीं रही है। (तालियाँ, हिअर हिअर की गूँज—लगभग सात से बारह सेकंड) वह हिसाब जोड़ रहा है। शहर में बेबंदशाही मच गयी है। (तालियाँ—सात-आठ सेकंड) उन्हें सबक सिखाना चाहिए। (हाँ, हाँ, भीड़ की पुष्टि। पाँच सेकंड) उन्हें रास्ते पर खींचकर जूतों से मारना चाहिए। (जोर की तालियाँ—दस सेकंड) उनके हाथ काट देने चाहिए। (आसमान छूती तालियों की गूँज—बीस सेकंड) जिह्वाएँ काटनी चाहिए। (तालियाँ रुकती नहीं।) अब तक खूब सहा। आँखें मूँद कर विश्वास रखा। उसका नाजायज फायदा उन्होंने उठाया है। (वृंदावनदास आगे बढ़ो। हम तुम्हारे साथ हैं के नारे— बीस सेकंड) अब बर्दाश्त किया नहीं जाएगा। (हाय! हाय! मुर्दाबाद! श्रोता एकेक नगर सेवक का नाम लेकर मुर्दाबाद कह रहे हैं। पच्चीस सेकंड।) मिलिटन्सी के अलावा और कोई राह नहीं। नगर के पुच्छ-सिद्ध नागरिको, कानूनन चाल के दिन अब लद गए हैं। अब रास्ते पर आने के लिए तैयार हो जाओ। नगर का नुकसान करने वालों के दिल धड़ककर बंद हो जाएँ ऐसा कुछ करो। (हजारों मुट्ठियाँ हवा में—दस सेकंड) आपको मिली पूँछ दबाने के लिए नहीं है खड़ी करने के लिए हैं। (हिअर हिअर—पाँच सेकंड) ध्यान रखो कि ये पूँछ तलवार है। भाला हैं। क्षेपणास्त्र है। बम है। (लोग पागल बन पूँछ हिला-हिलाकर नाच रहे हैं। दस सेकंड हुए हैं पर भाषण जारी है।) पूँछ का ईश्वर प्रदत्त हथियार उठाकर जय हनुमान कहकर शत्रुओं पर टूट पड़ो। (भीड़ उठ रही है।) रुको, मेरे बंधुओ! मेरी आख़िरी बात सुनो—शहर में कल सुबह तक एक भी बिन पूँछवाला पराया बचना नहीं चाहिए। (भीड़ उतावली होकर सभा स्थान छोड़कर साक्षात् कार्य करने उमड़ पड़ी है।)

अब शहर में न भूतो न भविष्यति अथक दंगा! बिना पूँछवाले नगरवासियों

का कत्ल-ए-आम। उनके घर ख़ाक! बाल बच्चे का खात्मा।

वृंदावनदास स्वप्नरंजन में डूबा है। जिसने ज़िंदगी में कभी चींटी नहीं मारी वह कत्ल-ए-आम कर सपना देख रहा है। जो स्टोव जलाना नहीं जानता वह शहर जलाने चला है। जिसने शाकाहार के नाम पर अंडा भी नहीं खाया वह बाल बच्चों का खात्मा करने निकला है। और थर्रा उठा है। पाठकों को लगेगा कि यह अत्युक्ति है लेकिन राजनीतिक महत्त्वाकांक्षा जब राक्षसी बन जाती है तब उसके दंश से आदमी का यही हाल होता है। वृंदावनदास के कल्पना का नगर भी 'मारो-मारो' की गूँजों से, चीखों से भरा पड़ा है। शहर में लगायी गयी आग से आसमान लाल बन गया है। चारों तरफ धुआँ ही धुआँ है। आदमियों के खूँखार जत्थे हाथ में तलवार, भाला, बरछी लिए हुए बिन पूँछ वालों को ढूँढ़ते दौड़ रहे हैं। सामने रखा भाषण का कागज बिन लिखा रह गया है। पत्नी ने पाँचवीं दफा समझाया है—ज्यादा मत जागो। कल योगासन के लिए उठना मुश्किल होगा।

वृंदावनदास क्या करेगा? सोने जाएगा? सुबह योगासन करेगा? या न सोते हुए अपना ज्वालाग्रही भाषण लिख मारेगा? इसका उत्तर दरअसल इतिहास पर अवलंबित क्यों रखे? वह तो वृंदावनदास के 'जीन्स' में पहले से ही तैयार है। इस विज्ञान के तज्ञ बताएँगे कि पूर्व नियोजित निर्णय का वृंदावनदास मात्र संवाहक है। हाँ, यह निर्णय क्या है। वह हम तो क्या स्वयं वृंदावनदास भी नहीं जानता।

'मनुष्य पराधीन पुत्र ही है'! नियति का पुत्र। कवि, दार्शनिक चाहे जो कहें असामान्य प्राणी इन नियमों के अपवाद होते हैं। वृंदावनदास की गिनती इनमें भले ही न हो लेकिन उसकी स्टडी में कबर्ड के पीछे छुपा हुआ नगरपाल (पूर्व) वृंदावनदास को पढ़ रहा है।

तीन बार शहर से निर्वासित हुआ नगरपाल इस रात यहाँ कैसे पहुँचा? अलमारी के पीछे छिपा प्राणी नगरपाल जैसा दिख रहा है। फिर वह नगरपाल कैसे हो सकता हैं?

जिसने नगर का कारोबार बीस साल चलाया। नगर का अनभिषिक्त सम्राट। नगर की साँसें! ऐसा नगरपाल नगर से दूर रह सकता है क्या? उसकी आत्मा (ज़िंदा है इसलिए शरीर) नगर से जुड़ी रहना स्वाभाविक-अनिवार्य है। उसे नगर के भविष्य की चिंता होगी। यह कहने के लिए उपन्यासकार की ज़रूरत नहीं है।

नगर की नव पुच्छ प्रगति यदि नगर-जीवन के एक महान कालखंड का आरंभ है—वह है ही—तो नगर से (पेड़ से पत्ते के रिश्ते-सा या शरीर से मस्तक के रिश्ते-सा) नगरपाल का इस नव पुच्छ प्रगति से जुड़ा रहना ही स्वाभाविक है। वह इस परिवर्तन

से अलग कैसे रह सकता है? दरअसल उसे इस बदलाव का अग्रदूत बनना होगा।

नगरपाल के इस आमूल परिवर्तन का इससे बढ़कर सत्य स्पष्टीकरण और दूसरा नहीं हो सकता। अतः अलमारी के पीछे खड़ा बेढब, बलशाली प्राणी पुच्छ-चूहे-सा दिख रहा है। वह भयावह है। लेकिन नेहरू जैसे उम्दा, आकर्षक व्यक्तित्व का और परिस्थिति अनुरूप मानवतावाद का आदर्श सम्मुख रख जीवन यापन करने वाला यह नगरपाल (पूर्व) ही है।

इतना सुनकर मन में प्रश्न उपस्थित हो सकता है कि वह अलमारी के पीछे क्यों छुपा है। सीधा उत्तर यह है कि चूहा—छोटा हो या बड़ा—अलमारी के पीछे ही छिपता है। दूसरा संभाव्य कारण यह हो सकता है कि अपनी इस भयावहता के कारण देखने वाला बेहोश ना हो यह उपकारक विचार कर वह छिपा होगा और उचित क्षण आते ही अपने आपको प्रकट कर देगा।

इसका एक अर्थ यह भी हो सकता है कि इस समय वृंदावनदास की नियति किसी जमाने में जो विशिष्ट जमात नाम से मशहूर थी उस मनुष्य स्वरूप बलशाली, भयावह चूहे के रूप में उसके स्टडी रूम की अलमारी के पीछे खड़ी हुई है।

अब वह नियति शब्द रूप ले रही है—

—वृंदावन पीछे मत देखो।

वृंदावन इस आवाज़ से चौंककर 'कौन है' कहता हुआ इधर-उधर देख रहा है।

—मैं तेरा परिचित हूँ लेकिन तू मुझे पहचान नहीं पाएगा।

वृंदावनदास आँखें घुमाकर पूछता है, आखिर तू कौन? कहाँ हो? (डरी हुई आवाज)

—मैं कहाँ हूँ यह जानने की अपेक्षा यह जान ले कि तू कहाँ है।

मैं घर में ही हूँ।

—गलत! तू घर में है फिर भी भटक रहा है।

भटक रहा हूँ? कहाँ? कैसे? मैं तो भाषण लिख रहा हूँ!

—(जबान पर आया गधा शब्द निगलकर) अरे पागल, तू भाषण में भी भटक रहा है।

(अनजान होने से) लेकिन तू कौन बोल रहा है?

—मैं कोई भी हूँ! (बदलकर) मैं नगरपाल (आह भरकर) आज का नहीं कल का।

मुझे दिख क्यों नहीं रहा है?

क्योंकि मैं अलमारी के पीछे हूँ। पीछे मुड़कर मत देखो हार्ट फेल हो जाएगा।

जैसे हो वैसे बैठे रहो और मैं क्या कह रहा हूँ वह सुनो। मुझे देखने की अपेक्षा मुझे सुनने में तुम्हारा हित ज्यादा है। अब तुम कहोगे कैसा हित? क्यों? तो मैं ही तुझे समझाता हूँ राजनीति में अपना हित—अधिक सार्थक शब्द स्वार्थ है—होता है तभी तो कोई किसी को पूछता है। राजनीति में रिश्ते ना तो प्राकृतिक होते हैं और ना जन्मदत्त। राजनीति के परिवार—माता-पिता, माया-ममता सब कुछ हित संबंधों पर निर्भर रहते हैं। हित संबंध बदलने पर रिश्ते-नाते भी बदलते हैं। मैं भी तुझसे सकारण बाँध दिया गया हूँ। अब तेरे-मेरे बीच का यह नाता इस हित पर निर्धारित हुआ है। मेरी दीर्घकाल से चली आयी यह प्रतिकूल परिस्थिति इसका कारण है। इस पर विजय पाना यह मेरा एकमात्र उद्देश्य है। और ऐसा होना स्वाभाविक है। अपने अच्छे दिनों में दूसरों की किसी की मदद करना न करना अपनी मर्ज़ी पर निर्भर रहता है लेकिन अपने बुरे दिनों में ऐसा पर्याय सामने नहीं रहता याने मदद करनी ही होती है। मैं मन में स्वार्थ रखकर तेरे पास पहुँचा हूँ। अब मेरी बातें तुझे पसंद आएँगी तो उन्हें मान ले वरना उन्हें भूल जा और अपनी मर्ज़ी से चाहे जो कर ले। लेकिन न मानकर यदि तेरा कुछ बुरा हुआ तो मैं तेरे लिए रोते बैठने वाला नहीं हूँ। तू नहीं तो और कोई। जो झट से दूसरा मार्ग चुनता है। वही टिकता है। मैं भी वही करूँगा। एम आई शफिशैंटली क्लिअर? गुड! नाऊ! लिसन!

इस तरह कुछ ज्यादा ही लंबी प्रस्तावना कर मूषकरूपधारी नगरपाल ने वृंदावनदास से कहना आरंभ किया। इसे जो भी ध्यान से सुनेगा, गुनेगा उसकी छह पीढ़ियों के लिए वह सब कुछ संचित कर पाएगा। उसे सारे लाभ, भौतिक सुख मिलेंगे।

नगरपाल ने कहना आरंभ किया—राजकारण को राजनीति कर देने से सब गुड़ गोबर एक हुआ है। ना राजकारण होता है ना नीति रहती है। ब्रह्मचर्य भी खत्म होता है और गधा भी मरता है। हाँ तो, राजकारण में पेशन्स—अर्थात् पाँव ज़मीन पर पक्के रहना—महत्त्वपूर्ण है। इतिहास साक्षी है कि भले भलों को इम्पेशन्स उर्फ जल्दबाजी के कारण मात मिली है। तुरंत मेरा उदाहरण तुम्हें या किसी को याद आएगा। लेकिन वह यहाँ पूर्णतः गैर लागू है। क्योंकि एक तो मेरी राजकारण-पारी अभी समाप्त नहीं हुई। यह तो बस दो उत्कर्ष बिंदुओं के बीच वाला अंतराल या खाई है। दूसरा यह कि मेरी इस स्थिति का कारण कतई इम्पेशन्स या उतावलापन नहीं है। ऐसा होता तो मैं ऐसी स्थिति में इतने दीर्घकाल ज़मीन पर पैर टिकाए हुए और अपनी सचमुच या राजकारणी आत्महत्या किए बगैर ज़िंदा न दिखता। ज़मीन पर पैर गाड़कर रहना याने ज़मीन पकड़कर रहना हुलूलू में का शब्द प्रयोग है। प्रतिद्वंद्वी ने चाहे जितना

गिराया हो ज़मीन पर पीठ नहीं टेकनी है। इसे ज़मीन पर खड़ा रहना या ज़मीन पकड़े रहना कहते हैं। इस काल में मैंने क्या-क्या नहीं सहा। दुर्भाग्य का ऐसा कौन-सा रूप है जो मैंने नहीं देखा। फिर भी देख मैं कैसे ज़मीन पकड़कर खड़ा हूँ और उचित मौके की तलाश में हूँ। अब तू पीछे मत देख क्योंकि दुर्भाग्य से मैं जिस अवतार में हूँ उसे देखकर या तो तू चीखेगा या बेहोश होगा। तेरा बेहोश होना तेरे लिए ठीक भले ही हो लेकिन मेरे लिए कतई नहीं क्योंकि आजतक मैंने जो-जो किया उस पर पानी फिरेगा। मेरा मनोधैर्य टूटेगा और मैं लिजलिजा हो जाऊँगा। मैं ऐसा लिजलिजा कतई होना नहीं चाहता। अतः तू आगे ही देखता रह और ध्यान से मेरी बात सुनता जा।

यदि तुम भी राजकारण में दीर्घकाल बने रहना चाहते हो तो ज़मीन पकड़कर रहना सीख लो। राजकारण कई करते हैं लेकिन वहीं टिके रहते हैं। जो चाहे जितना विलंब हो लेकिन पेशन्स रखकर मौके की तलाश में रहते हैं। ऐसे मौकापरस्त लोग ही यहाँ जीवित रह सकते हैं। सफल मौकापरस्त सफल 'राजकारणी' होता है। मौका आकर खत्म नहीं होता। आता रहता है। पेशन्स खत्म होने के कारण हम खत्म होते हैं। जब मौका दुबारा आता है तब हम नहीं रहते। तू नगरपाल पद पाने के लिए जल्दबाजी कर रहा है। इसलिए जो शॉर्टकट तूने ढूँढ़ा है वह सेना प्रवेश नगरपाल पद की ओर जाने का नहीं, दंगे में सहभाग न लेते हुए भी दंगा विरोधी कानून के अंतर्गत सीधे जेल जाने का महामार्ग है। सयाना राजकारणी सनदशीर राजकारण में विश्वास रखनेवाला होता है। समय आने पर वह दंगा करवाता है। कत्लेआम करवाता है लेकिन खुद सबसे अलग-थलग रहता है। कराने वाला भी वही और कराने के आरोप से मुक्त रहनेवाला भी वही। जो ये दोनों भूमिकाएँ एक साथ निभा सकता है वही कल्पना संयोजन के बल पर सर्वोच्च पद प्राप्त कर सकता है। मुझे ही देखो। मैं विशिष्ट जमात को खत्म करने के सभी उपाय करता रहा फिर भी वह शेष रही। फिर मैंने उसका अपने राजकारण में फायदा उठाया। उसके दुष्कृत्यों के बल पर मैं बना रहा। अब तेरे सामने निजी तौर पर मुझे इसे स्वीकारने में कोई प्रोब्लेम नहीं है। खुले आम मैं इसका विरोध करूँगा यह बात अलग। अब जब सत्ता मेरे हाथ में नहीं है तब भी यदि मैं प्रामाणिक न बना तो कब बनूँगा भला? प्रामाणिक बनना राजकारणी लोगों की कभी-कभी मानसिक आत्मिक ज़रूरत होती है।

राजकारणी को चाहिए कि वह कभी शर्मिंदा ना हो। गलती पर भी नहीं। गलतियाँ कौन नहीं करता? गलती करना किसी भी पिनल कोड के तहत गुनाह नहीं है। गलती करना प्राकृतिक है। मनुष्य स्वभावतः स्खलनशील होता है। गलती करना,

आगे बढ़ना यह अधिकार सामान्य जन से अधिक राजकारणी धुरंधर लोगों का होता है। समय देखकर गलती मान भी लेनी चाहिए। इससे प्रामाणिकता के दर्शन भी कराए जा सकते हैं। गलती हमेशा कबूल करना कोई बंधनकारक नहीं है। गलती भी यदि जल्दबाजी में की जाए तो पछताने की नौबत आती है। गलतियों में भी जो सजगता-सावधानी बरतता है वह एकमात्र प्राणि याने राजकारणी। वह गिरने पर भी नाक के बल नहीं गिरता बल्कि बिल्ली की तरह पैरों पर खड़ा ही रहता है और योजनापूर्वक न पछताते हुए बड़ी गलतियाँ कर, समय आने पर जनता के सामने कबूल कर अपना इमेज और प्रभावी बनाने का कौशल धारण करता हो वह राजकारणी। अन्यों को यह बात उससे सीखनी चाहिए। इसलिए ऐसा करने के लिए साधना करने की आवश्यकता होती है। इस क्षेत्र के मुझ जैसे मुरब्बी लोगों के चरित्र का अध्ययन करना होता है। अविवेक से गलती करने वाला सामान्य जन होता है।

हम जैसे समाज का नेतृत्व करने वालों को गलतियाँ करते वक़्त भी सजग रहना नितांत आवश्यक होता है। यहाँ लापरवाही को क्षमा नहीं। गलती करने पर भी वह गलती कैसे नहीं है यह समाज को दिखा देने की जिम्मेदारी अपनी ही होती है। और इसकी तैयारी गलती करने के पूर्व पूर्णतः कर रखनी होती है। सभी नेताओं का भूतकाल महाभयावह, राक्षसी गलतियों से भरा पड़ा होता है। कुछ गलतियाँ ऐतिहासिक होती हैं। मूल्य आदि मानने वाले इसे पाप कहते हैं। वे कुछ भी कहें। हमें गलती याने दुर्भाग्यपूर्ण घटना इस आग्रह पर विनम्रता से डटे रहना है। इसमें बेघर हुए लोगों को, बलि चढ़े हुओं के परिवार को सांत्वना देने हमें सबसे पहले क्रमांक पर होना चाहिए। निधि संचय कर प्रशासन की ओर से उन्हें मुआवज़ा देकर श्रेय भी पाना होता है। यह सब कर्तव्य बुद्धि से सम्पन्न करना होता है।

राजकारण अखाड़ा होता है। इसमें उतरे हुए को मिट्टी में सनना होता है और यह मिट्टी लाल होती है। लाल मिट्टी में सराबोर हुए बगैर कुश्ती कैसे लड़ी जाएगी? मूल्यों की गप्पें लड़ाने वाले इस मैले होने से डरते हैं। खुद नहीं अखाड़े में उतरते और जो उतरते हैं उन्हें नाम रखते हैं। ऐसे लोगों की ओर ध्यान नहीं देना चाहिए। राजकारणी को अखाड़े में उतरना चाहिए। नखशिखांत, अंतर्बाह्य लाल मिट्टी में सराबोर होना चाहिए। वह अखाड़े में कुश्ती खेलने और जीतने के लिए उतरा हुआ होता है। राजकारण में कुश्ती जीतने का महत्त्व होता है, कौन कितना मैला हुआ इसका नहीं। जीतने पर दगा, झूठ, दोगलापन इन सारे मैलों को भुला दिया जाता है। लोग भूलते हैं। उन्हें भुलाने पर बाध्य किया जा सकता है। इसके लिए आदमियों का इंतजाम करना होता है। ये लोग राजकारणी लोगों को 'स्नान कराने

का काम' अल्प मानधन पर करते रहते हैं। इन्हें 'पत्रकार' कहते हैं। सभी पत्रकार ऐसे नहीं होते। पत्रकार-पत्रकारों का अंतर समझकर उनका इस्तेमाल करना यह भी राजकारणी लोगों का कौशल होता है जो अभ्यास से अवगत होता है। मैंने सत्ता पर रहते हुए यह सब नाटक खेले हैं।

यह सब सीखने के बजाय तू सीधे उन दंगाखोरों में शामिल होने निकला है। ऐसा जल्दबाज तू! तू नगरपाल बनना चाहता है। यहाँ या परलोक में? या कैद में तू लौकी की पैदाइश करते-करते मरना चाहता है। (संदर्भ-अवलिया।)

यह सुनकर अपने चुने हुए गलत मार्ग का अहसास वृंदावनदास को हुआ। (पीछे न देखते हुए) वह बोला, मैं गलत था। मुझे अब यह स्वीकारने में शर्म नहीं आती। लेकिन मैंने यह गलती सोच समझकर या पूर्व तैयारी के साथ नहीं की है। इस क्षेत्र में मैं अनभ्यस्त, नौसिखुआ हूँ! आप तो यह बात जानते हैं। अब आप ही मार्गदर्शन कीजिए।

अब नगरपाल ने (पूर्व) वृंदावनदास का क्या मार्गदर्शन किया आइए हम देखें—

नगरपाल बोला—तेरे वे उफनते खून के पुच्छ सेना वाले महामूर्ख! उल्लू के पट्ठे! परिस्थिति से अनभिज्ञ। दंगल में सिर्फ हाथ की सफाई के अलावा और कुछ न करने वाले। उस सर्वपित्रे की सार्वजनिक सभा में के भाषण से प्रभावित होकर कुछ करने निकले हैं लेकिन तू जानता है क्या वह सर्वपित्रे मानववंश शास्त्र का प्राध्यापक ही नहीं है।

वह बढ़ईगिरी का प्राध्यापक है। उसका बड़ा भाई मानववंशशास्त्र का प्राध्यापक था। वह मर गया है। आयोजकों ने गलती से इस बढ़ई को बुलाया। अब बताओ जो आदमी सत्रह वर्ष पहले बढ़ईगिरी का प्राध्यापक रह चुका है वह मानववंश शास्त्र के बारे में क्या जानता होगा? बढ़ई और उत्क्रांति! उफ!

वृंदावनदास यह सुनकर और विनम्र हुआ और आगे सुनने लगा।

वे सेना के छोकरे! पूँछवालों को देवता बनाने जा रहे हैं उस हनुमान को। अरे उस हनुमान का और इस पूँछ का कोई संबंध नहीं है। वे जो चूहे समंदर में चले गए हैं यह पूँछ उनसे संबंधित है। अब तू पूछेगा प्रमाण क्या है? मैं खुद इस शहर का प्रथम नागरिक—मैं प्रमाण हूँ। हो सकता है कि मेरी आदत सबसे आगे रहने की होने से पूँछ के बाद क्या-क्या परिवर्तन इस शहर के लोगों में होने वाले हैं वे सब सबसे पहले मुझमें हुए हैं। काल के आगे रहने की मेरी प्रवृत्ति का फल मुझे मिला है। यह उत्क्रांति मुझमें पूरी हो चुकी है। उस विशिष्ट जमात का परिपूर्ण, मनुष्य के

आकार का चूहा मैं बन गया हूँ। नाखून और दाँतों के साथ। अब नाखून काटते हुए मैंने उँगली काट खायी है। पीछे मत देखो।

वृंदावनदास ने पीछे मुड़कर देख लिया है। उसके मुँह से एक चीख निकली है और वह बेहोश पड़ा है।

नगरपाल का आपादमस्तक मूषकावतार देखकर हादसे से वृंदावनदास को भयावह दिल का दौरा पड़ा है और उसकी मौत हुई है। ईश्वर उसकी मृत आत्मा को शांति दे। एक खिलने जा रहा स्वप्न खिलने के पूर्व ही मुरझा गया है।

वृंदावनदास और उसकी शोक मग्न पत्नी को वहीं छोड़कर आइए, हम दूसरे प्रमुख पात्र की ओर चलते हैं।

वृंदावनदास के मूर्च्छित होने पर नगरपाल–जिसने अब तक अंधशाला, तृतीय पंथियों की बस्ती, रक्षक की हाफ चड्डी आदि का आश्रय लेते हुए अपने आपको अज्ञातवास में रखा है–जो कभी पूर्ण पुरुष था और जिसने शहर पर अपना एकाधिकार स्थापित किया था–दाँत, नाखून, पुच्छ आदि चिह्नों के साथ मूषकावतार हो गया है। इससे भी वह अपने भविष्य को लेकर आशावादी है। शहर में सम्मान के साथ लौटकर पुनः मैं नगरपाल बनूँगा। उसका यह विश्वास अभंग है। मूषकरूप नगरपाल पद पर कैसे विराजमान होगा? नगरपाल के पास हमेशा की तरह इसका भी स्पष्टीकरण है।

शहर के अधिकांश लोगों के पूँछ निकली हुई है। नगरपाल में उत्क्रांति मात्र पूँछ तक नहीं रुकी बल्कि संपूर्ण मूषक रूप प्रदान कर चुकी है। याने परिवर्तन की दिशा नगरपाल से ही आरंभ होती है। पूँछवालों में उत्क्रांत स्थिति धीमी-धीमी आएगी। इस संदर्भ में नगरपाल का पूर्ण मूषक रूप याने 'आद्य मूषक' होना अर्थात् नगर का प्रथम नागरिक होना–नगरपाल होना–'क्वालिफिकेशनवाइज' भी उचित है। उसे दीर्घकाल इस पद का अनुभव है। उसके न होने से शहर का जो नुकसान हुआ है वह सभी ने देखा है। अब नगरवासी किसकी राह देख रहे हैं? सत्ता पर आकर वह न-पुच्छवालों को विशिष्ट जमात घोषित कर देगा और एक पूँछ-एकमत के बल पर चुनाव जीतेगा। नगर की पुनर्रचना करेगा। न-पुच्छवालों पर संतति नियमन प्रतिबंधक। स-पुच्छवालों को नौकरी में शिक्षा में आरक्षण स्थान। स्वस्थ मूषक बालक स्पर्धा...मूषक सौंदर्य स्पर्धा...सबसे लंबी पूँछ...नुकीले दाँत, हिलने वाले कान–सौंदर्य मानदंड रहेंगे। मूषक आत्मकथा को, कविताओं को भारी पुरस्कार–आदर्श नागरिक को नगर-पुच्छ-भूषण पुरस्कार।

सारांश, मूषक होने के प्रति अभिमान। उनकी संख्या में बढ़ोतरी। इस हेतु

सारी उपाय योजना।

सभी नागरिकों का पूर्ण मूषक रूप होना... तब तक राह देखना...याने नगरपाल की भाषा में 'जमीन पकड़कर रहना।'

यह सब घटित हो रहा है और नगरपाल मन में पुनः नगर प्रवेश...नगरपाल पद. ..मान...सम्मान...योजनाएँ...पुनरागमन का शाही कार्यक्रम...शानदार वक्तव्य...विरोधकों को परास्त करने वाले वक्रोक्तिपूर्ण कथन...आदि की रिहर्सल समय निकाल-निकालकर कर रहा है। इस नई स्थिति में नगरसभा की आसन व्यवस्था...नगरपाल (वह खुद) का, सभापति का आसन, अन्य नव-पुच्छों के आसन...नव शरीर रचना के अनुसार...मूषक नगर सेवकों के ऊधम मचाने पर भी न टूटने वाले...बढ़ई से नमूने मँगाने होंगे। लंबाई, चौड़ाई के नाप, बढ़ई यहाँ आकर या खुद के अनुसार ले सकता है। लेकिन सवाल यह है कि दिन-ब-दिन ये सब बढ़ता जा रहा है। नाप बदलते जा रहे हैं। पंजा, पुच्छ, सीट...सब उत्क्रांत स्थिति में है।

नगर की आर्थिक स्थिति सुधारने हेतु वह अर्थतज्ञों की समिति (कागज़ पर) स्थापित कर चुका है। इनमें के नाम रोज बदलते रहते हैं। जिस दिन वह सत्ता पर आएगा उस दिन जो नाम लिस्ट में होंगे उन्हीं नामों की फाइनल सूची अध्यादेश ज़ारी कर घोषित की जाएगी और उसे एक दिन की अवधि दी जाएगी। परिवर्तन करने हेतु। ये सुधार-सिफारिशें अलग-अलग अध्यादेशों के साथ एक हफ्ते में ज़ारी की जाएँगी। लागू होंगी। यह वह खुद देखेगा। जो कामचोर होंगे उन्हें मार्जार पथकों का भक्ष्य बनाया जाएगा। हाँ, ये मार्जार शहर के नहीं होंगे। क्योंकि शहर के मार्जार, शहर के मानव-मूषकों को निगलने में हिचकिचाएँगे। अतः इस काम के लिए मार्जार विदेशों से मँगाए जाएँगे।

परिवर्तित नगर-नागरिकों की पोशाक, वस्त्र प्रावरणों में परिवर्तन अनिवार्य है। नवप्राप्त व्यक्तित्व का नवप्राप्त पूँछ का सौंदर्य वृद्धिंगत करने हेतु और पूँछ के कारण गर्व लगने हेतु सौंदर्य प्रतियोगिताओं के द्वारा ड्रेसेस, आभूषण, आवरण तैयार करने होंगे।

कुछ परम्पराएँ अनिवार्यतः बदलनी होंगी। शारीरिक परिवर्तन को ध्यान में रखते हुए अब दो पैरों पर चलने की अपेक्षा चार पैरों पर चलने का नियम होना चाहिए। नगरवासी दो पैरों पर या चार पैरों पर इनमें से एक पर्याय चुन सकते हैं। इसमें अनिवार्यतः भले ही न हो लेकिन पूँछ काटना या छिपाना कानूनन गुनाह होगा।

तुर्कस्थान नामक देश में ऐसा ही कोई द्रष्टा अतातुर्क हो गया है। उसने ऐसा ही प्रगतिशील, सामाजिक सुधार कार्यान्वित किया है। नगर का नगरपाल अतातुर्क

का उल्लेख इतिहास में भी है। नगरपाल की ऐसी सामाजिक दृष्टि से शहर की इस अनोखी उत्क्रांति में नगरपाल का नाम इतिहास में दर्ज होगा। नगरपाल का यह (विनम्र), ठोस विश्वास है।

द्रष्टा नगरपाल को इस आगामी नव-व्यवस्था में निहित धोखा भी दिख रहा है। वह है नगर जेल में बंदी चूहेमार अवलिया—जो इस वक़्त योगासन और लौकी की संशोधित प्रजाति उत्पाद में रममाण हुआ है। अब वह प्राणायाम के सहारे दस घंटे ज़मीन के नीचे और बारह घंटे समंदर में साँस न लेते हुए रह सकता है। भीष्माचार्य जिस शरपंजर पर सोये थे उसी शरपंजर पर सोने के उसके असफल प्रयोग जेल में जारी हैं। ख़बर है कि प्राणायाम के प्रचारार्थ वह इसके प्रयोग शहर में करने वाला है। नगर पुच्छधारी और मूषकावतारी होने पर वह जेल से जब बाहर आएगा तब नगरवासियों की खैर न होगी। दुनिया के मूषकों का यह यमराज (स्व-घोषित) अब शहर का 'काल' सिद्ध होगा और शहर को ही समंदर में डुबो देगा। इसका उपाय क्या करें? उसे जेल में ही मारा जाए? या बाहर आने दें और दुर्घटना में उसका काँटा निकालें? इसी विचार में नगरपाल रातों में दीर्घ पुच्छ और नाखून चबाते-चबाते जागते रहता है।

कुछ भी हो वह आश्वस्त है कि भविष्य काल उसका है।

कभी-कभी एक ही आशंका उसे ग्रसती है। क्या यह सब प्रत्यक्ष घटित हो रहा है या मात्र सपना है?

देखा जाए तो जीवन स्वयं माया है। कपोल-कल्पित एक उपन्यास। अब माया है तो उसे रहने दिया जाए।

हाँ नगरपाल ज़मीन पकड़े हुए है।

हाँ, कुछ भी हो नगरपाल ज़मीन पकड़े हुए है।

□□□

